UN REFUGE POUR KINLEY

DELTA FORCE DEUX, TOME 2

SUSAN STOKER

DU MÊME AUTEUR

<u>Autres livres de Susan Stoker</u>

Delta Force Deux

Un refuge pour Gillian

Un refuge pour Kinley

Un refuge pour Aspen (1 Juin)

Un refuge pour Jayme

Un refuge pour Riley

Un refuge pour Devyn

Un refuge pour Ember

Un refuge pour Sierra

Sauvetage à Eagle Point

Un sauveteur pour Lilly (29 Mars 2022)

Un sauveteur pour Elsie (28 Juin 2022)

Un sauveteur pour Bristol

Un sauveteur pour Caryn

Un sauveteur pour Finley

Un sauveteur pour Heather

Un sauveteur pour Khloe

Hawaï : Soldats d'élite

Un paradis pour Élodie

Un paradis pour Lexie

Un paradis pour Kenna

Un paradis pour Monica (10 May 2022)

Un paradis pour Carly

Un paradis pour Ashlyn

Un paradis pour Jodelle

Mercenaires Rebelles

Un Défenseur pour Allye

Un Défenseur pour Chloé

Un Défenseur pour Morgan

Un Défenseur pour Harlow

Un Défenseur pour Everly

Un Défenseur pour Zara

Un Défenseur pour Raven

Ace Sécurité

Au Secours de Grace

Au Secours d'Alexis

Au Secours de Bailey

Au Secours de Felicity

Au Secours de Sarah

Forces Très Spéciales Series

Un Protecteur Pour Caroline

Un Protecteur Pour Alabama

Un Protecteur Pour Fiona

Un Mari Pour Caroline

Un Protecteur Pour Summer

Un Protecteur Pour Cheyenne

Un Protecteur Pour Jessyka

Un Protecteur Pour Julie

Un Protecteur Pour Melody

Un Protecteur pour l'avenir

Un Protecteur Pour Les Enfants de Alabama

Un Protecteur Pour Kiera

Un Protecteur Pour Dakota

Forces Très Spéciales : L'Héritage

Un Sanctuaire pour Caite

Un Sanctuaire pour Brenae

Un Sanctuaire pour Sidney

Un Sanctuaire pour Piper

Un Sanctuaire pour Zoey

Un Sanctuaire pour Avery

Un Sanctuaire pour Kalee

Un Sanctuaire pour Jane

Delta Force Heroes Series

Un héros pour Rayne

Un héros pour Emily

Un héros pour Harley

Un mari pour Emily

Un héros pour Kassie

Un héros pour Bryn

Un héros pour Casey

Un héros pour Wendy

Un héros pour Mary

Un héros pour Macie

Un héros pour Sadie

Un héros pour Annie

Autre

<u>AUDIO</u>

Un paradis pour Élodie

Pour Shawn,
On ne connaît pas notre force avant que la force ne devienne notre
dernier recours.

CHAPITRE UN

— Tu l'as repérée ? demanda Trigger à Lefty alors qu'ils étaient adossés contre le mur et regardaient les politiciens entrer dans la grande salle utilisée ce matin-là comme lieu de réunion.

— Non, répondit Lefty sans épiloguer.

Il savait de qui parlait son ami. Kinley Taylor. Elle était l'assistante de Walter Brown, le secrétaire adjoint aux Affaires insulaires et internationales.

Dans le cadre de leur travail, l'équipe de la Delta Force était parfois envoyée à l'étranger pour protéger d'importantes personnalités politiques et militaires. Ils avaient même été dépêchés aux derniers Jeux olympiques afin d'assurer la sécurité des athlètes américains. Faire les baby-sitters pour des politiciens n'était pas leur occupation préférée, mais ce jour-là, Lefty était ravi d'être à Paris.

Il se tenait un grand rassemblement de représentants du monde entier. Lefty ne savait pas exactement de quoi ils discutaient et honnêtement, il ne s'en souciait pas vraiment. Il n'était pas branché politique, ce que d'aucuns auraient pu trouver bizarre, puisque c'était le président des États-Unis qui décidait de son sort, mais il n'en avait tout simplement rien à faire.

Quelle que soit la tâche qu'on lui attribuait, il faisait de son mieux. Point barre.

Mais cette mission était différente. Il se sentait nerveux et agité, et ce pour la deuxième matinée consécutive. Il était en état d'alerte généralisée... et ce n'était pas à cause d'un danger éventuel envers l'homme qu'il avait été chargé de protéger : Johnathan Winkler, le secrétaire adjoint à l'Agriculture.

— Elle n'est peut-être pas venue avec Brown cette fois-ci.

— Elle est venue, répondit Lefty.

Il savait que Brown ne serait allé nulle part sans Kinley. Même si Lefty ne l'avait côtoyée que pendant quelques jours, plusieurs mois auparavant, lorsqu'ils s'étaient rencontrés en Afrique, il avait compris qu'elle était d'une importance vitale pour le politicien. Elle était intelligente et organisée. Elle faisait ce que Brown lui demandait sans la moindre plainte ou hésitation. Même si cela signifiait se mettre en danger... comme en Afrique.

Brown avait affirmé qu'il n'aimait pas le café de l'immeuble du gouvernement dans lequel les réunions se tenaient, et il avait renvoyé Kinley au café de l'hôtel pour lui en rapporter un autre. Cela dit, entretemps, une manifestation s'était formée et Kinley s'était retrouvée prise en plein milieu. Heureusement, Lefty l'avait vue se faufiler hors du bâtiment. Il l'avait suivie et avait empêché qu'elle soit harcelée et rudoyée par la foule en colère.

Après avoir parlé à Kinley, Lefty savait qu'elle en faisait fréquemment beaucoup pour son patron. Elle ne remettait jamais Brown en question quand il lui demandait de faire des choses qui dépassaient parfois ses fonctions. Lefty se disait que c'était probablement la raison pour laquelle Brown emmenait Kinley avec lui partout où il allait.

Aussi sentait-il les poils de sa nuque se hérisser, une réaction qu'il avait aussi connue auprès d'elle en Afrique. C'était comme si son corps savait qu'elle n'était pas loin et réagissait en conséquence.

— Tu as pris un tour de garde hier soir, dit Trigger. J'ai déjà parlé à Grover et à Doc... Ils sont disposés à prendre le relais pendant que les réunions sont en session. Comme ça, tu pourras essayer de la trouver et de lui parler au lieu de devoir protéger Winkler.

Lefty regarda son ami avec surprise. Il avait cru avoir mieux réussi à dissimuler son envie de parler à Kinley, son envie – non, son *besoin* – de savoir pourquoi elle n'avait pas gardé contact après l'Afrique. Il avait pensé que le courant était passé entre eux, alors quand elle n'avait répondu ni à ses courriels ni à ses SMS, il avait été déçu.

Il n'aurait pas pu souhaiter de meilleurs amis. Il avait connu des Deltas qui ne s'entendaient pas vraiment avec leurs coéquipiers. Heureusement, Lefty savait qu'il pouvait compter sur Trigger, Brain, Oz, Lucky, Doc et Grover n'importe quand et pour n'importe quelle raison. Ils bossaient ensemble depuis si longtemps qu'ils communiquaient quasiment par télépathie. Ce qui était à la fois un bonus et une malédiction.

— Allons, dit Trigger avec un petit rire. Tu crois qu'on ne voit pas que tu meurs d'envie de la prendre à part pour lui parler ?

Lefty afficha un léger sourire. Il aurait dû savoir que ses amis verraient clair dans son jeu.

— C'est vrai, tu as raison. Mais je ne vais pas pour autant compromettre notre mission.

— Tu sais qu'on ne le ferait pas non plus, dit Trigger en secouant la tête. Ce n'est pas parce qu'on n'apprécie pas de jouer aux gardes du corps qu'on va refuser de se donner à cent pour cent.

Lefty hocha la tête. Il le savait.

— J'apprécierais. Honnêtement, je crois qu'elle m'évite.

— Elle sait comment fonctionnent les gardes. Brown a sa propre équipe pour le protéger, n'est-ce pas ? demanda Trigger.

— Ouais. L'équipe de Merlin est sur le coup.

Trigger hocha la tête. Merlin et ses quatre coéquipiers

étaient stationnés à Washington, DC, aussi étaient-ils fréquemment appelés pour ce genre de missions.

— Ils savent ce qu'il s'est passé en Afrique ? demanda-t-il.

— Ouais. Et ils n'étaient pas contents, répondit Lefty.

Les assistants n'étaient pas officiellement inclus dans le service de protection, mais la plupart des équipes affectées à ces postes faisaient de leur mieux pour protéger tous ceux qui voyageaient avec la personne qu'elles étaient censées garder. En Afrique, les équipes de la Delta Force avaient eu du pain sur la planche en raison des troubles à l'extérieur du bâtiment où se tenaient les réunions, et Kinley avait été capable de se faufiler à l'extérieur quasiment sans se faire repérer.

Pour la énième fois, Lefty était très content de l'avoir aperçue à la dernière seconde et de l'avoir suivie.

— D'accord. Quoi qu'il en soit, je voulais juste que tu saches que lorsque tu la retrouveras, on est prêts à te donner du temps et de l'espace pour que tu puisses lui parler, déclara Trigger.

Lefty savait que son ami était sincère et qu'ils ne lui en voudraient pas d'être contraints de le couvrir pendant qu'il prenait du temps libre. Maintenant que Trigger avait trouvé son bonheur avec Gillian, une femme qu'il avait rencontrée pendant une mission, il aurait voulu que tout le monde soit aussi heureux que lui.

— Merci, lui dit Lefty.

Il était quasiment certain que Kinley et lui n'étaient pas faits pour être ensemble, vu le vent qu'il s'était pris, mais il *voulait* savoir pourquoi. Découvrir ce qu'il avait fait pour la rebuter à ce point.

Dix minutes plus tard, la femme à laquelle il avait pensé continuellement depuis qu'il avait entendu que Walter Brown serait à la conférence fit son apparition au détour d'un couloir. Elle s'immobilisa quand elle avisa Lefty et Trigger debout contre le mur.

Elle se reprit rapidement et continua de marcher vers eux.

Elle portait une pile de dossiers dans les bras et avait l'air délicieusement décoiffée.

Ses cheveux noirs coupés aux épaules étaient légèrement ébouriffés, comme si elle venait d'y passer une main contrariée. Elle ne portait jamais beaucoup de maquillage et ce matin-là ne faisait pas exception. Lefty se disait qu'elle avait du brillant à lèvres et un peu de mascara, mais c'était tout. Elle était petite, mesurant moins d'un mètre soixante. Il avait l'impression d'être un géant et il n'avait jamais été aussi reconnaissant de sa petite taille que lorsqu'ils étaient en Afrique. Il avait facilement pu l'arracher aux griffes du voyou qui essayait de coller sa main dans son pantalon, puis l'emmener en sécurité loin de cette manifestation qui dégénérait.

Ce jour-là, elle portait des petits talons qui la faisaient paraître un peu plus grande. Elle arborait également un pantalon noir et un chemisier à manches courtes d'un rouge violet. Une paire de créoles en or ornait ses oreilles, et son seul autre bijou était une montre à son poignet gauche. Lefty approuva. Ce n'était jamais une bonne idée d'emporter beaucoup de bijoux tape-à-l'œil à l'étranger, même à Paris... une ville qui offrait à ses résidents un pourcentage plus élevé que la moyenne de magasins de luxe où faire leurs achats.

Kinley refusait de croiser son regard, ce qui frustrait Lefty. Il avait un million de questions à lui poser, mais là, dans le vestibule, alors qu'elle était manifestement pressée, ce n'était ni l'endroit ni l'heure. Cela ne lui plaisait vraiment pas de voir qu'elle ne parvenait même pas à se forcer de lui dire bonjour. Il se creusa les méninges, essayant de comprendre ce qu'il avait fait ou ce qu'il avait dit pour qu'elle ne veuille plus rien avoir à faire avec lui, mais il ne voyait absolument rien.

Elle se glissa dans la salle de réunion sans même le regarder.

Soupirant, Lefty serra les dents. L'ignorer ne le ferait pas disparaître. Tôt ou tard, elle serait bien forcée de lui parler.

— Waouh, dit Trigger à voix basse. Ça fait longtemps que je n'avais pas vu quelqu'un coller un vent comme ça.

— J'accepte ce que tu viens de me proposer, dit Lefty à son ami. Je jure devant Dieu que je n'ai rien dit ou fait pour justifier le fait qu'elle m'évite comme ça.

— Je sais que tu n'as rien fait, dit Trigger en mettant la main sur l'épaule de Lefty dans un geste de soutien et de compréhension. De nous tous, tu es le plus sympathique.

Lefty hocha la tête, se sentant plus déterminé. Si Kinley pensait qu'elle pouvait l'ignorer et prétendre qu'elle n'avait pas ressenti de connexion en Afrique, elle se trompait cruellement.

Lui n'avait pas pu l'oublier. Elle était jolie, douce, et ne l'avait pas traité avec déférence simplement parce qu'il était membre de la Delta Force. Souvent, les femmes se jetaient sur lui quand elles savaient ce qu'il faisait dans l'armée. Il aimait bien qu'elle-même le traite comme une « personne normale », qu'elle ne soit pas impressionnée par son travail. Il se sentait protecteur envers elle en raison de sa taille et parce qu'elle n'hésitait littéralement jamais à faire ce qu'on lui demandait.

Sa vulnérabilité touchait également sa corde sensible. Il aurait voulu la prendre dans ses bras et la protéger de tous les dangers du monde.

⁕

Kinley Taylor poussa un soupir de soulagement quand elle réussit à se glisser à l'intérieur de la salle de réunion sans avoir eu à parler à Gage Haskins.

Lefty.

Elle savait qu'il avait reçu ce surnom lors de sa formation initiale quand l'un des sergents avait découvert qu'il était gaucher. Cela lui avait semblé plutôt discriminatoire, mais il l'avait apaisée en lui disant qu'il avait été soulagé qu'on lui donne un surnom aussi anodin.

Cependant, elle ne pouvait pas s'imaginer en train de l'appeler Lefty. Elle trouvait que cela ne lui allait pas. Pour elle, il avait toujours été Gage.

Elle se souvenait de tout de lui, depuis la seconde où elle l'avait vu pour la première fois. Ils étaient en Afrique et il était adossé à un mur, ses yeux parcourant la pièce sans relâche à la recherche du moindre danger. Il ne l'avait pas remarquée, trop concentré sur les menaces possibles, mais Kinley l'avait *vraiment* vu.

Il ne s'était pas rasé depuis un moment et la barbe de fin de journée qui mangeait son visage était un peu trop longue pour être considérée comme appropriée pour un soldat régulier, mais d'après tout ce qu'elle avait lu et vu à la télévision, elle avait supposé que les forces spéciales permettaient à leurs hommes d'avoir un peu plus de marge de manœuvre quant à leur apparence. Ses cheveux brun foncé étaient courts sur les côtés et un peu plus longs sur le dessus, arborant une coupe militaire typique. Il avait des sourcils épais et son expression permanente d'intense concentration la faisait trembler... d'excitation. Il avait l'air super *badass* dans son treillis et son haut noirs, et pour une raison qu'elle ne s'expliquait pas, sa simple présence la rassurait.

La deuxième fois qu'elle l'avait vu, c'était juste après avoir été saisie dans la rue par un des hommes qui s'étaient présentés pour protester contre le sommet auquel participait son patron. Walter Brown s'était énervé – ce qui arrivait communément – lorsqu'elle lui avait apporté un café qui n'était pas à la hauteur de ses exigences. Il l'avait renvoyée à leur hôtel pour lui apporter une tasse provenant du petit café situé à l'intérieur, car il en était tombé amoureux dès leur première matinée.

Leur hôtel se trouvait à environ quatre pâtés de maisons. Elle était sortie par une porte latérale, mais les manifestants étaient apparemment partout. Elle avait fait de son mieux pour les ignorer et essayer de ne pas se mêler à la foule, mais cela n'avait pas très bien fonctionné. Au moment où un petit groupe d'hommes l'avait vue, ils l'avaient suivie, harcelée verbalement et terrifiée.

Mais après les sifflements, ils étaient passés à autre chose. L'un d'eux l'avait soudainement attrapée, essayant de l'entraîner vers une allée. Elle avait combattu l'homme et ses amis aussi fort qu'elle le pouvait, mais était largement dépassée face à leur taille, leur force et leur nombre.

Mais Gage était alors sorti de nulle part. Il avait mis K.-O. les deux hommes qui essayaient de défaire le bouton de son pantalon, et quand les deux autres s'étaient écartés, il avait passé un bras autour de la taille de Kinley et l'avait physiquement éloignée du danger.

Les quatre jours suivants, ils avaient passé du temps à discuter à chaque fois que leur emploi du temps le leur permettait... et le coup de cœur qu'elle avait ressenti la première fois qu'elle l'avait vu n'avait cessé de croître.

Mais de retour à Washington, DC, elle avait commencé à douter d'elle-même. Pourquoi Gage serait-il intéressé par *elle* ? Elle n'était pas le genre de personne dont on recherchait la compagnie. On le lui avait fourré dans le crâne bien souvent, à commencer par sa mère qui l'avait abandonnée à l'âge de 2 ans. Aucun des parents d'accueil qu'elle avait eus au fil des ans n'avait manifesté l'envie de l'adopter. Elle avait eu une meilleure amie au collège, mais même cette fille avait tourné la page après un certain temps, décidant que Kinley était trop bizarre pour continuer de traîner avec elle.

Kinley avait l'habitude d'être seule. Elle avait travaillé dur au lycée, avait eu de bonnes notes et avait pu aller à l'université grâce à des bourses. Elle ne s'était pas non plus fait d'amies proches, étant trop préoccupée par ses études et son travail. Elle avait fait un stage à Washington et s'y était installée après avoir accepté son premier emploi.

Quelque part, elle avait atteint l'âge mûr de 29 ans sans tomber amoureuse et sans avoir une seule personne qu'elle puisse considérer comme amie.

La plupart du temps, ces circonstances ne la dérangeaient pas, mais quand elle était revenue dans son appartement solitaire après être rentrée d'Afrique, elle avait laissé ses peurs s'emparer d'elle.

Il était impossible que Gage veuille être son ami. Pourquoi voudrait-il sympathiser alors qu'il était évident qu'il avait déjà un groupe très soudé de coéquipiers ? En outre, ils habitaient de part et d'autre du pays.

Elle s'était convaincue qu'il était juste poli lorsqu'il avait dit qu'il voulait garder contact.

Mais même lorsqu'elle n'avait pas répondu à ses premiers textos ou à ses appels, il n'avait pas cessé de la joindre. Elle aurait voulu croire son intérêt authentique, mais elle était trop timorée pour courir ce risque. D'autres personnes avaient essayé de la connaître et elle avait sauté sur l'occasion, pour finalement être déçue quand elles avaient fini par prendre leurs distances.

Mais il était difficile de continuer à se dire qu'il n'était pas vraiment intéressé par elle alors qu'il continuait à lui envoyer des SMS.

Kinley s'était finalement convaincue de se bouger les fesses et de répondre... et il avait cessé d'écrire. Elle avait laissé filer sa chance.

Elle savait qu'elle pouvait quand même *le* joindre, lui dire que son téléphone était cassé ou qu'elle avait été occupée, ou encore trouver une autre excuse pour expliquer pourquoi elle n'avait pas répondu, mais après coup, elle s'était sentie bête.

Son problème était qu'elle suranalysait. Si seulement elle essayait d'être plus spontanée et de se laisser aller, elle aurait probablement plus d'amis, serait moins solitaire.

Une fois que Gage eut cessé de la contacter, même si cela lui avait brisé le cœur, Kinley avait essayé de se dire que cela aurait bien fini par se produire, même si elle avait recommencé à lui écrire. Comment les choses fonctionneraient-elles entre eux ? Ils n'habitaient même pas dans le même État.

Kinley était... bizarre. Elle le savait et en règle générale, elle s'en fichait. C'était une introvertie qui aimait être seule. Aimait passer la plupart de son temps dans son appartement, à lire. Elle vivait à Washington depuis des années et avait également visité tous les musées possibles. Elle aimait l'histoire et avait passé des heures à s'imprégner des vestiges du passé que les divers musées avaient à offrir. Elle avait aussi suivi quelques-unes des attractions populaires, faisant plusieurs visites historiques et explorant tous les monuments.

Elle avait également apprécié sa visite au cimetière national d'Arlington. Elle avait versé des larmes en faisant le tour des tombes, pleurant pour tous ces hommes et ces femmes qui étaient morts pour servir leur pays. Cela lui avait serré le cœur, mais elle l'avait quand même fait juste parce qu'elle voulait qu'ils sachent qu'ils n'avaient pas été oubliés.

Il y avait beaucoup de choses à faire à Washington, et Kinley avait fait de son mieux pour en profiter au maximum... mais c'était toujours toute seule.

La plupart du temps, elle s'en était contentée, mais dernièrement, elle avait commencé à ressentir le poids de sa solitude. Elle aurait voulu avoir des amies proches qu'elle aurait pu appeler pour aller dîner. Elle aurait voulu quelqu'un à qui elle aurait pu parler des films ou livres qui venaient de sortir. Elle voulait ne pas se sentir seule au monde.

Elle savait qu'elle avait merdé avec Gage, qu'elle aurait dû voir jusqu'où leur relation pouvait les entraîner. Ils avaient vraiment accroché en Afrique. Il était drôle, attentif et intelligent, mais elle avait laissé ses peurs prendre le dessus quand elle était rentrée chez elle. Elle n'avait pas pensé qu'elle était assez jolie, assez mondaine ou même assez excitante pour être capable de maintenir l'intérêt d'un homme comme Gage.

Alors, elle s'était comportée en lâche et l'avait ignoré. Et elle se détestait de l'avoir fait.

Au fond, Kinley avait su qu'elle risquait de le revoir un jour. Elle savait que les équipes de la Delta Force de tout le pays étaient parfois chargées de protéger des personnalités politiques lorsqu'elles se rendaient à l'étranger. Il pourrait même être réassigné à la protection de son patron... Mais elle avait repoussé cette pensée dans un coin de son esprit et décidé qu'elle attendrait que cela se reproduise et qu'elle revoie Gage pour gérer la situation.

Et c'était arrivé. Il était là. Et Kinley ne savait absolument pas ce qu'elle était censée lui dire.

Quand elle était sortie du couloir et qu'elle avait vu Gage et l'un de ses amis stationnés à l'extérieur de la salle, elle avait eu l'impression que le passé lui revenait de plein fouet. Encore une fois, il était entièrement vêtu de noir. Et même s'il était mieux rasé qu'à leur première rencontre, il n'en était pas moins beau.

Car oui, il *était* beau. Il lui avait plu physiquement dès la première fois qu'elle l'avait vu et le temps n'avait pas émoussé son attirance.

Elle sentit son regard sur elle alors qu'elle se dirigeait vers la porte dans la grande salle de colloque. Walter avait oublié quelques dossiers dont il avait besoin pour la réunion de ce matin-là et lui avait demandé de retourner les chercher.

Gênée et croisant les doigts pour ne pas se prendre une gamelle devant Gage, Kinley se glissa dans la salle sans lui adresser le moindre signe. À la seconde où elle se retrouva derrière la porte fermée, elle se rendit compte qu'elle aurait probablement dû au moins hocher la tête ou bien lui dire bonjour.

Seigneur, elle n'était pas sortable ! Pas étonnant qu'elle n'ait pas d'amis ! Elle était complètement incompétente socialement.

Déprimée et sachant que le reste de la conférence serait difficile si elle continuait à croiser Gage, Kinley plaça sans mot dire les dossiers que Walter avait oubliés à côté de lui sur la table. Il fit semblant de ne pas la voir, ce qui lui convenait parfaitement.

Elle se dirigea alors vers le fond de la pièce, s'assit et sortit un bloc de papier et un stylo. C'était son travail de prendre des notes qu'elle dactylographierait pour Walter plus tard. Elle savait qu'il ne s'intéressait pas à la plupart des discours et des discussions qui se déroulaient autour de lui, mais il devait au moins connaître les principes de base pour plus tard au cas où on lui aurait demandé d'en parler.

Walter Brown n'était pas un patron facile. Il était autoritaire et ne comprenait pas qu'il surmenait son assistante, mais elle restait parce que même s'il se montrait dur, il était juste... la plupart du temps. Certes, il lui faisait parfois faire des heures supplémentaires, mais il lui permettait alors de quitter le travail plus tôt un autre jour pour compenser. Il la traitait comme sa servante pendant ce genre de voyage, mais au retour, il lui apportait des donuts ou bien l'invitait à déjeuner.

En outre, Kinley *aimait* son travail. Voir de ses propres yeux comment le gouvernement fonctionnait était certes frustrant et irritant, mais il était également extrêmement intéressant d'observer comment toutes les transactions s'effectuaient et comment les relations avec les gens et les groupes d'intérêt faisaient vraiment toute la différence.

Selon elle, Walter Brown n'était pas un super représentant, mais il avait des amis haut placés qui pouvaient faire des choses importantes pour aider les gens les moins fortunés du pays. Elle avait fait de son mieux pour inciter Walter à faire davantage de bien, mais il négligeait souvent son opinion. Après tout, elle n'était qu'une simple assistante.

Pour être honnête, quand elle songeait à rester où elle était et continuer à travailler pour Brown, elle oscillait souvent entre l'envie d'arrêter sur-le-champ et la détermination de rester pour essayer de faire une différence.

Pendant une seconde, Kinley songea à Gage. Lui aussi travaillait pour son pays, mais d'une manière vraiment différente. Il se battait pour ce qui était bon et juste, et il risquait sa vie. Il était honorable, courageux, et n'hésitait pas à s'impliquer dans une situation dangereuse pour sauver une personne comme elle.

Kinley n'était pas certaine que Walter lèverait le petit doigt pour aider quelqu'un d'autre s'il risquait la moindre égratignure.

Puis elle se disait qu'elle était mesquine. Les politiciens n'avaient pas l'entraînement des soldats des forces spéciales. Cela étant...

Kinley écoutait d'une oreille distraite un représentant de l'Espagne parler du réchauffement climatique pendant qu'elle analysait sa propre bravoure. Si elle était passée près de cette foule en Afrique et avait vu une personne se faire agresser, se serait-elle arrêtée pour tenter de l'aider ?

Elle aurait voulu dire oui, bien sûr... mais honnêtement, elle l'ignorait.

Kinley ne se considérait pas du tout comme une personne courageuse. Elle n'était pas aventureuse et préférait largement se détendre dans la sécurité de son appartement ou dans la familiarité de sa ville plutôt que de partir à la découverte du monde. Mais elle aimait se dire que tout bien réfléchi, elle aurait agi et placé la sécurité de quelqu'un d'autre au-dessus de la sienne.

Secouant la tête et se forçant à se concentrer, Kinley ne put s'empêcher de se demander ce que Gage pensait après leur rencontre dans le couloir. Était-il heureux de la voir ? En colère qu'elle n'ait pas répondu à ses SMS et à ses e-mails ? Avait-il remercié les dieux qu'elle ne lui ait pas répondu ? Elle regrettait de ne pas le savoir et envisageait avec appréhension le moment embarrassant où ils allaient se revoir et qu'elle serait forcée de lui parler.

CHAPITRE DEUX

Le soir d'après, Lefty se sentait anxieux parce qu'il n'avait toujours pas pu dérober à Kinley un moment seul à seule pour lui parler. Il ne leur restait plus beaucoup de temps. La conférence se terminerait dans un jour et demi, et s'il n'avait pas l'occasion d'aplanir les choses entre eux, il avait le sentiment que l'amitié précaire qu'il avait peut-être amorcée avec Kinley serait véritablement perdue à jamais.

Et quelque chose en lui savait que s'il la perdait, il allait le regretter pour le reste de sa vie.

Lefty allait donc rassembler des renforts : l'équipe des Deltas affectés au patron de Kinley. Il était tard dans la nuit et cela faisait plusieurs heures que Walter Brown s'était retiré dans sa chambre d'hôtel. Doc s'était porté volontaire pour surveiller sa chambre afin de s'assurer qu'il n'ait pas décidé d'aller faire une promenade nocturne pendant que Lefty s'entretenait avec l'autre équipe.

Ils étaient tous assis dans la chambre d'hôtel que Lefty partageait avec Grover et Oz, qui étaient en train de veiller sur Winkler alors qu'il prenait un verre avec d'autres représentants. Le reste de son équipe profitait de son temps de pause pour explorer Paris ou bien pioncer.

— Bon, on est là, dit Merlin. Que se passe-t-il ?

Regardant tour à tour les cinq hommes, Lefty ne savait pas par où commencer. Il se sentait un peu stupide de leur dire qu'il voulait passer du temps avec une femme et qu'il avait besoin de leur aide, mais somme toute, c'était la situation.

Essayant de trouver ses mots, Lefty étudia les autres hommes. Jangles, le seul blond du groupe, avec des yeux bleus et ses airs de gendre idéal, n'avait aucun problème avec le sexe opposé. Où qu'il soit dans le monde, les femmes lui faisaient du charme. Lefty l'avait entendu se plaindre d'habiter à Washington... et de se faire « harceler » par les épouses des hommes politiques. Il savait également qu'il n'aimait pas quand les femmes faisaient le premier pas. Il préférait de loin séduire plutôt que d'être séduit.

Woof avait des cheveux bruns et le don d'apprivoiser les chiens, ce qui lui avait valu son surnom. Que l'équipe soit dépêchée en zone dangereuse ou en mission de gardes du corps, comme c'était présentement le cas, les chiens semblaient toujours attirés par lui. Il n'allait jamais nulle part sans quelques os pour chiens dans sa poche.

Âgé de 30 ans, Zip était le plus jeune de l'autre équipe. Un accident pendant son enfance lui avait laissé sur la cuisse une cicatrice qui ressemblait littéralement à une fermeture éclair. Il était constamment souriant et de loin la personne la plus positive que Lefty ait jamais rencontrée. Ce qui aurait dû être irritant, mais ne l'était jamais.

Merlin était l'aîné du groupe – ainsi que le chef d'équipe non officiel –, même si, à 35 ans, il n'était pas très vieux. Mais tout le monde le charriait parce qu'il avait déjà les tempes grises. Il ne parlait pas beaucoup, mais quand il le faisait, les gens l'écoutaient.

Enfin, le dernier membre de l'équipe était Duff. C'était un gros ronchon, avec un caractère de cochon. La plupart des gens l'évitaient et faisaient de leur mieux pour ne pas le contrarier.

Merlin et ses hommes passaient peut-être une grande

partie de leur temps à jouer les *bodyguards*, mais cela ne signifiait pas qu'ils n'étaient pas redoutables lorsqu'ils traquaient des terroristes. Lefty avait vu les cinq hommes en action et ne pouvait pas nier qu'ils étaient doués. Très doués. Il n'y avait pas beaucoup d'équipes qu'il aurait aimé avoir comme renfort si les choses tournaient mal, mais ces hommes en faisaient assurément partie.

— J'ai besoin de votre aide, dit Lefty dans le silence qui se prolongea après la question de Jangles. Ce n'est pas une question de vie ou de mort, mais comme vous protégez Walter Brown, je me suis dit que vous seriez les mieux placés pour m'aider.

Lefty vit que leur intérêt était piqué.

— Brown est-il en danger ? demanda Woof.

— Pas que je sache, répondit honnêtement Lefty.

— C'est un con, déclara Duff en plissant le front. Ça ne me surprendrait absolument pas qu'il ait brossé quelqu'un dans le mauvais sens du poil et qu'on souhaite le voir mort.

Lefty ne prit pas la peine de cacher son opinion.

— Je suis d'accord avec toi, renchérit-il. Il manipule beaucoup de gens. Ils pensent que c'est un bon gars, mais on le protège depuis assez longtemps pour savoir que même s'il a ses bons moments, en général, il traite comme de la merde tous les gens qu'il considère comme inférieurs, et ça va bien finir par lui retomber dessus tôt ou tard.

— Plutôt tôt que tard, marmonna Merlin.

— Ce connard a fait pleurer Kinley hier, révéla Jangles en secouant la tête. Juste comme ça.

Lefty se tendit en l'entendant.

— Qu'est-ce qu'il a fait ? cracha-t-il.

Ou bien Jangles n'avait pas remarqué le ton de Lefty ou alors il choisit de l'ignorer.

— Elle avait passé la majeure partie de la nuit à dactylographier les réunions de la veille et l'imprimante du centre d'affaires de l'hôtel ne fonctionnait pas. Elle lui a donné une clé

USB avec les notes et s'est excusée de ne pas avoir pu les lui imprimer, et il a pété un plomb. Il lui a crié dessus et lui a dit qu'il y avait des dizaines d'autres personnes qui ne demandaient qu'à travailler pour lui.

Lefty inspira profondément pour tenter d'enrayer sa colère, ce qui ne servit pas à grand-chose.

— J'ai besoin de lui parler, dit-il. Sans qu'elle regarde par-dessus son épaule pour voir où est Brown ou se demande s'il va lui demander un truc stupide, comme d'aller lui acheter une autre pâtisserie à l'autre bout de la rue.

Cinq hommes braquèrent sur Lefty un regard intense.

— Tu veux tirer ton coup pendant une mission ? demanda Duff.

— Non… et va te faire foutre si tu penses que Kinley est ce genre de femme.

— C'est intéressant qu'il ait défendu l'honneur de Kinley, mais pas le sien, rétorqua Zip avec un sourire entendu.

— Écoutez, j'ai rencontré Kinley en Afrique. Brown n'était déjà pas très sympa à l'époque, et elle s'est retrouvée au milieu d'une putain d'émeute parce qu'il l'avait envoyée lui chercher une tasse de café. On a un peu parlé et tout avait l'air de bien se passer. Elle m'a plu, je voulais apprendre à mieux la connaître. On a échangé nos numéros et nos e-mails, et j'ai cru qu'elle avait aussi envie que moi de garder contact. Mais elle n'a même pas répondu à un seul de mes messages. Et maintenant, elle refuse ne serait-ce que de me regarder. J'ai forcément merdé quelque part et j'ai juste envie de rectifier le tir. En plus… elle a bien besoin d'une pause. Elle bosse sans arrêt depuis qu'elle est arrivée ici.

— Et qu'attends-tu de nous ? demanda Jangles.

— J'ai envie de pouvoir avoir Kinley pour moi pendant quelques heures demain matin. Les représentants auront une sorte de brunch. Rien d'important, juste beaucoup de *networking*. Mais Brown insistera probablement pour que Kinley reste adossée au mur pendant tout l'événement, juste parce qu'il aime l'avoir à disposition. J'ai envie de l'emmener se balader. Prendre un peu l'air, visiter Paris pendant quelques heures. Mais je ne sais pas comment m'y prendre sans qu'il ne se comporte encore plus comme un con ou menace de la renvoyer.

— Elle pourrait lui dire qu'elle est malade ? demanda Zip.

— Possible, songea Lefty. Mais je ne suis pas sûr que Brown soit le genre d'homme à laisser Kinley prendre sa matinée même si elle se sent mal.

— Elle pourrait faire semblant d'avoir une légère fièvre et de la toux, dit Duff sans sourire. S'il pense qu'elle s'est chopé le Covid et qu'elle risque de le lui refiler, il acceptera peut-être de la laisser tranquille.

— Oh, mon vieux ! C'est radical, dit Zip qui n'en hocha pas moins la tête.

— Mais ça ne l'empêcherait pas de l'appeler, dit Lefty.

— Je pourrais lui glisser un laxatif en douce, dit Jangles avec un sourire diabolique. Il ne voudrait même pas quitter sa chambre, et il est probable qu'il ne révélerait à personne, même pas à son assistante, qu'il a... des problèmes digestifs.

— Je ne suis pas sûr que droguer notre client soit ce qu'il y a de mieux, dit Merlin.

— On peut prétexter une maladie, mais mieux vaut ne pas dire qu'elle a de la fièvre. Elle risquerait de finir en quarantaine, expliqua Woof. Dites peut-être simplement qu'elle a une migraine et qu'elle vomit. Ou... Oh ! Je sais. Dites qu'elle a vraiment mal au ventre. La plupart des hommes n'aiment *absolument* pas discuter de tout ce qui tourne autour des problèmes féminins. Comme ça, elle n'est pas contagieuse et n'aura pas à se soucier d'être placée en quarantaine ou quoi que ce soit, et elle pourra être « guérie » à temps pour les réunions de l'après-midi. Je peux même me porter volontaire pour être son assistant durant la matinée. Il risque de refuser, mais d'après ce que j'ai vu pendant ce séjour, il demande principalement à Kinley d'aller lui chercher et lui rapporter des trucs. Je peux aussi prendre des notes s'il a besoin de moi.

Lefty réfléchit à ce plan pendant un moment. Ce n'était pas idéal. Brown risquait toujours de décider de virer Kinley pour être tombée malade au mauvais moment. Ou bien il pourrait refuser de permettre à Woof d'être son assistant. Mais il ne voyait pas quoi d'autre aurait pu fonctionner. Il avait envie que Kinley passe quelques heures sans stress avec lui, mais il ne voulait pas mettre son emploi en péril.

Puis il se rappela qu'elle lui avait dit qu'il y avait environ un an, son patron avait insisté pour qu'elle prenne une semaine entière de congé après s'être chopé la grippe. Elle lui en avait parlé en Afrique. Avec une prévenance rare, Brown avait même fait livrer chez elle de la soupe au poulet. Lefty avait été surpris que son patron se soit montré si compatissant. Kinley avait simplement haussé les épaules et dit qu'il avait ses bons moments.

— D'accord. Allons-y pour les ragnagnas, dit-il aux autres mecs. Merci, Woof, de t'être proposé pour être le serviteur de Brown demain matin. Je te dois une fière chandelle.

— Je ne te le fais pas dire, répondit Woof avec un petit rire.

— Je vais placer Jangles devant la porte de Kinley pour m'assurer que personne n'essaie de la déranger, dit Merlin. Juste au cas où Brown déciderait de lui rendre visite ou un truc comme ça. Je doute qu'il le fasse. Woof a raison ; il ne va pas vouloir discuter de problèmes féminins. Ça ne l'empêchera pas de l'appeler, mais on pourra au moins faire barrière s'il se pointe.

— Merci, dit Lefty avec un soupir soulagé.

— Ne joue pas avec elle, dit alors Zip d'un ton inhabituellement sérieux. C'est une des personnes les plus authentiques que j'ai rencontrées à Washington. Elle est toujours sympa avec nous et nous demande constamment si on a besoin de quoi que ce soit.

— Ouais. Et comme tu le sais, beaucoup de gens que nous

sommes chargés de protéger se comportent comme si on n'existait même pas, ajouta Woof.

Lefty n'était pas surpris. Malgré le peu de temps qu'il avait passé avec Kinley en Afrique, il était parvenu à la même conclusion. Elle était calme et introvertie, mais n'hésitait jamais à essayer d'aider quelqu'un d'autre au besoin. Une fois qu'il l'avait éloignée de cette foule africaine, elle avait insisté pour s'arrêter au petit stand de fruits et légumes d'une femme dont elle avait alors acheté tous les articles.

Puis, puisqu'elle n'avait pas besoin d'un chariot rempli de fruits et légumes, elle avait demandé qu'elle les offre plutôt à une femme qui se tenait là, avec un bébé attaché à la poitrine et un nourrisson sur un bras. Les deux femmes avaient été terriblement reconnaissantes de la générosité de Kinley.

Mais au lieu de s'en vanter, Kinley avait coupé court à leurs remerciements avant de demander à Lefty si elle pouvait le remercier de l'avoir sauvée en l'invitant à déjeuner.

Oui, Kinley Taylor était profondément sincère et il espérait vraiment que travailler à Washington et pour des connards comme Brown ne pourrait pas le lui ôter.

— Je ne vais pas jouer avec elle, assura Lefty à Zip et au reste de l'équipe. Comme je l'ai dit, on a... bien accroché, à défaut d'une expression plus adéquate. Mais je m'inquiète parce qu'elle n'a répondu à aucun de mes messages. Je veux simplement lui parler, découvrir ce qu'il se passe.

— Peut-être qu'elle était juste polie et qu'en fait, elle a trouvé que tu étais un gros con, suggéra Duff.

Lefty ne se vexa pas.

— Peut-être... Mais encore une fois, c'est pour ça que je veux lui parler. Et pas seulement dans un couloir pendant deux secondes.

— Pour être entièrement honnête, dit alors Merlin, je vais te coller aux basques.

— Je m'attendais à ce que l'un d'entre vous le fasse, répondit Lefty sans la moindre trace d'inquiétude.

— Brown est notre mission, mais on prend au sérieux la sécurité de tous ceux qui sont associés à notre client, dit Jangles.

Lefty hocha la tête. C'était une autre des raisons pour lesquelles il appréciait ces mecs. Ils se comportaient comme sa propre équipe. Assistants, conjoints, enfants… Ils protégeaient tous ceux qui voyageaient avec la personne à qui ils étaient affectés.

— Elle ne se rendra même pas compte de ma présence, lui assura Merlin.

— C'est bien, répondit Lefty avant de regarder successivement tous les hommes. J'apprécie. Je sais que traiter avec Brown n'est pas super amusant.

Jangles mit un terme à ses remerciements d'un geste de la main.

— On a l'habitude de gérer des hommes comme lui. Il n'apprendra jamais que Kinley a parcouru le Tout-Paris… tant que tu la ramènes à temps pour les réunions qui commencent à 13 heures.

— Promis, répondit Lefty avant de se redresser et de leur serrer la main à chacun.

Sur le pas de la porte, Jangles se tourna. Lefty se prépara à entendre un dernier avertissement.

— Entre nous… Kinley est trop bien pour Washington. En surface, elle semble presque fragile, mais elle doit avoir un noyau d'acier pour avoir vécu et travaillé à DC depuis aussi longtemps. Ne la sous-estime pas, Lefty, mais en même temps… regarde au-delà de la surface pour découvrir la vraie Kinley. J'ai le sentiment qu'elle n'a jamais eu la chance de s'épanouir, d'être ce qu'elle était censée être.

Et sur cette perle de sagesse étonnante, Jangles referma la porte derrière lui.

Lefty n'eut guère le temps de réfléchir aux paroles de son collègue puisque la porte se rouvrit, laissant entrer Grover et

Oz. Winkler devait avoir terminé sa soirée plus tôt que d'habitude.

— Tout va bien ? demanda Grover. On a vu Merlin et son équipe partir.

— Ouais, acquiesça Lefty. Je prendrai ma matinée demain. J'ai déjà vu ça avec Trigger.

— Kinley ? demanda Oz avec la perspicacité née de leur amitié.

— Affirmatif.

— Il était temps, dit Oz avec un sourire avant de redevenir sérieux. Ça va aller si elle n'est vraiment pas intéressée par toi ?

Lefty hocha la tête.

— Ouais. Si je pense qu'elle est sincère. Mais voilà... On a accroché, Oz. Et je ne dis pas ça comme ça. Elle est intéressante et même si elle n'est pas super bavarde, quand elle parle, ça veut dire quelque chose. Je ne sais pas dans quel état d'esprit elle se trouve, mais je veux m'assurer qu'elle va bien, qu'elle n'a pas ignoré mes messages parce qu'elle a des problèmes ou pour d'autres raisons à la con. Et si je ne lui plais vraiment pas, je me ferai une raison. Mais je ne pense pas que ce soit le cas.

— Elle te regarde quand tu as le dos tourné, dit Grover en s'installant sur le canapé-lit sur lequel il avait dormi jusqu'ici.

Lefty tourna brusquement la tête vers lui.

— Quoi ?

— Elle regarde quand tu as le dos tourné, répéta Grover.

Lefty aurait dû être ravi de l'entendre, mais cela ne fit que le dérouter.

— Alors pourquoi est-ce qu'elle m'évite ?

— Qu'est-ce que j'en sais ? dit Grover avec un haussement d'épaules. Pose-lui la question.

— J'en ai bien l'intention, dit Lefty avec détermination.

— Je ne comprends pas les filles, déclara Oz avec un soupir. Ni maintenant ni jamais. Pas depuis mes 10 ans, quand il y en a une qui m'a couru après dans la cour de récré. Elle m'a attrapé, m'a embrassé puis a dit à tout le monde qu'elle me détestait.

Grover ricana et Lefty ne put retenir le sourire qui s'empara de son visage.

— Tu lui plais, dit Grover quand il se fut repris. Mais ou bien elle pense qu'elle ne devrait pas ressentir ça ou alors elle se dit que c'est *toi* qui ne devrais pas l'apprécier *elle*. Je ne la connais pas, mais si tu dis que vous avez accroché, je te crois. Surtout avec la façon dont elle t'observe autant.

— Et comment en *sais-tu* autant sur les femmes ? s'enquit Oz.

Grover haussa les épaules.

— J'ai trois sœurs.

— Trois ? répéta Oz d'un ton incrédule. Je t'avais entendu parler de tes sœurs une ou deux fois, mais je ne m'étais pas rendu compte que tu en avais *trois*.

— Ouais. Une plus jeune et deux plus âgées. J'ai aussi un petit frère. Je suis pile au milieu. J'ai grandi en écoutant mes sœurs commérer sur les garçons de leurs classes, se désespérer à propos de leurs rendez-vous et analyser toutes les petites choses que leurs petits copains avaient faites. Crois-moi quand je te dis que je suis quasiment un expert pour savoir ce que pensent les femmes, dit Grover avec un petit sourire.

— Alors pourquoi es-tu encore célibataire ? le taquina Lefty.

— Parce que je sais qu'elles sont vraiment folles, dit Grover sans hésitation.

Les trois hommes éclatèrent de rire.

— Sérieusement, pourquoi est-ce qu'on ignorait que tu avais trois sœurs ? demanda Oz, restant de toute évidence bloqué sur la révélation de Grover.

Son compère haussa les épaules.

— Je ne sais pas. Je ne parle tout simplement pas beaucoup d'elles.

— Elles sont célibataires ? s'enquit Oz.

Grover lui lança un regard.

— Ne va pas te faire des idées.

Oz leva les mains comme s'il se rendait.

— Absolument pas. C'était juste une question !

Grover secoua la tête.

— Désolé. Je suis protecteur envers elles. Surtout Devyn, ma plus jeune sœur. Elle n'a pas eu une vie facile. Elle a 29 ans, mais c'est une vieille âme. Elle a eu une leucémie quand elle était petite et a donc manqué une bonne partie de son enfance.

— C'est triste, compatit Oz.

— Ouais. Mais elle ne laisse absolument pas cette expérience la définir. Elle a largement rattrapé le fun qu'elle n'a pas connu durant son enfance. Je jure devant Dieu que c'est à cause d'elle que j'aurai des cheveux gris avant l'âge. Elle est déjantée. Si elle ne saute pas en parachute ou à l'élastique, elle traverse l'Afrique à dos de chameau. Si une aventure se présente, elle répond à l'appel.

— Elle a l'air chouette, dit Oz.

— Je confirme. Mais je suis certain qu'elle se réfugie derrière ces amusements pour masquer une grosse douleur à l'intérieur. J'ai essayé de lui parler, mais elle m'envoie bouler en me disant que je me comporte comme un grand frère protecteur. Je le suis, mais si elle ralentissait pendant deux secondes, je crois qu'en fait, elle apprécierait la vie davantage.

Ils restèrent tous silencieux pendant un moment. Puis Grover dit :

— Quoi qu'il en soit, crois-moi, Lefty. Kinley *est* à fond sur toi. Mais pour une raison ou une autre, elle ne veut pas que tu t'approches. Tu vas devoir l'amener à te faire confiance avant qu'elle ne puisse te révéler la véritable raison pour laquelle elle a coupé les ponts avec toi.

— Et que proposes-tu que je fasse ? demanda Lefty, sincèrement reconnaissant de toute l'aide qu'ils voudraient bien lui apporter.

— Je dirais la sauver d'une foule déjantée qui veut lui faire du mal, mais tu l'as déjà fait et ça n'a pas fonctionné, le taquina Grover.

— Merci pour rien, grommela Lefty.

— Sois patient, dit Grover à son ami. Ne lui saute pas dessus. Vas-y lentement. Montre-lui que tu ne vas pas sortir de tes gonds. Tu peux aussi t'ouvrir à elle, lui dire quelque chose que tu n'as encore jamais raconté à personne. Et surtout, fais-la se sentir spéciale, pour qu'elle soit sûre que tu n'es pas simplement en train de la baratiner. À ce qu'elle en sait, tu emballes des femmes partout dans le monde.

— Absolument pas, insista Lefty. Tu le sais parfaitement.

— *Moi* oui, mais pas elle.

Cela fit réfléchir Lefty. Kinley et lui *étaient* essentiellement encore des inconnus l'un pour l'autre. Certes, ils avaient beaucoup parlé en Afrique, mais ils n'avaient pas eu l'occasion de vraiment se connaître en profondeur. Il lui avait dit qu'il était célibataire, bien sûr, mais elle n'avait aucun moyen de s'en assurer. Les relations longue distance n'étaient pas ce qu'il préférait. C'était déjà assez difficile comme cela, et encore plus quand on ne connaissait pas vraiment l'autre personne. Il répondit d'un hochement de menton.

— Bien vu. Demain, je lui ferai clairement comprendre que je ne vois personne, que j'ai passé plus de temps sur le champ de bataille que dans une chambre à coucher et que je lui parle parce qu'elle m'intrigue.

— C'est bien. Même si cela te prendra probablement du temps avant qu'elle ne te croie. Mon meilleur conseil est... n'abandonne pas. Si elle coupe à nouveau les ponts, continue de lui envoyer des messages. Même si ce sont des trucs bêtes, comme ce que tu as préparé pour le dîner. Les femmes veulent généralement savoir que tu penses à elles, même lorsque vous n'êtes pas ensemble.

Lefty hocha la tête. Il était le premier à admettre qu'il n'était pas exactement un expert en matière de femmes. Il avait eu des aventures, mais la plupart de ses relations ne l'avaient pas vraiment emballé. Il aimait passer du temps avec les femmes, mais il ne pensait pas toujours à elles quand ils étaient séparés.

Il ne pouvait pas dire la même chose à propos de Kinley. Il ne pensait pas continuellement à elle, mais il ne pouvait pas nier que lorsqu'il voyait quelque chose – une femme assise dans un café ou bien un article sur Walter Brown –, il était immédiatement ramené en Afrique et aux conversations qu'il avait aimé échanger avec elle.

Lefty se prépara à aller dormir et une fois qu'il se fut couché, il regarda le plafond pendant un bon moment, essayant de trouver comment il allait s'y prendre pour que Kinley lui fasse confiance, s'ouvre à lui, soit convaincue qu'il voulait vraiment mieux la connaître. Il commencerait par être son ami et les choses progresseraient peut-être à partir de là.

Il s'avoua en passant qu'il ne savait pas comment ils géreraient les choses côté intimité, avec lui au Texas et elle à Washington, mais il ne s'était jamais senti aussi déterminé à pousser une femme à lui parler. Cela devait être un signe que peut-être, juste *peut-être*, ils étaient censés devenir plus que de simples connaissances.

Sentant sa détermination s'accroître, Lefty se promit de faire son possible pour s'assurer que Kinley comprenne à quel point il avait envie de devenir son ami et d'apprendre à mieux la connaître. Elle lui plaisait vraiment.

Quelque part, il avait l'impression que ce serait plus facile à dire qu'à faire.

CHAPITRE TROIS

Kinley ouvrit la porte de sa chambre d'hôtel à 7 h 03 le lendemain matin. Elle avait la tête baissée et était perdue dans ses pensées, se disant qu'elle redoutait vraiment cette journée. Elle détestait ce genre d'événements sociaux lors des conférences. C'était ennuyeux et les gens lui parlaient rarement. Elle n'avait donc généralement rien d'autre à faire que de se tenir sur la touche.

Mais elle se dit que cela faisait partie de ses fonctions. Elle rentrerait à Washington le lendemain et pourrait lire pendant tout le vol. Elle croisait les doigts pour ne pas se retrouver à côté de quelqu'un qui avait la parlotte. Elle détestait cela. Mettre ses écouteurs aidait généralement à faire comprendre qu'elle n'avait pas envie de papoter, mais parfois même cela ne suffisait pas à dissuader un voisin trop extraverti.

Elle était tellement perdue en pensant au livre qu'elle avait envie de lire dans l'avion du retour qu'elle ne remarqua même pas que quelqu'un était debout devant sa chambre. Avant qu'elle ne puisse réagir, l'homme lui avait pris un bras et lui faisait descendre le couloir.

Prête à crier et à libérer son bras de la poigne ferme de cet inconnu, elle leva les yeux juste à temps pour ravaler sa protestation.

C'était Gage qui lui tenait le bras ! Il affichait un air déterminé et ne semblait pas d'humeur à débattre.

Kinley regarda de nouveau vers sa chambre et vit Jangles, un des agents de la Delta Force chargés de protéger son patron, debout devant sa porte.

Il lui sourit et inclina un chapeau imaginaire dans sa direction.

— Amusez-vous bien ! leur cria-t-il.

Fronçant les sourcils, Kinley se retourna juste à temps pour voir Gage ouvrir la porte des escaliers qui descendaient jusqu'au vestibule. Il la fit passer par la porte avant qu'elle ne puisse dire un mot. Mais au lieu de descendre l'escalier, il l'adossa au mur et lui lâcha le bras. Il fit alors un pas en arrière, lui donnant un peu d'espace avant de prendre la parole :

— Désolé si je t'ai fait peur, dit-il doucement. Mais je voulais t'éloigner du couloir avant que Brown ne sorte et te voie.

— Il ne se lève généralement pas avant 8 heures, dit Kinley à Gage. Il se couche tard. Je crois que Drake Stryker, l'ambassadeur des États-Unis en France, lui a rendu visite dans sa chambre hier soir. Ils passent beaucoup de temps ensemble lorsqu'ils assistent à la même conférence, et il m'a priée de ne jamais le déranger, sous n'importe quel prétexte.

— Ah, d'accord. Quoi qu'il en soit, j'ai une proposition pour toi.

Kinley ne pouvait que regarder l'homme à qui elle pensait depuis des mois. Il avait l'air différent ce matin-là, plus accessible. Il portait un jean et un polo blanc à manches courtes. Elle entrevoyait des poils sur sa poitrine là où sa chemise était ouverte, et sur son bras gauche, elle vit le tatouage noir complexe dont elle avait eu un aperçu en Afrique. Elle eut envie de retrousser la manche pour le voir dans son intégralité, mais elle réussit par un effort extraordinaire à garder ses mains pour elle.

Il avait les cheveux quelque peu en bataille, comme s'il les avait séchés à la serviette après sa douche et n'avait pas pris la peine de les peigner. Il venait également de se raser ; il n'y avait aucun signe de la barbe de fin de journée qu'elle s'était aussi habituée à voir. Kinley n'arriva pas à trancher si elle le préférait rasé de près ou non. Elle aimait quand il avait l'air rude et un peu inaccessible. Avec le visage mangé par la barbe, elle avait l'impression que personne n'oserait s'approcher d'eux.

— Kinley ? demanda-t-il avec un léger sourire.

— Euh, oui ?

— J'ai une proposition pour toi, répéta-t-il. J'aimerais passer la matinée avec toi. Il ne se passera rien à la conférence à part ce brunch pour socialiser.

— Oh, mais... Walter s'attend à ce que j'y assiste, dit-elle d'une voix clairement déçue.

— Je m'en suis occupé pour toi. Je t'ai grappillé quelques heures, admit Gage.

— Comment ça ?

— J'ai parlé à Merlin et à son équipe. Il va dire à Brown que tu ne te sens pas bien ce matin, que tu as des problèmes menstruels.

— Sérieusement ?

— Ouais. Je parie qu'il n'est pas le genre d'homme à te poser trop de questions sur tes règles. J'ai tort ? Si oui, dis-le-moi tout de suite et on pourra trouver autre chose. Je peux peut-être m'arranger pour que Merlin lui file des laxatifs après tout.

Kinley ne put s'empêcher de rire.

— Ils en seraient vraiment capables ?

— Pour toi ? Oui, ils le feraient. Ils t'apprécient, Kins, et ils ont envie que tu aies le temps d'explorer Paris ce matin, de t'amuser.

Kinley était choquée, mais touchée par leur sollicitude.

— Je suis quasiment certaine que Walter ne posera pas de questions. Tu sais, j'ai dû l'appeler une fois pour lui dire que j'avais une intoxication alimentaire, que je vomissais et que j'avais la diarrhée, et il m'a immédiatement accordé des vacances. Je sais que tu ne l'aimes pas, mais il n'est pas toujours si horrible que ça. Je pense que voyager fait ressortir ses mauvais côtés.

Elle voyait bien que Gage ne la croyait pas, mais il semblait soulagé que l'excuse qu'il avait trouvée pour l'arracher à son travail pendant quelques heures tienne la route. Elle devrait probablement être irritée qu'il ait planifié cela sans lui en parler à l'avance, mais elle était trop flattée qu'il ait voulu passer du temps avec elle.

— Jangles restera près de ta porte au cas où Brown déciderait de venir te voir, mais d'après ce que tu viens de me dire, ça ne se produira probablement pas. Mais je m'assurerai que tu sois revenue pour les dernières réunions de la journée.

— Merci, lui dit Kinley.

— Pas besoin de me remercier. J'aimerais te parler sans avoir à me soucier que Brown ait besoin de toi, et sans que tu sois forcée de partir régler tous les problèmes du monde. Tu m'as manqué, Kins… et j'aimerais passer du temps avec toi dans Paris. Qu'en dis-tu ?

Kinley ne pensait pas être capable de dire quoi que ce soit. Elle avait envie de parler à Gage depuis qu'elle l'avait vu plus tôt cette semaine-là, mais plus elle l'avait évité, plus sa gêne s'était aggravée.

— Parle-moi, Kins. Tu n'as pas à avoir peur. Es-tu déjà allée à Paris ?

Elle secoua la tête.

— On va jouer aux touristes et prendre le temps de discuter. Je vais te trouver des macarons géniaux et on pourra se goinfrer pendant qu'on visitera le Louvre, ce qui reste de Notre-Dame et bien sûr, la tour Eiffel. Qu'en dis-tu ?

Sachant qu'elle *aurait dû* dire non et aller au brunch à la place, Kinley se prit à nouveau à hocher la tête. Comment aurait-elle pu résister à cet homme ? Il s'était démené pour lui accorder une matinée de liberté. La veille seulement, ne s'était-elle pas lamentée qu'elle était à Paris et qu'elle n'avait pas visité une seule chose ? Sa chambre donnait sur une ruelle et non sur la tour Eiffel, comme elle l'avait espéré. C'était censé être une ville romantique pour les amoureux, et elle était restée cloîtrée dans sa chambre d'hôtel, trop intimidée pour sortir toute seule.

Le sourire qui illuminait le visage de Gage était absolument magnifique.

— Bien. Je te promets que tu vas bien t'amuser.

Kinley n'en était pas si certaine – elle s'inquiétait de ce qu'il avait à dire –, mais elle préférait largement passer du temps avec Gage à rester debout contre le mur dans une pièce remplie de politiciens.

Puis, comme si c'était un geste qu'il faisait au quotidien, il tendit la main et saisit la sangle de son porte-documents. Puis il ouvrit la porte de l'escalier et le plaça sur le sol à l'intérieur du couloir qu'ils venaient de quitter. Enfin, il se retourna, lui prit la main et la plaqua sur son avant-bras.

Être aussi près de lui rendait Kinley plus embarrassée que d'habitude, et ce n'était rien de le dire. La plupart du temps, elle se sentait petite, mais à côté de Gage, au lieu d'être gênée par sa taille, elle se sentait entourée par lui. Il faisait bien trente centimètres de plus qu'elle et elle aimait l'avoir à ses côtés.

— Jangles va récupérer ton sac et s'assurer de te le rendre pour les réunions de cet après-midi, lui dit Gage en lui faisant descendre les escaliers.

— D'accord.

Il n'y avait rien de précieux dans son porte-documents… Enfin, à l'exception de son ordinateur portable appartenant au gouvernement. Elle avait son portefeuille dans le sac à main qu'elle portait en cross-body.

— Qu'est-ce que tu veux voir en premier ? demanda Gage alors qu'ils traversaient le vestibule en direction de la sortie.

Pourquoi pas un petit-déjeuner ? On peut s'installer en terrasse et prendre un café et une de ces pâtisseries qui font la célébrité des Français.

Kinley hocha la tête. Peu lui importait *ce* qu'ils faisaient. Elle allait passer du temps avec Gage, alors elle savait déjà qu'elle se souviendrait de ce jour pour le reste de sa vie.

Elle avait l'impression de tourner la tête partout alors qu'ils avançaient. Malgré l'heure matinale, il y avait beaucoup de gens dans les rues. Autour d'eux, les résidents parlaient français, ce qui rendait cette aventure d'autant plus surréaliste.

Gage trouva un petit café et s'y assit, puis il réussit à leur commander un petit-déjeuner même s'il ne parlait pas la langue. Il dut beaucoup mimer et pointer du doigt, mais très vite, on leur servit de petites tasses de café et une énorme assiette de pâtisseries sucrées et décadentes.

— Ce n'est pas mon petit-déjeuner habituel, mais comme c'est une occasion spéciale, je crois que je suis d'accord, déclara Gage.

Kinley savait qu'elle devait faire plus que le regarder fixement, aussi se força-t-elle à demander :

— Une occasion spéciale ?

Il rayonnait.

— Ouais. Notre premier rendez-vous.

Kinley était stupéfaite. Elle plissa le front et le regarda en fronçant les sourcils.

— Oh, ne me regarde pas comme ça, lui dit-il en lui prenant la main. Je n'allais pas y aller aussi vite, mais je pense qu'il vaut mieux juste avoir cette conversation pour pouvoir profiter du reste de la journée. Je pensais qu'en Afrique, on avait décidé de garder contact.

Ce n'était pas une question... mais cela l'était pourtant. L'estomac de Kinley se serra. Elle ne savait absolument pas comment lui expliquer qu'elle n'en valait pas la peine. Qu'elle avait eu des doutes à la seconde où elle avait quitté l'Afrique.

Elle s'humecta les lèvres et essaya de trouver les mots justes. Mais il reprit la parole avant qu'elle ne puisse le faire :

— On m'a fait remarquer que tu crois peut-être que je fais ça tout le temps... Aborder des femmes et leur donner mon numéro et mon e-mail. Ce n'est pas vrai. Tu es la première, et je ne te mens pas. On n'a pas passé énormément de temps ensemble en Afrique, mais j'ai vraiment cru qu'on avait bien accroché. J'avais hâte de mieux te connaître, même si c'était seulement par Internet. J'ai été déçu quand tu n'as répondu à aucun de mes messages.

Kinley étudia l'homme qui se tenait devant elle. Il semblait sincère. Mais elle n'avait pas beaucoup d'expérience avec les hommes. Bon sang, elle avait *aucune* expérience avec les hommes... sauf pour les politiciens. Et chaque mot qui sortait de *leur* bouche était un mensonge. De jolies paroles pour inciter les autres à les soutenir par leur vote ou leur portefeuille.

Gage semblait différent. Totalement. Elle voulait le croire... mais il devait comprendre qu'elle n'était pas comme la plupart des femmes.

— Je suis vierge, laissa-t-elle échapper.

Ces trois mots flottèrent dans l'air entre eux pendant un bon moment, et Kinley aurait voulu mourir. Elle l'avait anticipé, mais elle n'avait pas eu l'intention de lâcher le morceau comme cela.

— Je veux dire... Je ne suis pas comme les femmes que tu as connues dans le passé. Je suis une *nerdette*. Je sors et je fais des trucs, mais c'est généralement toute seule et pas avec des amies. Mais j'*aime* être seule. Je ne suis pas déprimée à l'idée de rester dans mon appartement pendant tout le week-end sans rien faire ou sans sortir. Je me contente parfaitement d'être toute seule. La plupart des gens pensent que je suis bizarre. Et je *suis* bizarre. Je ne suis pas douée pour les relations. Je n'ai eu personne dans ma jeunesse pour me montrer comment on est censé faire. Je dis tout le temps le mauvais truc – comme je suis en train de le faire – et je suis embarrassante.

» C'est simplement que… Je ne t'ai pas écrit parce que je savais qu'au bout d'un moment, tu finirais par te rendre compte que je suis vraiment bizarre. Puis tu aurais trouvé une excuse pour prendre tes distances. Je me suis imaginé qu'un jour, je me serai rendu compte que je n'avais pas eu de tes nouvelles depuis un certain temps, et lorsque je t'aurai posé la question, tu m'aurais dit que tu avais été occupé, et ce serait fini.

Quand elle se tut, Kinley réalisa que dans sa hâte de s'exprimer, elle était à bout de souffle, mais elle voulait être aussi honnête que possible avec Gage.

— Si tu passes du temps avec moi simplement parce que tu veux coucher avec moi, ça n'arrivera pas.

— Respire, Kinley, dit Gage calmement en lui prenant la main. Tout d'abord, je suis intrigué par toi *parce* que tu n'es pas comme les femmes que j'ai pu connaître par le passé. Je pense que c'est formidable que tu arrives à rester toute seule. Tu n'as pas besoin de quelqu'un d'autre pour valider tes goûts et tes dégoûts. Tu es qui tu es, et c'est vraiment rafraîchissant. Ça ne me fait absolument rien si tu es décalée. En fait, ton étrangeté me *plaît*.

» Je ne vais pas me réveiller un matin et essayer de trouver un moyen d'esquiver notre amitié. Honnêtement, je crois que c'est *toi* qui vas te lasser de moi. Kins, il est plus qu'évident que tu es plus intelligente que moi. Tu es plus gentille, plus patiente et résolument une bien meilleure personne. Ça me dépasse que tu songes à être amie avec moi, et pourtant, j'en ai envie plus que je ne saurais l'exprimer.

» Aussi… tu penses que ça me rebute que tu sois vierge ? demanda-t-il en baissant le ton. Absolument pas. Mais juste pour que tu le saches, pour le moment, je veux juste être ton ami. Si tu m'attires ? Oui. Mais les coups d'un soir, c'est fini pour moi. Je veux connaître une femme avant de partager mon corps avec elle. Je veux savoir ce qui la rend heureuse, quels films elle aime. Je veux rencontrer ses amis et sa famille, et ressentir une connexion profonde avant de sauter au plumard. Peut-être que ça me fait passer pour un sentimental, mais ça m'est égal.

— Je n'ai *aucun* ami et pas de famille, avoua Kinley à voix basse.

Elle ne parvint pas à déchiffrer l'expression sur le visage de Gage, mais elle ne voulait pas de sa pitié, alors elle poursuivit :

— Je t'ai déjà dit que j'étais une personne bizarre. Je ne mentais pas. J'ai été élevée dans une série de foyers d'accueil et aucun des adultes n'a voulu m'adopter. Probablement parce que je passais la majeure partie de mon temps à traîner dans ma chambre à lire plutôt qu'à interagir avec les autres habitants de la maison. J'ai décroché des bourses d'études pour aller à l'université – être placée en foyer m'a aidée – et quand j'ai quitté mon dernier foyer d'accueil, j'ai pris toutes mes affaires et je n'y suis jamais retournée... Non pas qu'on m'ait invitée à le faire.

» À l'université, je passais mon temps à étudier, et quand j'ai obtenu mon diplôme, j'ai trouvé un emploi à Washington, grâce à l'un de mes stages. J'ai essayé de me faire des amis, mais tout le monde a trop envie de gravir l'échelle politique. Après quelques erreurs douloureuses, j'ai appris que pour avoir des amis, je devais faire semblant d'être quelqu'un que je ne suis pas. C'était plus facile de glander dans mon appartement toute seule, acheva-t-elle en haussant les épaules.

— Écoute-moi, et écoute bien, dit Gage en posant une main sur le côté de son cou et en se penchant vers elle.

Kinley s'immobilisa. C'était bon de sentir la main de Gage sur sa peau. Vraiment bon. Ses mamelons durcirent sous son soutien-gorge en coton blanc, et elle fut vraiment choquée par la réaction de son corps.

— Tu m'écoutes ? demanda-t-il.

Kinley put sentir son souffle chaud contre sa joue.

Elle hocha la tête.

— Je veux que tu sois exactement qui tu es avec moi. *Tu* me plais, Kinley. Tu n'es pas comme les autres ? Et alors ? Ça te rend unique. Je vais partager *mes* amis avec toi. Et ma famille. Je n'ai pas de frères ou de sœurs, mais mes parents vont t'adorer. Je parie qu'ils seraient heureux de t'adopter, mais la dernière chose que je veux, c'est que tu deviennes ma sœur... même si ce n'est que sur papier.

Kinley osa à peine respirer. Tout ce qu'elle pouvait faire, c'était regarder dans les yeux bruns de Gage et se demander comment elle avait eu la chance de capter son intérêt.

— Donne-moi une chance, demanda Gage. On est tous étranges à notre façon. Tu sais ce que je fais. Il y aura des moments où je serai absolument incapable de prendre contact avec toi. Il pourra s'agir d'une semaine ou bien de deux mois. Mais ne pense pas que je te laisse tomber, d'accord ?

Kinley hocha la tête.

— D'accord.

— J'ai cru que j'avais fait ou dit quelque chose qui t'avait contrariée, poursuivit Gage. Je me suis trituré la cervelle pour essayer de comprendre ce que j'avais fait pour que tu coupes les ponts. J'ai détesté ressentir ça... parce que tu me plais, Kins. J'aime ton innocence et je ne parle pas de sexe... même si encore une fois, ça ne me rebute *pas* que personne ne t'ait jamais touchée auparavant. Je parle de la façon dont tu vois le monde. C'est comme si tu voyais directement dans le cœur des gens. Tu vois à travers les conneries. Je pense que c'est ce qui m'a intriguée chez toi dès le début. Tu m'as regardé et tu n'as pas vu un grand soldat effrayant, tu as vu Gage. Et personne ne *me* voit jamais la première fois qu'ils me regardent.

— Tu n'as rien dit ou fait de mal, c'était moi, dit doucement Kinley.

— OK, dit Gage.

Ils se regardèrent pendant un instant avant qu'il ne lui demande :

— Tu ressens la même chose, n'est-ce pas ?

Elle ne l'avait jamais entendu aussi incertain. Mais elle n'avait pas à lui demander ce qu'il voulait dire. Elle savait. Kinley hocha la tête.

Il lui caressa le dessous de la mâchoire avec le pouce avant de retirer sa main et de se coller contre le dossier de sa chaise. Il lui toucha le bras et dit :

— Mange, Kins. On va beaucoup marcher ce matin, surtout si on veut tout voir avant que je te ramène à la conférence.

Kinley prit le croissant posé sur le plateau devant elle, mais avant d'en avaler un morceau, elle dit :

— Si tu veux retenter de m'envoyer un e-mail ou un message… je répondrai.

Elle aima le sourire qui s'afficha sur son visage.

— Ça me plairait, dit-il simplement.

Mais pour une raison ou une autre, Kinley fut incapable d'en rester là.

— Parfois, j'oublie de vérifier mes messages, parce que ce n'est pas comme si d'autres personnes que Walter m'envoyaient des e-mails. Alors si je ne te réponds pas immédiatement, ne pense pas que je suis en train de te remettre un vent. D'accord ?

— D'accord, Kins. Je ne m'attends pas à ce que tu me répondes dans les dix secondes ou quoi que ce soit. Mais ne coupe plus jamais les ponts avec moi.

— Je ne le ferai pas. Je le jure.

Ils se regardèrent mutuellement pendant un autre long moment. Kinley se sentit plus vulnérable que jamais. Elle essaya de laisser Gage percevoir sa sincérité. Enfin, il hocha la tête puis désigna sa nourriture.

— Mange, Kinley.

— Tu es autoritaire, murmura-t-elle.

Il sourit.

— Ouais.

Elle se mit à manger en souriant jusqu'aux oreilles.

*
**

Quelques heures plus tard, après avoir visité les Champs-Élysées et l'Arc de triomphe, pris quelques photos à l'extérieur du Louvre et mangé des macarons jusqu'à en avoir mal au ventre, ils se rendirent à la tour Eiffel.

— Tu veux monter ? demanda Lefty à Kinley.

Elle avait la tête inclinée en l'arrière et levait de grands yeux vers l'emblématique monument français.

— Non.

— Non ?

Lefty sembla surpris.

— Non, confirma-t-elle. J'ai effectué des recherches avant de quitter Washington... Pas parce que je pensais avoir la chance de la voir de près comme ça, mais... juste comme ça. Quoi qu'il en soit, le troisième étage n'est pas super grand. Il n'y a pas beaucoup de place. Je ne pense pas que tu aimeras être là-haut et tu te sentirais un peu à l'étroit. Et... je n'aime pas être aussi près des gens. C'est juste que... c'est beau vu d'en bas. Je ne voudrais pas gâcher ça en allant au sommet. Surtout pour voir les graffitis que je suis certaine qu'on va y trouver.

— D'accord, Kins. On peut rester ici, dit Lefty.

Il aurait voulu l'aider à dépasser sa peur évidente de la tour, mais pour être honnête, la queue pour acheter les billets était longue et ils n'avaient pas le temps d'attendre. Il ne savait pas si elle avait le vertige ou si c'était simplement le fait d'être près d'autres personnes, mais il voulait l'aider à dépasser *ses* craintes.

Pas à pas, se rappela-t-il. Aujourd'hui, Kinley devait s'amuser, pas bannir toutes ses peurs en une seule journée.

Elle n'avait pas détourné les yeux de la tour et Lefty se remit à sourire. Il lui prit le coude et la conduisit prudemment vers un banc à proximité. Elle s'assit, levant toujours les yeux, et Lefty n'interrompit pas ses pensées.

Il avait raison : elle ne parlait pas beaucoup, mais quand elle le faisait, il apprenait toujours quelque chose. Elle n'avait pas voulu visiter le Louvre parce qu'elle avait dit qu'il s'agissait du plus grand musée du monde et, pour lui rendre justice, il lui aurait fallu plusieurs heures pour tout digérer. Elle l'avait également informé qu'on racontait qu'une momie du nom de Belphégor hantait le musée.

Il n'aimait pas avoir appris qu'elle n'avait pas d'amis ou de famille, mais il ne pensait pas qu'elle lui ait dit cela pour gagner sa sympathie. Elle l'avait énoncé de la même manière détachée dont elle l'avait informé de son restaurant préféré, lui avait dit qu'elle préférait les macarons à la vanille et lui avait parlé de ce qu'elle faisait pendant son travail. Pour elle, c'était juste un fait de la vie, et cela donnait envie à Lefty de lui montrer que l'amitié véritable comptait encore plus. Il voulait la présenter Gillian, la laisser passer du temps avec les autres membres de son équipe, lui montrer qu'elle était importante et digne d'être aimée.

Il avait essayé *très fort* de ne pas penser qu'elle était vierge, mais évidemment, il n'arrêtait pas d'y penser. Il savait qu'elle avait 29 ans et était surpris qu'elle n'ait jamais fait l'amour avec qui que ce soit. Les hommes qu'elle connaissait devaient être des idiots finis – ce qui n'était pas exactement une surprise, puisqu'elle bossait dans le monde de la politique, mais quand même...

Elle avait laissé échapper beaucoup d'informations au cours des dernières heures, et à ce qu'il en avait compris, elle n'avait eu qu'une poignée de petits amis dans sa vie, mais dès qu'ils avaient commencé à faire pression pour obtenir d'elle plus qu'elle n'avait envie d'en donner – que ce soit physiquement ou même socialement –, elle avait rompu. Elle avait admis qu'il était plus facile de prendre soin de ses propres besoins physiques que de s'occuper de l'ego des hommes.

Lefty savait qu'il mentirait s'il n'admettait pas qu'il n'aurait vu aucun inconvénient à montrer à Kinley pourquoi le sexe était aussi populaire. Mais quelques heures ne suffiraient pas à faire davantage que d'essayer de cimenter le lien qu'il percevait entre eux.

Il n'était pas fan des relations à distance, mais s'il pouvait au moins être son ami, Lefty s'en contenterait.

Il garda les yeux sur Kinley pendant qu'elle observait la tour. Il n'avait aucune idée de ce qui lui passait par la tête et il trouvait cela terriblement intrigant. Certes, il aurait pu lui demander à quoi elle songeait, mais il aimait trop rester à l'observer en train de regarder le monde autour d'elle pour l'interrompre.

Après encore cinq minutes environ, elle cligna des paupières puis tourna la tête vers lui.

— Tu t'ennuies ? demanda-t-elle.

— Non, lui répondit honnêtement Lefty.

— La plupart des gens le feraient au bout d'un moment, dit-elle en fronçant les sourcils.

Lefty haussa les épaules.

— Je ne suis pas la plupart des gens.

Il détourna la tête pendant un instant pour regarder sa montre.

— On a encore deux heures avant de devoir revenir à la conférence. Si tu veux passer le reste du temps ici, à regarder la tour Eiffel, c'est ce qu'on va faire.

— Qu'est-ce que *tu* veux faire ? demanda-t-elle.

— Tout ce que tu veux, lui répondit Lefty sans hésitation.

Elle plissa le front et Lefty se dit qu'elle était vraiment adorable.

— Ça ne te fait rien que je reste assise ici sans rien dire ?

— Rien.

— Si je t'ignore totalement ?

— Rien, dit-il à nouveau.

Elle se racla légèrement la gorge puis regarda de nouveau l'immense tour qui se dressait devant eux et n'ajouta rien de plus. Elle fit glisser ses fesses en arrière jusqu'à ce que sa tête repose sur le banc derrière eux. Lefty était à l'aise à côté d'elle.

Ni l'un ni l'autre ne pipa mot, mais lorsque Lefty tendit le bras pour lui prendre la main, elle ne s'écarta pas. Si Kinley était « bizarre », alors Lefty décida qu'il aimait sa bizarrerie. Vraiment beaucoup.

***

Après dix minutes supplémentaires à contempler la tour Eiffel, elle décida qu'elle en avait eu assez. Il avait réussi à lui faire prendre la pose pendant assez longtemps pour pouvoir prendre une photo d'elle devant avant qu'elle ne demande si Notre-Dame était trop loin. Il lui avait assuré que non, et ils étaient partis. Ils avaient marché en silence, Kinley se contentant d'absorber ce qu'elle voyait et entendait.

Lefty ne fut pas surpris quand, en parvenant devant Notre-Dame, Kinley s'arrêta au milieu du trottoir, se contentant de contempler ce magnifique bâtiment ancien. Il la protégea, s'assurant que personne ne la bouscule pendant qu'elle entrait dans l'église.

— J'ai pleuré quand je l'ai vue brûler aux informations, dit-elle au bout d'un moment. Je suis heureuse que le vitrail ait survécu.

— Moi aussi, dit-il.

Puis, prenant une décision en une fraction de seconde, Lefty sortit son téléphone. Il savait que sa mère était lève-tôt. Une lève-tôt *très* matinale. Elle allait se coucher vers 20 heures et se levait aux alentours de 4 heures tous les matins. Un jour, quand il lui avait dit qu'elle était folle, elle avait juste haussé les épaules et lui avait dit qu'elle aimait le matin parce que tout était calme et tranquille.

Sachant qu'elle était probablement levée, même s'il était super tôt en Californie, il appuya sur le numéro de sa mère et enclencha le haut-parleur. Alors qu'il sonnait, il sentit Kinley le regarder. Il croisa son regard quand sa mère répondit :

— Bonjour, mon fils. Tout va bien ?

— Oui, je vais bien. Je suis à Paris, répondit-il sans préambule.

— À Paris ? souffla sa mère. Dis-moi que tu fais un peu de tourisme.

— Effectivement, ricana Lefty. C'est pour ça que je t'appelle. Je te *FaceTime*, d'accord ?

— Bien sûr. Ce n'est pas comme si j'étais toute nue et que j'avais décidé de répondre au téléphone quand mon fils unique m'a appelée.

Lefty ricana et il apprécia le rire qui s'échappa de la bouche de Kinley. Il cliqua sur le bouton qui permettrait à sa mère de le voir.

— Salut, mon bébé, dit tendrement sa mère quand elle vit son visage.

— Bonjour, Maman, dit Lefty. Tu es super belle.

Elle leva les yeux au ciel et secoua la tête.

— Tu me flattes toujours, l'accusa-t-elle.

— Tu sais que je ne mens jamais, dit-il. Avant que tu comprennes pourquoi je t'ai appelée, j'ai quelqu'un à te présenter.

— Gage, non, murmura Kinley.

— Maman, poursuivit-il en l'ignorant, j'aimerais que tu rencontres Kinley Taylor. Kinley, voici ma mère, Molly.

— Bonjour, Kinley, dit sa mère, alors que Lefty attirait Kinley contre lui pour que son visage apparaisse à l'écran avec le sien. J'adore vos cheveux ! Cette couleur noire est absolument rayonnante au soleil.

— Euh... merci. Je les ai lavés ce matin, répondit Kinley.

Et Lefty la sentit alors se raidir comme si elle était gênée par ce qu'elle venait de laisser échapper.

Mais sa mère poursuivit sur sa lancée :

— Super ! J'avoue que moi, je suis accro aux shampooings secs. Il y a des jours où Kaden, mon mari, doit me forcer à prendre une douche.

Lefty sentit Kinley se détendre à côté de lui.

— Je n'ai pas encore essayé. Ça fonctionne vraiment ?

— Oh, ma belle, dit sa mère. Oui. C'est incroyable ! Gage

me donnera votre courriel, et je vous enverrai les noms de ceux que j'ai trouvé les meilleurs. Ils ne sont pas tous conçus de la même manière, vous savez.

— Merci, dit Kinley.

— Quoi qu'il en soit, Maman, je voulais t'appeler parce qu'on est juste devant Notre-Dame, dit Lefty.

— Pas possible ! s'exclama sa mère.

Lefty ricana.

— Est-ce que je t'appellerais de Paris pour mentir sur un truc comme ça ?

— Pas si tu as envie de rester en vie, répliqua sa mère. Fais-moi voir ! Je vois ta nénette tout le temps. Je n'ai jamais vu Notre-Dame.

— Juste pour ça, je crois que je ne vais pas te la montrer, la taquina-t-il.

Il se tourna vers Kinley.

— Ma mère a une passion pour Notre-Dame. D'aussi loin que remontent mes souvenirs, elle a toujours adoré ce bâti-ment. Il y a eu des moments pendant mon adolescence où j'ai cru qu'elle l'aimait plus que *moi*. Un jour, pour son anniver-saire, j'ai réussi à convaincre un ami qui venait ici en mission d'acheter un dessin de la cathédrale à un artiste de rue. J'ai cru que ma mère allait mourir lorsqu'elle a ouvert le paquet.

— Arrête ! grogna Molly.

Lefty continua de la taquiner, faisant durer le suspense pour sa mère.

— Une année, elle avait prévu de venir à Paris avec Papa, mais elle a dû subir d'urgence une opération de l'appendicite et ils ont raté ça.

— Gage, menaça sa mère. Tourne ce téléphone ou je jure que je parlerai à Kinley de la fois où tu as fait pipi dans ton pantalon quand tu faisais la queue à Disney pour voir Mickey Mouse.

— J'avais 4 ans, dit-il à Kinley avec un clin d'œil. Et Mickey était mon héros. Alors oui, j'ai fait pipi dans mon pantalon.

— Gage ! geignit Molly Haskins.

Avant qu'il ne puisse mettre fin aux souffrances de sa mère, Kinley prit le téléphone et retourna la caméra, la pointant vers le bâtiment emblématique.

— Vu de cet angle, on ne voit quasiment pas qu'il y a eu un incendie, dit Kinley à Molly. Regardez, le vitrail est toujours presque parfait.

Puis, comme si elle avait fait des visites guidées de Notre-Dame pendant toute sa vie, Kinley continua à donner à sa mère le frisson de sa vie en faisant le tour pour lui montrer toutes les petites choses.

Lefty n'y vit pas le moindre inconvénient. Il aimait le fait que sa mère et Kinley tissent un lien grâce à ce bâtiment. Il avait toujours pensé que l'obsession de sa mère pour Notre-Dame était un peu étrange, mais voir son amour pour elle être nourri par Kinley était un cadeau.

— Et regardez, vous ne verrez pas ça sur toutes les photos de la chapelle, dit Kinley en braquant le téléphone vers leurs pieds.

Ils étaient debout sur la place devant l'église, baissant les yeux vers une boussole gravée dans la pierre.

— *Point zéro des routes de France*, dit Kinley. Ce point exact indique l'endroit d'où sont mesurées toutes les distances depuis et vers Paris.

Il entendit sa mère pousser un soupir de contentement.

— Merci pour cette visite, dit-elle à Kinley après qu'elle eut relevé le téléphone pour regarder vers la caméra. Vous n'avez aucune idée de ce que cela signifie pour moi. J'irai la visiter un jour, mais la voir aujourd'hui, et vous entendre me raconter tout ça, était spécial.

Lefty vit que Kinley ne savait absolument pas quoi répondre, alors il passa le bras autour de ses épaules et l'attira contre lui, tendant la main et lui prenant le téléphone.

— Si tu veux savoir quoi que ce soit sur n'importe quel

sujet, Kinley peut probablement t'en parler, dit-il à sa mère. Elle est super intelligente.

— Ce que j'aimerais savoir, c'est quand mon garçon va trouver le temps de venir rendre visite à ses parents, dit Molly.

— Espérons que ce soit pour bientôt, Maman, dit Gage avec un petit rire.

— C'est ce qu'il dit toujours, rétorqua Molly en regardant Kinley. Je parie que vous ne dites pas cela à *vos* parents.

— Je n'en ai pas, expliqua Kinley sans détour.

— Oh. Oh, mince. J'ai mis les pieds dans le plat, n'est-ce pas ? dit sa mère avec un petit mouvement de la tête. Dans ce cas, vous devriez peut-être venir nous rendre visite à moi et à Kaden. Puisque notre fils nous néglige, nous pourrions vous faire visiter San Francisco. Nous aimerions vous recevoir. Les amis de Gage sont aussi nos amis. Vous êtes déjà venue dans le coin ? On peut acheter des billets pour Alcatraz. C'est fascinant. Et les lions de mer allongés sur la jetée sont un spectacle à ne pas manquer...

— Maman, l'interrompit-il.

— Quoi ?

— Cesse tes boniments, lui dit-il.

Il fut surpris quand il entendit Kinley rire doucement. Il la regarda en arquant un sourcil.

— Cesse tes boniments ? Tu n'as pas vraiment dit ça à ta mère ? demanda-t-elle.

— Et pourtant si, se plaignit sa mère. Vous voyez à quel point il est méchant ?

Mais elle prononça ces paroles en riant.

— Vous me plaisez, Kinley. Et j'étais sérieuse quand je vous invitais à venir nous rendre visite. Je ne peux pas imaginer ce que l'on ressent d'avoir perdu ses parents, et je suis plus que disposée à être une mère de remplacement pour vous.

— Tu n'as *pas* le droit d'adopter Kinley, Maman, dit Lefty d'un ton sévère.

Kinley le regarda et il poursuivit :

— Tu as le droit d'être son amie, de lui donner des conseils beauté et de la corrompre pour qu'elle ne se douche pas pendant des semaines d'affilée, mais en aucun cas toi et Papa ne pouvez l'adopter.

— Pourquoi pas ? demanda Molly.

Lefty se contenta de hausser les sourcils.

— Oooooh ! dit sa mère. D'accord. Bon alors, pas d'adoption, car ce serait embarrassant si tu sortais avec ta sœur, hein ?

— Maman ! (Lefty secoua la tête.) Tu es impossible.

— C'est mon fils qui me l'a appris, dit-elle avec un sourire avant de braquer son attention vers Kinley. Je suis sérieuse, ma chère. Si vous avez besoin d'échapper un moment à tous ces connards de Washington, vous êtes plus que la bienvenue chez nous. Et juste pour que vous le sachiez, Gage nous a déjà un peu parlé de vous, de votre rencontre en Afrique et de votre travail à Washington. Nous avons plus qu'assez de place dans notre maison pour que vous y restiez aussi longtemps que vous voulez. Mon mari vous enquiquinera terriblement en vous montrant sa salle de souvenirs sportifs. Et ne le croyez pas lorsqu'il vous dira que ce sera l'héritage de Gage... Ça ne vaut absolument rien ! Puis je vous emmènerai passer une soirée dans le quartier de Castro et on fera la fête dans les bars gays. C'est super amusant et ces garçons sont si divertissants.

— Bon, ça suffit. Je vais raccrocher maintenant, dit Lefty.

Kinley posa la main sur son avant-bras, et il savait qu'il aurait pu rester ici à écouter sa mère parler d'aller dans une boîte de nuit gay toute la journée si c'était ce que voulait Kinley.

— Merci, dit-elle. Je n'ai jamais visité San Francisco. Si vous... si vous et votre mari passez par DC, je serais ravie d'être votre guide touristique. Je n'ai pas tout vu moi-même, car j'ai plutôt tendance à rester chez moi, mais je peux voir si je trouve des bars gays sympa pour sortir.

Molly Haskins jeta la tête en arrière et partit d'un rire hystérique.

— Ça me plairait, merci, Kinley. Mon fils, éteins la vidéo et le haut-parleur.

Lefty s'exécuta et porta le téléphone à son oreille.

— Hé, Maman.

— Elle me plaît, dit-elle immédiatement. Elle est différente des autres femmes avec qui tu es sorti jusqu'ici. Elle est intelligente, drôle et trop bien pour des types comme toi.

Lefty manqua de s'étrangler.

— Merci, Maman, dit-il d'une voix traînante.

— Vas-y doucement avec elle, suggéra-t-elle. Elle est timide et je devine qu'elle n'est pas habituée à quelqu'un comme toi.

— Quelqu'un comme moi ? demanda Lefty.

— Ouais. Quelqu'un de bien. Qui la traitera comme une princesse et qui ne voudra pas la blesser.

C'était très agréable de savoir que sa mère le voyait de cette façon.

— Je n'y manquerai pas.

— Bien. Et assure-toi qu'elle sache que j'étais sérieuse en l'invitant ici. Et si elle n'était pas sérieuse pour son invitation à Washington, fais-le-moi savoir. Parce que je suis *déjà* en train de planifier ce voyage.

— D'accord.

— Et, Gage ?

— Oui ?

— Merci d'avoir partagé Notre-Dame avec moi. Tu sais combien ça compte pour moi.

Lefty ferma les yeux et soupira.

— Je t'aime, Maman.

— Je t'aime aussi, mon fils. Maintenant... décampe. Va sauver le monde ou un truc comme ça.

— Pas de problème. Je t'appelle dès que je serai de retour aux États-Unis.

— J'y compte bien, dit-elle. Salut.

— Salut.

Lefty raccrocha et vit que Kinley le regardait, les yeux pétillants de curiosité.

— Elle voulait s'assurer que tu saches qu'elle t'apprécie. Et elle m'a dit que tu es trop bien pour moi.

— Non, ce n'est pas vrai, protesta Kinley.

Lefty lui prit à nouveau la main et commença à marcher lentement vers le quartier où se trouvait leur hôtel et la conférence.

— Absolument, lui assura-t-il. Et elle voulait aussi que je m'assure que tu avais sérieusement envie de jouer les guides touristiques pour eux s'ils venaient à Washington, DC.

Kinley haussa les épaules.

— Ouais, même si je serai nulle, parce que je n'ai pas vu grand-chose, à part les musées. Mais je peux effectuer des recherches si je sais ce qui les intéresse le plus. Je peux trouver des musées qui leur plairaient et acheter des tickets. Je pourrais peut-être même leur organiser une visite de la Maison-Blanche s'ils en ont envie.

Lefty s'arrêta et posa sa main libre sur son cou, comme il l'avait fait plus tôt, durant le petit-déjeuner, et il sentit l'électricité parcourir tout son corps.

— S'ils viennent en vacances, ce qui les intéressera sera d'apprendre à te connaître, Kinley. Tu peux les emmener dans un musée si tu le souhaites, ou bien voir des monuments, mais tout ce dont ils se soucient, c'est de passer du temps avec toi.

— Mais... Je ne les connais même pas, protesta-t-elle.

— Tu viens de passer trente minutes à donner à ma mère l'excitation de sa vie, lui dit Lefty. Tu ne sais pas à quel point elle est obsédée par Notre-Dame. Quand tu as dit que tu as pleuré en regardant les images de l'église en feu, je savais qu'elle et toi vous entendriez parfaitement. Et j'avais raison. Merci de ne pas avoir pensé que ma mère est folle parce qu'elle aime à ce point ce vieux tas de pierres.

— Elle n'est pas folle, protesta Kinley. Elle m'a fait bonne impression.

— Super. Parce que c'était réciproque. Et j'étais sérieux : refuse catégoriquement de signer les papiers pour te faire adopter ! Ce serait *vraiment* embarrassant pour moi de sortir avec ma sœur adoptive.

Étonnamment, Kinley pouffa, mais elle se reprit rapidement.

— Ils ne veulent pas m'adopter. Personne ne veut de moi.

— Ce n'est pas vrai, rétorqua Lefty avec emportement. J'ai envie que tu sois mon amie. Gillian, la fiancée de Trigger, te voudra en tant qu'amie dès qu'elle t'aura rencontrée. Le reste des mecs de mon équipe te voudront *aussi* en tant qu'amie. Bon sang, même Jangles et son équipe t'aiment bien. Tu n'es plus seule, Kinley, tu comprends ?

Elle le regarda pendant si longtemps que Lefty craignit d'avoir poussé le bouchon trop loin et qu'elle accepte juste pour le faire taire. Mais au lieu de cela, elle ferma les yeux, inspira profondément et hocha la tête.

— Regarde-moi, Kins.

Elle ouvrit immédiatement les paupières.

— Si tu as besoin de moi, je serai là, sans poser de questions, lui dit Lefty. Même si tu as juste besoin de quelqu'un pour te plaindre à propos de ta journée. D'accord ?

— D'accord, murmura-t-elle. Mais il faut que tu saches quelque chose.

— Quoi ?

— Donald Duck est plus intéressant et a plus de personnalité que Mickey Mouse.

Cela fit ricaner Lefty.

— Dans tes rêves, dit-il en retirant la main de son cou pour la serrer contre lui.

Pour ce faire, il dut lui lâcher la main, mais elle se sentait bien, collée à lui.

— C'est vrai. Il est plus drôle et a une présence à l'écran beaucoup plus forte que Mickey, dit Kinley avec un petit sourire.

Alors qu'ils retournaient à la conférence, Lefty réalisa que cela faisait longtemps qu'il ne s'était pas autant amusé qu'au cours des cinq dernières heures. Il avait apprécié Kinley quand il l'avait rencontrée en pleine crise, mais après avoir passé du temps avec elle dans une atmosphère détendue, il était presque surpris de voir à quel point elle l'attirait.

Ils échangèrent des plaisanteries durant un déjeuner rapide dans un autre café et il en apprit davantage sur qui était Kinley en tant que personne lorsqu'elle commanda un déjeuner à emporter pour le donner à un sans-abri qu'elle avait vu assis sur un banc en face du café.

Sachant qu'il lui resterait peu voire plus de temps avec elle une fois qu'elle aurait repris le travail, il l'arrêta juste à l'extérieur du bâtiment où se tenait la conférence.

— Tu vas me parler quand tu rentreras, hein ? demanda-t-il, la douleur d'avoir été ignoré toujours fraîche dans son esprit.

— Je le promets, dit Kinley en lui prenant la main et en la pressant.

C'était la première fois qu'*elle* le touchait.

— Comme je l'ai dit plus tôt, j'essaierai de vérifier mes e-mails et mes SMS plus souvent, mais ça risque de me prendre un certain temps avant que j'en fasse une routine. Je ne suis tout simplement pas habitué à parler à d'autres personnes.

— D'accord, je peux être patient. Et si je suis envoyé en mission, je m'assurerai de te faire savoir pendant combien de temps je *pense* être parti. Mais ce sera toujours une supposition, l'avertit-il.

— Je comprends, dit-elle. Et Lefty avait le sentiment qu'elle le faisait vraiment.

— Je ne sais pas quand nos chemins se croiseront à nouveau, mais j'ai hâte, lui dit-il.

— Moi aussi, répondit-elle timidement. Je ne peux pas promettre d'être la meilleure des copines, simplement parce que je ne sais pas comment faire, mais je vais essayer.

— Contente-toi d'être toi, lui dit Lefty. Je n'ai pas besoin de plus.

— D'accord, dit-elle timidement.

— D'accord, répéta Lefty.

Il avait envie de l'embrasser, mais cela lui semblait déplacé. Alors il porta leurs mains jointes à sa bouche et lui embrassa les doigts.

— Fais attention à toi, Kins. Surveille tes arrières et si tu as besoin de moi, tu n'as qu'à me contacter.

— Merci, dit-elle.

Ils se tinrent sur le trottoir pendant un long moment, se regardant l'un l'autre, avant que Lefty ne se force à lui lâcher la main. Il fit un pas en arrière. Elle lui adressa un petit geste de la main et recula à son tour. Elle se cogna à la porte et sa maladresse lui fit plisser le nez. Puis elle tourna les talons et disparut dans le bâtiment.

Inspirant profondément, Lefty se tourna et se dirigea vers l'hôtel. Pour la première fois de la matinée, il vit Merlin appuyé contre un immeuble à proximité. Il avait dit qu'il allait les suivre et c'était de toute évidence ce qu'il avait fait. L'autre homme hocha la tête et lui emboîta le pas quand Lefty passa devant lui.

— Vous avez l'air d'avoir passé un bon moment aujourd'-hui, fit-il remarquer.

— Effectivement, en convint-il.

— Je ne l'avais jamais vraiment vue sourire, nota Merlin. Tu lui fais du bien.

Lefty appréciait les remarques de son collègue. Il n'était pas vraiment certain que Merlin ait raison, mais c'était trop tard. Il avait actualisé son envie de mieux connaître Kinley, et à présent, il ne pouvait pas imaginer sa vie sans qu'elle en fasse partie d'une manière ou d'une autre... même si c'était seulement comme amie.

Ils parcoururent en silence le reste du trajet jusqu'à l'hôtel. Lefty devait aller soulager son coéquipier et prendre connaissance de l'emploi du temps de Johnathan Winkler pour le reste de la journée. Il espérait avoir une chance de revoir Kinley, mais même s'il ne le faisait pas, il était rassuré quant à l'état de leur relation. Il priait simplement pour qu'elle tienne parole et garde contact une fois qu'elle serait rentrée chez elle.

CHAPITRE QUATRE

Ce soir-là, Kinley se tenait près de la fenêtre de sa petite chambre d'hôtel, regardant l'allée sans la voir. L'après-midi avait été difficile. En partie parce qu'elle aurait encore voulu parcourir les rues de Paris avec Gage.

Walter ne lui avait pas posé beaucoup de questions sur sa matinée, hormis pour lui demander si elle se sentait mieux. L'excuse comme quoi elle avait eu des crampes menstruelles semblait vraiment efficace, et son patron n'entretenait pas le moindre soupçon. Il ne savait absolument pas qu'elle avait profité de Paris toute la matinée.

Kinley supposait qu'elle aurait dû se sentir coupable, mais ce n'était pas le cas. Walter était un patron dur, mais de temps en temps, ses actes rendaient encore plus difficile le choix entre rester ou partir. Comme quand il lui avait envoyé de la soupe de poulet quand elle avait été malade l'année précédente.

Apparemment, Woof avait fait du bon travail en tant qu'assistant temporaire, ayant même arrangé une réservation à dîner pour lui et Drake Stryker, l'ambassadeur des États-Unis en France. Ils devaient passer leur dernière soirée à Paris ensemble et voulaient se rendre dans un restaurant chic. Réserver un resto n'entrait techniquement pas dans ses compétences, mais quand ils étaient en déplacement, Kinley faisait généralement tout son possible pour l'aider. De toute évidence, Walter était tellement habitué à ce qu'elle effectue ce genre de tâches pour lui qu'il n'avait pas hésité à demander à un soldat de la Delta Force de faire la même chose.

La cérémonie de clôture de la conférence aurait lieu le lendemain matin, et son patron et elle partiraient juste après. Kinley avait espéré avoir l'occasion de passer plus de temps avec Gage, mais elle ne l'avait pas vu depuis qu'elle l'avait quitté à l'extérieur du centre de conférence.

Pour la première fois de sa vie, Kinley ne voulait pas rester seule dans sa chambre d'hôtel. Elle avait envie de dîner avec Gage. Lui parler davantage. Vivre à travers lui.

Poussant un soupir, elle regarda sa montre. Il était 1 heure du matin et il aurait vraiment fallu qu'elle dorme, mais le souvenir de Gage ne cessait de tourbillonner dans son esprit. Elle avait été mortifiée lorsqu'il avait appelé sa mère, mais après avoir appris combien l'autre femme aimait Notre-Dame, elle avait été heureuse de lui faire faire la visite et de lui en dire autant qu'elle le pouvait au sujet du bâtiment.

Elle avait regretté de l'avoir invitée à Washington dès que les mots lui étaient sortis de la bouche, mais à présent qu'elle avait eu le temps de réfléchir à la question, elle se disait qu'il était impossible que Molly et son mari acceptent sa proposition. L'autre femme s'était juste montrée polie.

Kinley était tellement perdue dans ses pensées qu'elle faillit manquer l'activité dans l'allée en contrebas.

Cela faisait un moment qu'elle avait éteint les lumières de sa chambre, afin de mieux voir les étoiles, et elle n'avait pas pris la peine de les rallumer. Il n'y avait littéralement rien d'autre à voir depuis sa chambre d'hôtel ; ce n'était pas comme si elle avait une vue quelconque sur la ville. Lorsqu'un mouvement attira son attention, Kinley baissa les yeux.

Une berline noire s'était avancée dans la ruelle et elle reconnut à l'arrière une plaque d'immatriculation diplomatique. Elle mit une seconde pour rassembler ses pensées, mais quand elle vit un homme se diriger vers la porte, elle reconnut soudain que c'était Drake Stryker, l'homme avec lequel son patron avait passé la soirée.

Mais il n'était pas seul.

Il avait refermé la main autour du biceps de la femme. Elle donnait l'impression d'être complètement ivre et marchait de façon si erratique que si Drake n'avait pas été là pour la tenir, elle se serait étalée par terre. Le couple était sorti d'une porte dérobée que Kinley pensait appartenir à l'hôtel, mais elle n'en était pas sûre à cent pour cent.

La femme portait un débardeur rouge et une jupe courte. Sa longue chevelure brune tombait librement sur ses épaules. Elle ne pouvait pas voir son visage, car elle avait la tête baissée, mais Kinley s'imagina qu'elle était probablement belle.

C'étaient ses chaussures qui retinrent vraiment son attention.

Elle n'avait jamais pu mettre de talons, ce qui ne la dérangeait pas, sauf quand elle voyait d'autres femmes porter des chaussures qu'elle aimait vraiment. Et Kinley aimait vraiment, *vraiment*, les chaussures que portait la femme qui accompagnait Drake. C'étaient des souliers aux talons compensés recouverts de strass. Même s'il n'y avait pas beaucoup de lumière dans la ruelle, ces chaussures étincelaient à chaque fois qu'elle faisait un pas.

Drake parcourut la ruelle du regard puis il passa le bras autour de la femme. Il dut quasiment la soulever pour l'aider à monter dans sa voiture. Quelques secondes plus tard, ils étaient dedans et le véhicule descendait lentement l'allée. Il tourna à droite au bout et disparut en quelques secondes.

Drake Stryker était marié, tout comme son patron, mais dans les milieux politiques, avoir des aventures ne sortait pas de l'ordinaire. Elles étaient aussi communes que les cafés parisiens. Il était dommage que la société ait suffisamment changé au fil des ans pour que personne ne se soucie plus que ceux qui dirigent le pays couchent avec des personnes auxquelles ils n'étaient pas mariés. Embaucher des escort-girls et coucher avec des prostituées était un peu plus tabou, mais la plupart des gens faisaient simplement semblant de ne pas le remarquer. Autrefois, cela dérangeait beaucoup Kinley, mais après avoir passé des années à Washington, elle y était habituée.

Kinley soupira à nouveau. Autrefois, elle aurait eu envie d'être juste comme cette femme. Insouciante, assumant sa sexualité et ne craignant pas de se faire un coup d'un soir si l'envie lui en prenait. Mais avec l'âge, Kinley aurait simplement voulu trouver quelqu'un avec qui larver à la maison. Quelqu'un qui se contenterait de se faire livrer et de passer une soirée à regarder la télévision et à lire.

Plus Kinley passait de temps toute seule, plus elle se rendait compte qu'il était quasiment impossible de trouver quelqu'un, n'importe qui, avec qui passer sa vie. Ce n'était pas comme si elle rencontrait des hommes éligibles et attirants à son boulot, et puisqu'elle n'aimait pas les bars ou les sites de rencontres en ligne, et n'avait pas d'amies qui auraient pu la présenter à des hommes de leur connaissance, Kinley se disait qu'elle était destinée à devenir le stéréotype de la vieille fille.

Se détournant de la fenêtre, elle se força à retourner au lit pour se rallonger. Il fallait qu'elle dorme. Walter allait être à cran le lendemain, surtout si lui et son ami venaient de passer la soirée avec la femme de l'allée. Kinley n'approuvait pas l'adultère, mais ce qu'ils faisaient ne concernait qu'eux. Tant qu'elle était payée, elle allait regarder ailleurs et faire semblant de ne pas voir certaines des indiscrétions de son patron.

Cette attitude blasée envers l'adultère était une autre raison pour laquelle Kinley ne voulait pas avoir affaire à un homme impliqué en politique. Elle refusait absolument d'être avec un homme qui la tromperait. Bien qu'elle ait pu admettre qu'elle ne soit pas le meilleur parti au monde, elle n'aurait jamais trompé quelqu'un avec qui elle était engagée.

Les yeux fermés, Kinley força son corps à prendre une

pause. Entre la cérémonie de clôture, emmener Walter à l'aéroport – plus l'enregistrement et le retour aux États-Unis –, la journée du lendemain allait être très longue et fatigante.

Kinley cala la tête sur son siège et ferma les yeux. Elle avait le siège du milieu, bien entendu, et les gens de chaque côté d'elle s'étaient endormis quasiment dès le décollage. Walter était installé en première classe, elle avait donc tout le vol pour se détendre et ne pas penser à son patron.

Il s'était montré particulièrement difficile toute la journée. Dès le moment où il avait répondu à sa porte après qu'elle eut toqué pour le réveiller, il avait été un connard. Il lui avait crié dessus, lui disant qu'il n'était pas prêt, qu'elle devait aller lui acheter un café et une pâtisserie pour le petit-déjeuner et qu'il la retrouverait à la conférence. Une fois sur place, il s'était plaint devant les autres représentants que son café n'était pas préparé correctement. Il s'était également montré revêche et désagréable envers le pauvre chauffeur durant le trajet jusqu'à l'aéroport, et Kinley aurait voulu mourir d'embarras lorsqu'il avait fait une crise au comptoir de la compagnie aérienne quand il s'était retrouvé dans un siège différent de celui qu'elle lui avait originellement réservé en première classe.

En fin de compte, elle avait été contente qu'il disparaisse dans le carré pour les passagers de première classe. Elle avait enfin pu échapper à sa mauvaise humeur et aller s'asseoir pour se reprendre.

Kinley n'avait pas revu Gage, ce qui avait été décevant, mais c'était peut-être mieux ainsi. Qu'il lui manque autant était étrange. Et bien sûr, il était difficile de ne pas comparer son comportement à celui de Walter. Là où son patron était impoli et condescendant, Gage tolérait ses excentricités et faisait de son mieux pour être poli, non seulement envers elle, mais envers tous ceux qui croisaient son chemin. Elle avait bien vu qu'il avait laissé des pourboires conséquents pour les serveurs des cafés et que, même lorsqu'elle s'arrêtait au milieu du trottoir, il ne protestait jamais et empêchait même d'autres personnes de la bousculer.

Elle avait même une petite boîte de macarons à la vanille dans son sac à main qu'il lui avait achetée simplement parce que c'étaient ses favoris et qu'il s'était dit qu'elle aimerait peut-être rapporter des petites douceurs chez elle.

Pour la première fois de sa vie, Kinley aurait aimé être différente. Elle aurait aimé être le genre de femme qui pouvait sauter dans le lit d'un homme sans que son cœur soit impliqué. Être plus extravertie. Plus normale. Elle aurait aimé pouvoir parler à quelqu'un de Gage et de ce qu'il lui faisait ressentir. S'il y avait un moment où elle aurait eu besoin d'une autre femme pour l'aider à définir les sentiments qui coursaient à travers son esprit *et* son corps, c'était bien maintenant.

Au moins, les autres femmes avaient leurs sœurs ou leurs mères à qui parler. *Elle* n'avait personne, littéralement personne à qui elle pouvait s'ouvrir librement. C'était déprimant et décourageant.

Secouant la tête, Kinley carra les épaules et ouvrit les paupières. Non, elle n'allait pas commencer à se morfondre ! Elle était qui elle était et sa vie était ce qu'elle était. Et se faire des récriminations mentales n'y changerait rien.

Elle avait travaillé dur pour arriver là où elle en était présentement et, tout bien considéré, elle avait fait un travail incroyable. Kinley avait connu beaucoup de filles qui avaient grandi dans la même situation et étaient loin de se débrouiller aussi bien. Elle avait un diplôme, un bon travail, un toit au-dessus de la tête. Elle n'avait pas besoin d'amis ou d'un homme pour lui améliorer l'existence. Elle était *déjà* bien.

Cliquant sur sa tablette, Kinley ouvrit le livre qu'elle avait commencé à lire en attendant l'avion. Elle était certes une solitaire et bien trop terre à terre, mais elle aimait lire des romances. Tout s'arrangeait toujours à la fin et elles lui offraient la fin heureuse émotionnellement satisfaisante dont son psychisme avait besoin. Elle se contenterait de vivre sa vie par procuration à travers celle des héros et des héroïnes des livres qu'elle aimait. La vie réelle n'était pas pareille et souhaiter qu'elle le soit ne déboucherait que sur un cœur brisé.

Elle était heureuse qu'elle et Gage aient pu tirer les choses au clair, mais il vivait quasiment à l'autre bout du pays. C'était également un militaire et d'après ce qu'elle avait vu, ils étaient pile derrière les hommes politiques en termes d'adultère, d'abus et de divorce.

Se sentant coupable de mettre Gage dans la même catégorie que certains membres du personnel militaire qu'elle avait rencontrés, Kinley entama sa lecture avec détermination. Elle avait encore plusieurs heures devant elle avant d'atterrir, avant qu'elle ne doive à nouveau gérer Walter.

Déterminée à profiter de la moindre minute, elle se perdit dans les mots devant elle.

Poussant un soupir de soulagement quand elle entra enfin dans son appartement, Kinley laissa tomber ses sacs au milieu de la pièce et se dirigea vers son canapé en titubant. Elle vivait dans un studio près du centre-ville, et elle n'avait jamais été aussi heureuse de rentrer chez elle de toute sa vie.

Au lieu d'avoir été détendu après avoir passé le vol en première classe, choyé par les agents de bord et en mesure de dormir à plat, Walter avait paru être encore plus à cran qu'ils l'avaient été lorsqu'ils avaient quitté Paris.

Quand leur chauffeur ne les avait pas retrouvés au retrait des bagages – elle avait reçu un texto disant qu'il était en retard –, Walter avait bougonné qu'on ne pouvait plus trouver des gens utiles de nos jours. Il lui avait laissé saluer le chauffeur et n'avait pas pris la peine de faire la causette avec lui tandis qu'il faisait rouler la valise de Walter vers la limousine.

Cela n'avait pas été très amusant de se retrouver coincée dans une limousine avec son patron pendant qu'il se plaignait de la fatigue et du décalage horaire. Elle avait également été surprise quand, au lieu de rentrer directement à la maison, il avait dit à leur chauffeur de les emmener au bureau pour qu'ils puissent travailler, même si on était en fin d'après-midi.

Kinley aurait voulu protester et lui faire remarquer qu'elle n'avait pas eu de siège inclinable dans l'avion et qu'elle n'avait pas beaucoup dormi, mais son air stressé et grincheux l'arrêta.

Au bureau, lorsqu'elle n'avait pas été en mesure de se rappeler immédiatement certains des noms des représentants qu'ils avaient rencontrés à la conférence, il s'était montré encore plus revêche.

Elle n'avait jamais été aussi soulagée qu'il finisse par se lasser et mette un terme à la journée.

Quand Walter fut déposé en premier, il descendit de la voiture puis surprit complètement Kinley en repassant la tête dans la limousine pour la remercier de l'avoir accompagné à Paris. Il s'était excusé d'être aussi désagréable et lui avait dit de bien dormir.

Malgré sa politesse à la fin du trajet, Kinley remarqua qu'elle et le chauffeur avaient poussé un soupir de soulagement après son départ.

Il était tard quand elle entra dans son appartement et que, par habitude, elle prit la télécommande et alluma la télé. Elle n'aimait pas regarder les informations, mais vu son industrie et ceux pour qui elle travaillait, elle devait rester au fait des événements politiques.

Ne regardant que d'un œil le journaliste, Kinley fut surprise quand quelque chose à l'écran attira son attention. Elle saisit rapidement la télécommande et monta le volume.

... la jeune fille de 14 ans a été retrouvée dans le quartier des Champs-Élysées à Paris. Le décès est dû à une strangulation et tout comme les cinq autres jeunes femmes qui ont été retrouvées au cours des six

Kinley avait les yeux rivés sur l'écran. Pendant que le journaliste parlait, un clip montrait la scène du crime. Un corps était couvert d'une bâche grise, dévoilant seulement ses pieds.

À la seconde où le journaliste changea de sujet, l'image changea aussi.

Kinley se redressa du canapé d'un bond et saisit sa besace, en sortant frénétiquement son ordinateur portable du travail. Attendre qu'il se mette en route était horrible et elle ne pouvait pas se sortir de l'esprit les pieds de la fille assassinée.

À la seconde où son ordinateur se connecta à son Wi-Fi, Kinley ouvrit le moteur de recherche et écrivit « l'Étrangleur des Allées ». Toutes les images qui s'affichèrent offrirent un spectacle horrifiant et troublant, mais c'était la dernière victime qui intéressait Kinley.

Elle cliqua sur l'image de la jeune femme couverte de la bâche dans la ruelle et zooma sur ses chaussures.

Pendant une bonne minute, Kinley regarda l'image, puis s'affaissa sur la chaise de sa petite table de cuisine, incrédule. Elle aurait reconnu ces chaussures n'importe où.

Elle les avait admirées la nuit précédente, à Paris.

La femme qu'elle avait vue entrer dans la voiture de Drake Stryker portait exactement les mêmes chaussures qui ornaient les pieds de la victime assassinée sur la photo qui s'affichait sur l'écran de son ordinateur.

Cela ne pouvait pas être une coïncidence. Elle savait que la femme de la ruelle et la victime devaient être la même personne.

Une fille de 14 ans...

Si elle n'avait pas autant admiré les chaussures de la jeune fille, la nouvelle n'aurait pas retenu son attention. Malheureusement, des personnes se faisaient tuer tous les jours. Mais elle n'avait pas seulement vu cette pauvre fille juste avant qu'elle se fasse assassiner... elle avait également une bonne idée de l'identité du coupable.

Kinley aurait voulu crier. Aurait voulu pleurer. Mais elle ne fit ni l'un ni l'autre. Elle resta simplement assise à la table de sa cuisine, en état de choc.

Il était possible que Stryker ait ramené la jeune fille chez elle, ou là où il l'avait cherchée, et que quelqu'un d'autre avait abusé d'elle. Mais quelque chose au fond de Kinley savait que ce n'était pas vrai. Engager des prostituées était une chose, dont trop de politiciens étaient coupables d'ailleurs, mais là, c'était complètement différent.

Elle devait en parler à quelqu'un.

Mais à qui ? Qui la croirait ?

Elle pouvait parler à la police, mais elle n'avait qu'une paire de chaussures ; la bâche avait dissimulé le reste du corps de la jeune fille et les vêtements qu'elle portait. Et comme preuve, c'était un peu léger. Qui savait combien de paires de ces chaussures avaient été vendues et étaient portées par des femmes parisiennes ?

Et Stryker était l'ambassadeur des États-Unis en France. Il avait été nommé par le président en personne.

Sentant qu'elle commençait à paniquer, Kinley se leva et fit les cent pas dans son petit appartement. Elle *devait* en parler à quelqu'un.

Puis il lui vint une autre idée. Walter avait passé la soirée avec Drake.

La fille avait-elle été avec eux ? Avait-il su quel âge elle avait ? Si c'était bien elle, Kinley était *forcée* de croire que Walter n'avait pas su son âge. Il n'était pas l'homme le plus gentil du monde, mais elle ne pensait pas qu'il soit pédophile. Il était marié, avec deux filles adolescentes. C'était un patron dur, certes, mais elle avait également vu son côté compatissant.

Il ne la remerciait pas constamment, mais il n'avait pas besoin de la remercier pour bien faire son travail.

Il était grincheux lorsqu'ils voyageaient, mais qui ne l'aurait pas été ?

Passer du temps avec son ami lors de sa dernière nuit à Paris ne signifiait pas qu'il avait participé à un rendez-vous mortel avec une jeune fille mineure.

Mais Kinley ne connaissait absolument pas Drake. C'était peut-être lui qui avait invité la fille. Peut-être que les deux hommes l'avaient crue plus âgée qu'elle ne l'était vraiment, et qu'après avoir appris l'âge qu'elle avait en réalité, Drake l'avait immédiatement ramenée chez elle ?

Elle espérait que ce soit le cas. Il l'avait déposée quelque part et malheureusement, elle avait alors croisé la route de quelqu'un qui l'avait tuée.

Mais son patron voudrait certainement savoir qu'une fille qu'il avait fréquentée avait été retrouvée morte, victime d'un tueur en série infâme. Il faudrait qu'il en parle en Drake et ils devraient tous les deux contacter les autorités. Le prévenir de la situation lui paraissait être la chose à faire. À la place de son patron, elle aurait voulu que quelqu'un *la* prévienne.

Sa décision prise, Kinley prit son téléphone et cliqua sur le numéro de Walter. Il ne serait pas content qu'elle le dérange chez lui. Il lui avait dit que si elle avait vraiment besoin de le contacter après le travail, elle devait envoyer un SMS ou un e-mail, mais c'était une urgence.

Le téléphone sonna quatre fois avant qu'il réponde.

— Allô ?

— Monsieur Brown, c'est Kinley.

— Je vous ai demandé de ne pas m'appeler quand je suis à la maison, Kinley. Nous travaillons assez dur quand nous sommes au bureau. Tout ce que vous avez à me dire peut attendre qu'on soit de retour au travail.

— Je suis désolée, dit-elle rapidement. Mais je suis rentrée chez moi et j'ai vu les nouvelles. Avez-vous entendu parler de l'Étrangleur des Allées ? balbutia-t-elle.

— Le quoi ? demanda Walter.

— Pas quoi, *qui*. L'Étrangleur des Allées. C'est un tueur en série à Paris. Il a tué quelqu'un d'autre hier soir.

— Qu'est-ce que ça a à voir avec moi ? demanda Walter d'un ton confus.

— Je pense avoir vu la victime la nuit dernière, lui souffla Kinley. J'étais éveillée et ma chambre d'hôtel faisait face à la ruelle. J'ai vu votre ami, monsieur Stryker, sortir de l'hôtel avec une femme. Du moins, je *pensais* que c'était une femme. J'ai admiré ses chaussures, et quand j'ai vu les photos de la dernière victime, elle portait les mêmes. Elle avait 14 ans, monsieur. Était-elle... était-elle avec vous et monsieur Stryker la nuit dernière ?

Il y eut un silence pesant à l'autre bout de la ligne pendant un long moment avant que Walter ne reprenne enfin la parole :

— Vous êtes en train de me dire que vous pensez que notre ambassadeur en France est un tueur en série et que j'ai passé la soirée de la veille avec lui et sa dernière victime ?

Formulé de la sorte, cela semblait ridicule, mais Kinley tint bon.

— Eh bien, pas nécessairement. Mais j'ai reconnu les chaussures qu'elle portait...

— Vous plaisantez ! l'interrompit Walter. Je vous jure que c'est l'indice le plus ridicule que j'aie jamais entendu de toute ma vie. Aucun policier ne va vous prendre au sérieux quand ils vont entendre ça. Je suis offensé pour Drake. Cet homme n'est pas plus un tueur que moi ! Pour votre information, nous étions seuls hier soir. On a parlé de politique et de la confé-rence. On a pris quelques verres puis il est parti. S'il a retrouvé une femme au bar d'en bas après avoir quitté ma chambre, c'est *son* problème. Vous avez vu le visage de cette femme ?

— Non, avoua Kinley. C'était trop sombre et elle avait la tête baissée.

— Alors, vous basez votre accusation simplement sur les chaussures que cette femme portait aux pieds, dit Walter.

Kinley se mordilla la lèvre et ne répondit pas. Elle aurait pu faire remarquer qu'elle avait également vu les vêtements et les cheveux de la jeune fille, mais il faudrait appeler la police de Paris pour confirmer qu'ils correspondaient bien à la victime. Et compte tenu de la colère de son patron, elle décida de ne rien dire. Elle n'allait pas lui faire part de cette information, au risque de le contrarier davantage.

— Avez-vous raconté cette histoire absurde à qui que ce soit ? demanda-t-il.

— Non, répondit honnêtement Kinley. Je voulais vous parler en premier parce que vous êtes amis et que vous étiez avec lui la nuit dernière. Je pensais juste que vous auriez besoin de le savoir.

— D'accord. J'*étais* avec lui hier soir, et il n'y avait ni femme ni fille avec nous. Je suis certain que ce que vous avez vu hier soir était complètement innocent. C'est probablement une pure coïncidence que la femme qu'il a ramenée chez elle hier soir porte les mêmes chaussures que la fille qui a fini morte dans une ruelle. Vous m'avez compris ?

— Oui, monsieur, répondit automatiquement Kinley.

— Vous êtes fatiguée après avoir voyagé toute la journée. Il est compréhensible que vous soyez trop épuisée pour avoir les idées claires.

— Je suis sûre que c'est ça, monsieur, répondit-elle sombrement.

— Je vous suggère de ne pas mentionner ça à qui que ce soit. Sans quoi, on va vous mépriser à Washington.

Il renifla d'un air dédaigneux.

— Ce serait votre parole contre celle d'un homme respecté et bosseur... qui se trouve être ami avec le président. Allez dormir, Mademoiselle Taylor. Vous vous sentirez mieux demain matin. Puisque vous avez travaillé ce soir, je vous donne votre matinée. On se voit après le déjeuner.

— Oui, monsieur, dit Kinley.

Elle était contente de ne pas avoir à aller au travail super tôt le matin, mais cette situation la déroutait toujours.

— Merci de m'avoir appelé pour m'en parler, dit Walter, baissant la voix et prenant un ton sincère. J'apprécie que vous n'ayez pas laissé ça vous envenimer l'esprit, et que vous n'ayez pas fait quelque chose de fou comme appeler la police. Accuser un innocent est une affaire sérieuse et aurait entraîné des répercussions sur vous... *ou* moi. On se voit demain. Bonne nuit.

Il ne lui donna pas le temps de dire au revoir et Kinley resta le téléphone à la main pendant un moment avant de raccrocher.

Tout ce qu'il avait dit avait du sens... mais pour une raison quelconque, elle ne parvenait pas à croire que ce qu'elle avait vu la veille était les derniers moments sur cette terre de cette pauvre fille. Ses jambes l'avaient à peine supportée, et à présent qu'elle y réfléchissait, il semblait que Stryker l'ait pratiquement forcée à monter dans sa voiture.

Mais les paroles de Walter suffirent à la faire se remettre en question. Et il avait raison. Qui allait la croire ? Elle n'avait aucune preuve que cette fille avait été avec Drake et Walter, et qui aurait pu dire que l'ambassadeur ne l'avait pas rencontrée au bar de l'hôtel et l'escortait innocemment quelque part ?

Se sentant vaincue et mal à l'aise, Kinley se força à se redresser et à aller prendre sa valise. Elle la défit et lança une machine dans le petit lave-linge et sèche-linge situé dans son placard alors qu'elle continuait de débattre avec elle-même.

Le temps qu'elle se soit changée pour se mettre au lit, Kinley s'était convaincue qu'elle avait réagi de manière excessive, que des milliers de personnes portaient ces mêmes chaussures et qu'elle avait tout simplement mal interprété ce qu'elle avait vu. C'étaient juste les nouvelles... Elles lui avaient mis dans la tête des idées qui n'étaient pas vraies. Le pouvoir de la suggestion était puissant ; elle le savait après avoir bossé en politique pendant des années.

Malgré cela, elle tomba dans un sommeil troublé, ses rêves peuplés par des visions de petites filles en pleurs.

— On a un problème, dit Walter à son ami dès que celui-ci décrocha.

— Quoi ? demanda Drake.

— Mon assistante t'a vu faire monter cette salope dans ta voiture hier soir.

Il y eut une seconde de silence à l'autre bout du fil avant que Drake ne pousse une bordée de jurons.

— Sérieusement ?

— Absolument.

— Qu'est-ce qu'elle faisait debout à cette heure-là ?

— Aucune idée. Elle est bizarre. Elle aime probablement espionner les gens pendant son temps libre. Mais elle vient de me contacter, inquiète, parce que les journaux télévisés américains ont dit qu'on a retrouvé le corps d'une femme, et elle a reconnu ses chaussures.

— Merde, siffla Drake. Qu'est-ce que tu as dit ?

— Je lui ai dit qu'elle était folle. Que tu n'étais absolument pas un tueur fou. Elle m'a appelé parce qu'elle sait qu'on est amis et elle sait *aussi* qu'on a passé la soirée ensemble. Je ne veux *pas* être impliqué là-dedans, dit Walter à Drake.

— Eh bien, il est trop tard. Tu es aussi impliqué que moi. Ce n'est pas comme si baiser avec des adolescentes sort de l'ordinaire pour toi, déclara Drake.

— Peut-être pas, mais coucher avec une mineure est bien différent de la tuer, siffler Walter.

— C'est toi qui as proposé de trouver une prostituée mineure pour jouer ton fantasme de plan à trois, insista Drake. Tu as dit que le porno infantile ne te suffisait plus. C'est *toi* qui as organisé tout ça. Le fait que ce soit *moi* qui aie dû nous couvrir ne devrait pas être une putain de surprise.

— Je ne savais pas que tu allais la tuer ! insista Walter.

— Qu'est-ce que tu croyais que j'allais faire ? Lui caresser la tête et la relâcher dans la nature ? demanda Drake d'un ton sarcastique. Une fois qu'elle a découvert nos noms, son sort a été scellé. On avait tous les deux cru qu'on pouvait prendre du bon temps et s'en sortir comme ça, mais ce n'était pas le cas. Ça ne sert à rien d'être paranoïaque, alors arrête de geindre et trouve le moyen de faire taire ta petite vipère d'assistante. Si je tombe, toi aussi.

Walter inspira profondément. Il n'aimait pas la situation dans laquelle il se retrouvait... mais il ne pouvait pas dénier que la nuit précédente avait été passionnante.

Lorsqu'il s'était rendu compte pour la première fois qu'il était attiré par les jeunes filles, il avait été choqué, voire consterné. Mais trouver des photos et des vidéos en ligne avait été si facile... Il y en avait partout sur Internet. Quel mal cela pouvait-il faire de regarder ?

Mais bien vite, cela n'avait plus suffi. Il avait séduit et soudoyé les quelques filles avec lesquelles il avait couché aux États-Unis.

L'aventure de Paris était censée être sans risque. Il avait abordé le sujet avec Drake parce qu'ils avaient échangé des vidéos de porno infantile dans quelques groupes de chat en ligne.

Cela lui avait paru être une bonne idée à l'époque, de discuter avec Drake de la possibilité d'un plan à trois avec une prostituée mineure. Et l'événement en lui-même avait été une des nuits les plus passionnantes de sa vie. Il n'avait jamais bandé aussi fort que lorsqu'il avait pris cette fille avec son ami et collègue.

Drake l'avait rassuré en lui disant qu'il ramènerait la jeune fille là où il l'avait trouvée sans que personne ne s'en rende compte. Personne ne saurait qu'ils avaient passé la nuit avec une gamine assez jeune pour être leur fille. Ou leur petite-fille.

Walter était soulagé qu'ils aient tous deux mis des capotes, de sorte qu'il n'y aurait pas d'ADN dans le corps de la jeune fille, mais il ignorait s'il y avait d'autres traces d'ADN, comme des cheveux ou des empreintes digitales, que les techniciens médico-légaux seraient en mesure de trouver.

Et ni l'un ni l'autre ne s'était attendu à ce que quelqu'un voie Drake quitter l'hôtel avec la fille.

Il devait tenter de mitiger les retombées, sans quoi lui et l'ambassadeur l'auraient potentiellement dans le cul. Il n'avait certes pas assassiné qui que ce soit, mais cela n'aurait aucune d'importance. Si ses préférences sexuelles étaient découvertes, sa carrière et son mariage étaient foutus.

— Kinley n'a pas d'amis ni de famille, dit Walter à son collègue. Je connais quelqu'un qui me doit une faveur. Je peux lui demander qu'il la menace pour qu'elle ne dise rien.

— Tu ne peux pas simplement la menacer, le prévint Drake. Elle est différente de nous. Elle va forcément parler de ce qu'elle a vu à *quelqu'un*. Elle doit être éliminée avant que ça n'arrive.

— Je ne connais personne qui puisse s'en occuper, protesta-t-il.

— Merde ! jura Drake. Très bien. Je vais m'en occuper. La dernière chose dont j'ai besoin, c'est que le président pense que j'ai trempé dans un meurtre. Je me suis cassé le cul pour arriver où j'en suis, et ce n'est pas une putain de secrétaire qui va tout foutre en l'air. J'ai maintenant plus de pouvoir que j'en ai jamais eu dans ma vie. Elle ne va pas me le retirer.

— Reste discret, le mit en garde Walter. Ça doit ressembler à un accident. Ou bien à un suicide ou un truc de ce genre.

— Je sais. Je ne suis pas idiot, dit Stryker.

Une idée se forma dans l'esprit de Walter.

— Je peux cacher quelque chose dans son ordinateur et donner l'impression qu'elle a commis un acte de trahison. Je n'aurais pas d'autre choix que de la renvoyer. Personne n'osera la réembaucher après ça. Et personne n'aura de mal à croire que cette jeune femme sans famille, qui a osé trahir son pays, s'est sentie tellement coupable qu'elle s'est jetée sous un bus ou un train.

— Ne complique pas trop les choses, le prévint Drake. Reste simple. Mais je pense que le fait que tu la vires peut nous aider. Du moins, ça mettra une certaine distance entre vous deux.

Ils discutèrent un peu plus longtemps de la meilleure façon de s'assurer que Kinley Taylor ne dirait à personne ce qu'elle avait vu. Stryker lui assura une fois de plus qu'il embaucherait quelqu'un pour s'occuper d'elle, ce qui avait été un soulagement pour Walter.

— Ton boulot est de la virer de ton bureau. Ne m'appelle pas avant que ça soit fait, ordonna Drake.

Il raccrocha sans une parole de plus.

Walter s'affaissa contre le dossier de sa chaise et joignit des mains tremblantes sous son menton. Il n'avait pas beaucoup de temps pour mettre les choses en mouvement. Ce serait mieux si cette prétendue trahison était découverte le plus tôt possible. Comme si Kinley avait négligé de couvrir ses traces avant de partir pour Paris.

Hochant la tête, Walter était certain que son plan allait fonctionner. Ce qu'on allait découvrir dans la boîte électronique de son assistante justifierait amplement son licenciement.

Il ressentit un léger remords. Kinley était une grosse bosseuse et il n'avait jamais eu d'assistante plus compétente. Mais elle avait eu la malchance de regarder au mauvais endroit au mauvais moment. Si elle n'avait pas vu Drake faire monter la jeune fille dans sa limousine, ils ne se seraient pas retrouvés dans la merde dans laquelle ils baignaient présentement.

La perspective de la faire tuer le mettait extrêmement mal à l'aise. Mais Walter savait qu'il n'avait pas le choix. Il ne voulait pas aller en prison ; il savait parfaitement ce qui arrivait aux pédophiles qui se retrouvaient derrière les barreaux. Ce serait sa vie ou bien celle de Kinley... et il voulait vivre.

En réalité, Walter détestait être attiré par les gamines... Il aurait voulu que ce ne soit pas le cas... Mais il ne pouvait pas s'en empêcher. Il était ce qu'il était. Mais il n'aurait jamais dû faire participer Drake à ses fantasmes.

Il ne savait absolument pas si cette fille était la première victime de Drake et il ne voulait pas le savoir. Il en savait déjà trop. Mais si son ami était *bel et bien* l'Étrangleur des Allées... ?

Déglutissant bruyamment, Walter ferma les yeux. Les choses échappaient à tout contrôle et cela risquait encore d'empirer.

— Walter, l'appela son épouse dans le couloir. Il est tard. Viens te coucher !

Soupirant, Walter se força à répondre.

— J'arrive, mon amour.

Il savait qu'il aurait dû ressentir davantage de culpabilité à l'idée de ce que lui et son ami prévoyaient de faire à Kinley, et qu'il aurait peut-être même dû tout arrêter, mais leur carrière politique comptait plus qu'une moins-que-rien.

Elle avait cru bien faire en l'appelant pour lui dire ce qu'elle avait vu, mais en réalité, cela avait été la pire erreur de sa vie.

CHAPITRE CINQ

Kinley se tenait sur le trottoir, regardant avec un ébahissement étourdi le bâtiment dans lequel elle avait été employée pendant huit ans. Lorsqu'elle était arrivée au travail ce matin-là, elle songeait seulement au prochain discours de Walter et aux recherches qu'elle avait besoin de terminer afin d'écrire le texte.

À présent, deux heures plus tard, elle se retrouvait à l'extérieur après avoir été congédiée.

Deux jours s'étaient écoulés depuis leur retour de Paris et la vitesse avec laquelle elle était passée d'un emploi stable (quoiqu'un peu ennuyeux) au chômage lui donnait le tournis.

On l'avait convoquée dans le bureau du directeur des Ressources humaines pour être interrogée sur un e-mail qu'elle aurait envoyé à plusieurs autres assistants – *ainsi qu'à un journaliste* – avant de partir en France avec Walter. Il contenait l'itinéraire de son patron, y compris les horaires et les emplacements de toutes les réunions durant la conférence.

Même le stagiaire le moins important savait qu'il ne fallait jamais souffler mot à personne quant à l'emplacement exact des hommes politiques. Elle n'aurait jamais envoyé cela à un journaliste. Rendre ces informations publiques équivalait à faciliter une tentative d'assassinat d'un terroriste ou d'un fou.

Dans les cercles politiques, cela revenait à commettre une trahison.

Kinley avait tenté de dire au directeur des Ressources humaines qu'elle n'avait pas envoyé un tel courriel, mais il n'avait rien voulu entendre. Il avait la preuve devant les yeux. Un e-mail horodaté envoyé à partir de son compte de messagerie gouvernemental.

Elle avait été congédiée sur l'heure et un agent de sécurité l'avait accompagnée à son bureau pour l'observer, le front plissé et les bras croisés, pendant qu'elle rassemblait tous ses effets personnels. Elle n'avait même pas été autorisée à dire au revoir à Walter ou aux autres assistants ou stagiaires... Non pas qu'elle soit proche d'eux, mais quand même.

Elle savait qu'elle aurait dû être bouleversée, qu'elle aurait dû pleurer, mais elle avait du mal à digérer tout ce qu'il venait de se passer. Une minute, elle effectuait des recherches sur son ordinateur, et trente minutes plus tard, elle était dans la rue avec ses affaires dans une boîte en carton comme l'héroïne pathétique d'un film des années 80.

Ses pensées s'entrechoquant, Kinley se tourna et commença à marcher le long du trottoir. Elle ne savait pas ce qu'elle allait faire, maintenant. Il était très peu probable qu'elle puisse à nouveau obtenir un poste d'assistante dans le monde politique, surtout si tout le monde croyait qu'elle avait commis une trahison. Mais qu'aurait-elle pu faire d'autre ?

Kinley n'en avait aucune idée.

Elle se dirigea d'un pas lourd vers la station de métro, plongée dans ses pensées. Son studio était payé pour le reste du mois, mais le loyer n'était pas bon marché... même pour une seule pièce. Elle pourrait sûrement trouver quelque chose d'autre qui lui permettrait de gagner à peu près le même salaire qu'en travaillant pour l'assistant du secrétaire.

Kinley avait été tellement perdue dans ses pensées qu'elle

n'avait pas vraiment prêté attention aux gens qui l'entouraient. Ce n'était pas inhabituel, car elle avait découvert que si on établissait un contact visuel avec quelqu'un, ils ressentaient généralement le besoin de vous parler, ce qu'elle préférait éviter.

Alors qu'elle se tenait sur la plate-forme, attendant la rame suivante, elle commença à intégrer qu'elle était bel et bien au chômage. C'était injuste, car Kinley savait qu'elle n'avait commis aucune erreur. Elle ne savait absolument pas comment l'itinéraire de Walter avait fini dans sa boîte d'envoi d'e-mails. Elle ne l'avait assurément pas envoyé à qui que ce soit. Mais elle n'avait même pas eu l'occasion de s'expliquer.

Se détestant d'être restée bouche bée dans le bureau du directeur des Ressources humaines, en état de choc, l'écoutant décrire ce qu'elle avait soi-disant fait, Kinley prit une décision soudaine. Elle allait y retourner et demander un autre entretien avec le directeur. Elle voulait que quelqu'un du département informatique lui explique comment ils avaient trouvé cet e-mail, alors qu'elle savait qu'elle n'avait rien envoyé.

La rame pénétrait dans la station à toute vitesse, mais Kinley se fichait de la manquer. Elle se concentrait sur l'injustice avec laquelle elle avait été traitée et aurait voulu arranger les choses.

Avant même qu'elle ne puisse se tourner pour quitter le quai, quelqu'un la poussa fort dans le dos.

Kinley se sentit tomber, mais puisqu'elle avait son carton d'effets personnels entre les mains, elle fut incapable de freiner sa chute en avant. Le carton prit son envol, atterrissant directement sur les rails du train qui venait en sens inverse.

Kinley s'étala rudement sur le béton poli, manquant de peu glisser de la plate-forme et tomber sur la voie en contrebas.

Deux secondes plus tard, le train passa en trombe, réduisant en miettes ses stylos préférés, une photo d'elle et du président qui avait été prise quatre ans auparavant ainsi que toutes les petites choses qu'elle avait accumulées au fil des années qu'elle avait passées à son poste.

Son menton lui faisait mal après avoir heurté le sol, mais Kinley ne pouvait que regarder avec horreur les wagons métalliques étincelants qui défilaient à quelques centimètres de sa tête.

— Bordel ! dit un homme à côté d'elle. Ça va ? Bon Dieu, vous avez failli tomber sur les rails !

— Vous saignez, ajouta une femme. Vous vous êtes cognée au menton. Vous avez mal ?

Kinley songea seulement au fait qu'elle avait failli se faire aplatir par le métro. Durant toutes les années qu'elle avait passées à parcourir la ville, elle n'avait jamais eu – pas une seule fois – peur de la possibilité de tomber sur les rails.

Mais, allongée sur le sol froid, elle se rendit compte qu'elle avait frôlé la mort.

— Désolé pour vos affaires, dit l'homme en essayant de l'aider à s'asseoir.

Clignant des paupières, Kinley le laissa lui porter assistance.

— Ça va, dit-elle, plus par le besoin automatique d'être polie que parce qu'elle le pensait vraiment.

Quelqu'un lui tendit un mouchoir et elle n'eut pas le temps de demander s'il était propre avant que la femme ne le lui colle sous le menton. Kinley repoussa doucement cette main qui l'aidait et plaqua elle-même le tissu contre son menton.

— Merci, dit-elle aux passants. Je vais bien maintenant. Allez-y, vous allez rater votre rame.

— Oh, je ne peux pas vous laisser comme ça, paniqua l'autre femme.

— Regardez, je ne saigne presque plus, dit Kinley sans savoir si c'était vrai ou pas.

Elle détestait qu'on fasse des chichis pour elle, particulièrement des étrangers. En grandissant, elle n'avait jamais eu personne qui s'était occupé d'elle ou avait pansé ses blessures, et maintenant, c'était juste maladroit.

Au bout d'environ trente secondes, les deux bons samaritains finirent par la saluer du menton et grimpèrent dans la rame. Kinley se redressa et oscilla juste une seconde.

Elle pouvait encore sentir la main sur son dos. Elle savait qu'il n'était plus là, mais elle avait l'impression que sa peau brûlait.

Quelqu'un l'avait *poussée* ! Quelqu'un avait voulu qu'elle tombe sur les rails sous le métro en mouvement.

Kinley n'était pas idiote. Elle avait toujours été relativement bonne en math. Elle savait additionner deux et deux.

Elle avait vu un possible tueur en série en compagnie de sa dernière victime quelques heures avant que cette fille ne soit retrouvée, brutalement assassinée. Elle avait fait part de ses inquiétudes à son patron, qui était ami avec le meurtrier présumé. Puis deux jours plus tard, elle avait été renvoyée et on l'avait quasiment poussée sous un train.

Étonnamment, sa principale émotion était la colère, pas la peur. Certes, la peur était présente, mais pour le moment, elle la maîtrisait.

Kinley déplorait la perte de son téléphone ; elle l'avait jeté dans le carton d'effets personnels quand elle avait vidé son bureau. Il était à présent en mille morceaux sous les rails du métro, avec toutes ses autres affaires.

Serrant son sac à main contre elle – Dieu merci, elle le portait en cross-body et ne l'avait pas mis dans le carton avec le reste –, Kinley plaqua le mouchoir sanglant contre son menton et se dirigea vers l'escalator.

Elle devait sortir de là. Celui qui avait essayé de la tuer était peut-être encore en train de l'observer, attendant une deuxième opportunité de se débarrasser d'elle.

Quand Kinley se retrouva dans la rue, elle n'hésita pas avant de héler un taxi. Heureusement, une voiture s'arrêta juste après qu'elle eut quitté la station. Elle y monta avec reconnaissance et donna son adresse au chauffeur.

En chemin, Kinley ne se détendit pourtant pas. Quelqu'un aurait pu provoquer un accident avec son taxi ou bien créer volontairement une collision.

Son esprit passait en revue toutes les façons dont quelqu'un pouvait la tuer. Un vol à main armée, un détournement de voiture, une invasion à domicile. Elle n'était pas en sécurité et elle le savait.

Elle était plus certaine que jamais que ce qu'elle avait vu à Paris était exactement ce qu'elle craignait.

Drake Stryker, choisi par le président pour représenter les États-Unis dans ses relations avec la France, était l'Étrangleur des Allées.

Et des éléments de preuve suggéraient fortement que son patron – son ex-patron – était au courant ou avait participé à l'histoire.

Elle savait qu'elle n'avait pas envoyé d'e-mails révélant son emploi du temps, mais elle n'avait aucun moyen de le prouver. Tout comme elle n'avait aucune preuve de ce qu'elle avait vu dans cette ruelle en France.

Enfin, ce n'était pas vrai. Elle avait vu la fille. Elle savait ce qu'elle portait et pouvait décrire ses chaussures. Mais elle savait qu'il serait difficile pour la police de croire que la jeune fille avait passé la soirée avec l'ambassadeur des États-Unis en France.

La tête de Kinley lui faisait mal et elle se sentait soudainement encore plus seule au monde qu'une heure auparavant.

Puis elle repensa à son téléphone cassé et poussa soudainement un petit cri. *Son téléphone !* Normalement, cela ne lui aurait rien fait qu'il soit détruit. Ce n'était pas comme si elle en avait eu besoin pour parler à des amis ou quoi que ce soit. Mais…

Gage.

Il lui avait envoyé un bref texto pour lui faire savoir qu'il était revenu au Texas, et lui avait dit qu'il la contacterait bientôt.

Mais à présent, son téléphone avait été pulvérisé. Elle pouvait en acheter un nouveau et répondre à son texto, mais elle repoussa cette pensée dès qu'elle lui vint. Si Stryker et Brown avaient quelqu'un qui pouvait dissimuler des preuves dans sa boîte mail pour la faire renvoyer, ils pourraient aussi certainement pirater son ancien téléphone. Ils trouveraient le texto de Gage.

Fermant les paupières, soulagée de n'avoir pas répondu au message de Gage, Kinley savait qu'elle ne pouvait pas le contacter par voie électronique. La dernière chose qu'elle voulait, c'était lui causer des problèmes.

Il avait un travail très important et secret. Si Stryker avait Gage dans le collimateur, il serait probablement en mesure de créer une situation qui le ferait renvoyer, lui aussi. C'était déjà horrible qu'elle se retrouve au chômage et ait apparemment un tueur en série sur le dos à cause de ce qu'elle avait vu... mais si elle impliquait Gage dans cette histoire, elle ne se le pardonnerait jamais.

Kinley savait ce qu'elle devait faire : elle devait partir, se casser de Washington, DC, le temps de songer à ce qu'elle allait faire ensuite.

Elle ne pensa même pas à rester silencieuse. Cette fille à Paris n'avait eu que 14 ans. Elle avait probablement été terrifiée. Ou peut-être avait-elle été comme Kinley... Seule et ayant désespérément envie d'un peu d'affection.

Mais Kinley avait besoin de temps pour penser à ce qu'elle allait faire. Comment pourrait-elle exposer Stryker – et peut-être son ancien patron –, sans y laisser sa vie ?

Elle n'avait toujours pas de réponse quand le chauffeur de taxi s'arrêta devant son appartement. Kinley lui versa le peu d'argent qu'elle avait dans son sac à main et en sortit. Elle se précipita dans le petit foyer et grimpa les escaliers quatre à quatre, ne voulant pas se retrouver piégée à l'intérieur de l'ascenseur avec quelqu'un qui voulait peut-être la tuer.

Même après avoir refermé sa porte derrière elle, Kinley ne se sentait pas en sécurité.

Sans prendre la peine de regarder autour d'elle, elle courut jusqu'à la chambre et sortit un grand sac de voyage de son placard.

Certaines choses ne changent pas. Même si cela faisait plus de dix ans qu'elle se débrouillait toute seule et était sortie du système de placement familial, elle s'assurait toujours d'avoir un sac à disposition qu'elle pouvait remplir en quelques secondes. Elle avait connu trop de foyers dans lesquels, sans prévenir, on lui avait dit qu'elle devait partir. Elle devait seulement prendre ce qu'elle serait en mesure de transporter, donc avoir un sac de sport robuste était impératif.

Kinley avait appris à ne pas s'attacher aux biens matériels. Au fil des ans, elle aurait dû en laisser trop derrière elle. Gardant cela à l'esprit, elle prit ce qu'elle put et réprima tout sentimentalisme qu'elle aurait pu ressentir au sujet des coussins, des serviettes et d'autres articles ménagers facilement remplaçables.

Quand elle eut fini de faire son sac, elle écrivit un mot à son propriétaire et le glissa – avec un chèque pour un autre mois de loyer – dans une enveloppe qu'elle lui ferait parvenir. Elle espérait être de retour avant la fin du mois suivant, mais honnêtement, elle n'avait aucune certitude.

Une fois cela fait, Kinley s'adossa au réfrigérateur et se laissa glisser jusqu'à ce que ses fesses reposent sur le sol.

Elle referma les bras autour de ses genoux et baissa la tête. Elle se rendit compte qu'elle tremblait. La peur et l'adrénaline. Il n'était même pas encore midi, mais elle voulait attendre que la nuit soit tombée avant de sortir en douce. Sa voiture était garée dans un garage à environ deux pâtés de maisons de là. Elle ne s'en était pas beaucoup servi, car l'horrible circulation en ville rendait plus facile d'utiliser les transports en commun, mais dans les circonstances présentes, elle n'avait jamais été aussi reconnaissante d'avoir sa fidèle Toyota Corolla.

Elle avait commis une erreur colossale en appelant Brown la nuit où elle était revenue en ville et avait vu le journal télévisé, mais sur le moment, elle avait pensé que c'était la meilleure chose à faire. Elle aurait dû savoir qu'elle ne pouvait pas lui faire confiance. Ne lui avait-on pas prouvé à maintes reprises qu'elle ne pouvait jamais faire confiance à qui que ce soit ?

Tu peux faire confiance à Gage.

Ces mots lui étaient venus instantanément à l'esprit.

Elle voulait les nier, dire à sa psyché stupide qu'elle ne le connaissait même pas. Impossible ! Elle ne pouvait littéralement pas mettre sa vie entre ses mains !

Mais ne l'avait-elle pas déjà fait ? En Afrique, elle s'était crue à deux doigts d'être violée et tuée par les manifestants, mais il avait fait son apparition, l'entraînant en sécurité. Au bout de deux secondes avec lui, Kinley avait ressenti un confort qu'elle n'avait jamais connu de toute sa vie.

C'était en partie pour cette raison qu'elle n'avait pas répondu lorsqu'il l'avait contactée après ce voyage. Elle avait craint de l'apprécier autant, de le respecter. S'il s'avérait être comme toutes les autres personnes qu'elle avait rencontrées et qui l'avaient rejetée, ce serait atroce.

Mais il avait prouvé à Paris qu'il était un homme bon. Qu'il pouvait être un bon ami... si elle le laissait s'approcher. Mais était-il juste de l'impliquer dans tout cela ? De débarquer pour dire : « Salut ! J'ai vu un tueur en série en compagnie de sa dernière victime et maintenant, il veut me buter ».

Non, ce n'était pas juste du tout.

Elle prit vers le nord puis à l'ouest. Elle se rendrait peut-être au Dakota du Sud. Cela lui semblait être au milieu de nulle part et c'était ce dont elle avait besoin pour le moment, afin de se cacher jusqu'à ce qu'elle puisse contacter le FBI ou quelqu'un d'autre. La police locale ne la croirait pas, mais peut-être qu'un membre du FBI le ferait. Ou à tout le moins, ils enquêteraient sur son accusation selon laquelle Drake Stryker et Walter Brown étaient impliqués dans l'affaire de l'Étrangleur des Allées.

Secouant la tête, Kinley comprit que sa situation était rocambolesque. *Personne* n'allait la croire. Bon sang, elle-même ne parvenait pas à y croire.

Plus Kinley restait assise sur le sol de sa cuisine, attendant que le soleil se couche pour pouvoir s'échapper sous le couvert de la nuit, plus sa peur grandissait. Celui qui avait essayé de la tuer essaierait à nouveau. Il savait probablement où elle vivait et Brown avait clairement des contacts doués en informatique. Avait-elle la moindre chance ?

Quasiment pas, mais elle n'avait pas survécu à ce que la vie lui avait réservé jusqu'à présent pour abandonner maintenant. Pour la plupart, ses foyers d'accueil n'avaient pas été abusifs, mais à une ou deux occasions, elle avait cru qu'elle n'allait pas s'en tirer vivante. Mais elle l'avait pourtant fait.

Elle avait survécu et elle espérait pouvoir également survivre à cette situation.

Inspirant profondément, Kinley trouva lentement sa détermination. Elle n'avait jamais vraiment apprécié Walter Brown, avait ignoré ses aventures au cours de ses déplacements, avait toléré son arrogance, sa mauvaise humeur et le fait qu'il s'attribue ses recherches et ses idées. Mais elle n'aurait *jamais* cru qu'il puisse tomber aussi bas.

Se redressant lentement, Kinley alla dans la salle de bains pour nettoyer la plaie sur son menton. Elle avait cessé de saigner depuis longtemps, mais elle avait été tellement accaparée par ses valises et son départ qu'elle n'y avait plus pensé. En soi, la coupure n'était pas trop mauvaise et Kinley ne pensait pas avoir besoin de points de suture… et de toute façon, elle ne pensait pas avoir besoin de passer aux urgences. Elle se colla un bandage papillon sous le menton et même si cela semblait étrange, peu lui importait.

Elle retourna dans sa cuisine et vida méthodiquement son réfrigérateur de tout ce qui risquait de périmer. Soulagée d'avoir décidé d'aller à l'épicerie plus tard dans la semaine et n'ayant ainsi pas beaucoup de choses à jeter, Kinley prépara le poulet qu'elle avait eu l'intention de manger ce soir-là.

À présent que sa peur initiale s'était estompée, elle vit qu'elle parvenait à penser de façon légèrement plus rationnelle. Elle allait devoir prendre autant de nourriture qu'elle pouvait en transporter, plus son sac de voyage, et s'arrêter à un guichet automatique à la sortie de la ville. Elle ne serait pas en mesure de retirer une tonne d'argent, mais demain, elle s'arrêterait dans une succursale de sa banque et viderait ses économies.

Puis elle roulerait aussi loin et aussi longtemps qu'elle le pourrait, n'utilisant que du liquide pour acheter de la nourriture et de l'essence. Lorsqu'elle serait arrivée dans une ville où elle se sentirait relativement en sécurité, elle songerait à contacter les autorités pour leur dire ce qu'elle avait vu. Elle achèterait un de ces téléphones jetables dont on ne pouvait pas remonter la trace.

Pendant un instant, Kinley songea une fois de plus à entrer en contact avec Gage. Elle avait mémorisé son e-mail, son numéro et même son adresse, comme une adolescente avec son premier amour.

Gage saurait comment l'aider, elle n'en doutait pas, mais la dernière chose qu'elle aurait voulue était que la personne qui avait essayé de *la* tuer s'en prenne à *lui*.

Elle *détestait* savoir que s'il la contactait, elle ne répondrait pas... une fois de plus. Il penserait qu'elle lui mettait un autre vent, alors même qu'elle avait promis de ne pas le faire.

Mais ne pas entrer en contact avec lui le protégerait. Elle n'allait pas le mettre sciemment en danger. Peut-être qu'après avoir quitté Washington pendant un certain temps, quand elle se sentirait plus en sécurité, elle pourrait le joindre. S'excuser de ne pas avoir répondu... encore une fois. Elle pourrait lui dire qu'elle avait égaré son téléphone, ce qui ne serait pas exactement un mensonge.

Se disant qu'elle avait perdu quelque chose de précieux, Kinley repoussa cette pensée et se concentra sur le nettoyage de sa cuisine. Gage Haskins était mieux sans elle.

Elle était toujours une orpheline bizarre.

*
**

Ne voyant aucun message de Kinley sur son téléphone, Lefty soupira. Il savait que Grover lui avait dit de donner du temps à Kinley, de ne pas jeter l'éponge, mais il n'aimait pas ce qu'il ressentait en voyant qu'encore une fois, elle avait coupé les ponts. Cela faisait une semaine et il n'avait toujours pas eu de ses nouvelles. Elle lui avait dit qu'elle mettrait peut-être du temps à répondre, mais une semaine semblait excessif. Il essayait d'être patient, mais c'était difficile. Lefty avait essayé de l'appeler plusieurs fois, mais le téléphone ne sonnait même pas, passant directement sur messagerie. Il l'avait contactée par texto et par e-mail, lui demandant comment elle allait et lui faisant savoir qu'il pensait à elle. En vain....

Et pour couronner sa semaine de merde, il venait de découvrir que lui et le reste de l'équipe étaient envoyés en mission. Il aurait désespérément voulu faire savoir à Kinley qu'il resterait injoignable pendant un certain temps... mais visiblement, elle lui avait mis un autre vent. C'était frustrant et irritant à la fois.

Il avait cru avoir percé les boucliers qu'elle avait érigés, mais apparemment pas. Peut-être que travailler à Washington avec des politiciens avait fait d'elle une meilleure menteuse qu'il l'avait cru.

— Qu'est-ce qui ne va pas ? demanda Trigger alors qu'ils venaient de finir de charger leur équipement sur l'avion qui les emmènerait dans quelques heures.

— Rien.

— Elle n'a pas répondu à tes messages ?

— Non, soupira Gage.

— Elle est peut-être…

Lefty leva une main, arrêtant les paroles de son ami.

— Une fois, je peux pardonner. Mais deux ? Alors qu'elle avait juré qu'elle ne couperait plus jamais les ponts ?

Il secoua la tête.

— C'est fini. Je ne peux pas continuer. Les amitiés longue distance sont déjà assez difficiles sans que j'aie besoin de faire tout le travail. Elle aurait simplement dû me dire qu'elle n'était pas intéressée par mon amitié. Je suis capable de comprendre.

— Kinley ne m'a pas donné l'impression d'être une femme aussi insensible.

— À moi non plus, dit Lefty en haussant les épaules.

Son silence lui faisait mal. Vraiment mal. Après la journée qu'ils avaient passée ensemble à Paris, il avait été certain qu'il aurait de ses nouvelles, qu'ils amorceraient peut-être une sorte de relation, même une relation non conventionnelle à distance. Mais le silence de Kinley en disait des tonnes.

— Allez, dit Trigger en lui donnant une claque dans le dos. Une fois qu'on sera accaparés par cette mission, tu ne penseras plus à elle.

Lefty hocha la tête. Une mission difficile et dangereuse était précisément ce dont il avait besoin pour se retirer Kinley de la tête… pour de bon.

CHAPITRE SIX

Kinley était assise dans sa voiture, observant le bâtiment de l'appartement et débattant intérieurement pour savoir s'il fallait aller jusqu'à la porte de Gage et toquer.

Encore une fois.

Cela faisait deux jours qu'elle créchait dans le parking de son immeuble.

Lorsqu'elle avait quitté Washington, DC, dix jours auparavant, elle avait prévu de se rendre en Dakota du Sud ou quelque part au nord-ouest. Elle avait retiré cinq mille dollars de son compte bancaire et s'était dirigée vers l'ouest. En chemin, elle s'était arrêtée dans des motels de bas étage, se sentant en danger et sur les nerfs. Puis un jour, après avoir fait toute la route jusqu'au Colorado, elle se retrouva en direction du sud. Elle avait passé la nuit à Denver. Puis à Pueblo. Puis à Santa Fe. Et avant qu'elle ne s'en rende compte, elle avait repris le chemin de l'est. Vers le Texas. Killeen, plus précisément.

Être ici était stupide.

C'était fou.

Et pourtant, elle était venue.

Elle n'avait pas pu se sortir Gage de la tête, et plus elle y réfléchissait, plus elle se rendait compte qu'il possédait probablement des contacts capables de l'aider. Elle savait que venir à lui le mettrait en danger, parce que si quelqu'un la suivait ou bien avait découvert où elle était, ils supposeraient qu'elle lui avait révélé ce qu'il se passait. Elle devait donc soit partir maintenant et faire ce qu'elle avait initialement prévu, soit avaler la pilule et faire confiance à Gage.

Elle allait tenter le coup et tout lui raconter.

Mais elle ne s'était pas attendue à ce qu'il soit parti. Elle aurait dû au moins envisager cette possibilité. Elle savait qu'il était membre de la Delta Force et qu'on pouvait le dépêcher à l'improviste. Il le lui avait expliqué. Elle se demanda alors s'il lui avait envoyé d'autres messages, s'il avait essayé de la prévenir.

Elle ressentit une nouvelle bouffée de culpabilité. Elle détestait ne pas savoir s'il avait essayé de la contacter, mais haïssait encore plus avoir l'impression que s'il l'avait fait, il pensait probablement qu'elle était une grosse connasse d'avoir ainsi laissé ses messages sans réponse.

Et maintenant, elle était assise dans le parking de sa résidence comme une harceleuse. Mais elle n'avait littéralement nul autre endroit où aller. Au cours des dix derniers jours, elle avait dormi dans sa voiture quasiment tous les soirs, elle était sale et sentait mauvais. Son ventre gronda, protestant contre le manque de nourriture des derniers jours. Il était 9 heures et Kinley avait espéré pouvoir voir Gage, mais cela n'avait pas été le cas. Il n'était toujours pas rentré.

Elle aurait facilement pu recommencer à conduire sans but précis, mais sa résolution avait grandi. Elle ne voulait pas laisser Stryker – ou Brown, s'il était impliqué – s'en sortir après ce qu'il avait fait. S'il était vraiment l'Étrangleur des Allées, il fallait qu'on l'arrête. Et en ce moment, elle n'aurait pas pu être mieux placée pour y parvenir.

Elle ne voulait pas qu'il fasse souffrir quelqu'un d'autre.

Mais elle avait également peur. Elle pouvait encore sentir cette main sur son dos, essayant de la pousser sous le train en approche. Elle avait eu de la chance de s'en être sortie seulement avec une coupure au menton.

Kinley était plongée dans ses pensées, donc quand quelqu'un toqua soudain sur la vitre côté conducteur, elle poussa un cri et fit de son mieux pour ramper sur le siège passager, loin de cette personne qui, elle le savait, allait passer pour la fenêtre pour la tuer.

Elle était assise sur l'autre siège et s'apprêtait à ouvrir la portière pour s'enfuir quand elle leva la tête et croisa un regard navré. La blonde à l'extérieur de la portière fit un grand pas en arrière et leva les mains, lui montrant qu'elle n'avait pas d'arme.

— Je suis désolée, vraiment désolée ! dit l'inconnue. Je ne voulais pas vous faire peur. C'est juste que je m'inquiétais pour vous et je voulais m'assurer que vous alliez bien.

Sentant son cœur battre à dix mille à l'heure, Kinley se força à inspirer profondément. Merde, elle allait mourir d'une crise cardiaque avant que le sbire de Stryker ne puisse la trouver pour la tuer.

Honteuse de sa réaction exagérée, Kinley se glissa jusqu'au bord du siège passager, puis elle ouvrit la porte et sortit. Même si elle était désarçonnée par cette femme qui s'était manifestée comme par magie, elle n'était pas idiote non plus. Elle n'allait pas tomber entre les griffes de cette femme si elle avait de mauvaises intentions.

— Je suis vraiment désolée, dit l'inconnue. Je pensais que vous m'aviez vue approcher. Je m'appelle Gillian. Gillian Romano, et je vis dans ce complexe avec mon compagnon. Je vous ai vue garée ici hier aussi, mais ça n'a pas retenu mon attention avant que je vous voie toquer à la porte de notre ami ce matin. Lefty n'est pas là.

Kinley fut déstabilisée pendant une seconde. Qui était Lefty ? Puis elle se souvint que c'était le surnom stupide de Gage.

Son estomac se serra. Elle savait qu'il n'était pas là, mais pour une raison ou une autre, se l'entendre confirmer rendit sa situation merdique d'autant plus difficile.

— Savez-vous quand il sera de retour ? demanda Kinley.

Gillian fit un geste désolé.

— Navrée, non. Je n'ai pas pu non plus m'empêcher de remarquer que vous avez dormi ici la nuit dernière. Est-ce que vous … voulez venir et prendre le petit-déjeuner avec moi ?

Kinley ne pouvait que regarder l'autre femme d'un air incrédule. Elle était jolie. Ses cheveux blonds étaient propres et brillants. Elle portait un jean ainsi qu'un T-shirt orné d'un petit chien qui avait des lunettes de soleil.

— Vous ne me connaissez pas, balbutia Kinley. Pourquoi m'inviter dans votre appartement ? Votre compagnon est-il là ? demanda-t-elle d'un ton suspect.

Elle avait entendu parler de femmes qui avaient pris d'autres femmes au piège, permettant alors à leur compagnon de les dépouiller ou bien de faire des choses encore pires à leurs victimes.

— Non, Walker n'est pas là. Il est avec Lefty.

— Votre compagnon a-t-il un surnom ? demanda Kinley sur un coup de génie.

Gillian inclina la tête et l'étudia comme si elle ne savait pas quoi répondre.

— Trigger, dit-elle enfin.

— Je le connais, dit Kinley à Gillian avec un petit sourire, se sentant soulagée.

— Vraiment ?

Kinley hocha la tête.

— Grand. Les cheveux noirs. Des épaules de nageur.

— Le portrait craché de Walker ! Je suis désolée, comment vous appelez-vous ? lui demanda Gillian, devenant à son tour légèrement suspicieuse.

— Kinley.

— Kinley… ? Oh ! Walker m'a dit que Lefty avait parlé d'une femme nommée Kinley. Ça doit être vous !

C'était au tour de Kinley d'être surprise.

— Il a parlé de moi ?

— Eh bien, pas à moi, mais si vous avez rencontré Lefty et mon compagnon, alors vous savez qu'ils sont très proches. Vous ne me connaissez pas, mais je vous assure que je suis totalement inoffensive.

— Oh... euh... d'accord.

Kinley ne savait pas quoi penser de l'autre femme. Elle semblait sincère et elle paraissait connaître Gage, mais Kinley n'était pas certaine de pouvoir vraiment faire confiance à qui que ce soit. Enfin, à personne sauf Gage.

— Après vous avoir vue toquer à la porte de Lefty, puis dormi ici dans votre voiture, j'ai su que je devais descendre, dit Gillian. Pour être honnête, Walker ne serait pas content de moi. Il ne veut même pas que je prenne un Uber. Mais je sais relativement bien juger les gens... à part en une seule occasion, récemment. Je vous ai vue ici hier et la nuit dernière, et ça m'a serré le cœur. Comme je l'ai dit, je ne sais pas quand Lefty sera de retour, mais si vous voulez, je peux vous offrir une oreille compatissante en prenant le petit-déjeuner.

Kinley aurait voulu refuser. Refuser poliment et se remettre en route. Mais quelque chose chez cette autre femme rendait la chose quasiment impossible. Gillian était ouverte et amicale, chose dont Kinley n'avait guère fait l'expérience au cours des deux dernières semaines.

Elle hocha la tête d'un geste hésitant.

— Super ! Prenez tout ce dont vous avez besoin. Je travaille de chez moi, et honnêtement, ça commence à me taper sur le système. J'aime être toute seule, mais je suis également habituée à être avec des gens... Je réalise que ça n'a aucun sens. Je suis planificatrice d'événements entre deux missions, et je serais heureuse d'avoir un peu de compagnie.

Kinley n'avait jamais rencontré quelqu'un comme Gillian. Elle était extravertie, accueillante et lui faisait désirer quelque chose qu'elle n'avait jamais eu : quelqu'un à qui parler de ses problèmes.

Elle tendit le bras vers la banquette arrière et en tira son sac de sport. Elle n'allait pas le laisser, juste au cas où Gillian aurait eu de mauvaises intentions. Elle prit ses clés, verrouilla sa Corolla et suivit Gillian dans les escaliers.

— J'ai emménagé dans cette résidence avec Walker il y a quelques mois, expliqua Gillian. Il avait un appart trop petit pour toutes nos affaires. Maintenant, je me sens vraiment gâtée avec trois chambres. Bien sûr, Walker parle déjà d'acheter une maison, mais je ne suis pas encore prête pour ça. On a trouvé cet endroit parce que Lefty vivait déjà ici. Il a parlé au directeur quand un logement s'est libéré, et je pense que lui et Walker aiment vraiment vivre aussi près l'un de l'autre. Bien sûr, ça me donne aussi de l'espace. Quand Walker m'étouffe en me surprotégeant, je lui dis d'aller rendre visite à Lefty et de me donner un peu de paix et de calme.

Gillian ricana et Kinley ne put s'empêcher de lui rendre son sourire.

Elles montèrent les escaliers ensemble puis Gillian ouvrit sa porte et passa la première. Pendant un bref instant, Kinley se demanda vraiment si c'était un piège. La personne embauchée pour la tuer pourrait très bien l'avoir suivie, d'une manière ou d'une autre, et avoir utilisé Gillian comme leurre... mais elle rejeta immédiatement cette pensée. Elle avait le sentiment que celui qui l'avait poussée à Washington ne prendrait pas la peine de monter un subterfuge aussi élaboré. La prochaine fois, il se contenterait de sortir une arme et de tirer.

En outre, si quelqu'un la suivait, la personne aurait amplement eu l'occasion de la tuer durant son long trajet, à chaque fois qu'elle avait été contrainte de s'arrêter et de se reposer quelques heures avant de reprendre la route.

Kinley plaça son sac près du canapé que Gillian désigna d'un geste avant de s'asseoir.

— Puis-je vous offrir quelque chose à boire ? J'ai mis des

biscuits au four avant de descendre pour voir si vous vouliez me rejoindre. Je peux aussi faire cuire des œufs, si vous voulez. Ou bien j'ai des flocons d'avoine et des fruits.

Kinley sentit les larmes lui monter aux yeux et elle tenta désespérément de les contenir. Après dix jours de cavale, à dormir dans sa voiture et faire tout son possible pour rester discrète et ne pas se faire repérer, se voir tout simplement offrir à boire et à manger l'avait chamboulée.

Elle tourna la tête et se mordit la lèvre pour essayer de se contrôler, mais cela ne fonctionna pas. Deux larmes roulèrent le long de ses joues.

— Kinley ? Si aucune de ces options ne vous intéresse, je peux... Oh !

Gillian cessa immédiatement de parler quand elle réalisa enfin à quel point son invitée était bouleversée.

Sans une parole de plus, elle s'approcha du canapé, s'assit et prit Kinley dans ses bras.

Kinley n'était pas très câline. N'avait pas l'habitude d'être touchée. Elle ne se souvenait même pas de la dernière fois où quelqu'un l'avait prise dans ses bras. Mais cette inconnue, une femme qu'elle avait rencontrée il y avait quelques minutes seulement, lui montrait plus de compassion et d'affection qu'elle n'en avait connu depuis très longtemps.

C'en était trop pour elle. Normalement, elle serait parvenue à se reprendre et aurait réussi à retenir ses larmes, mais pas à ce moment-là.

Elle étreignit Gillian comme si elles étaient des amies de toujours et pleura. Pleura parce qu'elle avait peur. Pleura parce que quelqu'un avait essayé de la tuer. Pleura parce qu'elle avait perdu le travail qu'elle avait depuis des années. Pleura parce qu'elle n'avait aucune idée de ce qu'elle allait faire ensuite. Pleura pour la pauvre adolescente de Paris qui avait été tuée.

Et elle pleura parce qu'elle savait, au fond d'elle, que Gage avait été bouleversé et probablement en colère quand il n'avait pas eu de ses nouvelles après qu'elle eut promis de garder contact.

Elle ne savait pas combien de temps elle resta accrochée à Gillian, mais enfin, elle réalisa qu'elle était en train de sangloter dans les bras d'une femme qui était probablement en train de sérieusement regretter de l'avoir invitée chez elle.

— Vous vous sentez mieux ? demanda Gillian, n'hésitant pas à regarder Kinley dans les yeux.

Kinley secoua la tête. Ce n'était pas le cas, pas vraiment. Elle avait l'impression d'avoir le visage enflé, et elle savait qu'elle avait besoin d'une douche. Cela faisait plusieurs jours qu'elle portait les mêmes vêtements, et elle était toujours terrifiée. Elle ne savait pas comment Gage allait la recevoir, mais elle n'avait nulle part ailleurs où se rendre. Personne d'autre vers qui se tourner. Elle ne serait pas surprise s'il refusait de s'impliquer dans son problème.

— Allez, dit Gillian doucement en tirant sur la main de Kinley.

Celle-ci permit à l'autre femme de la faire se redresser.

— Vous vous sentirez cent fois mieux après une douche. Ensuite, quand vous aurez terminé, on va mettre vos vêtements dans la machine à laver. Je suis plus grande que vous, mais j'ai un T-shirt et un pantalon de jogging que vous pouvez enfiler si vous le souhaitez.

Une fois de plus, Kinley fut frappée par la générosité de cette femme.

— Vous êtes toujours aussi accommodante envers les inconnues que vous rencontrez ? demanda-t-elle.

Gillian répondit par un petit rire.

— Non, dit-elle fermement.

Elle cessa de marcher et lâcha la main de Kinley, se tournant pour lui faire face. Elle la dévisagea pendant un long moment avant de lui dire :

— Voici la situation. Vous connaissez Lefty. Vous connaissez Walker... euh, Trigger. Ça signifie que vous connaissez probablement aussi le reste des membres de l'équipe. Et si vous connaissez les garçons, cela signifie que vous les avez probablement rencontrés pendant qu'ils étaient en fonction... si vous voyez ce que je veux dire. Et le fait que vous soyez venue toquer à la porte de Lefty, dans une voiture avec une plaque d'immatriculation de Washington, DC, me dit que vous avez besoin de son aide.

» Et je me suis retrouvée dans votre position. Je ne plaisante pas. Si je vous avais ignorée, je n'aurais pas été meilleure que les gens que mon compagnon et son équipe passent leurs vies à essayer d'éradiquer.

Kinley savait bien que Gage et ses amis étaient dans la Delta Force. Et évidemment cette femme le savait aussi.

— Je sais qui et ce qu'ils sont, dit-elle à Gillian.

— D'accord. Vous avez donc une bonne raison d'être ici et de vouloir parler à Lefty. Lui et les autres sont partis en mission il y a environ une semaine. Je ne sais pas quand ils seront de retour.

Kinley soupira. Elle aurait vraiment dû repartir. Sa présence mettait Gillian en danger. Bon sang, elle mettrait Gage en danger, lui aussi. Mais elle avait déjà décidé de parler à Gage – elle n'avait littéralement *personne* d'autre vers qui se tourner – et la générosité de Gillian était un cadeau qu'elle ne pouvait pas laisser passer.

— Une douche me ferait le plus grand bien, dit-elle doucement.

Gillian sourit.

— Venez. Je vais vous trouver quelque chose à porter pour après et on va faire votre lessive.

— Merci.

— De rien, dit Gillian avec un geste vague de la main.

Quinze minutes plus tard, Kinley profitait de ce qui était probablement la meilleure douche de sa vie. L'eau était chaude, la pression de l'eau parfaite... et pourtant, elle ne parvenait pas à se détendre.

Se sentirait-elle à nouveau en sécurité ?

Fermant les yeux, elle se remémora avec une clarté parfaite la sensation de cette main sur son dos. Durant moins d'une seconde, elle avait simplement pensé que quelqu'un se montrait grossier et essayait de passer devant elle. Mais quand elle s'était sentie tomber, elle avait immédiatement su que ce n'était pas un accident.

Elle ne pouvait pas non plus s'empêcher de penser aux chaussures de cette adolescente. Elle avait tellement flashé sur ces talons étincelants ! Sur le moment, elle aurait voulu savoir où cette femme les avait achetés pour aller voir s'ils les avaient en modèle plat. Kinley ne portait pas de talons, mais elle aurait vraiment souhaité pouvoir le faire.

Les avoir revus aux pieds de la jeune fille, toujours étincelants, tandis que le reste de son corps était recouvert d'une bâche, était encore extrêmement dérangeant.

Kinley savait qu'elle aurait tout bonnement dû appeler le FBI et parler à quelqu'un, mais elle était devenue parano. Si Drake Stryker était un tueur en série et que son ex-patron était probablement impliqué dans toute cette histoire sordide, qui savait qui d'autre dans les échelons supérieurs du gouvernement trempait là-dedans ? Le président lui-même savait-il que l'homme qu'il avait nommé comme ambassadeur en France était un tueur ? Savait-il qu'il entretenait des relations avec des mineures ? Si c'était le cas, peut-être le FBI le savait-il aussi...

Kinley avait trop de questions ; il y avait trop de variables inconnues pour appeler aveuglément quelqu'un qui travaillait pour le FBI afin de leur faire savoir ce dont elle avait été témoin. Elle craignait encore terriblement que Walter ait raison et que personne ne la croie.

Gage le fera.

Cette pensée s'imposa immédiatement dans sa tête. Et c'était la raison pour laquelle Kinley était au Texas. Elle savait que Gage ne douterait pas d'elle. Ils ne se connaissaient pas depuis très longtemps, mais elle savait cela de lui.

Kinley ne savait absolument pas où elle allait dormir cette nuit-là ni dans combien de temps Gage reviendrait de sa mission, mais elle resterait au Texas jusqu'à ce qu'elle ait l'occasion de lui parler. Il l'aiderait à décider de ce qu'elle devait faire ensuite.

Elle sortit de la douche, pas vraiment rassurée sur sa situation, mais se sentant assurément plus propre, ce qui l'aidait vraiment à se vider la tête. Elle enfila le pantalon à taille élastique – qui était trop long, mais Kinley ne s'en souciait pas vraiment pour le moment – puis le T-shirt, et elle se brossa les cheveux. Enfin, après une inspiration profonde, elle sortit de la salle de bains.

L'appartement sentait incroyablement bon : du pain frais et des œufs. L'estomac de Kinley gronda.

— Le lave-linge séchant est à côté de la salle de bains dans le couloir, lui dit Gillian quand elle vit Kinley debout au bord de la pièce. Je vous en prie.

Kinley acquiesça et se dirigea vers l'endroit que sa nouvelle amie avait désigné. Elle fourra ses vêtements sales dans la machine et appuya sur le bouton. C'était incroyable de voir comment une douche et la perspective d'avoir des vêtements propres avaient réussi à la faire se sentir beaucoup mieux.

Le goût du petit-déjeuner faisait honneur à son odeur. Les biscuits étaient un peu trop bruns sur le dessous, mais Kinley se dit que c'était sa faute, car elle avait distrait Gillian. Les œufs étaient parfaitement cuits et même le melon miel avait un goût divin.

Après le petit-déjeuner, Kinley avait débarrassé, et à présent, Gillian et elle étaient à nouveau assises sur le canapé, attendant que ses vêtements sèchent.

— Vous pouvez me dire ce qu'il se passe ? demanda Gillian.

Kinley secoua la tête.

— Non.

L'autre femme ne fut pas contrariée ; elle se contenta de hausser la tête.

— Si Lefty ne revient pas aujourd'hui, où resterez-vous ?

— Je vais trouver un endroit. Pensez-vous qu'ils mettront encore du temps à revenir ?

La sympathie sur le visage de Gillian faillit faire tomber les défenses de Kinley.

— Honnêtement, je ne sais pas. C'est le pire quand on sort avec un Delta. Ils peuvent très bien être partis pour trois jours... ou trois mois. Walker n'a pas le droit de me dire où il va ou quoi que ce soit d'autre sur ce qu'ils ont fait quand il rentre à la maison. J'admets que c'est dur. *Vraiment* dur. Pas parce que je ne peux pas vivre seule. Je me suis bien débrouillée en tant que femme célibataire pendant dix ans après le lycée. C'est plutôt que je m'inquiète pour lui et que sa présence me manque.

Kinley comprenait. Elle s'inquiétait pour Gage et ils ne se connaissaient même pas vraiment.

Gillian poursuivit :

— Mais je suis certaine que Lefty et les autres protègent les arrières de Walker. Ces gars seraient capables de mourir les uns pour les autres, ce qui me réconforte.

Pour la millième fois, Kinley réfléchit au fait que si elle se confiait à Gage, elle le mettrait en danger. Et pas seulement lui, mais son équipe tout entière aussi.

La pièce lui parut soudain extrêmement petite et sans issue.

Kinley se redressa brusquement.

— Je dois y aller.

— Restez, répliqua Gillian en se redressant elle aussi. Lorsque Lefty reviendra, il vous aidera à régler votre problème, quel qu'il soit.

— Ce n'est pas si facile, dit Kinley.

— Ce n'est jamais facile. Lefty vous a-t-il raconté comment lui et le reste des garçons m'ont rencontrée ?

Kinley voulait partir, prendre ses vêtements, qu'ils soient déjà secs ou pas, et quitter le Texas à toute vitesse. Mais elle paraissait avoir pris racine. Elle ne l'aurait peut-être pas admis, mais Gillian avait attisé sa curiosité. Elle secoua la tête.

— Venez, asseyez-vous. C'est une histoire trop longue pour qu'on se la raconte debout.

Kinley s'assit sur le rebord du canapé, prête à bondir et partir dès que le sèche-linge se mettrait à biper, lui faisant savoir que ses vêtements étaient secs.

— J'étais dans un avion qui a été détourné et redirigé vers le Venezuela.

Les paroles de Gillian surprirent terriblement Kinley.

— Quoi ?

— J'étais dans un avion qui a été détourné vers le Venezuela, répéta Gillian.

— Merde, souffla Kinley.

Soudain, ses propres problèmes ne semblaient plus si importants et effrayants que cela.

— Exactement. Ils m'ont fait parler aux négociateurs et, heureusement, Walker est finalement arrivé sur les lieux et a commencé à me parler.

Pendant les vingt minutes suivantes, Kinley resta assise en silence, captivée par l'histoire que Gillian lui racontait. Elle était pleine de trafiquants de drogue et d'enlèvements, et impliquait même une fusillade. C'était fou, mais l'autre femme racontait l'histoire calmement, comme si de rien n'était.

— Je crois que vous êtes la personne la plus forte que j'aie jamais rencontrée, dit honnêtement Kinley à Gillian une fois qu'elle eut fini de raconter son histoire.

Gillian secoua la tête.

— Absolument pas. Je suis planificatrice d'événements, pour l'amour de Dieu ! Je passe ma vie à organiser des fêtes et des célébrations. Je ne suis pas une héroïne ; je n'ai même jamais tenu un pistolet. J'aime les gens, mais j'aime aussi rester à la maison pour lire un bon livre. Cela dit... je suis convaincue qu'on est *tous* plus fort qu'on le pense. On ne connaît pas notre force avant que la force ne devienne notre dernière option. Si on m'avait dit que je me retrouverais un jour en pleine prise d'otage, je ne l'aurais pas cru. Si on m'avait dit qu'un jour, je me retrouverais en face d'une femme qui me braque une arme dessus et que je refuserais de monter dans sa voiture, je ne l'aurais pas cru. Je fais plaisir aux gens. Je fais ce qu'on me dit de faire. Mais à ce moment précis, je savais que si je montais dans cette voiture, j'étais morte.

— J'aimerais être plus forte, avoua Kinley.

— Je ne vous connais pas, mais j'ai le sentiment que vous êtes beaucoup plus forte que vous ne voulez bien l'admettre. Encore une fois, personne ne demande qu'il leur arrive des merdes dans la vie. Personne ne veut avoir une maladie chronique. Ou que leur enfant meure. Ou que leur amant se fasse tuer au combat. Personne ne demande à grandir dans la pauvreté ou à être sans-abri. Personne ne veut être né avec un handicap qui rend chaque jour de sa vie difficile. On apprend à être fort parce qu'on n'a pas d'autre choix.

» Et quand on se retrouve dans des situations où on doit être fort, on minimise ce qu'on a fait et à quel point on a été génial. Vous n'avez peut-être pas l'impression d'être courageuse ou forte, mais j'ai le sentiment que vous êtes probablement un exemple quand il s'agit de force.

Kinley en resta sans voix. Elle n'était pas sûre de ce qu'elle pouvait bien répondre à cela. Tout d'abord, c'était le meilleur compliment qu'elle ait jamais reçu. Elle repensa à sa vie, à quel point elle avait été dure, et se rendit compte que Gillian avait peut-être bien raison. Il n'était pas facile de grandir sans parents ni affection, mais elle avait pourtant réussi. Il n'avait pas été facile de travailler à Washington, DC, mais elle l'avait fait aussi.

Elle ignorait si elle pourrait se sortir de l'histoire dans laquelle elle se retrouvait parce qu'elle avait regardé par la fenêtre de son hôtel au mauvais moment (ou était-ce le bon moment ?), mais elle devait croire qu'elle le ferait.

— Merci, dit-elle au bout d'un long moment.

— Je vous en prie, répondit Gillian tout naturellement. Je sais que vous avez dit que vous deviez y aller, mais vous aimeriez peut-être rester un peu ? Je me sens seule depuis que Walker est parti. Je dois encore passer quelques coups de fil ce matin. Je planifie une fête pour la femme d'un soldat, afin de célébrer ses deux ans de rémission après son cancer, et j'aimerais avoir un peu de compagnie.

Kinley savait qu'elle aurait dû dire non, qu'elle devait partir, mais elle se prit à hocher machinalement la tête.

— Super ! dit Gillian avec enthousiasme.

Trois heures plus tard, Kinley leva les yeux du livre qu'elle lisait et, surprise, elle cligna des paupières. Gillian lui avait dit de prendre ce qui l'intéressait sur ses étagères, et après avoir trouvé une romance qui semblait intéressante, Kinley s'était installée sur le canapé pour la commencer.

Elle ne s'était relevée qu'une seule fois – pour plier son linge et renfiler ses propres vêtements – et elle s'était ensuite replongée dans le livre.

Tournant les yeux à gauche, Kinley vit Gillian assise à l'autre bout du canapé, lisant son propre livre.

Kinley ne put réprimer le sourire qui s'empara de son visage.

— Quoi ? demanda Gillian quand elle leva les yeux et la regarda.

— Je... On est juste assises l'une à côté de l'autre, à lire. Sans parler.

— Oh. Désolée, vous vous ennuyez ? demanda Gillian en refermant son livre.

— Non ! s'exclama Kinley. Ce n'est pas ça du tout. Je... C'est parfait. Toute ma vie, on s'est moqué de moi parce que je suis capable de mettre en sourdine tout ce qui m'entoure pendant que je lis. Mes parents d'accueil m'avaient fait croire que j'étais impolie, et quand j'avais des amies et qu'on passait du temps ensemble, j'ai toujours eu l'impression que j'étais contrainte de *parler*.

— Oh, mon Dieu, moi aussi ! dit Gillian avec un sourire. Attention, j'admets que j'aime parler, mais je suis également contente de pouvoir rester assise, à me contenter d'être. En plus, je suis en train de dévorer les livres d'une auteure en particulier. Je me suis forcée à travailler d'abord, mais je suis heureuse d'avoir l'occasion de rester juste assise ici à lire. C'est agréable de vous avoir ici, même si on ne se parle pas.

Kinley sourit à l'autre femme. Elle regarda sa montre et se rendit compte qu'il était largement temps pour elle de partir. Elle posa le livre et se redressa.

— Vous partez ? demanda Gillian.

— Oui.

— D'accord. Mais vous revenez demain, n'est-ce pas ?

Kinley cligna des paupières, surprise.

— Je veux dire, je ne sais pas quand Walker et les autres seront de retour, alors vous avez besoin de revenir pour voir si Lefty est ici, non ? J'aimerais bien qu'on repasse du temps ensemble.

— Je... ça me plairait, lui dit Kinley.

— Super. Alors on fait comme ça. Vous avez un téléphone ? Je peux vous appeler si j'ai des nouvelles de Walker.

Kinley secoua la tête.

— Non. J'en ai eu un, mais je l'ai perdu.

Ce n'était pas exactement vrai, mais c'était aussi proche de la vérité qu'elle était prête à l'admettre devant Gillian à ce stade-là. Elle avait un téléphone portable, mais elle ne voulait toujours pas avoir de lien électronique avec qui que ce soit, que Stryker et Brown pourraient ensuite utiliser contre elle.

— C'est bon. N'hésitez pas à emporter le livre que vous lisiez, proposa Gillian.

Une fois de plus, Kinley eut l'impression qu'elle allait pleurer. Elle ne connaissait cette femme que depuis quelques heures, et elle l'avait traitée mieux que n'importe laquelle de ses soi-disant copines l'avait fait au fil des ans.

— Merci, dit-elle. Je promets de ne pas l'abîmer.

Gillian fit un geste vague de la main.

— Vous n'allez pas l'abîmer, dit-elle d'un ton jovial. Je veux dire, c'est un livre. Les pages peuvent se salir et la couverture se déchirer, mais cela ne modifie pas ce qui se trouve à l'intérieur.

Et cette simple phrase était comme une métaphore de la propre vie de Kinley. Vue de l'extérieur, elle était une catastrophe ambulante. Petite, étrange, distante... mais à l'intérieur, elle était une bonne personne, aspirant à montrer au monde entier que si on lui en donnait l'occasion, elle pourrait être la meilleure compagne et la meilleure des amies.

— Soyez prudente dehors, d'accord ? dit Gillian alors que Kinley reprenait son sac de sport et se dirigeait vers la porte.

— Promis, répondit cette dernière.

Cela ne la dérangeait absolument pas que Gillian ne lui demande pas de rester. Après tout, elle ne la connaissait pas. Cela ne serait ni prudent ni sûr de lui demander de passer la nuit. C'était déjà assez imprudent de l'avoir invitée à l'intérieur de son appartement. Mais Kinley n'oublierait jamais la gentillesse de Gillian.

Avant de quitter le complexe d'appartements, Kinley frappa à la porte de Gage, ne s'attendant pas à ce qu'il réponde. Quand il ne le fit pas, elle retourna à sa voiture et plaça son sac sur la banquette arrière. Elle n'avait nulle part où aller, mais au moins, elle était propre et n'avait plus faim.

Elle devait simplement ronger son frein. Gage finirait bien par revenir, alors elle lui parlerait et lui demanderait des conseils.

Les choses pourraient parfaitement ne pas fonctionner comme elle le voulait. Il pourrait dire qu'il était incapable de l'aider et elle se retrouverait à nouveau seule, mais pour l'instant, elle se sentait bien. Elle s'était fait une nouvelle amie et elle ferait tout son possible pour protéger Gillian du danger qu'elle sentait juste sur ses talons.

Celui qui avait essayé de la tuer finirait bien par la retrouver, et la dernière chose qu'aurait voulue Kinley était de mettre qui que ce soit en danger.

CHAPITRE SEPT

Lefty passa une main sur son visage. Il était sale, fatigué, et se sentait déboussolé par la mission intense que lui et l'équipe venaient d'accomplir. Ils avaient été envoyés en Iran pour tenter de sauver un citoyen américain – le fils d'un juge fédéral – qui avait cru qu'il serait amusant de gravir le mont Damavand. Il faisait plus de cinq mille mètres de haut et était apparemment sur sa liste de choses à faire. Mais il avait ignoré le fait que l'Iran n'appréciait pas forcément que les gens, et en particulier les Américains, franchissent illégalement leurs frontières. N'ayant pas été en mesure d'obtenir la permission pour l'ascension, il avait quand même décidé de le faire.

Une grande partie de leur temps avait été consacré à la planification de la mission de sauvetage. Ils avaient donc dû être infiltrés en profondeur, et lorsque les voies diplomatiques n'avaient pas permis de libérer cet homme, les Deltas avaient été autorisés à le tirer de la prison iranienne par la force si nécessaire.

En fin de compte, malheureusement, tout cela avait été en vain. L'homme s'était lassé d'attendre qu'on vienne le libérer et avait essayé de s'échapper de son propre chef. Ce choix lui avait coûté la vie.

Toute la planification et les subterfuges des Deltas étaient tombés à plat. L'équipe avait mis quatre jours pour ressortir d'Iran en douce après l'échec de leur tentative de sauvetage, et Lefty était épuisé.

Cela le contrariait que cet homme pense qu'escalader une montagne était plus important que de rester à la maison avec sa femme et sa petite fille. Il était en colère que le gouvernement iranien n'ait pas décidé que ce type était juste jeune et imbécile, et ne l'ait pas libéré avec une amende et une sévère réprimande.

Et Lefty n'avait pas été de meilleure humeur quand ils avaient atterri en Europe pour prendre leur vol de retour et qu'il avait vérifié ses messages… et n'en avait pas reçu le moindre de la part de Kinley.

Elle avait promis de rester en contact avec lui et Lefty l'avait crue. Si ce n'était qu'une semaine, il pouvait trouver des excuses pour expliquer pourquoi elle ne l'avait ni textoté ni appelé. Mais deux semaines sans le moindre contact n'étaient probablement pas ni un accident ni un oubli. Il se sentait bête. *Il n'y a que les imbéciles qui se font avoir deux fois.* Il aurait dû retenir la leçon la première fois. Kinley semblait être une bonne personne. Quelqu'un qu'il aurait voulu mieux connaître. Mais les relations à distance étaient déjà assez difficiles. Si elle ne voulait pas faire d'efforts, Lefty savait qu'il ne pourrait rien se passer entre eux. C'était nul. Vraiment.

Le voyage de retour aux États-Unis était long, mais Lefty fut incapable de dormir. Il n'avait cessé de penser à Kinley et à la raison pour laquelle elle l'avait laissé en plan une deuxième fois. Cela n'avait aucun sens et il devait bien se demander si quelque chose n'allait pas.

Après l'atterrissage, l'équipe attendait qu'on leur donne congé avant de retourner à leurs logements respectifs. Lefty avait l'intention de retourner à son appartement et de pioncer pendant vingt-quatre heures d'affilée. Quand il se serait reposé, il serait en meilleure posture pour repenser à cette histoire avec Kinley. Il devait se la sortir de la tête une bonne fois pour toutes, ce qui, il le savait, était plus facile à dire qu'à faire.

Lefty était venu à la base avec Trigger parce qu'ils résidaient à présent dans le même complexe d'appartements. Il était tard – vingt-deux heures passées –, et Trigger venait de raccrocher après avoir parlé avec Gillian.

— Elle va bien ? demanda Lefty.

Trigger hocha la tête.

— Oui.

La réponse était brève, mais Lefty avait entendu une partie de la conversation de son ami. Il était clair que Gillian était ravie qu'il soit de retour, et ce sentiment était réciproque.

— Sérieux ? demanda Grover pas très loin, la surprise et la confusion faciles à entendre dans sa voix.

Lefty fut immédiatement en alerte.

— Quoi ? demanda-t-il.

Les autres hommes de l'équipe étaient aussi tendus, impatients d'apprendre ce qui avait tant surpris leur ami.

— Devyn prévoit de déménager ici.

— Devyn ? demanda Lucky. C'est qui ?

— Ma sœur, répondit Grover en regardant son téléphone. Elle a laissé un message sur ma boîte vocale, comme quoi elle a démissionné et déménage au Texas.

— C'est ta sœur cadette, c'est ça ? s'enquit Oz.

— Ouais. C'est le bébé de la famille.

— Elle va bien ? demanda Brain.

— Je ne sais pas. Enfin... je pensais qu'elle aimait son travail. Elle est assistante vétérinaire et à chaque fois qu'on en parlait, elle n'avait que des choses positives à dire, répondit Grover d'une voix qui débordait d'inquiétude.

— Tu vas la rappeler ? demanda Lucky.

— J'ai essayé. Elle ne répond pas. Mais il est tard, il se peut qu'elle soit juste en train de dormir.

— Tiens-nous au courant si tu as besoin de quoi que ce soit, dit Lefty en refermant une main sur l'épaule de son ami. Tu sais qu'on est là.

— Je n'y manquerai pas. Je ne sais pas ce qu'elle a prévu de faire, mais elle aura peut-être besoin d'aide pour décharger son camion de déménagement, ou un truc comme ça, dit Grover.

— Si tu as besoin de quoi que ce soit, on est là, répéta Lucky.

Ils furent interrompus par leur commandant qui venait leur donner congé et, peu après, Lefty se retrouva assis dans la Chevrolet Blazer de Trigger. Reposant sa tête sur le dossier du siège, Lefty ferma les yeux.

— Ça va ? demanda Trigger.

— Oui.

— Pas encore de nouvelles d'elle ?

— Non. Mais c'est bien comme ça. Je veux dire, ce n'est pas comme si on allait avoir une relation. Pas alors qu'elle habite à Washington et moi ici. Dieu sait qu'il est déjà difficile d'avoir une relation classique. Alors un truc à distance n'aurait jamais fonctionné, dit Lefty en essayant de se convaincre.

— Mais tu t'inquiètes quand même pour elle, dit Trigger avec une perspicacité déroutante.

Lefty soupira.

— J'ai passé six heures avec elle, Trigger, déclara Lefty. On a accroché. J'ai appelé ma *mère* quand elle était avec moi, pour l'amour de Dieu ! Elle m'avait promis de me parler. Je ne sais plus quoi penser.

— Peut-être que demain, tu pourrais appeler Winkler, voir s'il peut mener sa petite enquête. Je sais qu'on n'était que ses gardes du corps, mais il m'a paru avoir les pieds sur terre... pour un homme politique. Brown et lui travaillent dans le même bâtiment, donc au moins, si tu lui parles, tu pourrais savoir si elle va bien.

C'était une bonne suggestion, mais pour le moment, Lefty n'était pas prêt à passer à l'acte en ce qui concernait Kinley.

— Ouais. J'y penserai.

Plusieurs minutes s'écoulèrent alors que Trigger les conduisait vers leur immeuble.

— Alors, Gillian va bien ? demanda Lefty.

— Ouais. Elle dit qu'elle a été occupée à planifier et à lire.

— Elle arrive à rester assise assez longtemps pour lire ? demanda Lefty. Je jure que je l'imagine en train de parcourir la pièce dans tous les sens, à parler au téléphone, à composer un e-mail et à lire en même temps.

Trigger éclata de rire.

— C'est drôle, parce que je me suis dit la même chose au début. Mais tu serais surpris. Elle adore se poser pour glander. Et quand elle lit un livre ? N'essaie même pas de lui parler.

— Je suis heureux pour toi, dit Lefty à son ami. Je suis sincère. Gillian est super. C'est une des personnes les plus gentilles que je connaisse. Elle donnerait sa chemise si elle pensait que quelqu'un en avait besoin. C'est relativement rare de nos jours. Les gens ne pensent qu'à eux-mêmes.

— C'est vraiment génial, mais c'est aussi terriblement effrayant, admit Trigger. Elle veut toujours acheter des repas et des trucs pour les gens qu'elle croise dans la rue. Un de ces jours, je vais rentrer chez moi et elle aura invité quelqu'un dans une mauvaise passe à crécher chez nous.

Lefty frissonna.

— Oui, ce n'est pas top, admit-il.

Mais il ne pouvait pas cesser de penser au moment où Kinley avait acheté un repas pour un sans-abri à Paris et comment, en Afrique, elle avait acheté toute la nourriture de la vendeuse.

— Mais je ne changerais pas Gillian pour tout l'or du monde, dit Trigger. Je ne voudrais pas qu'elle s'endurcisse. Je veux qu'elle conserve pour toujours l'empathie qu'elle a pour les autres. En même temps, je voudrais juste qu'elle soit un peu plus consciente de sa propre sécurité.

— Tu as quand même réussi à faire qu'elle ne prenne plus d'Uber, n'est-ce pas ? demanda Lefty.

— Ouais. Mais ce n'est que la partie émergée de l'iceberg.

Ils arrivèrent dans le parking du complexe d'appartements et, après avoir quitté le véhicule, Lefty adressa un geste du menton à Trigger.

— Merci de m'avoir ramené.

— De rien. C'est inutile qu'on prenne tous les deux nos voitures jusqu'à la base. Merci encore d'avoir aidé Gillian et moi à trouver notre appartement ici.

— Pas de problème. Tu as trouvé une maison ?

Trigger haussa les épaules.

— On cherche, mais Gillian dit qu'elle est bien là où elle est pour le moment.

— C'est génial d'avoir une femme qui ne soit pas matérialiste, observa Lefty.

— Oh, je sais et crois-moi, j'en suis reconnaissant. Elle ne se préoccupe vraiment pas de la taille de notre appartement, d'avoir des vêtements de marque ou de choses comme ça. Mais quelque part, ça me donne encore plus envie de les lui donner, dit sérieusement Trigger.

— Vas-y, dit Lefty en poussant amicalement son ami. Rentre voir ta femme.

— C'est une idiote, dit Trigger après avoir fait trois pas vers son appartement. Kinley, je veux dire. Tu es un des meilleurs hommes que j'aie jamais connus. Elle ne sait pas ce qu'elle rate en te laissant en plan.

— Merci, répondit Lefty.

Ces paroles ne l'aidèrent pas vraiment à se sentir mieux, mais il appréciait quand même.

— On se parle demain.

— À plus, dit Trigger avant de se tourner et de monter les escaliers d'un pas vif.

Lefty se dirigea vers son propre appartement un peu plus lentement. Il savait ce qui l'attendait. Un appartement sombre et vide qui sentait un peu le renfermé après être resté inoccupé pendant deux semaines. Avant de partir, il avait vidé son frigo de tout ce qui allait périmer, mais il oubliait toujours quelque chose.

Poussant un soupir, il carra les épaules. C'était sa vie, peu importe la relation qu'il s'était imaginée avec Kinley.

Il ouvrit la porte de son appartement et laissa tomber son sac sur le sol juste à l'intérieur. Il ferait la lessive plus tard. Pour le moment, tout ce qu'il voulait, c'était une douche et un lit.

⁎⁎⁎

Le lendemain matin, Lefty grogna lorsque son téléphone sonna. Ouvrant un œil, il vit qu'il était 11 heures. Il avait bien dormi, mais il avait l'impression qu'il aurait encore pu pioncer pendant douze heures.

Il prit son téléphone d'une main maladroite alors qu'il continuait de sonner et trouva enfin où cliquer pour répondre.

— Allô ?

— C'est Trigger. J'ai besoin que tu viennes à mon appartement. Illico.

Lefty était immédiatement éveillé.

— Qu'est-ce qui ne va pas ? Gillian va bien ?

— Elle va bien. Mais elle a besoin de te dire quelque chose que tu dois entendre.

Il fallut un moment pour que le rythme cardiaque de Lefty se stabilise.

— Bon sang, ne me fais pas peur comme ça, Trigger. Merde ! J'ai pensé que quelque chose allait vraiment mal.

— C'est *peut-être* le cas. Ramène ton cul, Lefty. Je ne plaisante pas.

Puis Trigger raccrocha.

Lefty grommela que son ami le faisait chier alors qu'il renfonçait la tête dans l'oreiller. S'il se rendait dans l'autre appartement et découvrait que Gillian leur avait organisé un petit-déjeuner pour fêter leur retour, il allait être en colère. Ce serait bon d'avoir à becqueter, parce que Lefty savait qu'il n'avait pas la moindre nourriture dans son appartement... mais quand même.

Il se glissa hors du lit et passa dans la salle de bains. Il alla rapidement aux toilettes et se brossa les dents. Ne prenant pas la peine de se raser, il enfila un jean et un T-shirt. Puis il prit ses clés et les mit dans sa poche avant de sortir de son appartement pour se rendre chez Trigger.

Il leva la main pour frapper, mais la porte s'ouvrit avant qu'il ne puisse le faire. C'était Trigger, l'air inquiet.

La tension sur le visage de son ami permit enfin à Lefty de comprendre qu'il ne s'agissait pas d'une sorte de fête de retour surprise ou un truc de ce genre. Il suivit Trigger à l'intérieur et vit que Gillian faisait les cent pas devant le canapé.

— Lefty ! dit-elle quand elle le vit. Dieu merci, tu es là.

Fronçant les sourcils, Lefty ne comprenait pas ce qu'il était en train de se passer.

— Qu'est-ce qui ne va pas ?

— Eh bien, peut-être rien, mais peut-être beaucoup de choses. Et je suis *vraiment* désolée ! J'ai été ... distraite hier soir quand Walker est rentré, et j'ai oublié jusqu'à ce matin, expliqua Gillian en rougissant, l'air légèrement coupable.

— Respire, Di, lui dit Trigger, utilisant le surnom qu'il lui avait donné au Venezuela.

Il la rejoignit et la prit dans ses bras.

Lefty ne put s'empêcher de ressentir une pointe de... de jalousie ? Attention, ce n'est pas qu'il ne voulait pas que Trigger ait cette relation avec Gillian... C'est simplement qu'il en avait envie lui aussi. Et après avoir rencontré Kinley, il avait cru avoir sa chance, mais cela semblait de moins en moins probable.

— Ça va ? demanda Trigger en baissant les yeux vers Gillian.

Elle hocha la tête et se tourna vers Lefty.

— Je pense que Kinley est peut-être encore ici.

Ces paroles tourneboulèrent le monde de Lefty.

— *Quoi ?*

— Je sais, c'est fou. Mais elle était ici, à ta recherche.

Comme elle ne lui expliquait pas immédiatement, Lefty lui ordonna :

— Commence par le début, et n'oublie rien.

— D'accord. C'était environ une semaine après votre départ. J'avais remarqué cette femme la veille, mais je ne m'y étais pas attardée. Elle frappait à ta porte et bien sûr, tu n'étais pas chez toi. Mais ensuite, elle est revenue le lendemain. Et le *surlendemain*, elle était assise dans une voiture dans le parking. J'ai remarqué qu'elle s'était garée là la veille... puis le lendemain matin, sa voiture était au même endroit et elle était toujours dedans. Elle avait l'air mal en point, Lefty. Je me suis sentie mal pour elle. Alors je suis allée au parking pour lui parler.

— Tu vois ce que je voulais dire ? dit Trigger en croisant le regard de Lefty avec exaspération. On a toujours du travail à faire, côté sécurité personnelle.

Gillian repoussa la poitrine de Trigger, mais il ne broncha pas, se contentant de la serrer plus fort.

— Quoi qu'il en soit, elle m'a dit que son nom était Kinley, et je me suis souvenue que Walker m'avait dit que tu avais passé du temps à Paris avec une Kinley. Enfin, je ne connais pas les détails ou quoi que ce soit, mais je me suis sentie mieux de savoir que vous la connaissiez en vrai. Alors je l'ai invitée à prendre le petit-déjeuner. Comme je l'ai dit, elle n'avait pas l'air bien.

— Comment ça ? l'interrompit Lefty

— Du calme, mec, le mit en garde Trigger.

Lefty inspira profondément et hocha la tête.

— Elle avait l'air d'avoir dormi dans sa voiture. Elle avait besoin de se laver les cheveux et ses vêtements étaient super froissés. Et...

Gillian hésita, puis continua :

— Elle ne sentait pas très bon. Pas horrible, mais comme si elle n'avait pas pris de douche pendant un certain temps. Je l'ai donc convaincue de monter– ce qui n'a pas été facile, en passant –, puis on a mangé et elle a pris sa douche. Je l'ai laissé laver ses vêtements et on a passé un moment ensemble.

— Vous avez passé un moment ensemble ? demanda Lefty, perplexe.

— Ouais. C'était vraiment super, je dois avouer. J'ai bossé, elle a lu. Puis quand j'ai fini, je me suis assise et j'ai lu aussi.

Les lèvres de Trigger affichèrent l'ombre d'un sourire.

— Donc vous êtes restées assises sur le canapé sans parler, mais à lire ?

Gillian sourit.

— Ouais. Vous savez comme c'est difficile de trouver quelqu'un qui sache se contenter de rester près de vous à lire sans s'inquiéter de faire la causette ? Je veux dire, j'aime Wendy, Ann et Clarissa, mais elles ont la langue *bien* pendue. Kinley n'a pas ressenti le besoin de parler juste pour meubler.

— Et que s'est-il passé ensuite ? lui demanda Lefty, voulant qu'elle poursuive afin qu'il puisse comprendre pourquoi Kinley était venue... et où elle pouvait se trouver actuellement.

— Elle est partie, dit Gillian avec un haussement d'épaules. Je ne savais pas quand vous seriez de retour, donc je l'ai invitée à revenir le lendemain matin pour qu'on puisse repasser du temps ensemble. Et elle l'a fait. Elle est venue tous les matins pendant trois jours, mais je ne l'ai pas revue depuis deux jours. Elle a dit qu'elle n'avait pas de téléphone, donc je ne pouvais pas l'appeler pour vérifier que tout allait bien. Je m'inquiète pour elle. Elle avait vraiment l'air d'avoir désespérément envie de te parler, mais à présent que tu es là, soudainement, elle a disparu. Ça ne me plaît pas.

Lefty non plus, n'aimait pas cela. En premier lieu, il ne voyait absolument pas ce que faisait Kinley au Texas. Surtout alors qu'elle travaillait à Washington. Et pourquoi dormait-elle dans sa voiture ? Et où était son téléphone ?

Rien n'avait de sens... et l'alarme intérieure de Lefty était en train de hurler.

— Qu'est-ce qu'elle conduisait ?

— Une Toyota Corolla beige.

Lefty grimaça. Il y en avait à tous les coins de rue, ce qui la rendrait d'autant plus difficile à trouver.

— Je vais appeler les autres, dit Trigger en s'écartant de Gillian.

Lefty voulut protester. Il savait que tout le monde était aussi fatigué que lui, mais il serait reconnaissant d'avoir leur aide.

— Tu veux que j'appelle la police ? demanda Gillian.

— Non, répondit immédiatement Lefty.

Elle haussa un sourcil interrogateur.

Inspirant profondément, Lefty essaya de s'expliquer :

— Quelque chose ne tourne pas rond. Kinley ne devrait pas être au Texas. Elle vit et travaille à Washington. Et le fait que tu penses qu'elle dort dans sa voiture ne me plaît vraiment pas. La police serait en mesure de rechercher sa voiture, mais si elle est en difficulté, ça risquerait d'aggraver la situation.

— Comment ça ? demanda Gillian. Tu penses qu'elle est recherchée par la loi ?

Lefty aurait pu sourire de sa formulation, mais rien dans cette situation n'était drôle. Absolument rien.

— Non, mais je ne sais pas *ce* qu'il se passe. Je pensais qu'elle ne répondait pas à mes messages et à mes textos parce qu'elle ne voulait pas me parler, mais s'il y avait autre chose ?

— Elle essaie peut-être de rester discrète, dit Trigger.

— Exactement. Alors je ne veux pas déjà impliquer la police. Croyez-moi, s'il s'écoule trop de temps, je n'aurai peut-être pas le choix, mais pour l'instant, je veux voir si on peut la retrouver tous seuls. Killeen n'est pas très grand, alors on aura peut-être de la chance, dit Lefty.

— Je peux appeler Ann, Wendy et Clarissa pour vous aider.

— Merci, mais gardons ça secret pour le moment, lui dit Lefty.

Puis il marcha jusqu'à Gillian et mit ses mains sur ses épaules.

— Merci d'avoir été son amie.

Il hésita puis continua :

— Je crois qu'elle n'a pas d'amis, alors j'apprécie que tu lui aies tendu la main.

— C'est juste stupide, dit Gillian avec emportement. Je ne la connais pas très bien, mais elle me plaît bien. Elle est... apaisante. Ce n'est pas vraiment le bon mot, mais ça ira pour l'instant. Je n'ai pas eu pendant une seule seconde l'impression d'avoir à la divertir. Elle s'est contentée de rester sur le canapé et de lire. Mais elle a également su tenir une conversation. On a parlé d'un de mes événements à venir et elle a eu de super idées pour moi. Et un jour, j'avais du mal à trouver quelque chose qui entre dans le budget de mon client, et elle a pu me donner quelques conseils et astuces pour négocier un meilleur tarif avec le local. Elle me plaît bien, Lefty. J'espère qu'elle va bien.

— Moi aussi, dit Lefty.

Il lui lâcha les épaules et regarda Trigger. Ils échangèrent un regard et Trigger désigna la porte d'entrée d'un geste du menton. Sachant qu'il voulait parler de leur plan d'action à l'écart de Gillian, Lefty hocha la tête.

— Merci encore de m'avoir informé, lui dit Lefty.

— Je suis vraiment désolée de ne pas avoir pensé à t'appeler hier soir. J'étais vraiment contente que Walker soit rentré.

— Je sais, dit Gage en réprimant un rire. Tu n'avais pas vu Trigger depuis un bon bout de temps.

Gillian hocha la tête, mais elle plissait toujours le front.

— Je me sens vraiment mal. C'est horrible de ma part de ne pas y avoir pensé immédiatement. J'aurais dû t'en parler hier soir.

— C'est bon. Sérieusement, lui dit Lefty.

Il aurait aimé l'avoir appris la veille, mais il avait été épuisé. Il n'aurait pas pu dormir s'il avait su que Kinley était en ville, à sa recherche, et il avait l'intuition qu'il allait devoir être au top de sa forme quand il la retrouverait. Elle ne serait pas venue s'il ne lui était pas arrivé quelque chose.

Il sentit la détermination monter en lui. Kinley était ici. Elle était venue pour lui. *Lui*. Le fait qu'il soit en mission était mal tombé, mais il allait la retrouver et découvrir ce qu'elle faisait au Texas. Il savait qu'elle ne serait pas venue si ce dont elle avait besoin n'était pas important.

Trente minutes plus tard, Lefty se trouvait dans le parking de son immeuble entouré des six membres de son équipe. Personne n'avait protesté à l'idée de passer durant leur jour de congé.

Trigger venait juste de répéter aux garçons ce que Gillian leur avait dit.

— Elle est ici quelque part, dit Lefty. Je le sais. Nous avons juste besoin de la trouver. Je ne connais pas son numéro d'immatriculation, mais elle vient de Washington. Si elle dormait vraiment dans sa voiture, elle aura probablement cherché un endroit sûr. Un parking d'une entreprise ouverte vingt-quatre heures ou un autre endroit qui n'est pas trop isolé. Il existe une probabilité qu'elle ne soit plus en ville... mais j'ai l'intuition qu'elle y est encore. Elle est venue jusqu'ici pour me voir et elle est particulièrement déterminée. Je ne veux pas qu'elle parte avant d'avoir accompli ce qu'elle est venue faire. Si vous la trouvez, ne vous approchez pas. Appelez-moi et surveillez-la. D'accord ?

Ils hochèrent tous la tête.

Lefty aimait son équipe. Peu leur importait qui était aux commandes et prenait les décisions. Ils mettaient leur ego au placard avant de commencer une mission. Et ceci *était* une mission, même si elle n'était pas assignée par leur pays.

Lefty leur attribua des quartiers différents de la ville à parcourir, et tout de suite après, ils partirent tous vers leurs véhicules.

Brain s'attarda alors que les autres partaient.

— Ça va ? demanda-t-il.

Lefty haussa les épaules.

— Ça ira mieux quand je découvrirai ce qu'il se passe.

— Tu veux que je voie ce que je peux trouver sur l'ordinateur ?

Lefty hésita puis secoua la tête.

— Mon instinct me dit d'attendre. De savoir ce qu'il se passe avant de faire quoi que ce soit qui pourrait alerter quelqu'un d'autre sur sa présence dans la région et le fait qu'on est à sa recherche.

Brain scruta le visage de Lefty pendant un long moment.

— Tu penses qu'on la traque électroniquement ?

Lefty haussa les épaules.

— Honnêtement ? Je n'en ai pas la moindre idée. Mais je sais que ça ne lui ressemble pas. Elle n'est pas le genre de femme qui démissionne, dort dans sa bagnole et fait ce genre de mystère. Elle est intelligente, Brain, et économe. Il n'existe aucune raison pour qu'elle ne puisse pas louer un hôtel pendant qu'elle m'attend. Je pensais qu'elle ne répondait pas à mes messages parce qu'elle ne voulait pas me parler, mais si c'était autre chose ? Elle a dit à Gillian qu'elle n'avait pas de téléphone. Je sais qu'elle en a ou qu'elle en *avait* un, mais si en fait, elle ne pouvait pas s'en servir ? À ce stade, j'ai plus de questions que de réponses, et j'ai du mal à l'accepter.

— Tu veux que je parle à Winkler ?

— Non ! s'exclama Lefty.

Puis il inspira pour tenter de se calmer.

— Je ne dis pas qu'il n'aura pas plus d'infos, parce qu'on sait tous à quel point la communauté politique est petite à Washington. Mais si elle cherchait à échapper à une autre personne ? Et si elle ne voulait pas qu'on sache où elle est ? Si on commence à poser des questions, cela pourrait se savoir et ramener à notre porte la personne qu'elle ne veut pas voir.

— Ça se tient, lui accorda Brain. Mais si tu as besoin de quoi que ce soit, dis-le-moi et tu sais que je me plierai en quatre pour te dégotter toutes les infos dont tu auras besoin.

— J'apprécie. Pour l'instant, je dois juste trouver Kinley et m'assurer qu'elle va bien. On déterminera où aller après ça. J'espère qu'elle a juste été capable de prendre des vacances dont elle a bien besoin et que tout va bien. Je suis assez vaniteux pour espérer qu'elle a voulu passer ces vacances avec moi, mais mon instinct me crie que quelque chose ne va pas.

— On va la retrouver, déclara Brain en serrant l'épaule de Lefty. Et juste pour que tu le saches, je l'apprécie. Je ne la connais pas vraiment, mais d'après ce que j'ai vu d'elle, elle donne l'impression d'avoir les pieds sur terre et d'être ravie de simplement pouvoir s'asseoir tranquillement et profiter de sa journée, si tu vois ce que je veux dire.

Lefty hocha la tête. Il voyait parfaitement. Il se rappela qu'elle avait été ravie de s'asseoir sur un banc pour contempler la tour Eiffel. Elle n'avait pas eu besoin d'en parler et n'avait pas pris un million de selfies devant. Elle avait simplement apprécié d'être dans le moment. Cela lui plaisait. Beaucoup.

Brain adressa un signe du menton à Lefty et se dirigea vers sa voiture. Inspirant profondément, Gage se dirigea vers son propre pick-up. Plus les minutes s'écoulaient, plus son anxiété augmentait. Il avait besoin de trouver Kinley, et rapidement.

CHAPITRE HUIT

— Je l'ai trouvée, annonça Lucky lorsque Lefty répondit au téléphone une heure plus tard.

C'était Lucky tout craché, ce qui lui avait d'ailleurs valu son surnom. Il avait une chance extraordinaire, quoi qu'il fasse. Il pouvait éviter le danger d'un iota lors d'une mission ou bien dénicher des informations majeures dont ils avaient besoin pour finir un boulot. Et Lefty n'avait jamais été aussi reconnaissant de la chance de son coéquipier.

Il mémorisa l'adresse où Lucky avait retrouvé le véhicule de Kinley et fit opérer un demi-tour à sa voiture. Lucky avait également promis d'appeler le reste de l'équipe, et Lefty savait qu'ils le rejoindraient le plus rapidement possible.

Lucky n'avait pas rajouté grand-chose, simplement qu'il avait trouvé la voiture de Kinley et qu'il était passé devant pour voir si elle se trouvait à l'intérieur. Il l'avait vue sur le siège conducteur, mais ne s'était pas approché. Une partie de Lefty aurait voulu que Lucky lui parle immédiatement pour s'assurer qu'elle allait bien, mais l'autre partie voulait être celui qu'elle verrait en premier.

Elle avait déjà rencontré Lucky, mais si elle ne s'attendait pas à lui, alors elle aurait peut-être peur lorsqu'il toquerait soudainement contre sa fenêtre.

Lefty appuya sur le champignon.

Sept minutes et demie plus tard, il arrêta sa voiture à côté de celle de Lucky. Ils se trouvaient sur le parking d'une usine locale. C'était un choix intelligent de la part de Kinley. Le lotissement était plein de voitures vingt-quatre heures sur vingt-quatre à cause des différents quarts de travail, et même si quelqu'un remarquait sa présence, on ne trouverait pas nécessairement cela trop étrange.

Grover, Lucky, Doc et Brain étaient déjà là, et Trigger et Oz étaient en route. Ne voulant pas attendre le reste de son équipe, Lefty s'approcha de la portière de Kinley et vit qu'elle avait les yeux fermés, sa tête reposant sur l'appuie-tête derrière elle. Plus il s'approchait, plus son cœur s'emballait. Il pouvait sentir l'adrénaline courser à travers son corps.

Il essaya d'ouvrir la portière en silence, mais elle était verrouillée. Il ne voulait pas frapper à la fenêtre et lui faire peur, mais il n'avait pas le choix.

Lefty toqua deux fois à la fenêtre, et il commença à transpirer quand Kinley ne remua même pas. Peut-être n'était-elle pas simplement en train de dormir. Peut-être que quelque chose allait vraiment mal.

— Merde, marmonna-t-il avant de retoquer à nouveau, plus fort cette fois.

Il retint sa respiration et quand il vit sa tête bouger d'un millimètre, il soupira. Elle était vivante. Seigneur ! Pendant une seconde, il avait cru que c'était trop tard. Il avait laissé filer sa chance avec elle pour de bon.

— Kinley ? appela-t-il. Déverrouille la portière.

Il vit ses yeux s'ouvrir, puis se refermer.

Il toqua une fois de plus à la fenêtre.

— Kinley ! cria-t-il plus fort. Déverrouille la portière.

Elle ouvrit à nouveau les yeux et il la vit souffler son nom.

— Oui, c'est moi, Gage. Ouvre la portière, ma belle. Laisse-moi entrer.

Il retint son souffle en la voyant lever la main et tâtonner sur les boutons de l'accoudoir. Elle semblait extraordinairement maladroite, ce qui ne lui ressemblait pas. Certes, c'était peut-être parce qu'il venait de la réveiller, mais cela semblait différent.

— C'est ça, bébé, allez, ouvre, murmura-t-il.

Enfin, au moment même où il craignait qu'ils n'aient à briser une fenêtre pour parvenir jusqu'à elle, il entendit le verrou se désenclencher.

Lefty ne mit pas deux secondes à ouvrir la porte et à se mettre à genoux sur le sol à côté d'elle.

Kinley avait à nouveau fermé les yeux et sa tête se reposait sur le siège. Lefty leva la main et lui toucha le bras, grimaçant quand il la sentit brûlante.

— Elle a de la fièvre, dit-il à Doc et au reste de son équipe avant de se retourner vers Kinley.

— Hé, Kins.

— Gage, murmura-t-elle.

— Je suis là.

— J'ai froid, marmonna-t-elle en frissonnant.

— Merde, entendit-il Doc dire derrière lui. On doit l'emmener voir un médecin.

Comme si les mots de son ami étaient une sorte d'élixir magique, Kinley ouvrit les paupières.

— Pas de médecin ! s'exclama-t-elle frénétiquement.

Lefty tendit les bras et la saisit par les épaules.

— Du calme, Kins.

Il savait qu'il n'oublierait jamais le regard qu'elle lui adressa alors. C'était de la panique mêlée à de la terreur.

— Pas de médecin, répéta-t-elle. Il me retrouvera... et *toi* aussi.

— Qui va te retrouver, Kins ?

Mais elle ferma les yeux et s'affaissa contre lui.

— Pas de médecin..., dit-elle pour la troisième fois.

Conscient qu'elle n'était pas en état de répondre à la moindre question, Lefty céda.

— D'accord, pas de médecin.

— Promets, dit-elle sans ouvrir les yeux.

Une main vint lui saisir le biceps avec une force étonnante. Il pouvait sentir les ongles de Kinley s'enfoncer dans sa peau.

— C'est promis, dit-il fermement.

Il la sentit se détendre complètement, tant et si bien qu'il s'inquiéta.

— Kinley ?

Elle ne répondit pas.

— Merde, murmura-t-il avant de se rapprocher et de poser deux doigts contre la veine de son cou. C'est rapide, mais stable, dit-il à ses coéquipiers qui s'étaient alors rassemblés derrière lui et regardaient la scène.

— Tu ne veux sérieusement pas l'emmener chez un médecin ? demanda Grover. Elle a l'air mal en point, mec.

Lefty regarda son équipe.

— Non. Je l'emmène chez moi. Si ça empire, j'appellerai Doc.

Tout le monde observa l'intéressé. Il devait son surnom au fait qu'avant de décider de rejoindre l'armée, il avait fait la fac de médecine. Certes, ils possédaient tous leur certificat de soins d'urgence, grâce à leur formation, mais le surnom lui était resté.

— Je vais ramener sa voiture chez toi, se proposa Lucky.

— On pensera aux voitures plus tard, dit Trigger. Contente-toi de la ramener à la maison. Si tu as besoin de l'aide de Gillian, elle se fera un plaisir de venir. En fait, j'ai le sentiment qu'elle va insister pour le faire.

Lefty hocha la tête. Il n'avait pas songé à ce qu'il ferait après avoir retrouvé Kinley et l'avoir ramenée à son appartement, aussi appréciait-il que ses amis s'occupent des détails.

— Merci, les gars. Brain, tu peux m'aider à la sortir de là ?

Brain vint se placer à côté de lui et aida Lefty à se redresser afin qu'il n'ait pas à lâcher Kinley. Il tituba légèrement quand il se redressa enfin avec Kinley dans les bras, mais Brain et Doc étaient là pour le stabiliser. Elle était brûlante et elle n'avait quasiment pas bougé à part pour se blottir davantage contre lui après qu'il se fut redressé.

Elle gémit légèrement quand ils commencèrent à marcher vers la voiture de Trigger, mais elle ne protesta pas. Elle lui faisait terriblement peur, mais Lefty ne laissa aucune de ses inquiétudes se manifester dans sa voix lorsqu'il dit :

— Je suis là, Kins.

Ses bras se couvrirent de chair de poule quand les lèvres de Kinley frôlèrent la peau sensible sous son oreille. Elle n'essayait absolument pas de l'exciter, mais son corps réagissait quand même à sa proximité.

— Froid, marmonna-t-elle.

Lefty resserra sa prise sur elle et, une fois de plus, ses amis l'aidèrent à se stabiliser alors qu'il grimpait à l'arrière de la voiture de Trigger. Il savait qu'il aurait dû la lâcher, qu'il devrait refermer sa ceinture de sécurité, mais il ne pouvait littéralement pas se forcer à la lâcher. Sans parler du fait qu'à chaque fois qu'il desserrait sa prise, elle faisait de son mieux pour fusionner son corps au sien.

D'aussi près, Lefty ne pouvait pas ignorer que cela faisait plusieurs jours qu'elle ne s'était pas douchée. Ce n'était pas qu'elle sentait mauvais, mais elle n'avait pas non plus l'odeur fraîche et propre qu'il avait remarquée lorsqu'ils avaient passé du temps ensemble à Paris.

Il la sentait frissonner contre lui, ce qui ne présageait rien de bon, vu que la température était clémente. Trigger conduisit rapidement mais prudemment vers leur résidence, et Lefty attendit qu'il ait ouvert la portière pour essayer de sortir avec Kinley dans ses bras. Il gravit rapidement les marches qui menaient jusqu'à son appartement.

— Je suis venue, marmonna Kinley dans son cou.

— Je sais. Je suis désolé de ne pas avoir été là.

— Tu étais parti sauver le monde. Je ne suis pas importante.

Lefty fronça les sourcils.

— Si j'avais su que tu étais là, j'aurais envoyé quelqu'un pour t'aider. Un de mes autres amis de la Delta Force.

Kinley secoua légèrement la tête.

— Non, c'était toi que je voulais.

Trigger lui ouvrit la porte et Lefty ne pensa plus à l'effet que ses paroles avaient eu sur lui. Il se dirigea droit vers sa chambre et se pencha pour la poser sur son lit.

Elle s'accrochait à lui, ne le lâchant pas.

Penché sur elle, Lefty s'appuya sur ses mains.

— Tu dois me lâcher, Kins.

— Non, protesta-t-elle.

Lefty essaya en vain de ne pas s'en amuser. Incapable de s'en empêcher, il se pencha et frôla sa joue avec ses lèvres.

— Ne t'accroche plus, ma belle. Je dois m'assurer que tu ailles bien.

Elle avait tenu les yeux fermés, mais en sentant ses lèvres contre sa peau, elle les ouvrit lentement.

— Gage ?

— Oui ?

— Tu m'as envoyé des messages ?

Lefty plissa un front confus.

— Oui. Tu ne les as pas reçus ?

— Mon téléphone s'est fait exploser en mille morceaux, l'informa-t-elle. Je ne t'évitais pas.

Malgré sa maladie et sa fièvre, Lefty pouvait lire l'inquiétude et la sincérité dans son regard. Il plaça une main sur sa joue et elle détendit les muscles de son cou jusqu'à ce qu'il soutienne le poids de sa tête dans sa paume.

— C'est bon, Kins, lui dit-elle.

— Mais je suis contente que mon téléphone ait été cassé parce que ça t'a permis de rester en sécurité.

Lefty était perdu.

— Comment ça ? demanda-t-il.

Kinley soupira et referma à nouveau les paupières.

— Merci de m'avoir ramenée à l'hôtel. Je te parlerai demain quand je me sentirai mieux, marmonna-t-elle.

— Tu veux que je dise à Gillian de venir pour l'aider à se changer ? demanda Trigger, ignorant sa remarque à propos de l'hôtel.

Elle était manifestement désorientée et confuse.

Lefty se redressa à contrecœur et remonta l'édredon sur Kinley.

Elle avait recommencé à trembler. Il se tourna vers son ami.

— Non, n'emmène pas Gillian pour le moment. Si Kinley est contagieuse, la dernière chose dont tu as besoin est que Gillian tombe malade aussi. Elle porte un T-shirt et un legging. Elle devrait être assez à l'aise comme ça.

— Si tu as besoin de nous, appelle-nous.

Ce n'était pas une proposition, mais un ordre.

— Comptes-y, acquiesça Lefty. Merci de m'avoir aidé à rallier les troupes.

Trigger ignora ses remerciements.

— Je passerai dans quelques heures pour voir comment vous allez. Tu vas l'emmener aux urgences si ça s'aggrave ?

— Je ne peux pas, dit Lefty. Pas à moins de ne pas avoir le choix. Je dois honorer ses souhaits. Quelque chose ne va pas. *Vraiment* pas, Trigger. Si elle ne veut pas aller chez un médecin, je suis tenu de croire que c'est parce qu'elle possède une très bonne raison de le faire.

— À vrai dire, elle semble plus inquiète pour *toi* que pour elle-même.

— J'ai pensé la même chose, ce qui n'a aucun sens, répondit Lefty.

— Elle est en sécurité ici pour le moment, déclara doucement Trigger. Veille à ce qu'elle se rétablisse, et tu obtiendras les réponses à toutes tes questions. N'oublie pas que tu n'es pas tout seul dans cette histoire. Ton équipe est toute disposée à t'aider. Gillian aussi. Tu l'as entendu de sa propre bouche : elle apprécie vraiment Kinley. Je ne sais pas ce qu'elle a, ta copine, pour que les gens veuillent se plier en quatre pour l'aider, mais voilà...

— Ce n'est pas ma copine, protesta Lefty, les mots ayant le goût de la cendre sur sa langue.

— Ah non ? demanda Trigger sans lui donner le temps de répondre. Pas besoin de me raccompagner. À plus tard.

Lefty regarda son ami tourner les talons et quitter sa chambre. Il entendit la porte avant se refermer derrière lui et sut que Trigger aurait fait en sorte que la poignée de la porte soit verrouillée derrière lui. Se rappelant que dans un moment, il devrait aller enclencher le verrou et la chaîne, Lefty se tourna en arrière vers Kinley.

Ses cheveux noirs étaient sales et emmêlés. Ses joues étaient rouges et son pouls battait fort dans son cou.

Inspirant profondément, il se tourna et se dirigea vers sa salle de bains pour prendre un gant de toilette propre. Il avait besoin de la refroidir et de faire baisser la fièvre qui avait pris le dessus, mais il voulait également la nettoyer. Elle n'aimerait pas se sentir ou avoir l'air sale quand elle se réveillerait, et il s'engagea à faire tout son possible pour la mettre aussi à l'aise que possible.

Quatre heures plus tard, la fièvre de Kinley n'était toujours pas descendue. Elle se contorsionnait et gémissait sur son lit et, même si elle était brûlante, elle serrait les couvertures comme si elle était nue en Alaska au beau milieu de l'hiver.

— J'ai besoin de te faire refroidir, murmura Lefty, plus pour lui-même que pour elle.

Elle n'avait pas vraiment dit quoi que ce soit de cohérent depuis un certain temps, et il s'inquiétait de plus en plus de devoir céder et l'emmener aux urgences.

— Laissez-le tranquille ! s'écria-t-elle soudainement, terrifiant Lefty. Il n'a rien à voir là-dedans !

— Kinley, tu es en sécurité.

— Gage ? demanda-t-elle, clairement confuse.

— Oui, c'est moi.

Elle ouvrit brusquement les yeux et se tourna vers lui sans le regard voilé de confusion qu'elle avait eu au cours des quatre dernières heures.

— Des chaussures avec des brillants, dit-elle d'un ton urgent.

— Quoi ?

— C'étaient les chaussures, murmura-t-elle en fermant les yeux.

Lefty poussa un soupir frustré. Cela n'avait aucun sens.

Il savait qu'il devait agir.

Il la laissa sur le lit et se rendit dans la salle de bains. Il tourna les robinets jusqu'à ce que l'eau soit fraîche. Il n'était pas assez impitoyable pour la jeter dans un bain froid, mais elle n'allait quand même pas aimer être placée de force dans une eau qui n'était même pas tiède. Pour son corps surchauffé, cela ressemblerait à un bain de glace.

Il retourna dans sa chambre à coucher alors que la baignoire se remplissait et il se prépara. Cela allait être plus dur pour lui que pour elle, mais il devait le faire. Lefty ne savait pas si Kinley le détesterait une fois qu'elle aurait repris ses esprits, mais il s'occuperait d'elle plus tard. Il préférait avoir à gérer une femme embarrassée plutôt que morte.

Il s'assit à côté d'elle et essaya d'évaluer son état d'esprit.

— Kinley, on va devoir t'enlever tes vêtements pour pouvoir te mettre dans la baignoire.

Aucune réaction.

— Kins ?

Elle grogna.

Décidant que c'était peut-être mieux s'il la déshabillait complètement, Lefty retira les couvertures et ignora le gémissement qui s'échappa de la bouche de Kinley quand elle perdit la chaleur des couvertures. S'activant aussi rapidement et cliniquement que possible, il lui arracha son T-shirt et son legging.

Il lui laissa sa culotte et son soutien-gorge, ne parvenant pas à se forcer à les lui retirer. Il avait l'impression d'avoir déjà trahi sa confiance en la déshabillant autant, même si c'était pour son propre bien.

Lefty savait qu'il aurait pu appeler Gillian pour l'aider, mais il ressentait le besoin profond de prendre soin de Kinley lui-même. Il avait le sentiment qu'elle le protégeait, d'une manière ou d'une autre. De quoi ou de qui, il l'ignorait, mais d'après le peu qu'elle lui en avait dit, il était clair qu'elle était terrifiée et en cavale.

Il se pencha et souleva une Kinley presque nue, aimant la sentir contre lui. Sa peau était trop chaude et elle était trop pâle, mais elle lui allait comme un gant. Son mètre cinquante était minuscule comparé à sa stature qui dépassait le mètre quatre-vingts, mais elle était pulpeuse là où il fallait. Il se força à ne pas lui mater les seins et se concentra sur la sensation de sa peau douce sous ses mains. Elle enfonça à nouveau son nez dans son cou et il sut qu'il ne se lasserait jamais de sentir à quel point c'était bon.

Sachant qu'il n'existait pas de bonne manière de la faire entrer dans l'eau et qu'il avait commis une erreur en ne retirant pas ses propres vêtements avant de la prendre dans ses bras, Lefty entra dans la baignoire, reconnaissant d'avoir retiré ses chaussures et ses chaussettes plus tôt.

L'eau détrempa immédiatement son jean, mais il le remarqua à peine.

— Ça va être difficile, murmura-t-il à Kinley. Accroche-toi à moi, Kins.

Elle gémit, mais il ne sut pas si c'était en accord ou par désarroi. Très prudemment, il s'assit lentement dans l'eau. La température la fit frissonner, mais à la seconde où la peau de Kinley la toucha, elle poussa un cri et arqua le dos, essayant de s'en éloigner.

— Je sais, dit Lefty avec compassion, mais tu en as besoin. C'est important.

— T-t-t-tellement froid ! se plaignit-elle.

Puis elle continua d'essayer de se rasseoir et de s'éloigner tant de lui que de l'eau fraîche.

Se disant qu'il aurait aimé que la baignoire soit plus profonde, Lefty la déplaça jusqu'à ce qu'elle se retrouve assise au fond. Il s'agenouilla au-dessus d'elle et la replaça dans l'eau aussi délicatement qu'il le pouvait. Ce n'était pas facile, car elle ne cessait de lutter. L'eau éclaboussa tout autour d'eux alors qu'elle essayait de donner des coups de pied et se débattait pour sortir de la baignoire.

En moins d'une minute, elle était trop épuisée pour faire autre chose que de rester étendue dans l'eau. Ses seins montaient et descendaient dans son agitation, et Lefty savait que si elle n'avait pas été aussi malade, il n'aurait jamais été capable de la garder immobile. Pour une femme de sa taille, elle était étonnamment forte.

— Je sais que c'est froid, mais ton corps est trop chaud, Kins. Il faut que je te refroidisse.

— Je serai gentille, souffla-t-elle d'un ton effrayant, morne et sans émotion. Je n'irai plus voler de la nourriture dans la cuisine. Je promets.

Le corps de Lefty se tendit. De quoi parlait-elle ?

— S'il vous plaît. Lâchez-moi et je ne referai plus le moindre bruit. Je ne vous dérangerai pas. *S'il vous plaît.*

— Kinley, tu es avec moi, Gage. Tu es en sécurité. Tu es malade et j'essaie de faire baisser la température de ton corps.

— Ne me mettez pas la tête sous l'eau ! Je serai gentille. Je serai gentille !

À présent, elle gémissait, implorait.

Ce qu'il entendait rendait Lefty malade. Il ne savait pas qui l'avait punie en lui faisant boire la tasse, mais il ne pouvait plus continuer à la maintenir sous l'eau. Pas question !

Il l'attira sur lui et s'étendit dans l'eau. Ce n'était pas aussi propice à faire baisser sa température, car l'eau ne faisait que lui effleurer les côtes au lieu de couvrir son corps tout entier, mais il ne voulait pas qu'elle revive ne serait-ce qu'une seconde de toute la torture qu'elle avait déjà connue par le passé.

— *Chut*, tu es en sécurité, Kinley. Je te tiens, accroche-toi à moi. Comme ça.

Elle fourra les bras sous son corps et s'accrocha à son dos alors qu'elle restait étendue, tremblante, sur sa poitrine. Lefty ramassa de l'eau dans ses mains et fit de son mieux pour la refroidir. Il répéta l'opération pendant environ cinq minutes, puis il ne put plus supporter de la voir trembler, alors il referma simplement les bras autour d'elle et la tint contre son corps. Elle était pratiquement nue et il était encore entièrement habillé, mais tout ce qu'il ressentait était une affection douce et de l'inquiétude pour la femme qu'il tenait dans ses bras.

— Si je pouvais changer de place avec toi, je le ferais, murmura-t-il.

À sa surprise, elle secoua la tête.

— Non. Je ne souhaite pas ma vie à qui que ce soit.

Il se força à rester dans la baignoire pendant encore cinq minutes environ. Lorsque le corps de Kinley cessa enfin de trembler et qu'elle se retrouva étendue immobile sur sa poitrine, il inspira profondément, sachant qu'il devait bouger.

Sortir de la baignoire était plus difficile que d'y entrer. Kinley ne l'aidait pas, elle était pratiquement inconsciente, mais sa peau était plus fraîche. Il la plaça délicatement sur le tapis de sol après avoir grimpé hors de la baignoire en la tenant dans ses bras. Il se débarrassa rapidement de ses vêtements mouillés, les abandonnant en tas sur le sol. Retournant à poil dans sa chambre, il prit un caleçon et un T-shirt, puis sortit d'un tiroir un de ses T-shirts gris de l'armée, pour Kinley.

Il prit le temps de changer les draps de son lit. Maintenant qu'elle était un peu plus propre que lorsqu'il l'avait amenée dans sa chambre, il voulait qu'elle se réhabitue à dormir sur des draps fraîchement lavés.

Lorsqu'il revint à la salle de bains, Kinley n'avait absolument pas bougé, et la voir étendue complètement immobile n'était pas rassurant. Il s'agenouilla à côté d'elle et lui prit le pouls, soulagé de le sentir, lent et fort. Il la sécha à la serviette du mieux qu'il le put, puis lui passa maladroitement un de ses T-shirts par la tête. Il retira rapidement son soutien-gorge avant qu'il ne détrempe le T-shirt qu'il venait de lui enfiler.

Sachant qu'il avait besoin de retirer sa culotte mouillée, il ferma les yeux et tira légèrement le coton sur ses hanches et ses cuisses. En toute autre circonstance, cela aurait pu être sensuel. Mais avec Kinley malade et souffrante, c'était tout le contraire.

Cela fait, il tira son T-shirt vers le bas pour la couvrir, puis il se mit à genoux et reprit Kinley dans ses bras. Cette fois-ci, elle l'aida un peu, passant ses bras autour de son cou et s'accrochant à lui alors qu'il se redressait.

Lefty la plaça délicatement sur son lit et la couvrit avec les couvertures. Elle soupira et se tourna sur le côté, repliant les jambes en position fœtale.

Lefty ne sut pas combien de temps il resta assis sur le côté du lit à la regarder dormir. Tout ce qu'il savait, c'était que c'était bon de l'avoir là. Il détestait la voir si malade, mais il ne pouvait nier qu'il aimait l'avoir dans son lit.

Sachant qu'il avait besoin de lui faire avaler quelque chose – il ignorait complètement quand elle avait mangé pour la dernière fois –, Lefty se força à se redresser. Avant de quitter la pièce, il lui caressa la joue du revers des doigts et murmura :

— Quel que soit le problème, je vais arranger ça, Kins. Je regrette de ne pas avoir été ici quand tu as eu besoin de moi, mais je suis là maintenant.

Allongée sur son lit, elle ne réagit pas, mais ce n'était pas grave. De toute façon, c'était plutôt à lui qu'il parlait.

***

Kinley déglutit et eut l'impression de sucer des boules de coton. Elle ne comprenait pas pourquoi sa bouche était si sèche et pourquoi chaque muscle de son corps lui faisait mal. Sans ouvrir les yeux, elle essaya de se souvenir de pourquoi elle se sentait tellement mal, mais rien ne lui vint.

Elle avait de toute évidence été malade. Elle se rappelait qu'elle ne s'était pas sentie super, mais elle fut incapable d'identifier exactement ce qu'il s'était passé récemment.

Ouvrant les yeux, elle se glaça.

Elle ne reconnaissait pas l'endroit où elle était. Une chose était certaine : ce n'était pas son appartement à Washington.

Et d'un coup, ses souvenirs lui revinrent.

Elle avait quitté DC parce que quelqu'un avait essayé de la pousser sous une rame de métro. Elle avait conduit jusqu'au Texas, pour découvrir que Gage était absent. Elle avait dormi dans sa voiture, attendant qu'il revienne de mission, et... plus rien. Le reste était flou.

Elle se rappelait avoir rencontré Gillian et avoir passé plusieurs jours avec elle, mais un matin, elle s'était sentie tellement mal qu'elle n'était pas venue à l'immeuble. Elle avait décidé de rester dans sa voiture dans le parking de l'usine qu'elle avait trouvée.

Et maintenant... maintenant quoi ? Où était-elle ? Quel jour était-il ?

Se frottant le front, Kinley essaya de se souvenir de quelque chose, quoi que ce soit, mais peine perdue.

Entendant un bruit, elle se rassit et recula sur le lit. Ce mouvement rapide la fit vaciller. La chambre tournoya et pendant une seconde, elle crut qu'elle allait s'évanouir. Par la simple force de sa volonté, elle se mit debout et garda les yeux braqués sur la porte de la pièce.

Inspirant profondément, elle se rendit compte qu'elle reconnaissait l'odeur qui s'attardait dans l'air quelques secondes avant que la porte ne s'ouvre en silence, laissant apparaître Gage. Il portait un pantalon de survêtement et un vieux T-shirt. Il ne s'était pas rasé depuis plusieurs jours et avait les yeux rouges. Il portait un bol vers le lit, essayant de ne pas le renverser.

Il s'arrêta quand il leva enfin la tête et réalisa qu'elle le regardait.

— Kins ? demanda-t-il doucement.

Kinley déglutit et hocha la tête.

— Tu es réveillée ? *Vraiment* réveillée ?

C'était une question étrange. Elle était assise et le regardait.

— Oui.

Gage s'approcha d'elle avec prudence et plaça le bol sur la table à côté du lit. Puis il leva une main et la plaça sur son front. Elle frissonna à son contact.

— Tu es plus fraîche.

— Plus fraîche que quoi ? demanda-t-elle d'un air confus.

Puis d'autres détails s'imposèrent lentement à sa conscience. Elle était dans ce qui devait être sa chambre, dans *son* lit... seulement vêtue d'un T-shirt ! Sur le lit, les couvertures étaient complètement emmêlées et la pièce arborait le désordre le plus complet. Il y avait des vêtements éparpillés au hasard sur le sol et elle aperçut quelques serviettes çà et là. Quelques tasses étaient répandues sur la table près du bol qu'il venait de poser.

Elle humecta ses lèvres sèches.

— Qu'est-ce que je fais là ?

Il fronça les sourcils.

— Tu ne t'en souviens pas ?

Kinley secoua la tête.

— De *quoi* te souviens-tu ?

— J'étais dans ma voiture, lui dit-elle.

Il fronça davantage les sourcils.

— C'est tout ?

— Oui. Quand es-tu revenu ?

— Il y a trois jours.

— *Quoi ?*

— Je suis revenu il y a trois jours, répéta-t-il. Je suis rentré à la maison et j'ai dormi environ huit heures d'affilée. Puis j'ai reçu un appel de Trigger et j'ai parlé à Gillian, qui était terriblement inquiète pour toi puisqu'elle ne t'avait pas vue depuis deux jours. Les garçons et moi nous sommes dispersés. On t'a retrouvée dans ta voiture et on t'a ramenée ici. Ça fait quarante-huit heures que tu as de la fièvre. Je crois que c'est la première fois que tu es cohérente.

Kinley le regarda d'un air incrédule.

— Tu t'es occupé de moi ? demanda-t-elle.

Se méprenant sur l'origine de sa question, Gage sembla mal à l'aise.

— Gillian est venue plusieurs fois, mais tu étais quasiment inconsciente. Je suis désolé de… euh…

Il désigna son corps d'un geste de la main.

— J'ai dû te déshabiller parce que tu brûlais de fièvre et que je devais la faire baisser. Puis tu as vomi. Je n'ai pas eu le temps de t'emmener à la salle de bains, alors j'ai dû te faire changer de T-shirt. Mais je te *jure* que je tenais plus à te réchauffer et à te couvrir qu'à te mater toute nue.

Kinley dévisagea Gage en ouvrant de grands yeux. Elle n'arrivait pas à intégrer tout ce qu'elle entendait.

— Tu t'es occupé de moi ? redemanda-t-elle.

— Ouais, dit Gage d'un air inquiet, probablement parce qu'elle se répétait. Tu as vraiment insisté sur le fait que tu ne voulais pas qu'on t'emmène chez le médecin. Trigger m'a dit que j'étais stupide, que tu risquais d'avoir des dommages cérébraux si ta fièvre ne passait pas, mais je savais que tu devais avoir une bonne raison de ne pas vouloir aller aux urgences. Mais je dois te dire, Kins, que si ta fièvre n'était pas redescendue hier soir, je t'y aurais emmenée et on aurait fait face aux conséquences plus tard. Tu m'as fait peur, ma belle.

Kinley avait le tournis. Expliquer à Gage pourquoi elle s'était pointée là allait prendre du temps. Lui dire ce dont elle avait été témoin à Paris et pourquoi elle n'avait pas voulu laisser la moindre piste électronique dont Drake Stryker ou Walter Brown auraient pu se servir pour la retrouver… Mais pour le moment, elle ne pouvait pas se sortir de la tête le fait que Gage avait pris soin d'elle quand elle était malade.

Des larmes lui montèrent aux yeux et roulèrent le long de ses joues. Elle ne fit aucun mouvement pour les essuyer, gardant les yeux braqués sur Gage.

— Je n'arrive pas à croire que tu aies pris soin de moi.

Il s'assit sur le lit, des plis lui barrant le front.

— Tu étais malade, Kins. *Vraiment* malade.

— Personne ne s'est jamais occupé de moi quand j'étais malade.

— Eh bien, à part quand je me suis fait vomir dessus, ce n'était pas vraiment le bagne, répondit-il avec un sourire.

Kinley secoua la tête.

— Tu ne comprendrais pas. Personne n'a *jamais* pris soin de moi quand j'ai été malade.

Elle savait qu'elle se répétait, mais elle ne savait pas comment lui faire comprendre.

— La première fois où je me rappelle avoir vraiment été malade, j'étais à l'école primaire. Je crois que j'ai eu la grippe. Ma mère d'accueil a paniqué et m'a dit qu'elle n'avait pas le temps de s'occuper d'une famille d'enfants malades, alors elle m'a dit de rester dans ma chambre et de ne pas sortir tant que je n'irais pas mieux. Elle m'a apporté des biscuits et de l'eau, mais sinon, j'étais seule.

Un muscle dans la mâchoire de Gage se serra. Il plaça une main sur le côté de son visage, écartant une larme avec son pouce, mais il ne parla pas.

— Quand j'étais adolescente, je me souviens d'avoir été malade une autre fois, et comme avant, j'ai dû me débrouiller toute seule. Ma famille d'accueil partait en vacances et ils n'ont pas voulu annuler parce que j'étais malade, alors ils m'ont laissée à la maison pendant qu'ils faisaient leurs trucs.

— Ils t'ont laissée toute seule pour partir en vacances alors que tu étais malade ?

Kinley haussa les épaules.

— Je n'étais pas vraiment un membre de leur famille et j'étais assez mûre pour m'occuper de moi. Ça faisait des mois qu'ils avaient planifié ce voyage. J'ai compris.

— Eh bien, pas moi. Ce sont des conneries ! C'est de l'abus.

Il avait l'air de vouloir dire autre chose, mais il pinça les lèvres d'un air contrarié.

— Quoi ?

— Tu m'avais donné l'impression que tu n'avais pas été maltraitée lorsque tu étais en famille d'accueil.

— Je ne l'ai pas été, dit Kinley en levant la main pour essuyer ses larmes. Pas vraiment. Pas comme beaucoup d'enfants l'ont été.

Gage lui prit la main et la porta à sa bouche, lui embrassant la paume avant de l'abaisser. Le cœur de Kinley fit un bond dans sa poitrine, mais elle garda le regard braqué sur lui.

— Tu ne te souviens vraiment de rien ces derniers jours ?

Kinley haussa les épaules.

— Des flashes de temps en temps.

— Comme quoi ? insista Gage.

Kinley inspira profondément et ferma les yeux, essayant de se rappeler.

— J'ai eu vraiment froid. Puis chaud. J'avais soif, puis mon ventre me faisait super mal quand je vomissais.

— Regarde-moi, Kinley.

Elle ouvrit les yeux et plongea dans son regard brun foncé. Elle se sentit à nouveau coupable quand elle remarqua vraiment à quel point Gage avait l'air fatigué.

— Tu n'es plus seule, dit-il fermement. Je suis désolé que tu aies eu des exemples de parents aussi horribles. Même si tu étais en foyer, ces familles se sont mal comportées avec toi. Te laisser seule, t'enfermer dans ta chambre, t'exclure de leurs activités familiales... C'était abusif.

Il secoua la tête quand elle ouvrit la bouche pour protester.

— Tu es une femme incroyable, et maintenant que je sais ce que tu as traversé, je suis encore plus impressionné. Mais tu n'es plus seule. Tu as peut-être mis vingt-neuf ans avant de trouver ta famille, mais maintenant, tu en as une.

Kinley le regarda en fronçant les sourcils. Elle ne comprenait pas.

— *Je suis* ta famille, lui dit Gage. Ainsi que Gillian. Et aussi Trigger, Brain, Oz, Lucky, Doc et Grover. Tu as eu une bonne raison de venir au Texas, une raison que nous explorerons une fois que tu auras mangé et peut-être pris une douche, et quand tu te sentiras à l'aise. Tu ne devrais plus *jamais* supporter d'être malade dans la solitude. Peu m'importe que ce soit juste un rhume. Tu as des gens ici qui se préoccupent de toi et qui feront des pieds et des mains pour s'assurer que tu vas bien. C'est compris ?

Kinley secoua la tête. Non, elle ne comprenait pas. Pas du tout.

— Je ne les connais même pas.

— Eux *te* connaissent. Celle que tu es ici, dit Gage en posant la main sur le haut de son torse.

Elle savait qu'il pourrait sentir son cœur battre avec force dans sa poitrine, mais elle ne s'écarta pas. C'était comme s'ils étaient dans une petite bulle intime et que rien entre eux n'était embarrassant ou bizarre.

— Gillian était désemparée de ne pas t'avoir vue pendant aussi longtemps. Elle a aimé passer du temps avec toi. Elle a dit que tu l'avais même beaucoup aidée pour sa boîte et pour marchander sur les prix.

— Ce n'était pas important, protesta Kinley.

— Pour elle, si.

— Honnêtement, Gage. On n'a pas vraiment fait grand-chose. Je suis juste restée assise sur son canapé et j'ai lu un des livres qu'elle m'a laissé emprunter. On n'a même pas beaucoup parlé.

— Tu ne comprends pas ? demanda Gage. C'est *pour ça* qu'elle t'apprécie. Parce que tu es apaisante. Parce que tu es entrée dans sa vie et y as pris parfaitement place. Ça t'a gênée de rester des heures assise avec elle sans parler ? Juste à lire ?

Kinley secoua la tête.

— Parfaitement. Parce que tu étais toi-même et que tu as laissé Gillian être elle-même. Et Trigger en savait déjà beaucoup sur toi grâce à moi, mais quand Gillian lui a dit qu'elle t'appréciait vraiment, ta place dans sa vie s'est solidifiée. Les autres n'ont pas cessé d'appeler et d'envoyer des messages pour demander comment tu allais, si tu allais mieux, si tu avais besoin de quoi que ce soit. Tu n'as reçu aucun de mes SMS ou e-mails, n'est-ce pas ?

Ce changement de sujet prit Kinley de court. Elle fronça les sourcils et secoua la tête.

— D'accord. Les garçons savaient tous que j'étais vraiment contrarié quand j'ai cru que tu m'avais mis un deuxième vent, mais à la seconde où ils ont appris que ton téléphone avait été détruit, ils ont tous compris que tu n'avais probablement même pas *reçu* la plupart de mes messages. Sans parler du fait qu'il est évident que tu es en difficulté, et en ne répondant à aucun de mes textos, tu as fait ton possible pour empêcher ce danger de me retomber dessus.

Cette évaluation précise fit blanchir Kinley.

— Non, ne panique pas, lui ordonna Gage en interprétant correctement sa réaction. Respire, Kins, dit-il en portant ses mains jusqu'à son visage pour la forcer à le regarder. Pendant ta fièvre, tu as dit beaucoup de choses qui n'avaient pas de sens, mais le simple fait que tu sois ici et que tu dormes dans ta voiture en a révélé beaucoup sans que tu aies besoin de dire un seul mot. Pourquoi es-tu venue au Texas, Kinley ?

— C'était sur mon chemin.

— Mauvaise réponse. Réessaye, dit sérieusement Gage.

Kinley ferma les yeux. Elle se sentait déboussolée et nue, et pas simplement parce qu'elle était assise dans le lit de Gage, seulement vêtue d'un de ses T-shirts.

— Regarde-moi, Kins.

Elle ouvrit les yeux à contrecœur.

— Pourquoi es-tu venue me voir ?

Et c'était le cœur du problème. Elle était venue au Texas, mais plus encore : elle était allée directement à Gage. Elle savait qu'il l'aiderait. Même si sa présence le mettait en danger, elle s'était précipitée à lui. Elle avait déjà décidé de lui faire confiance, alors elle devait avaler la pilule et être courageuse, pour une fois dans sa vie.

— Parce que tu es mon seul ami et que je savais que tu m'aiderais.

— Et c'est vrai, affirma Gage avec une tonalité étrange dans la voix. Quel que soit ton problème, je vais le régler. Mais je ne suis pas ton seul ami. Tu as Gillian et le reste de mon équipe. Je sais que tu auras du mal à t'y habituer, mais tu n'es plus seule. Si tu as le nez qui coule, que tu as besoin de mouchoirs, mais que tu ne te sens pas d'aller au magasin, appelle-nous. Si tes toilettes débordent et que tu as besoin d'une ventouse, appelle. Si tu veux que quelqu'un te tienne compagnie en silence pendant que tu lis un livre, *appelle*. C'est compris ?

Kinley s'humecta les lèvres et secoua la tête.

Gage sourit.

— Tu vas comprendre. Je t'avais apporté de la soupe dans l'espoir de parvenir à te faire avaler quelque chose. Mais c'est encore mieux maintenant que tu es redevenue cohérente. Tu as faim ?

— Je crois que j'ai envie de savoir ce que j'ai dit pendant que je délirais.

Il secoua la tête.

— Peu importe ce que tu as dit quand la fièvre t'a fait délirer. Ce qui importe est que tu sois ici. Tu es venue à moi pour que je t'aide, et pour un homme comme moi, ça en dit plus que de simples mots pourraient le faire.

— Un homme comme toi ? demanda Kinley.

— Ouais. Bon. Est-ce que tu veux passer aux toilettes avant de manger ?

Kinley était frustrée. Elle avait besoin que Gage comprenne que sa présence ici le mettait en danger. Cela lui avait semblé être une bonne idée de venir au Texas quand elle avait conduit sans but à travers le pays, mais à présent, elle avait des scrupules.

— Kinley, concentre-toi. Salle de bains ou nourriture ?

— Salle de bains, dit-elle automatiquement.

Gage sourit.

— Alors viens. Je vais te sortir un T-shirt propre et pendant que tu seras dans la salle de bains, je changerai les draps. Tu as eu une dernière poussée de fièvre hier soir et tu as sué partout. Non, pas besoin d'être embarrassée. J'étais super content parce que ça signifiait que tu allais mieux et que je n'aurais pas besoin de t'emmener aux urgences.

Il rabattit les couvertures et Kinley baissa maladroitement le T-shirt qu'elle portait pour couvrir son intimité. Mais en bon gentleman, Gage tourna la tête, ne la regardant pas avant d'être certain qu'elle soit debout. Puis il l'accompagna jusqu'à la salle de bains.

— Donne-moi juste une seconde, dit-il en la laissant debout, s'appuyant d'une main sur le comptoir. Avant qu'elle ne puisse faire le moindre geste, il était de retour, un T-shirt à la main.

— N'essaie pas encore de prendre ta douche. Je sais que tu te sens probablement mal, mais je trouve que tu manques trop d'équilibre. Une fois que tu auras mangé et fait une sieste, on verra comment tu te sens et tu pourras venir plus tard, d'accord ?

Kinley hocha la tête. C'était étrange d'avoir quelqu'un pour s'occuper d'elle comme le faisait Gage, mais elle ne pouvait pas nier que c'était très bon aussi.

Il posa le T-shirt sur le comptoir puis se pencha et lui déposa un baiser sur le front. Ses lèvres restèrent pressées contre sa peau pendant un long moment.

— Je suis content que tu te sentes mieux, Kins, murmura-t-il avant de partir.

En regardant dans le miroir, Kinley faillit hurler. Seigneur, elle avait une tête de déterrée ! Sa peau était pâle et elle avait des cernes sombres sous les yeux. Ses cheveux noirs ressemblaient littéralement à un nid d'oiseau, tant ils étaient emmêlés et fous autour de son crâne.

En grognant, elle s'appuya des deux mains sur le comptoir et baissa la tête d'un geste de défaite.

Elle n'avait jamais été jolie. Elle le savait. Mais pour une fois dans sa vie, elle aurait voulu être différente. Elle aurait voulu être pleine d'esprit et savoir flirter. Que Gage soit séduit par sa beauté. Mais au lieu de cela, elle lui avait apparemment vomi dessus, avait déliré à cause de la fièvre et était à ramasser à la petite cuillère.

— Kinley ? l'appela Gage de l'autre côté de la porte.

— Oui ? répondit-elle.

— Arrête de réfléchir. Fais ce que tu dois faire, change-toi et reviens ici avant que ta soupe ne soit trop froide.

Kinley ne put s'empêcher de sourire. Elle ne savait pas comment Gage avait deviné qu'elle était en train de tout décortiquer, mais il l'avait fait.

— Garde ton pantalon. Je fais aussi vite que possible.

Elle ne savait pas comment il avait réussi à le faire, mais par une seule phrase, il lui avait tiré la tête du cul et l'avait fait sourire en même temps. Elle était vraiment dans la merde. Elle n'était pas certaine de pouvoir partir. Elle n'avait jamais ressenti pour personne ce qu'elle ressentait pour Gage. C'était comme si sa vie était passée du noir et blanc au Technicolor simplement parce qu'elle était près de lui.

Trente minutes plus tard, Kinley avait le ventre plein et elle était assise sur le canapé dans le salon de Gage. Il était resté près d'elle pendant son repas, veillant à ce qu'elle ne se sente pas malade et qu'elle ne vomisse pas la soupe fade. Il lui avait également apporté une bouteille d'une boisson de réhydratation. Puis lorsqu'elle avait haussé un sourcil, il lui avait dit que cela contenait tout ce dont elle avait besoin pour ne pas se déshydrater.

Enfin, il lui avait demandé si elle allait s'asseoir dans l'autre pièce pendant qu'il appelait ses amis pour les informer de son état. Ne voulant pas être seule, Kinley accepta.

À présent, elle était assise sur son canapé, à moitié endormie, enfouie sous une couverture particulièrement douce et moelleuse. Elle écouta à demi alors que Gage appelait Trigger, puis Brain. Elle en déduisit que ses amis allaient contacter le reste des hommes pour les informer de son état.

Gage se dirigea vers le canapé, Kinley n'étant qu'à moitié consciente de son geste, jusqu'à ce qu'il s'asseye juste à côté d'elle et la soulève, la faisant asseoir sur ses genoux.

— Qu'est-ce que tu fais ?

— On se relaxe, dit-il avec un soupir.

Kinley restait contractée sur lui. Elle n'était pas habituée à ce que quelqu'un la touche, et *vraiment* pas à rester assise sur les genoux d'un homme. Elle ne savait pas où positionner ses mains ni ce qu'elle était censée faire.

— Je ne vais pas te faire du mal, Kins, dit Gage doucement. Je suis épuisé. Ça fait deux jours que je ne dors pas bien parce que j'étais inquiet pour toi.

Cela la fit se détendre légèrement.

— Je suis désolée, murmura-t-elle.

— Pas besoin. Je n'aimerais pas être à un autre endroit qu'à tes côtés. En plus, tu devrais y être habituée… C'est l'une des seules positions dans lesquelles tu avais l'air d'être bien.

Kinley leva les yeux vers lui.

— Vraiment ?

— Vraiment.

Kinley avait enfilé une culotte que Gage avait extraite d'une pile de vêtements fraîchement lavés. Elle avait également mis le legging, à présent propre, que Gillian lui avait laissé emprunter la semaine passée et qu'elle ne lui avait pas rendu. Elle était plus que consciente que la seule chose qui la séparait de Gage était quelques couches de coton. Elle ne parvenait même pas à songer à ce qu'avait été la situation pendant qu'elle était malade.

— Tu es encore en train de trop penser, l'accusa Gage sans ouvrir les yeux.

Il avait passé un bras autour de son dos, la serrant contre lui, tandis que l'autre reposait sur ses cuisses. Le poids de ses bras était réconfortant plutôt qu'étouffant.

— C'est juste que... tu m'as vue toute nue, lâcha-t-elle.

Gage ne se tendit même pas.

— Ouais. Mais honnêtement, j'étais plus inquiet par la chaleur de ta peau et de savoir si ton cerveau allait griller pour vraiment remarquer quoi que ce soit d'autre.

Kinley poussa un soupir de soulagement.

Jusqu'à ce qu'il reprenne la parole :

— Mais je peux t'assurer avec une certitude totale que le fait que tu sois encore vierge est un putain de miracle. Tu es belle, Kins. Chaque courbe et chaque centimètre de toi est la perfection incarnée. Ne doute pas de mon attrait pour toi simplement parce que j'ai pu prendre soin de toi sans te peloter. Tout homme qui essaierait de te faire quoi que ce soit alors que tu as de la fièvre ne serait pas seulement un connard, mais un prédateur qui devrait être enfermé pour toujours.

Ses paroles avaient fait naître la chair de poule sur ses bras. Et il avait raison. S'il lui avait dit qu'il avait eu du mal à garder ses mains pour lui pendant qu'il s'était occupé d'elle, elle aurait flippé. Mais le fait qu'il la trouvait attirante l'aidait vraiment à l'aider à se sentir un peu moins comme un troll qui venait de sortir d'un trou dans le sol.

Elle força ses muscles à se relaxer et elle s'appuya contre lui.

— C'est ça, murmura Gage. Tu es en sécurité ici. Détends-toi. On va tous les deux faire une sieste, puis décider de ce qu'on fera ensuite.

Dormir sur Gage était confortable. Très confortable. Elle ferma les paupières et la dernière chose qu'elle se dit était que ce serait vraiment incroyable de s'endormir dans les bras de Gage toutes les nuits.

***

Lefty était épuisé. Entre le stress causé par son inquiétude pour Kinley et le simple fait qu'il n'avait guère dormi au cours des quatre jours précédents, il était à deux doigts de s'écrouler de sommeil. Mais il ne parvenait pas à cesser de penser à ce que Kinley avait révélé.

Elle en avait beaucoup dit quand elle avait déliré. Tout ceci était très flou, mais il comprenait qu'elle était absolument terrifiée. Qu'elle avait fui Washington, DC, apeurée. Pour venir à lui.

Ils n'avaient peut-être pas passé beaucoup de temps ensemble, mais comme il l'avait pensé, ils avaient accroché. Elle ne lui avait pas mis un vent en ne répondant pas à ses e-mails et ses textos ; elle ne les avait tout simplement pas reçus. Et maintenant elle était là, dans ses bras, en sécurité. Il ferait l'impossible pour que cela ne change pas.

Ils avaient besoin de parler. Il avait besoin de savoir ce qu'il se passait et ce dont elle avait si peur. Mais d'abord, il devait se reposer. Kinley allait s'en remettre, et s'il voulait être capable d'avoir les idées claires pour trouver comment arranger ce qui la dérangeait, il avait besoin de dormir.

Étreindre Kinley pendant qu'elle était malade était bon, si ce n'était mâtiné d'inquiétude. Il avait dormi par intervalles, se réveillant en sursaut à chaque fois qu'elle bougeait, hyperconscient de ses besoins. Mais l'avoir détendue et en bonne santé dans ses bras était encore mieux.

Tournant la tête, Lefty lui embrassa le front. Elle se blottit encore plus contre lui, et ce petit mouvement fit bondir son cœur.

Qu'elle le sache ou non, Kinley Taylor lui appartenait.

Quiconque essaierait de lui faire du mal ou de prendre ce qui était à lui se rendrait vite compte que si Lefty était généralement cool, quand quelqu'un qu'il aimait était menacé, il ne connaissait aucune limite.

CHAPITRE NEUF

Kinley s'assit à la petite table de Gage à côté de sa cuisine et essaya de ne pas paniquer à l'idée de la conversation qui lui pendait au nez.

Après s'être réveillés de leur sieste sur son canapé, il l'avait ramenée dans sa salle de bains et était resté dehors pendant qu'elle se douchait. Ayant réussi à ne pas tomber et se briser le crâne, elle s'était habillée puis il était entré pour l'aider à se coiffer. Il lui avait fallu un certain temps pour la peigner, mais cette tâche ne paraissait pas le contrarier. Kinley s'était à nouveau presque endormie, assise sur la chaise qu'il avait apportée dans la salle de bains pour qu'elle puisse s'asseoir pendant qu'elle démêlait sa chevelure.

Elle s'était à nouveau blottie sur le canapé pendant qu'il prenait sa douche et se rasait. Il leur avait préparé un bon dîner de poulet cuit au four aux haricots verts, qu'elle avait à peine entamé.

Puis, lorsqu'elle avait cru qu'il allait lui demander de lui expliquer pourquoi elle était venue, il l'avait surprise en appelant sa mère.

Il lui avait parlé pendant un moment avant de lui faire savoir que Kinley était là. Molly n'avait pas semblé surprise, tout simplement ravie de lui parler un peu. Elle lui avait dit à quel point elle était désolée qu'elle ait été malade, puis lui avait fait part d'un tas d'anecdotes embarrassantes à propos de Gage quand il était petit.

Puis ils avaient regardé la télévision jusqu'à ce que Kinley s'endorme sur le canapé. Gage l'avait transportée dans sa chambre, l'avait installée sur son lit et l'avait laissée là. Elle avait été à la fois soulagée et déçue, ce qui n'avait aucun sens. Mais elle était tellement fatiguée qu'elle n'avait pas pu rester éveillée assez longtemps pour tenter de comprendre son problème.

À présent, c'était le matin et son répit était terminé. Cela faisait plus de deux semaines que quelqu'un avait essayé de la tuer et elle savait que ce type était probablement encore à sa recherche. Elle ne savait pas ce qu'elle allait faire ensuite, ni si Drake Stryker ou son ex-patron avaient bel et bien ordonné qu'on la tue.

Gage avait préparé un copieux petit-déjeuner composé de gaufres et d'œufs, et même si elle n'était parvenue à en manger beaucoup, elle avait fait de son mieux. Il était à présent assis en face d'elle, sirotant une tasse de café.

— Il faut qu'on parle, dit-il.

Et toute nerveuse qu'elle était, Kinley était presque soulagée qu'il soit enfin temps de partager avec quelqu'un d'autre le fardeau de ce qu'elle avait vu. Elle se sentait mal parce qu'elle savait que dès qu'elle en parlerait à Gage, il serait en danger lui aussi. Mais garder ce secret taraudait sa conscience.

Et de manière réaliste, elle savait qu'elle l'avait mis en danger dès son arrivée au Texas.

Elle ne pouvait pas s'arrêter de penser à cette pauvre fille qui avait probablement été excitée et nerveuse à propos de sa soirée à venir quand elle avait enfilé ces chaussures étincelantes, et qui était morte dans une ruelle. Personne ne méritait qu'une telle chose arrive. Surtout pas une enfant qui n'avait même pas eu l'occasion de commencer à vivre sa vie.

Un cognement à la porte surprit Kinley et elle vit Gage soupirer.

— Je suppose que ça doit être Gillian et Trigger. Il avait dit qu'il allait essayer de l'empêcher de venir, mais je crois qu'il a échoué. Tu veux que je les ignore ?

Kinley fronça les sourcils.

— Ça serait malpoli, dit-elle.

Gage afficha un large sourire, mais se contenta de hausser les épaules.

— Ça ne me dérangerait pas de la voir, admit Kinley.

Sans mot dire, Gage repoussa sa chaise. Il fit le tour de la table pour venir la rejoindre, se pencha et lui embrassa doucement la tempe, puis se dirigea vers la porte d'entrée.

Kinley aima cette attention et elle venait de se lever quand Gillian entra dans la pièce.

— Oh, mon Dieu, tu as l'air d'aller tellement mieux ! s'exclama-t-elle. Je suis tellement contente que tu ailles bien !

Elle laissa tomber à terre le sac qu'elle tenait à la main et se précipita vers Kinley pour lui donner une énorme étreinte.

Surprise par cette marque d'affection, Kinley ne put que rester là, immobile, et rendre maladroitement son embrassade à l'autre femme.

— Tu l'étouffes, Gilly, dit Trigger, l'amour et l'humour parfaitement décelables dans sa voix.

— C'est pas grave, dit Gillian en faisant quand même un pas en arrière. Sérieusement, tu as l'air super. Lefty s'est bien occupé de toi. J'ai voulu venir pour vous aider un peu plus, mais il a dit qu'il ne voulait pas que je tombe malade et qu'il gérait.

Alarmée, parce qu'elle n'avait même pas pensé au fait qu'elle aurait pu rendre Gage malade, Kinley se tourna vers lui.

— Tu te sens bien ?

— Je vais bien, Kins.

À présent, elle s'inquiétait non seulement qu'un assassin vienne s'en prendre à Gage, mais aussi qu'elle puisse l'avoir rendu malade dans le processus.

— Je vais *bien*, répéta Gage.

— Je t'ai apporté d'autres livres à lire, dit Gillian en réattirant l'attention de Kinley. Je ne sais pas si tu as terminé celui que tu m'avais déjà emprunté. Et je sais que je déteste être à court de nouveaux livres à lire. J'en ai plein, alors à chaque fois que tu voudras venir pour en chercher un, n'hésite pas. Tu es toujours la bienvenue chez nous. Tu vas rester ici avec Lefty ? Parce que ce serait super !

Trigger vint derrière sa compagne et lui mit la main sur la bouche, l'empêchant de rajouter une parole de plus.

— Ce qu'elle veut dire, c'est... que nous sommes heureux que tu te sentes mieux et que si tu as besoin de quoi que ce soit, tu n'as qu'à demander.

Mais ses paroles faisaient déjà sens. Kinley n'avait pas beaucoup réfléchi à ce qu'elle allait faire ensuite. Elle avait été parfaitement contente de rester avec Gage, mais à présent, elle se rendait compte que cela pouvait sembler... maladroit. Ils ne sortaient pas ensemble, même s'il *était* le seul homme qui l'ait jamais vue nue. Elle devait trouver où elle pourrait aller après. Juste après avoir raconté son histoire à Gage et lui avoir dit pourquoi elle était là, elle aurait besoin de trouver un endroit où se terrer et réfléchir à ce qu'elle allait faire.

— Respire, Kinley, dit Gage en plaçant son bras autour de ses épaules. Tu te remets, mais je me sentirais beaucoup mieux si tu ne te baladais pas partout en ville. Tu pourrais faire une rechute.

— Je ne peux pas rester, Gage, lui dit-elle doucement.

— On en rediscutera, contra-t-il immédiatement.

— Je ne voulais pas te mettre mal à l'aise, dit Gillian d'un ton plein de remords. J'ai pensé que... je ne sais que ce que j'ai pensé. Mais si tu as besoin d'un endroit où rester, tu pourras toujours habiter avec moi et Walker. Je te considère vraiment comme une amie, à présent, et je me sentirais super mal si tu retournais dormir dans ta voiture alors qu'on a une super chambre d'amis dans laquelle tu pourrais vivre.

— Elle ne va plus jamais dormir dans sa voiture, dit fermement Gage.

— D'accord. C'est bon.

On toqua à nouveau à la porte et Kinley adressa un regard interrogateur à Gage.

— Je vais répondre, dit Trigger. Sois sage, l'admonesta-t-il gentiment avant de se diriger vers la porte.

En quelques secondes, toute l'équipe de Gage avait investi la pièce.

— Tu as l'air d'aller bien mieux que la dernière fois que je t'ai vue, dit Brain.

— Absolument, fit écho Oz.

— C'est bon de te revoir sur pied, ajouta Lucky.

— J'ai apporté ses clés, dit Doc à Gage en plaçant le porte-clés de Kinley sur le comptoir.

Grover ne dit rien, mais lui adressa un petit geste du menton.

Aujourd'hui, la pièce était bondée, mais étonnamment, Kinley ne se sentit pas du tout étouffée. Elle était de loin la personne la plus petite du groupe, mais Gage avait passé le bras autour de ses épaules et, à ses côtés, elle se sentait en sécurité et à l'aise. C'était un sentiment étrange qu'elle n'avait encore jamais éprouvé au sein d'un groupe de personnes. Habituellement, elle se collait contre un mur et s'efforçait de se fondre à l'arrière-plan.

— Euh... Bonjour ? dit Kinley avec incertitude.

Elle avait déjà rencontré les garçons à Paris et en Afrique, mais n'était pas sûre de savoir pourquoi ils étaient tous là aujourd'hui.

— Qu'est-ce qu'on a raté ? demanda Lucky. Vous avez commencé sans nous ?

— Non, dit Gage. Gillian voulait juste passer en premier pour dire bonjour.

— Commencé quoi ? demanda Kinley en regardant Gage.

Son bras se serra autour de son épaule, mais il ne répondit pas.

— C'est le signal pour que je m'éclipse, dit Gillian avec réticence. Je ne sais pas ce qu'il se passe, mais j'espère que tu sais que je suis toute disposée à t'aider aussi, dit-elle à Kinley. Si tu as besoin de quoi que ce soit, je suis là pour toi.

Kinley ne put que hocher la tête. Gillian lui sourit, puis se dressa sur la pointe des pieds pour embrasser Trigger avant de se diriger vers la porte.

Personne ne dit quoi que ce soit jusqu'à ce qu'elle soit partie. À la seconde où la porte se referma derrière elle, Gage dit :

— Si quelqu'un veut du café, servez-vous.

Puis il dirigea Kinley vers le salon et l'installa sur un coin du canapé. Il se posa juste à côté d'elle sans lui donner d'espace supplémentaire. Sa cuisse puissante touchait la sienne, et même si elle était nichée dans un coin, Kinley ne se sentait pas en danger.

Les autres hommes finirent enfin de se poser dans la pièce et tout le monde la regarda, dans l'expectative.

— Kins, le temps est venu de tout nous dire, dit tendrement Gage.

Se sentant idiote parce qu'elle n'avait pas vu venir la chose, elle secoua la tête.

— Non, juste toi, Gage.

— Ça ne fonctionne pas comme ça, dit-il sérieusement. Je sais que tu as peur, c'est évident. Mais ces hommes vont nous protéger. Tu sais que nous formons une équipe. On n'a pas le moindre secret les uns pour les autres, et je ne ferais confiance à personne d'autre pour m'assurer de ta sécurité.

Kinley n'aimait pas cela. Elle avait prévu de raconter à Gage ce qu'elle avait vu, mais espérait toujours limiter le nombre de personnes qui risquaient d'être en danger. Elle aurait dû le savoir. Ayant passé la majeure partie de sa vie seule, elle n'avait même pas pensé qu'il aurait pu vouloir partager ses problèmes avec ses amis.

— Ce n'est pas que je ne leur fais pas confiance, c'est juste que...

Elle ne termina pas sa phrase, ignorant comment exprimer ce qu'elle ressentait sans offenser ces grands hommes alpha qui l'entouraient.

— Juste quoi ? demanda Gage.

Sachant qu'elle allait devoir avouer ce qu'elle pensait, Kinley inspira profondément et se lança :

— C'est déjà assez nul que je mette *ta* vie en danger. Je ne veux pas que quelqu'un d'autre souffre à cause de moi. Et plus de gens seront au courant, plus de vies seront menacées.

La pièce resta silencieuse pour une minute avant que Brain ne lui demande :

— Elle est sérieuse ? Tu es sérieuse, Kinley ?

Elle ne parvenait pas à décrypter son ton, alors elle hocha juste la tête.

— Merde, souffla Oz.

— Kinley, regarde-moi, dit Gage.

Elle tourna la tête et vit qu'il la regardait avec amusement.

— Tu sais ce qu'on fait. Ce pour quoi on est envoyés dans le monde entier. Tu essaies sérieusement de *nous* protéger ?

— Tu ne comprendrais pas. C'est vraiment terrible, murmura-t-elle.

— Alors, raconte-nous, pour qu'on puisse t'aider à résoudre ton problème, quel qu'il soit, l'encouragea-t-il.

Kinley balaya la pièce des yeux, observant les six autres hommes. Ils étaient tous concentrés sur elle et elle pouvait lire dans leurs prunelles une compassion et une affection véritables. Ils ne faisaient pas semblant d'être patients avec elle, ils l'étaient vraiment. Elle avait le sentiment qu'ils pourraient rester assis ainsi toute la journée si c'était ce qu'il lui fallait pour rassembler le courage de leur révéler la raison de sa présence.

La pensée que l'un d'eux risque des blessures ou même la mort à cause de ce qu'elle était sur le point de dire la mettait extrêmement mal à l'aise.

— J'ai vu quelque chose que je n'aurais pu dû voir, dit-elle au bout d'un moment.

Comme elle n'élaborait pas, Doc demanda :

— Qu'est-ce que tu as vu ?

On y était. Pour le moment, il n'y avait que quelques personnes qui savaient ce qu'elle avait vu dans cette ruelle. Son ex-patron, Stryker (probablement), et elle. Elle doutait que l'un comme l'autre ait dit au tueur pourquoi il était censé la liquider, mais c'était possible. Si elle racontait cela aux hommes assis dans la salle de séjour de Gage, le nombre de personnes au courant triplerait. Était-ce négatif ? Elle n'en avait vraiment aucune idée.

Inspirant profondément, elle prit sa décision.

— Il y a deux semaines, juste avant qu'on quitte Paris, l'Étrangleur des Allées a fait une autre victime.

Les hommes autour d'elle eurent tous l'air confus, mais ils acquiescèrent.

— Je me souviens d'avoir vu ça aux informations, déclara Grover. La jeune fille a été retrouvée dans une ruelle du côté de la ville complètement opposé à celui où se tenait la conférence, n'est-ce pas ?

Kinley hocha la tête.

— J'ai vu l'histoire aux infos quand je suis revenue à Washington. Et je...

On y était. S'ils ne la croyaient pas, elle ne serait pas vraiment surprise. *Elle* avait déjà assez de mal à y croire. Et sans son renvoi et cette tentative de meurtre, elle aurait peut-être fini par penser qu'elle s'était imaginé des choses, elle aussi.

Gage lui prit la main. Il entremêla leurs doigts et pressa. Ses actions lui donnèrent juste assez de courage pour continuer.

— Je n'étais pas très fatiguée le dernier soir à Paris et j'étais toujours debout en plein milieu de la nuit. Je regardais par la fenêtre, me disant que j'aurais préféré avoir une meilleure vue que celle sur cette ruelle près de l'hôtel. Une voiture est arrivée... Elle avait des plaques d'immatriculation diplomatiques... et un homme est sorti d'une porte dérobée de l'hôtel, tenant une femme. Elle était de toute évidence ivre ou quelque chose comme ça, parce qu'elle parvenait à peine à marcher. Je l'ai reconnu. C'était Drake Stryker.

— L'ambassadeur des États-Unis en France ? clarifia Brain.

— Oui.

— Tu es certaine que c'était lui ? la questionna Doc.

— À cent pour cent. Il n'a relevé la tête qu'une seconde, et j'ai clairement vu son visage, dit fermement Kinley. Il est monté dans sa voiture avec cette fille et ils sont partis.

Elle marqua une pause, essayant de rassembler ses pensées.

Aucun des hommes ne l'interrompit. Personne ne lui dit de se dépêcher et de poursuivre son histoire. Patients, ils restèrent assis en silence, attendant qu'elle continue.

— Quand je suis revenue à mon appartement à Washington, il était tard, et comme je l'ai dit, j'ai allumé la télévision pour avoir un bruit de fond. C'était l'heure des informations. Ils parlaient d'une autre victime tuée par l'Étrangleur des Allées. C'était elle. La fille de la ruelle.

Elle entendit quelqu'un prendre une inspiration marquée, mais elle ne savait pas qui c'était.

— Comment le sais-tu ? demanda doucement Trigger.

Il n'avait pas l'air douteux, juste curieux.

— Ses chaussures, souffla Kinley.

— Des talons compensés à brillants, dit Gage à ses côtés.

Elle le regarda d'un air surpris.

— Oui, comment le sais-tu ?

— Tu en as parlé quand tu étais malade, dit-il. Désolé, je ne voulais pas t'interrompre. Vas-y.

Désarçonnée et se demandant ce qu'elle avait bien pu

raconter d'autre pendant son délire, Kinley poursuivit :

— C'est ça. Elle portait une paire de chaussures à talons étincelante. Je me souviens d'avoir pensé quand je l'ai vue dans la ruelle qu'elles me plaisaient vraiment et que j'étais triste parce que je ne serais jamais capable d'en porter des comme ça. Les talons hauts me font mal. Mais elles étaient vraiment jolies et elles m'ont fait penser à Cendrillon.

Elle rit, un son toutefois dénué d'humour.

— Quand les informations ont diffusé une vidéo de la scène de crime, ils ont montré un corps recouvert d'une couverture, mais ses pieds dépassaient. Elle portait toujours ces mêmes chaussures à talons hauts étincelantes. Puis j'ai découvert que ce n'était pas du tout une femme, mais une gamine. Elle avait 14 ans. Ça m'a fait flipper.

— À juste titre, marmonna Oz.

— Je sais ce que j'ai vu. Bien sûr, ça ne signifiait pas que l'ambassadeur soit un tueur en série. Mais je ne pouvais pas me sortir ça de la tête. Il était censé passer la soirée avec mon patron, et je me suis dit qu'il avait trouvé cette fille après leur dîner pour la déposer ensuite quelque part. Puis l'Étrangleur des Allées était peut-être tombé sur elle *après* et l'avait tuée à ce moment-là, ou un truc comme ça. J'ai donc appelé Walter pour lui en parler. La dernière chose que je voulais faire était d'accuser l'ambassadeur alors que je n'avais aucune preuve.

— Merde, dit Brain.

— Ouais. Merde, lui fit écho Kinley. Il m'a contredite, m'a dit qu'il n'avait jamais vu la jeune fille et que c'était juste dans ma tête. Il m'a dit que la police ne me croirait jamais et qu'il y avait probablement des milliers de femmes qui avaient les mêmes chaussures. J'ai commencé à douter de moi.

Comme elle ne disait rien depuis un petit moment, Grover demanda :

— Et après ? Qu'est-ce qu'il s'est passé ?

Kinley soupira.

— J'ai été renvoyée.

— Quoi ? Pourquoi ? demanda Gage.

C'était plaisant de le voir aussi énervé pour elle, mais cela ne changeait rien à ce qu'elle ressentait à l'idée d'avoir été congédiée.

— Deux jours plus tard, j'ai été convoquée aux Ressources humaines et on m'a informée que j'étais renvoyée pour cause de trahison.

— Trahison ? s'exclama Lucky. Quelle connerie !

Kinley lui sourit.

— Merci pour ta confiance. Mais les Ressources humaines avaient la preuve que j'avais envoyé l'emploi du temps de Walter vers une adresse *Gmail* non sécurisée – celle d'un reporter –, trois jours avant notre départ pour Paris. Et ce genre de chose est contraire au protocole, pour des raisons évidentes. C'est comme ça que des hommes politiques se font assassiner. Ils ont dit que puisque je n'étais pas digne de confiance, ils devaient me virer sur-le-champ.

— Tu as vu l'e-mail ? demanda Brain.

Kinley hocha la tête.

— Oui. C'était juste l'itinéraire et un mot, soi-disant de moi, qui disait que tout se passait comme prévu. Mais je ne l'ai *pas* écrit ni envoyé. Je le jure.

— Personne ne pense que tu l'as fait, l'apaisa Gage.

Mais Kinley n'avait pas fini :

— Merci. Après, j'ai dû immédiatement récupérer toutes mes affaires. Ils avaient demandé à un agent de sécurité de me surveiller pendant tout ce temps, pour qu'il s'assure que je ne vole rien, je suppose. Ça a été extrêmement humiliant et j'étais vraiment perdue, parce que je me suis retrouvée accusée de quelque chose que je n'avais pas fait, sans même avoir l'occasion de me défendre.

» Je rentrais chez moi avec mes affaires dans une boîte en carton – le cliché –, et je ne prêtais pas vraiment attention à ce qu'il se passait autour de moi. J'attendais le métro quand quelqu'un m'a poussée. Fort. J'avais juste décidé d'y retourner pour essayer de plaider ma cause et... soudain, mes affaires se sont retrouvées éparpillées. La boîte que je tenais est tombée sur les rails. Heureusement, je me suis rattrapée juste au bord du quai, et deux secondes plus tard, le métro est arrivé en trombe. Je me souviens du courant d'air de la rame dans mes cheveux. Lorsque j'ai regardé autour de moi, je n'ai pas vu quelqu'un qui paraissait vouloir me tuer, mais je *savais* que c'était ce qu'il venait de se passer.

Personne ne dit rien pendant un moment, mais Brain se redressa et commença à faire les cent pas.

— Je suis retournée à mon appartement pour prendre mon sac de voyage. J'en garde toujours un qui contient la plupart de mes affaires importantes. J'ai appris ça en famille d'accueil. Souvent, je n'ai pas eu l'occasion de boucler tous mes bagages. Quoi qu'il en soit, j'ai pris des vêtements et laissé un mot pour mon propriétaire, plus le loyer du mois suivant, mais je suppose que le temps que je règle tout ça, il aura vidé mes affaires et loué l'appartement à quelqu'un d'autre.

Elle haussa les épaules.

— J'ai attendu qu'il fasse nuit et ai regagné discrètement ma voiture dans un parking à quelques pâtés de maisons. Le lendemain, j'ai retiré cinq mille dollars de mon compte d'épargne et depuis, je n'ai utilisé aucune carte de crédit.

— Bien vu, dit Brain sans cesser de marcher. Si quelqu'un est en mesure de planquer un faux e-mail sur ton compte, ce serait probablement facile de savoir où et quand tu utilises tes cartes de crédit.

— C'est ce que je m'étais dit, avoua Kinley.

Puis elle inspira profondément. Elle l'avait fait. Elle leur avait raconté ce qui lui était arrivé. Personne ne lui avait dit qu'elle était folle de suggérer que l'ambassadeur puisse être un tueur en série ou de penser que quelqu'un l'avait poussée sur le quai du métro.

Toute sa vie durant, les gens ne l'avaient pas crue. C'était vraiment bon qu'on la croie enfin.

— Pourquoi est-ce que tu es venue ici ? demanda Trigger.

Kinley regarda sa main serrée dans celle de Gage. Elle était gênée d'admettre sa véritable motivation, mais jusqu'alors, elle avait été honnête et elle ne voulait pas commencer à mentir.

— Je n'avais pas prévu de le faire. Je voulais aller au nord-ouest. Vers le Dakota du Nord ou quelque part comme ça. Et c'est ce que j'ai fait. J'ai conduit sans but pendant un certain temps, puis je me suis prise à me diriger vers le sud, vers le Texas. Je ne voulais pas mettre qui que ce soit en danger. Je sais ce que j'ai ressenti sur ce quai de métro, mais je savais aussi que si je voulais que quelqu'un m'écoute, me croie, j'avais besoin d'aide. Je me suis dit que Gage connaîtrait peut-être quelqu'un au FBI qui est digne de confiance.

Elle sentit des doigts sous son menton et elle tourna la tête vers Gage. Il lui caressa la joue avec le pouce avant de dire :

— Tu as fait ce qu'il fallait. Mon équipe et moi allons t'aider. Si l'ambassadeur est un pédophile et un meurtrier, il ne va pas s'en tirer comme ça. En plus, j'ai gros à parier que ton connard de patron est impliqué jusqu'au cou. Je suis désolé de ne pas avoir été là à ton arrivée.

Kinley haussa les épaules.

— J'aurais dû savoir que tu risquais d'être en mission.

— Je vais te protéger, Kins, dit Gage avec tendresse en la regardant dans les yeux.

— Tu ne peux pas promettre ça.

— Si, absolument, jura-t-il.

Kinley savait que si Stryker ou Brown voulaient vraiment la voir morte, ils avaient l'argent pour embaucher quelqu'un afin de s'assurer que ce soit fait. Mais c'était quand même agréable de savoir que Gage serait prêt à faire son possible pour la garder en sécurité. Elle n'était pas certaine d'avoir bien agi en se confiant à lui et son équipe, mais ce qui était fait était fait. Elle devrait vivre avec les conséquences de ses actes.

Elle espérait simplement que ces conséquences ne soient pas la mort de l'homme assis à côté d'elle... ou de ses amis.

CHAPITRE DIX

Lefty aurait eu envie de tout casser. Péter des trucs. Buter celui qui *oserait* mettre la main sur Kinley. Mais il devait se contrôler. Elle avait besoin qu'il soit calme et rationnel. Ils avaient besoin d'un plan.

— Brain ? demanda-t-il en regardant son coéquipier arpenter la pièce.

Il était l'homme le plus intelligent de l'équipe et quand il se comportait ainsi, c'était un signe révélateur que son esprit tournait à 100 à l'heure.

— Malheureusement, Brown n'a pas menti quand il a dit que ce serait difficile de prouver que Stryker est un tueur en série en se basant seulement sur une paire de chaussures. Surtout vu que c'était le milieu de la nuit, qu'il faisait donc noir, et qu'elle se trouvait à plusieurs étages au-dessus de la ruelle. Mais l'hôtel a sûrement des caméras de surveillance et ce devrait être assez facile de prouver au moins que la fille était avec lui cette nuit-là, et peut-être aussi Brown. Trouver des communications téléphoniques et électroniques entre ces deux hommes, y compris tout ce qui semble un peu louche, devrait également être relativement facile.

— Par « louche », tu veux dire de la pornographie juvénile, suggéra Trigger.

— Exactement. Cette fille avait 14 ans. Et si je me souviens bien, les autres victimes de l'Étrangleur des Allées étaient également mineures. La police pourrait mettre en rapport les déplacements de l'ambassadeur et les endroits où ces filles ont été vues pour la dernière fois. Mais quoi qu'il en soit, Kinley a raison : elle ne peut pas se contenter d'aller voir les flics du coin pour leur faire part de ses soupçons. Ils ne la prendront pas au sérieux et ce sera sa parole contre celle d'un ami du président. Sans parler du fait que ces crimes ont eu lieu en France. Ce sera à la police de Paris d'enquêter sur la base de ces accusations. Brown pourra certes faire l'objet d'une enquête ici aux États-Unis pour pornographie infantile, mais au final, c'est une enquête française.

— À moins qu'il n'ait tué avant d'être stationné à l'étranger, proposa Lefty.

— Très vrai. Il est peu probable que son désir pour les jeunes filles se soit manifesté seulement après son arrivée en France.

— Et Cruz Livingston ? demanda soudainement Trigger.

— Qui ? lui demanda Kinley en inclinant la tête.

— Cruz Livingston, répondit Lefty. C'est un agent du FBI qui travaille à San Antonio. On le connaît par l'intermédiaire de l'ami d'un ami. On pourrait lui demander de venir et de garder le secret jusqu'à ce qu'on sache ce qu'il en pense. Il pourrait peut-être se pencher sur des meurtres à Washington DC qui ont impliqué des jeunes filles, et lancer une enquête pour pornographie infantile. Il est possible qu'il puisse également t'innocenter de ces accusations de trahison, Kinley. Tu n'as pas envoyé ces e-mails et je suis certain que ses contacts seront capables de le démontrer. La dernière chose que nous voulons, c'est que cette merde soit mentionnée pendant le procès par l'avocat de la défense.

— Je peux creuser un peu, dit Brain. Tout ce que je dégotterai ne sera pas officiel, mais si je peux transmettre les infos à Livingston pour l'avancer, ce ne sera pas une mauvaise chose. Honnêtement, si le seul élément que les procureurs ont est les chaussures, il est probable que l'affaire ne débouche sur rien. Mais s'il y a une vidéo et d'autres preuves...

Sa voix mourut.

Lefty se retourna vers Kinley.

— Tu vas rester ici.

Elle cligna des paupières.

— Je ne peux pas.

— Si, répliqua-t-il. Et tu vas le faire. Si tu penses que je vais te laisser aller à l'hôtel ou dans ta putain de voiture, et t'autoriser à te déplacer alors que quelqu'un a déjà essayé de te tuer, tu es folle.

— Je l'ai peut-être imaginé, dit-elle faiblement.

— Arrête de mentir. Si c'était le cas, tu ne serais pas ici en ce moment, répliqua Lefty.

Elle se mordit la lèvre et refusa de croiser son regard.

— Regarde-moi, Kins, dit Lefty.

Il attendit qu'elle le regarde dans les yeux.

— Tout ça ne va pas être réglé de sitôt. Les relations politiques de Stryker lui donnent beaucoup de pouvoir. Il va embaucher l'avocat le plus cher et le plus accompli qu'il puisse trouver. Les procureurs doivent avoir un dossier impeccable avant de l'accuser de quoi que ce soit. En attendant, tu n'es pas en sécurité. Surtout puisqu'apparemment, Stryker essaie déjà de te faire taire. Tu es venue à moi pour une raison. Tu as bien agi et je vais faire tout mon possible pour te protéger.

— J'apprécie, mais une partie de moi se demande encore pourquoi vous accepteriez d'aider une personne insignifiante comme moi. Et maintenant, je me rends compte que j'ai mis toutes vos carrières en danger. Je veux dire, je ne suis pas certaine que vous puissiez lutter contre deux hommes politiques qui connaissent personnellement le président. De toute évidence, j'aurais dû y réfléchir davantage.

— Tu n'es pas personne, dit fermement Gage.

Il se pencha en avant et refusa de la laisser baisser les yeux devant lui.

— Tu n'es *pas* personne. Tu es Kinley Taylor. Tu es drôle et intelligente, et je n'ai pas réussi à cesser de penser à toi depuis que je t'ai rencontrée en Afrique. Tu es attentionnée et gentille, et même si les raisons qui t'ont amenée ici ne m'emballent pas, je ne peux pas dénier que je suis vraiment ravi de te voir.

Il crut voir que Kinley avait arrêté de respirer, mais il poursuivit sans s'inquiéter que ses amis puissent l'entendre :

— Je ne m'inquiète pas pour mon travail, parce que je crois en toi. Si tu dis que tu as vu notre ambassadeur en France avec la dernière victime de l'Étrangleur des Allées, je te crois. Et on va trouver un moyen de le coller sous les verrous pour qu'il ne puisse plus faire de mal à personne.

— C'est un ami personnel du *président*, dit Kinley à voix basse. Vous ne connaissez pas le type de pouvoir qui existe à Washington, DC. J'aurais dû ne rien dire.

— Comment est-ce qu'elle s'appelait ? demanda Lefty.

— Émilie Arseneault, lui répondit-elle, sachant exactement de qui il parlait.

— Tu penses qu'Émilie ne vaut pas la peine que tu te battes pour elle ?

Kinley secouait la tête avant qu'il ait fini de poser la question.

— C'est vrai. Quelqu'un doit défendre ceux qui ne peuvent pas le faire. Émilie ne peut plus parler de ce qui lui est arrivé. Je ne veux pas te mentir et te dire que ce sera facile, parce que ce ne sera pas le cas. Mais si tu étais le genre de femme capable d'ignorer l'assassinat d'une gamine, je ne serais pas aussi attiré par toi.

Kinley rougit.

— Je pense qu'il est temps qu'on vide les lieux, dit Doc avec une pointe d'humour.

— Je vous transmettrai tout ce que je serai en mesure de

découvrir, dit Brain. Je vais commencer par des recherches de base sur Internet. Je ne m'infiltrerai pas trop loin, parce que la dernière chose que je voudrais est attirer un tueur à gages au Texas.

— Quand tu seras prête à parler à Cruz, faites-le-moi savoir et je le contacterai, proposa Oz.

— Ma sœur vient en ville demain, mais vous savez que je suis là si vous avez besoin de quoi que ce soit, déclara Grover.

— Tu veux qu'on t'aide à l'installer ? demanda Lucky à Grover.

Grover regarda Lucky pendant un moment avant de hocher la tête.

— Ça serait super. Je ne sais pas combien de choses elle a apportées. J'ai l'impression qu'elle est partie super vite, mais elle ne veut pas m'en dire plus.

— Elle a des problèmes ? demanda Lucky en plissant le front.

— C'est toujours difficile de le savoir, avec Devyn, répondit franchement Grover.

— Je viendrai chez toi demain matin et on pourra aller ensemble à son appartement.

— Super.

Trigger attendit que tout le monde soit parti avant de se tourner vers Kinley.

— Je réitère ce que Gillian a dit : vous êtes les bienvenus chez nous quand vous le souhaiterez. Vous n'avez pas besoin de téléphoner à l'avance. Cela dit, si on ne répond pas, c'est peut-être qu'on est occupés.

Il fit un mouvement de sourcil suggestif, ce qui fit rire Kinley.

— Je préfère appeler, si ça vous va, dit-elle avec un sourire.

Trigger sourit, puis il se rasséréna.

— Gillian est sympa. Très sympa. Les gens l'apprécient. Mais elle est très pointilleuse dans son choix d'amies. Surtout avec tout ce qui s'est passé au Venezuela et après.

— Euh... d'accord ? dit Kinley.

— Ce que j'essaie de dire, c'est que c'est rare qu'elle accroche avec quelqu'un aussi facilement qu'elle l'a fait avec toi. Elle a trois amies qu'elle a depuis toujours, et depuis que je la connais, elle n'a pas vraiment essayé de se rapprocher de qui que ce soit. Inviter des gens dans notre appartement pour qu'ils puissent manger, prendre une douche et faire leur lessive est – malheureusement pour ma tranquillité d'esprit – une chose qu'elle aurait tendance à faire. Mais elle ne les aurait pas invités à rester et elle ne leur aurait certainement pas prêté ses précieux livres. Elle t'apprécie, Kinley. Quand elle a dit qu'elle aimerait passer plus de temps avec toi, elle était sérieuse. Elle te considère déjà comme son amie.

La main sur le dos de Kinley, Lefty sentit ses muscles se contracter. Il se déplaça sans réfléchir, l'attirant contre lui. Elle resta rigide dans sa demi-étreinte et regarda Trigger pendant qu'il poursuivait :

— Non seulement ça, mais *je* t'apprécie aussi. Je connais Lefty depuis longtemps et je ne l'ai jamais vu aussi remonté à propos d'une femme. « Remonté » sur le plan positif, entendons-nous. Fais-lui confiance et fais-*nous* confiance. On pourra t'aider à surmonter tout ça. Je suppose que ce ne sera pas facile et qu'il n'y aura pas de solution rapide, mais nous ferons tout ce qui est en notre pouvoir pour te protéger de ceux qui essaient de te faire taire.

Kinley étudia Trigger pendant un long moment avant de hocher la tête.

— Merci.

— Je t'en prie.

Trigger salua ensuite Lefty du menton avant de tourner les talons et de quitter l'appartement.

Lefty alla verrouiller la porte derrière son ami et quand il se retourna vers Kinley, elle regardait la porte.

— Allons, Kins, dit-il en la tirant à nouveau contre lui pour la ramener vers le canapé. Comment tu te sens ? Tu veux quelque chose à manger ? Du jus d'orange ?

Elle secoua la tête.

— Parle-moi, supplia-t-il. À quoi tu penses ?

Elle se tourna et croisa son regard. Il lui suffisait de la regarder pour voir sa confusion et comprendre qu'elle était vraiment dépassée par les événements. Il ignorait comment il en était venu à la connaître aussi bien en si peu de temps.

— Je ne comprends pas.

— Qu'est-ce que tu ne comprends pas, ma belle ? demanda-t-il doucement.

Elle haussa les épaules.

— Je suis juste moi. Je n'ai jamais vraiment eu d'amis. Je t'ai dit que je suis bizarre. Je ne comprends pas comment tes amis peuvent décider si rapidement qu'ils m'apprécient. Ils devraient être prudents. J'ai attiré le *danger* sur le pas de vos portes. Et toutes vos carrières pourraient disparaître comme ça.

Elle claqua des doigts pour illustrer son propos.

— Stryker ou Brown pourraient facilement détruire votre carrière en disant juste un mot à la bonne personne. Tu devrais me repousser le plus loin possible.

— Ça ne va pas se produire, lui dit Lefty.

Il avait besoin qu'elle l'entende, alors il fit quelque chose qu'il n'avait jamais fait auparavant : il utilisa sa taille et sa force pour persuader une femme. Il fit reculer Kinley jusqu'à ce qu'elle se retrouve à moitié couchée sur le canapé, puis il s'assit contre sa hanche, les mains de part et d'autre de son corps, l'emprisonnant.

— J'ai besoin que tu m'écoutes, Kins. Que tu m'écoutes vraiment. Tu m'écoutes ?

Elle hocha la tête, les yeux écarquillés, et il sentit ses doigts saisir ses avant-bras et ses ongles s'enfoncer dans sa peau.

Il voulait baisser les yeux pour voir ses mains sur lui, mais il se força à la regarder dans les yeux.

— Je ne sais pas ce qu'il y a chez toi qui me donne envie

d'aller combattre les dragons. Je suis furieux que Brown ait trahi ta confiance à ce point. Et avant que tu ne prennes sa défense, il n'y a pas d'autre explication au fait que cet e-mail ait fait surface si peu de temps après que tu t'es confiée à lui. Je devine qu'il a immédiatement appelé Stryker pour vider son sac, et l'un d'eux... ou tous les deux ont décidé qu'il fallait te faire taire, et ils ont embauché quelqu'un pour faire le sale boulot.

Elle hocha légèrement la tête et s'humecta les lèvres. Pendant une seconde, Lefty fut distrait par la couche d'humidité que sa langue laissa derrière elle. Il aurait tellement voulu se pencher et la goûter, mais il se retint... avec difficulté.

— Trigger ne mentait pas. Ça fait des mois que je lui parle de toi. Tu me plais, Kinley. Beaucoup. Je ne voudrais vraiment pas abuser de la situation, mais je dois avouer que je ne suis pas contrarié que tu aies besoin d'un endroit où séjourner. Je ne vais pas profiter de toi. Tu peux dormir sur mon lit et je resterai ici.

— Gage, non ! s'exclama-t-elle, ses doigts fléchissant sur son bras. Ce n'est pas juste.

— Tu es prête à me laisser dormir avec toi ? demanda-t-il. Et je veux vraiment dire dormir, rien d'autre... pas encore.

Elle se mordit la lèvre et détourna les yeux de lui.

Lefty lui leva le menton jusqu'à ce qu'elle le regarde à nouveau.

— C'est bien ce que je pensais. Que je dorme sur le canapé me place entre toi et la porte, et c'est plus facile de te protéger, lui dit-il. Je veux que tu t'habitues à moi. Que tu comprennes je ne suis pas comme les autres connards insignifiants que tu as apparemment rencontrés avant. Je veux que tu apprennes à me connaître, avec tous mes défauts.

» Quand tu m'inviteras dans ton lit ... ou *mon* lit, si c'est le cas... je veux que tu sois certaine à cent pour cent que j'ai envie d'y être. Que tu es une femme étonnante qui mérite le meilleur de son homme. Il devrait te chérir et encourager tes soi-disant petites manies sans essayer de t'en faire changer. Je veux que tu me désires autant que je te désire, au point que tu sois capable de faire à peu près n'importe quoi pour m'avoir.

Elle cligna des paupières, mais ne répondit pas.

— La situation n'est pas idéale, dit Lefty, énonçant l'évidence. Mais ça ne veut pas dire que nous ne puissions pas apprendre à nous connaître comme les autres hommes et femmes qui se fréquentent. Tu peux découvrir mes particularités tout comme je vais découvrir les tiennes. Je sais déjà quand tu es malade, ça me détruit. Ça me rend fou et c'était impossible pour moi de m'éloigner de toi. Gillian m'avait proposé de veiller sur toi pour que je puisse dormir un peu, mais j'ai refusé. Il y a juste quelque chose chez toi qui m'interpelle, Kinley. Je veux voir jusqu'où ça peut aller. Mais... et c'est la partie importante..., dit-il solennellement.

Kinley s'humecta à nouveau les lèvres et encore une fois, Lefty dut se retenir de bouger. De se pencher vers le bas pour poser ses lèvres sur les siennes.

— C'est-à-dire ?

— Tu n'es absolument pas obligée de faire quoi que ce soit que tu ne veuilles pas faire.

Elle fronça les sourcils.

— Tu me plais ; je ne vais pas te mentir. Mais si tu ne ressens pas la même chose pour moi, je ne vais pas péter un plomb ou devenir violent. Je ne lèverai pas plus la main sur toi que je le ferais pour ma mère ou les autres personnes que j'aime. Je serai contrarié et triste, mais tu as le droit de ressentir tout ce que tu veux. Ne te sens *pas* obligée d'amorcer une relation avec moi si tu ne penses pas pouvoir m'aimer un jour. Je préférerais largement être ton ami et te garder dans ma vie, plutôt que tu te forces à sortir avec moi si tu ne ressens pas la même chose que moi.

Les mots étaient sortis sans que Lefty puisse réfléchir.

— Ne panique pas, dit-il lorsqu'il la vit faire exactement cela. Je ne dis *pas* que je t'aime. Je ne te connais pas assez pour être en mesure de ressentir déjà un truc comme ça. Mais je peux honnêtement te dire que je n'ai jamais été aussi intrigué par une femme que je le suis par toi. J'ai l'impression que ça va me prendre des années pour découvrir tous tes secrets, et j'ai vraiment hâte. Chaque partie de toi que je découvre est comme une victoire. Tout ce que je dis, c'est que tu as un endroit sûr pour rester ici avec moi et c'est sans condition. Quelle que soit notre relation personnelle, je t'aiderai parce que ça me semble juste. Pour toi et pour Émilie, et pour toutes les autres victimes de l'Étrangleur des Allées. C'est compris ?

Elle hocha la tête, mais dit :

— Je vais te décevoir.

— Pas possible, lui répondit Lefty sans la moindre hésitation. C'est plutôt *toi* qui risques d'être déçue. Je n'avais pas la force de laisser Gillian t'aider quand tu étais malade, même si je savais que j'aurais dû. Je suis peut-être fort physiquement, mais quand il s'agit de toi, je suis aussi inoffensif qu'un chaton.

Elle leva une main vers son visage et Lefty sentit son cœur s'emballer quand elle lui prit la joue dans la paume.

— Tu es le seul homme qui m'ait jamais vue comme ça. Je suis... Tu penses que... Mince !

Elle ferma les yeux et commença à baisser la main.

Lefty se déplaça rapidement et plaça sa main sur la sienne, gardant la connexion entre eux.

— Quoi ? Tu peux me demander n'importe quoi, ma belle.

Elle le regarda dans les yeux et lui demanda :

— Tu as aimé ce que tu as vu ?

Il cligna des yeux.

— Quoi ? demanda-t-il, ne comprenant pas de quoi elle parlait.

— Ça ne fait rien, marmonna-t-elle.

— Si tu me demandes si j'ai aimé ce que j'ai vu lorsque je t'ai tenue dans mes bras, la réponse est non.

Elle se raidit, mais Lefty continua :

— Je n'ai pas aimé le fait que tu sois brûlante de fièvre. Je n'ai pas aimé la façon dont ton corps paraissait bouillonner de l'intérieur. Je n'ai pas aimé le fait que tu m'aies regardé sans me voir. Je n'ai pas aimé te sentir te débattre entre mes bras parce que tu craignais que je te maintienne sous l'eau dans cette baignoire. Et je n'ai pas aimé devoir retirer tes vêtements pour te laver, changer ton haut quand tu as vomi sur le tien, ou t'essuyer avec un gant de toilette froid pour essayer de faire descendre ta fièvre.

» La seule chose qui m'intéressait était que tu te sentes mieux, pas de voir à quoi ton corps ressemblait. Je suis un homme, Kinley, mais pas un connard. Je n'allais pas te reluquer alors que tu étais complètement inconsciente et sans défense.

» Mais si tu me demandes si je te trouve attirante, la réponse est un oui retentissant. Maintenant que tu vas mieux et que je sais que je ne vais pas avoir à trahir ta confiance et à t'emmener voir un médecin alors que tu n'avais clairement pas envie de le faire... et tu as parfaitement raison, d'ailleurs... J'ai réprimé une érection toute la matinée. Te regarder manger, boire... Bordel ! Même rien qu'à te voir te mordiller la lèvre me met la queue au garde-à-vous, pleine de désir de te toucher. Tu n'as absolument pas à avoir de complexes sur ton corps, Kins.

Elle rougissait à présent, mais il appréciait voir que l'embarras qu'elle avait manifesté plus tôt avait disparu.

— J'aime ton corps aussi, dit-elle timidement.

Lefty sourit.

— C'est bien. Maintenant, je vais me lever et trouver quelque chose à faire dans la cuisine. Je ne sais pas quoi, mais je trouverai bien quand j'y serai. Mais si je reste trop longtemps assis ici alors que tu es toute douce et câline sous moi, je risque d'oublier toutes mes paroles chevaleresques et faire quelque chose qui risque de te faire croire que je suis une crapule.

— Une crapule ? dit-elle en ricanant.

— Ouais. Ça va, après tout ce qui s'est passé aujourd'hui ?

Elle y réfléchit pendant une seconde, puis haussa les épaules.

— J'ai le choix ?

— Oui, ma belle, tu as le choix. Ce qui t'est arrivé tout au long de ta vie est nul. Ce n'est pas juste et tu mérites bien davantage. Si j'étais un homme meilleur, je te laisserais filer pour que tu puisses trouver quelqu'un qui n'a pas besoin de partir pendant des semaines d'affilée, qui vit dans une grande maison et a des horaires réguliers.

— Et si ce n'est pas ce que je veux ? demanda-t-elle.

— Qu'est-ce que tu veux, alors ? répliqua-t-il.

— Être aimée telle que je suis, répondit-elle du tac au tac. Toute ma vie, c'est tout ce que j'ai *toujours* voulu. Je n'ai pas besoin de vêtements de luxe, de bijoux ou d'une grande maison. Je veux juste que quelqu'un ait envie de *moi*.

Lefty sentit son cœur faire un bond dans sa poitrine. Elle en demandait si peu, mais c'était également tout. Il voulait être celui qui pourrait lui donner ce que désirait son cœur... Mais cela l'effrayait aussi terriblement.

— Accepte seulement le meilleur, ordonna-t-il.

— Je le ferai, murmura-t-elle.

Lefty ne put s'empêcher de se pencher pour l'embrasser sur le front. Puis il se leva et alla dans la cuisine pour trouver quelque chose à faire avant que ses désirs ne prennent le dessus sur sa raison.

*
**

Étourdie, Kinley était allongée sur le canapé, là où Gage l'avait laissée. Les dernières heures avaient été riches en émotions. Rien dans sa vie n'avait changé depuis son départ de Washington, mais d'une manière ou d'une autre, elle avait l'impression que *tout* était différent. Gillian semblait vraiment l'aimer. Ce qui était fou parce qu'elle n'avait fait que profiter d'elle et s'asseoir sur son canapé pour lire un livre, mais Kinley n'allait pas le refuser.

Les amis de Gage la croyaient, même si cela pourrait sérieusement nuire à leur propre carrière. Ils essayaient déjà de trouver des façons de l'aider et, étonnamment, ils connaissaient même un agent du FBI qui serait peut-être disposé à écouter ce qu'elle avait à dire.

Et puis il y avait Gage.

Elle se sentait dépassée par tout ce qu'il avait dit, mais c'était positif. Toute sa vie, on l'avait considérée comme si elle était invisible, mais Gage la *voyait*. De plus, il semblait aimer ce qu'il percevait en elle. C'était dingue. Insensé. Mais cela paraissait aussi sonner juste.

Depuis qu'elle lui avait parlé en Afrique pour la première fois, Kinley avait ressenti entre eux une connexion. Cela n'avait aucun sens et elle n'avait jamais entretenu l'espoir qu'il puisse ressentir quelque chose pour elle, ce qui expliquait en partie pourquoi elle ne l'avait pas recontacté après l'Afrique. Elle avait essayé de se protéger d'une autre déception amoureuse à ajouter à la longue liste de celles qu'elle avait déjà connues.

Mais voilà... Elle était dans son appartement, et il avait dit qu'elle dormirait dans son lit. C'était presque surréaliste. Elle aurait voulu avoir assez d'assurance pour lui dire qu'il pouvait dormir avec elle. Faire *plus* que dormir. Mais elle savait que si elle couchait avec lui et qu'il la quittait ensuite, cela la détruirait.

Elle n'était pas une allumeuse, du moins pas volontairement, mais elle n'avait jamais rencontré d'homme – ou de femme, d'ailleurs – à qui elle avait l'impression de pouvoir confier son corps et son cœur. Et jusqu'à ce que ce soit le cas, elle resterait vierge.

Penser à Gage et au sexe la mettait mal à l'aise... Mais pas d'une mauvaise manière. C'était comme si elle s'éveillait après un très long sommeil. Elle se décala sur le canapé et ses cuisses se frôlèrent, lui rappelant que cela faisait bien longtemps qu'elle ne s'était pas donné du plaisir.

Fermant les yeux, elle se sentit soudainement épuisée.

Une minute ou bien une heure plus tard, elle sentit Gage la recouvrir d'une couverture. Se blottissant dans cette chaleur, Kinley sourit quand elle sentit ses lèvres contre sa tempe.

— Dors, Kins.

— Je suis si fatiguée, marmonna-t-elle.

— Tu as vraiment été malade. Ton corps est toujours en pleine récupération. Détends-toi.

— Gage ?

— Oui ?

— Merci de m'avoir crue.

— Je te croirai toujours, Kinley, dit-il fermement. Te croirai et croirai *en* toi.

Et sur ces belles paroles, elle s'endormit.

— Ce sont des conneries. Elle doit être réduite au silence ! aboya Drake Stryker dans le téléphone de rechange dont il allait se débarrasser après cet appel.

— Elle est futée, répondit Simon King, un homme connu pour être prêt à endosser les sales boulots dont personne d'autre ne voulait.

— C'est une fille ; elle n'est *pas* si futée que ça, railla Stryker. Je n'arrive pas à croire que vous ayez foiré une tâche aussi simple.

— Ne me mettez pas en rogne, dit Simon d'un ton bourru. Si vous voulez qu'elle crève, vous n'avez qu'à venir aux États-Unis et vous en occuper en personne.

Stryker inspira profondément. Il ne pouvait pas se

permettre de perdre King. Il avait besoin de lui pour régler son énorme problème. Il refusait catégoriquement de passer le reste de sa vie en prison. *Impossible.* Surtout pas à cause d'une petite connasse curieuse. Il devait s'assurer qu'elle ne raconte à personne ce qu'elle avait vu.

— Désolé. Je suis juste frustré, répondit-il au tueur à gages qu'il avait engagé pour retrouver et tuer Kinley Taylor.

— Ouais. Elle a eu de la chance sur ce quai de métro. Elle venait de se tourner quand je l'ai poussée et elle est tombée à un mauvais angle. Je n'avais pas vraiment prévu de finir le boulot à ce moment précis, mais je me suis dit que je ferais mieux de le faire tant que j'en avais l'occasion. Quoi qu'il en soit, je l'ai suivie jusqu'à chez elle et quand je me suis introduit dans son appartement ce soir-là, elle avait apparemment déjà pris la fuite. J'ai observé sa piaule pendant un certain temps et elle n'est jamais revenue. Vous avez d'autres informations pour que je puisse continuer ?

Stryker fronça les sourcils. Il *détestait* cela. Il avait dû impliquer quelqu'un d'autre dans cette histoire, ce qui n'était pas bon. Moins il y avait de personnes impliquées, mieux c'était, mais Brown et lui avaient eu besoin de quelqu'un pour glisser l'e-mail dans sa boîte, et ce même homme surveillait ses comptes bancaires et essayait de la pister électroniquement.

— Elle a retiré la majeure partie de son argent pas longtemps après votre tentative. Elle a rempli son réservoir d'essence à DC et n'a pas utilisé sa carte de crédit depuis.

— Vous traquez sa plaque d'immatriculation ?

Stryker serra les dents.

— Oui, mais ce n'est pas si facile. Elle a évité les routes à péage et mon gars n'a pas le temps de regarder toutes les caméras de circulation du pays pour essayer de la retrouver.

— Et pour les amis ? La famille ?

— Elle n'a personne.

— Eh bien, ça rend les choses plus difficiles, dit King sans la moindre émotion. Elle pourrait littéralement se trouver n'importe où.

Ce manque d'émoi était ce qui faisait de lui un tueur aussi efficace. Il ne se préoccupait pas vraiment de savoir qui il était payé pour tuer. Cela n'avait aucune importance pour lui. Des femmes, des adolescents, des vieillards... Il aurait buté n'importe qui tant que le prix lui convenait.

— À ce qu'on en sait, elle n'a pas quitté le pays, dit Stryker. Et parce que son téléphone a été détruit sous les roues du métro – par votre faute –, on ne peut même pas remonter à elle par ce moyen.

Il essaya de ne pas trahir sa colère, mais cela l'irritait qu'une des meilleures façons de la traquer se soit retrouvée littéralement brisée en mille morceaux durant la tentative d'assassinat de King.

La malchance continue dont Stryker faisait l'expérience à propos de Kinley Taylor commençait à le déstabiliser. C'était comme si l'univers était du côté de *Kinley* plutôt que du sien.

— Vous m'avez embauché pour la tuer, pas pour faire attention à ses affaires, grogna King.

— Quoi qu'il en soit, mon gars a examiné ses dossiers téléphoniques des six derniers mois environ, et la seule personne en dehors de son travail qui l'a appelée ou lui a envoyé un SMS était un homme qui vit au Texas.

— Et ? demanda King.

— Elle n'a pas répondu, mais je crois qu'il veut être plus que des amis, si vous savez ce que je veux dire. Mais il y a un problème.

— Lequel ?

— Il est dans l'armée. La Delta Force.

— Quel est leur lien ? demanda King sans trahir la moindre inquiétude.

Il est fou, pensa Stryker.

— Inexistante, à ce qu'on en sait. Mais il était à Paris il y a quelques semaines. Lui et son équipe étaient affectés à la protection de Johnathan Winkler. Et la même équipe avait protégé le patron de Kinley Taylor en Afrique il y a quelques mois. Ils auraient pu se rencontrer à cette époque.

— Je ne sais pas qui est Winkler et je m'en fiche, mais si c'est tout ce que vous avez, donnez-moi les détails et je descendrai au Texas voir comment ça se goupille.

Stryker commençait à détester ce connard, mais il lui fila toutes les infos sur Gage Haskins que leur contact avait réussi à dégotter.

— Je vais avoir besoin d'argent pour m'y rendre, l'informa King.

Ravalant une réponse amère, Stryker accepta.

— Et ma rémunération pour ce boulot va maintenant s'élever à deux millions au lieu d'un.

— Quoi ? Impossible ! s'exclama Stryker. On s'était mis d'accord pour un. Vous ne pouvez pas changer les termes maintenant !

— Je ne peux pas ? Il me semble que c'est moi qui ai les cartes en main. Vous allez revenir aux États-Unis et la trouver vous-même ? *Vous* allez la tuer ?

— J'en serais capable, cracha Stryker. Ça ne serait pas la première pute que j'étrangle. Ce n'est pas aussi difficile que vous le pensez.

King ricana, un son sans humour.

— Il me semble que deux millions n'est pas si cher payé pour garder les mains propres. Je ne sais pas pourquoi vous voulez tellement que cette fille meure... mais je peux le découvrir.

Stryker était tellement furieux qu'il aurait voulu tendre le bras à travers le téléphone pour tuer ce connard à l'autre bout du fil.

— Très bien. Deux millions. Je vais vous envoyer l'argent pour aller au Texas. Mais vous n'en recevrez pas un centime avant que j'aie la preuve qu'elle est morte. Si elle est crevée, elle ne pourra raconter à personne ce qu'elle a vu.

— C'est comme si c'était fait, dit King à l'ambassadeur.

Puis il raccrocha.

Stryker voulait voir cette chienne morte, même si cela prenait du temps. Demain, la semaine prochaine, dans dix ans. Elle avait osé l'accuser. *Lui*. Putain ! Il était l'ambassadeur en France. Il avait dîné avec le président. Putain, il avait même baisé sa femme dans une des chambres de la Maison-Blanche pendant que son mari était en voyage humanitaire.

Si Kinley Taylor pensait qu'elle pouvait le dénoncer, elle avait tort. Particulièrement tort.

Personne ne se souciait pas des adolescentes qu'il avait butées. C'étaient des fugueuses ou des prostituées. De la merde. Des êtres humains sans importance qui n'avaient pas plus de valeur qu'un chewing-gum craché sur le sol.

Cela dit, il n'avait pas d'autre choix que d'accepter toutes les conditions de King. *Bien sûr*, il ne pouvait pas prendre discrètement un vol vers les États-Unis pour liquider Kinley en personne. L'homme le tenait sous sa coupe, et ils le savaient tous les deux.

— Putain de connard, marmonna Stryker avant de laisser tomber le téléphone au sol et de l'écraser du pied.

Quand il ne fut plus qu'une pile de minuscules morceaux de plastique, il redescendit la ruelle vers sa voiture et son chauffeur.

Il fallait qu'il appelle Walter pour savoir s'il avait eu des nouvelles de l'assistante disparue et pour s'assurer qu'il n'avait pas soufflé mot de cette situation. Cela étant, il n'était pas vraiment inquiet à ce propos. Brown était aussi impliqué que lui dans cette affaire. Il n'avait certes pas tué cette salope cette nuit-là, plusieurs semaines auparavant, mais il avait indubitablement passé un bon moment avec elle. Il avait même tourné quelques vidéos pour sa collection personnelle.

Brown lui avait également rendu un fier service en lui faisant immédiatement savoir ce que son assistante lui avait dit.

Il avait besoin que Walter Brown soit ses yeux et ses oreilles à Washington, DC. Si la moindre rumeur à ce propos parvenait aux oreilles du président, Stryker savait qu'il serait renvoyé en un clin d'œil. Le président ferait son possible pour couvrir son propre cul, et si cela signifiait faire couler ses amis, il n'hésiterait pas.

— Je vais vous retrouver, Kinley Taylor, dit doucement Stryker en s'asseyant sur le cuir coûteux à l'arrière de sa voiture gouvernementale. Tu vas regretter d'avoir ouvert la bouche.

CHAPITRE ONZE

Les jours précédents avaient été étranges pour Kinley. Elle ne se sentait pas du tout coincée dans l'appartement de Gage. Cela ne lui faisait rien d'être seule, et il n'avait pas été difficile de promettre à Gage qu'elle n'irait nulle part, ne glisserait même pas un orteil à l'extérieur, quand il devait partir au travail. Il avait voulu poser des congés pour rester avec elle, mais elle lui avait fait signe de s'en aller après lui avoir promis qu'elle ne sortirait pour aucune raison que ce soit.

Son appartement était étonnamment confortable. Kinley se sentait généralement mal à l'aise dans l'espace de quelqu'un d'autre. Elle ne voulait rien toucher ou abîmer. Elle savait que cela venait du fait qu'elle avait passé trop de temps dans des familles d'accueil. Toutes les maisons dans lesquelles elle avait vécu ne lui avaient pas appartenu, et on lui avait crié dessus si souvent après avoir touché des choses qui ne lui appartenaient pas qu'elle avait appris à garder ses mains dans ses poches.

Mais l'appart de Gage était confortable. Il n'avait pas de bibelots chers disposés partout et tous les livres sur ses étagères étaient usés, comme s'il les avait lus plusieurs fois. Il avait des couvertures et des oreillers sur son canapé et, puisque c'était là qu'il dormait, ils avaient son odeur.

Le plus souvent, Kinley se prenait à sommeiller sur son canapé après son départ, se prélassant dans son odeur musquée. Parce qu'elle n'avait encore jamais dormi – ni fait autre chose – avec un homme, elle n'avait pas compris à quel point il pouvait être réconfortant de s'endormir avec une odeur masculine dans les narines. Mais c'était peut-être juste l'odeur de Gage qui avait la capacité de la calmer.

Un jour, lorsqu'elle s'ennuyait, elle avait réaménagé sa cuisine. Ce n'est qu'après coup qu'elle avait craint qu'il se mette en colère contre elle, mais il s'était contenté de lui sourire, l'avait serrée dans ses bras et l'avait remerciée.

Ils parlaient pendant des heures, depuis l'instant où il rentrait jusqu'à ce qu'ils aillent se coucher. Elle s'était confiée à lui et lui avait dit des choses qu'elle n'avait jamais racontées à personne. En retour, il lui racontait des histoires sur sa propre enfance. Et au lieu d'être triste de n'avoir pas personnellement connu une enfance stable, elle aimait le fait que *lui* en ait eu une. Elle appréciait déjà sa mère, mais apprendre qu'elle était vraiment une mère merveilleuse la faisait l'aimer encore plus.

Vivre avec un homme lui avait radicalement ouvert les yeux. Elle ne s'était jamais imaginé qu'elle serait à l'aise, mais quelque chose à propos de Gage rendait cette expérience... facile. Elle avait cru qu'ils allaient être à l'étroit et qu'elle dirait constamment des choses embarrassantes. Mais en réalité, ils avaient rapidement adopté une routine. Et cela semblait fonctionner parfaitement.

Il sortait ses vêtements le soir avant de se coucher et le matin, il allait discrètement dans la salle de bains de la chambre principale pour prendre sa douche. Le bruit de l'eau réveillait inévitablement Kinley et elle venait dans la cuisine pour allumer la cafetière avant de se blottir sous la couverture encore chaude du canapé où il dormait.

Gage s'excusait de l'avoir réveillée, prenait une tasse de café, puis il s'asseyait à ses pieds sur le canapé pour discuter de son emploi du temps de la journée. Il lui demandait de ne pas sortir, puis il la quittait. Kinley faisait une sieste, puis elle se levait pour aller prendre une douche. Gage retournait à la maison dans l'après-midi et ils décidaient de commander ou de préparer quelque chose ensemble. Son choix était toujours de cuisiner, parce qu'elle aimait s'affairer dans sa petite cuisine avec lui.

Ce jour-là était un samedi, et Gage avait la journée de libre. Étant bien ancrée dans ses habitudes, Kinley se réveilla à la même heure que les journées précédentes. Elle était réveillée sur le lit de Gage et se disait qu'il dormait sur le canapé de l'autre pièce. Elle avait essayé à nouveau de le convaincre de prendre son lit, mais il avait refusé en disant que le jour où elle le forcerait à quitter son canapé inconfortable pour qu'il prenne le lit serait le jour où il quitterait l'armée et ne serait plus un homme... Quoi que cela puisse signifier.

Sans un bruit, Kinley se glissa hors du lit et prit son oreiller. Elle entra d'un pas traînant dans la salle de séjour et observa Gage dormir pendant un moment. Il avait un bras au-dessus du visage et un pied émergeait de la couverture qui le recouvrait. Elle n'avait jamais pensé à ce qu'il portait pour dormir, mais à ce qu'elle en voyait, il paraissait être complètement nu.

Elle distinguait sa poitrine musclée là où la couverture avait glissé... et elle ressentit l'intense désir d'explorer les tatouages qu'elle voyait. Elle ne voyait pas plus de peau que s'ils avaient été à la plage ou à la piscine et qu'il portait un maillot de bain, mais puisqu'il dormait, cela semblait beaucoup plus intime.

La décision de venir le rejoindre sur le canapé ne lui avait pas semblé aussi étrange une seconde auparavant, mais à présent, elle avait des doutes. Elle aurait mieux fait de retourner dans sa chambre et de se rendormir. Elle ne voulait pas le réveiller au matin d'un des rares jours où il pouvait faire la grasse matinée.

— Kins ? Qu'est-ce qui ne va pas ? Tu vas bien ? demanda-t-il d'une voix endormie.

Bon sang. Elle avait dû faire un bruit qui l'avait réveillé.

— Je vais bien, lui dit-elle doucement. Je vais juste…

Elle désigna le couloir derrière elle.

— Viens ici, dit Gage en lui tendant la main.

Se mordant la lèvre, Kinley hésitait. Elle aurait voulu regagner d'un bond la sécurité de sa chambre, mais une autre partie d'elle voulait rester. Voulait prendre sa main et voir ce qui allait se passer.

Il ne dit rien d'autre. Ne lui mit absolument pas la pression. Étendu là, les cheveux en bataille, ensommeillé et tellement sexy !

Kinley fit un pas vers lui, plaçant sa main dans la sienne.

La satisfaction sur le visage de Gage était évidente, mais il ne dit rien. Il la tira vers le bas pour qu'elle se retrouve assise devant lui.

— Lâche l'oreiller, tu ne vas pas en avoir besoin. Allonge-toi, ma belle.

Comme en transe, Kinley leva les pieds pour les poser sur le canapé. Gage passa son bras autour de sa taille et l'attira contre lui jusqu'à ce qu'ils se retrouvent si étroitement collés l'un contre l'autre qu'elle ne savait pas où elle s'arrêtait et où il commençait.

Elle était allongée toute raide dans ses bras, se demandant ce qu'elle était censée dire.

— Rendors-toi, murmura-t-il.

Et elle frissonna quand son souffle chaud caressa la peau sensible de son cou.

Me rendormir ? Était-il sérieux ?

Elle sentit son nez s'enfoncer dans ses cheveux pendant une seconde et il lui dit :

— Tu sens toujours tellement bon.

— C'est plutôt à moi de dire ça, laissa-t-elle échapper.

Il ricana et lui pressa la taille.

— Tu es à l'aise ?

Elle y réfléchit une seconde avant de hocher la tête.

— Il nous reste encore une heure et demie avant qu'on se lève et qu'on commence à nous préparer, lui dit-il.

Kinley hocha la tête. Ils se rendaient au nouvel appartement de la sœur de Grover. Il y avait eu un problème avec la livraison de ses affaires, et elles avaient été retenues quelque part. Elles étaient enfin arrivées ce matin-là et tout le monde allait l'aider à s'installer.

Kinley n'était pas ravie. Elle aimait se cacher dans l'appartement de Gage. Cela faisait très longtemps qu'elle ne s'était pas sentie aussi en sécurité. En plus, elle ne faisait jamais une bonne première impression, alors elle n'avait pas vraiment hâte de rencontrer Devyn. Elle savait que l'autre femme était grande, blonde et belle, et Kinley n'avait pas eu de très bonnes expériences avec ce genre de femmes. Mais elle aurait préféré qu'on lui arrache les ongles un à un plutôt que de l'avouer à Gage... ou à Grover.

— Je garderai un œil sur toi en permanence, dit Gage, se méprenant sur sa tension.

— Je ne m'inquiète pas pour ça, avoua Kinley.

— C'est bien. Parce que tant que tu es avec moi, tu es en sécurité.

Il l'avait répété encore et encore au cours des derniers jours, et Kinley n'en doutait pas une seconde.

— Je sais, lui dit-elle.

— Alors, qu'est-ce qui te dérange ?

— Rien, vraiment. Je pensais simplement à aujourd'hui. Et... euh... tu es à ton aise ? demanda-t-elle, essayant de changer le sujet.

Il s'immobilisa derrière elle, puis il retira son bras de sa taille et réussit à mettre un peu d'espace entre eux.

— Merde, murmura-t-il. Je n'avais pas réfléchi. Je suis désolé. Je ne voulais pas te serrer contre moi comme ça ou faire pression sur toi. Retourne te coucher, on n'est pas forcés de se lever tout de suite.

Le cœur de Kinley se serra. Elle n'avait pas voulu lui faire croire qu'elle n'aimait pas être à ses côtés. Elle était vraiment nulle. Apparemment, elle disait toujours la mauvaise chose au mauvais moment.

Sans y penser, elle se tourna de l'autre côté jusqu'à ce qu'elle se retrouve face à lui. Elle glissa en avant et fourra un bras sous son corps et l'autre autour de sa taille. Puis elle se tortilla jusqu'à ce que son nez se retrouve appuyé contre son cou. Elle s'accrochait à lui comme s'il était un ours en peluche géant.

— Kinley ? demanda-t-il d'un ton incertain.

— Je ne veux pas retourner au lit, affirma-t-elle. Je suis bien ici.

— Dieu merci, murmura Gage avant de resserrer les bras autour d'elle. Il se déplaça jusqu'à ce qu'il se retrouve sur le dos et qu'elle soit pressée contre son côté, à moitié couchée sur lui et à moitié à côté de lui. Ils étaient serrés sur le canapé, mais Kinley ne s'en souciait pas.

Il se décala encore, jusqu'à ce qu'elle sente sa couverture les recouvrir tous les deux. Maintenant, elle était blottie contre lui. Son odeur l'entourait et la chaleur de son corps s'unissait à la sienne. Hormis son boxer, il était nu... et elle n'avait jamais ressenti une sensation aussi plaisante.

— C'est mieux ? demanda-t-il quand elle poussa un soupir de contentement.

Elle hocha la tête contre son épaule. Kinley aurait voulu mémoriser ce moment, mais être dans ses bras était comme une drogue. Ses yeux se fermèrent et elle se sentit épuisée.

— Dors, Kins.

— *Hum*, marmonna-t-elle profondément dans sa gorge.

Elle crut l'entendre ricaner, mais elle s'endormir avant de pouvoir vraiment enregistrer.

Lefty était bien éveillé.

Il était fatigué. Il n'avait pas vraiment assez dormi. Tous les petits bruits l'avaient fait se rasseoir, juste au cas où quelqu'un essaierait d'entrer dans son appartement pour s'en prendre à Kinley.

Brain menait des recherches poussées pour trouver des réponses, et pour le moment, cela n'avait guère donné de résultats. Dans quelques jours, Cruz Livingston, l'agent du FBI, viendrait à Killeen depuis San Antonio pour entendre en personne l'histoire de Kinley. Lefty ne savait pas ce qui se passerait ensuite, mais il jurait de rester aux côtés de Kinley à chaque étape du processus.

Il n'avait encore jamais vécu avec une femme. Il n'en avait jamais eu l'envie. Mais il devait l'admettre, rentrer à la maison après avoir travaillé toute la journée était vraiment beaucoup mieux avec Kinley dans son appartement. Son sourire timide et accueillant faisait disparaître toute la douleur de l'entraînement avec son équipe. Il aimait s'affairer dans la cuisine avec elle. Elle n'était pas la meilleure cuisinière du monde, mais encore une fois, lui non plus.

Elle avait juré qu'elle était parfaitement contente de pouvoir se cacher chez lui, et il n'avait pas vu de signes indiquant qu'elle mentait.

Kinley n'avait pas vraiment les mêmes intérêts que la plupart des femmes. Elle n'avait pas mentionné avoir besoin d'acheter des vêtements ; elle n'avait apporté que quelques tenues avec elle, mais semblait apprécier de porter ses T-shirts trop grands par-dessus ses leggings. Et, bien sûr, il n'allait pas se plaindre. Il aimait la voir porter ses vêtements. C'était peut-être le Néandertal en lui, mais la voir flotter sans T-shirt trop grand faisait qu'une partie de lui grondait d'approbation.

Elle ne voyait aucun inconvénient à rester dans son appartement toute la journée et se distraire toute seule. Cela n'avait pas l'air de lui taper sur le système. C'était une femme qui était heureuse d'être toute seule, et c'était quelque chose qu'il n'avait pas connu auparavant. Cela lui plaisait.

Plus il passait de temps avec elle, plus Lefty était intrigué, et plus le lien qu'il avait ressenti en Afrique et à Paris grandissait. Il aimait lui parler de tout et de rien. Elle s'était ouverte sur son enfance, et avoir entendu plus de détails lui avait serré le cœur. S'il existait quelqu'un qui avait prié pour que quelqu'un l'aime, c'était bien Kinley.

Lorsqu'elle avait insisté, il lui avait raconté quelques histoires sur sa propre famille, et bien qu'il se sente coupable d'avoir eu le privilège d'être aussi gâté, elle lui avait dit qu'elle était heureuse d'entendre que son enfance avait été aussi heureuse.

Cela ne faisait que quelques jours, mais Lefty ne savait pas comment il avait pu vivre jusque-là sans la voir tous les jours. Elle le faisait rire, mais elle calmait également quelque chose de profond en lui.

Mais la sérénité qu'il avait pu ressentir au cours des derniers jours disparut complètement à la seconde où il la prit dans ses bras sur le canapé.

Il l'avait beaucoup touchée. Des étreintes, un bras autour de son épaule, ses mains sur sa taille alors qu'il la faisait se déplacer dans la cuisine étroite... Mais ce n'était rien comparé à cela.

Elle portait un autre de ses T-shirts, mais ses jambes étaient nues. Il les sentit se mêler aux siennes et dut se retenir de ne pas les écarter pour presser sa verge dure comme de la pierre entre ses jambes.

Elle est vierge, se disait-il à lui-même. Il ne pouvait rien faire qui pourrait lui faire peur. En outre, il avait promis de bien se tenir.

Les inspirations lentes et égales de Kinley étaient chaudes contre sa poitrine, et il la serra plus fort. Il se sentait plus satisfait et comblé de la tenir juste comme ça qu'après avoir couché avec n'importe laquelle des autres femmes qu'il avait connues avant.

Lefty ne le comprenait pas, mais il décida de ne pas trop y

réfléchir. Il n'avait pas eu l'intention de la presser, de l'étreindre, mais à présent qu'elle était là, il ne savait pas comment il serait un jour capable de s'endormir sans la tenir dans ses bras.

L'heure et demie qu'ils avaient avant d'être contraints de se lever s'écoula trop rapidement. Lefty était resté éveillé durant tout ce temps, souhaitant que l'horloge s'arrête, et il aurait pu l'étreindre pour toujours.

L'alarme de son téléphone sonna, et Lefty se pencha pour le prendre sur la table à côté du canapé et l'éteindre. Kinley se pencha et se blottit plus près de lui.

— Tu n'es pas du matin ? demanda-t-il.

Elle haussa les épaules.

— Mais tu t'es levée en même temps que moi tous les jours cette semaine.

— Et je me suis rendormie immédiatement sur le canapé après ton départ, marmonna-t-elle.

Lefty ricana.

— Le canapé ? Alors que tu as un lit parfait ? la taquina-t-il.

— Ça a ton odeur, dit-elle doucement.

Lefty ferma brièvement les yeux et invoqua toute sa volonté pour ne pas se tourner et la piéger sous lui.

Vierge, vierge, vierge, entonna-t-il à lui-même.

— J'admets que j'aime que ma chambre sente ton odeur maintenant, lui dit-il.

Elle leva la tête et il sourit. Ses cheveux étaient emmêlés, aplatis d'un côté et ébouriffés de l'autre. Rester allongée sur lui avait fait un pli sur la joue et son regard ensommeillé était flou.

— Je ne suis pas prête pour... tu sais. Mais j'ai vraiment aimé ça, dit-elle en pointant le menton vers sa poitrine.

Il sourit. Elle ne s'exprimait pas très bien au réveil. Il faudrait qu'il s'en souvienne. Mais à quoi bon se mentir ? Impossible qu'il oublie quoi que ce soit d'elle.

— Ça me plaît aussi, dit-il. Mais quoi qu'on fasse... ou ne fasse pas, c'est toi qui décides.

Il vit son regard perdre son flou quand elle braqua les yeux sur lui.

— Je... Tu penses qu'on peut essayer le lit ce soir ? Je veux dire que si tu n'aimes pas ou si c'est trop inconfortable pour vous, ça va, je peux...

Lefty posa son doigt sur ses lèvres.

— Ça me plairait. Beaucoup.

— Je ne suis pas une allumeuse, dit-elle sérieusement après avoir écarté sa bouche de son doigt.

— Je le sais bien. Je peux me contrôler, Kins. Tu vas paniquer si tu sens mon érection contre toi ? Parce que si je suis capable de contrôler où je mets mes mains et ce qu'on fait au lit, je ne pourrais pas contrôler ma réaction à ton égard.

Elle rougit, mais elle ne rompit pas le contact visuel.

— Je ne vais pas paniquer, lui dit-elle. Je suis peut-être vierge, mais j'ai... euh... vu des images, des vidéos et des trucs. Je sais comment fonctionne le sexe. Et j'ai eu des orgasmes et utilisé des jouets.

Lefty inspira profondément et ferma de nouveau les paupières. S'imaginer la femme qui se trouvait dans ses bras jouant avec elle-même et utilisant un vibromasseur faillit la faire basculer. Il n'était pas branché porno, ne trouvant pas cela excitant du tout, mais en regarder avec Kinley ? Oui, il pourrait vraiment être à fond là-dedans.

— Gage ? demanda-t-elle en se reculant légèrement.

Il resserra le bras et l'empêcha de s'éloigner de lui davantage. Il ouvrit les paupières et sut qu'il avait probablement les prunelles dilatées. Sa verge était dure et prête à baiser, mais il fit de son mieux pour l'ignorer pour l'instant.

— C'est bien, lui dit-il. Je peux gérer le fait que tu sois vierge, mais la pensée de devoir *tout* t'enseigner est un peu intimidante.

Elle sourit timidement.

— Je dois me lever et me doucher si on veut arriver à l'appartement de Devyn à temps ce matin, dit-il.

Elle cessa de sourire.

— Oh... d'accord.

Lefty se pencha en avant et frotta son nez derrière son oreille, allant jusqu'à lécher sa peau avant de lui mordiller le lobe de l'oreille.

— Je vais avoir besoin de plus de temps dans la douche ce matin pour m'occuper d'un... truc. T'avoir dans les bras pendant cette dernière heure et demie a été la plus douce des tortures.

Il leva la tête et regarda Kinley.

Elle rougissait toujours, mais elle dit :

— Je crois qu'une douche super longue sera nécessaire pour moi aussi. Tu sais... juste pour m'assurer d'être propre avant de rencontrer la sœur de Grover.

Lefty grogna et une autre vision d'elle debout dans la douche, toute mouillée, une main entre ses jambes, était suffisante pour que sa verge se contracte d'excitation.

— Lève-toi, femme. Commence à faire le café. Détends-toi un moment. Et Devyn va t'adorer. Tu veux savoir comment je le sais ?

— Comment ?

— Parce que tu es toi.

Lefty se rassit ensuite avec Kinley dans ses bras et il l'installa sur le coussin à côté de lui. Sa verge était toujours dure, mais il fit de son mieux pour ignorer la façon dont elle le dévorait des yeux de la poitrine jusqu'aux genoux. Il resta debout pendant un moment, appréciant la façon dont ses propres pupilles se dilataient alors qu'elle le dévorait du regard.

— Tu aimes ce que tu vois ? demanda-t-il.

Il n'était pas généralement timide à propos de son apparence, mais c'était Kinley. Son opinion lui importait.

Elle s'humecta les lèvres et hocha la tête.

Lefty ne put résister à l'envie de la toucher à nouveau avant de se retirer dans sa salle de bain pour aller faire sa petite affaire. Il fit courir ses doigts le long de sa joue puis lui saisit la nuque. Il se pencha et lui embrassa le front, puis il lui frôla la joue du bord des lèvres.

— Je reviens vite, lui dit-il avant de quitter rapidement la pièce, faisant de son mieux pour penser à autre chose qu'à la douceur de la peau de Kinley et à quel point il avait besoin qu'elle reste dans sa vie de manière permanente.

Kinley ne savait pas comment elle avait survécu à la matinée. D'abord, elle avait dormi dans les bras de Gage. Elle n'avait jamais mieux dormi et n'avait jamais été aussi à son aise. Elle n'avait aucune idée que dormir avec un homme pouvait être aussi bon. Mais elle avait le sentiment que c'était si confortable simplement parce qu'elle était dans les bras de Gage.

Puis il y avait eu son aveu embarrassant sur la masturbation. Elle aurait pu mourir sur place, mais Gage avait réussi à ne pas le rendre gênant, surtout lorsqu'il avait admis qu'il allait se branler sous la douche.

Elle avait vu son érection – impossible de ne pas la voir – sous le boxeur qu'il portait, et elle l'avait à la fois impressionnée et absolument terrifiée. Elle n'était pas une experte, mais sa taille était impressionnante. Elle avait espéré perdre sa virginité avec une personne ayant un pénis plus petit que la moyenne, mais celui de Gage était bien loin d'être minuscule.

Au final, elle avait été trop gênée pour se masturber sous sa douche, mais elle avait vraiment considéré la chose. Et Gage, fidèle à lui-même, n'avait pas rendu la situation embarrassante une fois qu'ils s'étaient habillés. Ils avaient siroté leur café et il lui avait fait griller un bagel qu'il avait tartiné d'une double dose de fromage à la crème, comme elle aimait.

Ils arrivèrent à l'appartement de Devyn et débarquèrent en plein milieu de la troisième Guerre mondiale. Du moins, c'était l'impression qu'elle en avait. Grover n'était pas satisfait du choix d'immeuble de sa sœur, disant que ce n'était pas sûr.

Devyn, quant à elle, avait dit à son frère qu'il était autoritaire et ridicule, qu'elle avait 29 ans et qu'elle pouvait se débrouiller toute seule.

Ces chamailleries entre frère et sœur étaient plutôt drôles. Et plus Kinley les regardait faire, plus elle était jalouse. Elle aurait donné n'importe quoi pour avoir un frère ou une sœur. Surtout un frère comme Grover. Il était surprotecteur et son inquiétude pour Devyn était évidemment une marque d'amour. Elle avait eu beaucoup de frères et sœurs d'adoption au fil des ans, mais personne ne s'était inquiété pour elle comme Grover le faisait de toute évidence pour Devyn.

Gillian était aussi venue pour prêter main-forte, et Gage avait ordonné aux deux femmes de rester à l'intérieur pour aider à positionner les cartons. Cela ne dérangeait absolument pas Kinley, et cela l'aiderait à rester hors de la vue de ceux qui pourraient lui faire du mal. Pendant des heures d'affilée, elle était capable d'oublier que quelqu'un était probablement dans la nature, à sa recherche – *pour la tuer* – à cause de ce qu'elle avait vu. Mais elle redoutait de sortir de la sécurité de l'appartement de Gage et elle restait super en alerte envers tout ce qui paraissait sortir de l'ordinaire.

Elle était présentement assise sur une chaise dans le coin de la petite salle de séjour, restant à l'écart et regardant Devyn donner des ordres aux garçons, leur expliquant où ils devaient poser ses affaires.

Si elle n'avait pas regardé l'autre femme au moment exact où elle s'étirait pour retirer un carton d'une pile que Grover venait d'apporter, elle ne l'aurait pas vu.

Mais le gros bleu sur les côtes de Devyn était immanquable.

Il était jaune et apparemment presque guéri, mais Kinley savait que ce qui l'avait causé devait avoir été terriblement douloureux.

Elle inspira fort. Devyn et Grover ne l'entendirent pas alors qu'ils disparaissaient dans une pièce, se chamaillant encore.

Mais l'attention de Lucky fut piquée.

— Qu'est-ce qui ne va pas ? demanda-t-il.

— Qu'est-il arrivé à Devyn ?

Lucky plissa les yeux.

— De quoi tu parles ?

Kinley hésita en entendant le ton de sa voix.

— Euh... Ça ne me regarde vraiment pas. C'est simplement que j'ai été surprise par la taille du bleu sur ses côtes. Il est énorme.

Kinley ne manqua pas la fixité qui s'empara du visage de Lucky.

— De quel côté ?

— Le droit. Il semble presque guéri maintenant, mais il est assez gros.

— Je vais lui poser la question et m'assurer qu'elle va bien, dit Lucky.

Kinley n'était pas certaine que ce soit la meilleure idée du monde, car ce n'était vraiment pas *son* affaire non plus, mais elle aimait le voir s'inquiéter pour elle.

— Je n'ai guère eu l'occasion de lui parler aujourd'hui, mais elle me plaît.

Lucky semblait à présent distrait, mais il dit :

— Je suis sûr qu'elle t'apprécie aussi.

Puis il s'éloigna à grands pas.

— Salut, Kinley, tu veux bien venir m'aider ? demanda Gillian. Je jure que Devyn a huit mille tasses... Mais deux assiettes.

Kinley hocha la tête et se redressa, toujours inquiète à propos du bleu qu'elle avait vu sur le flanc de Devyn. Une fois, on lui avait donné des coups de pied dans un de ses foyers d'accueil, et elle avait eu mal pendant des semaines. L'autre femme ne bougeait pas comme si elle avait mal, mais elle avait le sentiment que Devyn était bien plus que cette personne joviale qu'elle prétendait être. Gage lui avait déjà dit qu'elle avait eu une leucémie quand elle était enfant, ce qui aurait marqué n'importe qui.

Deux heures plus tard, Kinley était assise sur le canapé avec Devyn et Gillian, tandis que tous les mecs étaient ailleurs. Brain, Oz et Doc avaient pris congé et étaient rentrés chez eux. Grover et Gage apportaient les cartons déchirés à la station de recyclage, Trigger était allé acheter de la nourriture et Lucky était assis dans sa voiture dans le parking, gardant un œil sur le bâtiment juste au cas où. Gage n'avait pas voulu la laisser sans protection, donc Lucky s'était porté volontaire pour rester et surveiller l'appartement. Quand il s'était installé sur une chaise dans le coin du salon, Devyn lui avait jeté un regard noir et avait désigné la porte du doigt.

Étonnamment, Lucky n'avait pas protesté, mais avant de partir, il avait lancé à Devyn un regard que Kinley fut incapable d'interpréter.

Kinley avait été nerveuse de rencontrer Devyn, mais celle-ci s'était avérée être très terre à terre. En effet, elle était super belle, mais elle ne se comportait pas comme les filles populaires qu'elle avait connues au lycée. Avec son mètre quatre-vingt, Devyn était grande et vraiment assez jolie pour être mannequin, mais elle ne semblait pas gênée d'être en sueur et d'arborer un chignon désordonné.

Kinley se sentait coupable d'avoir jugé Devyn avant de la connaître. Elle avait été accueillante et amicale depuis qu'on les avait présentées.

— Tu veux bien nous dire ce qu'il se passe entre toi et Lucky ? demanda Gillian en se calant sur les coussins du canapé.

— Non, grommela Devyn.

— Je sais qu'on vient à peine de se rencontrer, mais je connais Lucky depuis un certain temps, et il est généralement le mec le plus heureux du monde. C'est difficile de le déstabiliser. Mais il a vraiment l'air de l'être.

— Il m'a prise entre quatre yeux et m'a posé des questions qui m'ont mise mal à l'aise, admit Devyn à contrecœur.

Gillian redressa l'échine, alarmée.

— Il t'a harcelée ? demanda-t-elle.

Devyn soupira et secoua la tête.

— Non, pas comme ça.

— Je suis désolée, lâcha Kinley, comprenant de quoi Devyn parlait. Je ne voulais pas te mettre mal à l'aise. Je lui ai parlé du bleu sur tes côtes.

Devyn se tourna vers elle et Kinley fit de son mieux pour se retenir de se recroqueviller.

— *Tu* lui en as parlé ? Mais comment es-tu au courant, d'ailleurs ?

— Je l'ai vu quand tu t'es étirée pour prendre un carton. Je veux dire, ce ne sont pas mes affaires. Je me suis juste souvenue que quand j'avais environ 15 ans, l'un des enfants de la maison d'accueil dans laquelle j'étais ne m'aimait pas. Il a demandé à ses amis de me tenir et il m'a donné un coup de pied, vraiment fort. Il aurait continué à me faire du mal, mais mon père d'accueil est arrivé à la maison et il a dû me lâcher. Je n'en ai pas soufflé mot parce que ça aurait rendu ma vie encore pire, mais j'ai eu un bleu pareil, et ça m'a fait super mal pendant très longtemps.

Kinley savait qu'elle babillait, mais la dernière chose qu'elle voulait, c'était que l'autre femme la déteste.

— Je m'inquiétais pour toi. Tu as transporté des cartons et des trucs toute la journée. Je ne l'ai pas dit à Grover parce que c'est ton frère et qu'il n'aurait probablement pas été content du tout. Je n'avais pas prévu que Lucky allait réagir comme ça. Je suis *vraiment* désolée.

Elle retint son souffle pendant que Devyn la regarda dans les yeux pendant un long moment.

— Qu'est-il arrivé à ton frère adoptif ?

Kinley fronça le nez.

— Qu'est-ce que tu veux dire ?

— Je veux dire, lui et ses amis t'ont agressée. Que leur est-il arrivé ?

— Rien. Je n'en ai parlé à personne, mais j'avais discuté avec mon assistante sociale pour la prier de me transférer dans un autre foyer. Bien entendu, il n'y avait *pas* d'autre foyer, parce que la plupart des gens ne veulent pas accueillir des adolescents. Je lui ai dit que je préférerais être dans un foyer à plusieurs plutôt que de retourner là où il y avait ce garçon qui me détestait. Elle a été d'accord et j'ai déménagé dans la semaine.

Kinley avait entendu Gillian marmonner : « bon sang », mais elle garda les yeux braqués sur Devyn.

— Je vais bien, dit Devyn à voix basse. Merci de ne pas l'avoir dit à Fred. Il aurait pété un plomb.

Pendant une seconde, Kinley fut déboussolée, puis elle se rendit compte que Fred devait être le vrai nom de son frère.

— Parce que Lucky ne l'a *pas* fait ?

Devyn pouffa.

— Certes. Mais plus sobrement que ce que mon frère aurait fait.

— Que s'est-il passé ? demanda Gillian.

Comme Devyn ne disait rien, Gillian tenta à nouveau sa chance :

— Je sais que tu ne nous connais pas, mais rien de ce que tu pourras nous dire ne *nous* fera flipper. J'ai été prise en otage et failli être abattue, et Kinley est en cavale après avoir assisté aux derniers instants de la dernière victime d'un tueur en série.

Les yeux de Devyn faillirent lui sortir de la tête.

— Tu es sérieuse ?

— Malheureusement, oui. Maintenant, raconte-nous tout avant que les garçons reviennent avec la bouffe.

Devyn soupira puis déclara :

— Ce n'est pas très important. Mon ex-patron au Missouri a décidé que je lui plaisais. Et quand j'ai refusé plusieurs fois quand il m'a proposé qu'on sorte ensemble, il s'est mis en colère. Il s'est comporté comme un con au travail. Puis un jour, quand je ne me suis pas déplacée assez rapidement à son goût, il m'a poussée. Je me suis cognée à une table d'examen et je suis tombée. Puis il a donné un coup à un petit tabouret à roulettes, qui m'a frappée au même endroit que la table. Mais je vais bien. J'ai démissionné dans la seconde et maintenant, je suis ici.

Kinley lui adressa une grimace de sympathie.

— Quel connard, murmura Gillian.

— Ouais, en convint Devyn.

Kinley aurait voulu poser une centaine de questions. En commençant par : pourquoi Devyn était-elle venue au Texas ? Bien sûr, son frère était ici, mais elle avait 29 ans et était assez vieille pour ne pas se dissimuler derrière un grand frère. Elle avait également un autre frère plus âgé qui vivait dans la même petite ville du Missouri où elle avait vécu. Et pourquoi ne pas porter plainte contre son patron ? De tout ce que Grover lui avait dit dans la journée, Devyn était une assistante vétérinaire super douée qui aurait pu obtenir un emploi n'importe où, même au Missouri.

Mais au lieu de formuler les questions qui tourbillonnaient dans sa tête, elle garda le silence. Gillian et elle étaient des étrangères pour Devyn, et il était peu probable qu'elle s'ouvre. C'était déjà assez incroyable qu'elle leur ait dit comment elle s'était fait ce bleu.

— Eh bien, je suis désolée. Mais je pense que tu vas vraiment aimer vivre ici. J'ai découvert que les gens du Texas sont généralement plus sympas que dans d'autres régions du pays. Bien sûr, nous avons nos connards et nos problèmes, mais la plupart du temps, tu découvriras que les gens ont envie de t'aider plutôt que de te faire du mal. Et il va sans dire que Kinley et moi sommes ici si tu as envie de parler ou simplement de glander ensemble.

— Merci, j'apprécie, répondit Devyn.

Pile alors, ils entendirent la porte d'entrée s'ouvrir. Kinley se tendit jusqu'à ce qu'elle entende la voix de Gage :

— On est de retour !

Même si elle appréciait Gillian – et maintenant Devyn –, c'était un peu inquiétant de passer du temps avec elles parce que Kinley savait qu'elle les mettait en danger. La personne qui avait essayé de la tuer était toujours dans la nature. Et plus il s'écoulait de temps et plus elle s'attardait dans un endroit, plus il serait facile pour lui de la trouver... s'il ne l'avait pas déjà fait.

La dernière chose qu'elle voulait était que quelqu'un d'autre souffre à cause de ce qu'elle avait vu. Plus vite elle parlerait à l'ami de Gage qui bossait pour le FBI, mieux ce serait. Elle aurait simplement voulu que tout cela soit terminé, mais elle savait au fond d'elle qu'il faudrait très longtemps avant qu'elle ne retrouve son existence ennuyeuse.

⁎⁎⁎

Ce soir-là, Lefty observa Kinley de près. Quelque chose la dérangeait, et il espérait vraiment qu'elle ne soit pas nerveuse à propos de la nuit à venir. Elle n'avait pas paru inquiète ce matin-là, quand elle lui avait demandé de dormir dans son lit avec elle, mais elle était peut-être en train de se raviser.

— Ça va ? lui demanda-t-il quand elle se rassit sur le canapé après s'être redressée pour la dixième fois. Tu sembles... nerveuse. Si tu as changé d'avis pour l'endroit où on va dormir ce soir, je ne vais pas me mettre en colère.

— Ce n'est pas ça. Je suis... Je suis à la fois impatiente et nerveuse de parler à ton ami du FBI.

Lefty soupira.

— J'aimerais vraiment arranger tout ça pour toi. Le faire disparaître.

— Je sais. Mais tu ne peux pas. J'ai bien vu ce que j'ai vu, et je ne peux pas tout bonnement l'oublier. Surtout puisque, lorsque j'étais en foyer d'accueil, personne ne m'a jamais *vue*.

— Si je t'avais connue à l'époque, je l'aurais fait, dit fermement Lefty.

Kinley lui sourit et secoua tristement la tête.

— Ce n'est pas vrai. Et ce n'est pas grave. Je suis bizarre, mais j'étais encore plus bizarre à l'époque. En outre, je ne te le dis pas pour faire pleurer dans les chaumières, mais j'essaie d'expliquer ce que je ressens.

— Désolé, continue, dit Lefty. Tu crois que je peux te tenir dans mes bras pendant ce temps ? Je crois que je ne vais pas aimer cette histoire.

Sans hésitation, Kinley se décala et se colla à lui. Lefty passa son bras autour de ses épaules et l'attira contre lui.

— On s'est beaucoup moqué de toi, commença Kinley. J'étais l'orpheline bizarre avec personne pour me défendre. Je n'avais pas d'amis ni de famille. J'ai été une cible facile. On s'est moqué de moi tous les jours pendant douze ans. J'ai continué à être particulière à l'université, donc les taquineries se sont poursuivies, mais ce n'était pas aussi méchant, parce que les autres avaient plus envie de passer leurs examens ou coucher avec des filles. Quoi qu'il en soit, quand j'étais en seconde, il y avait ce garçon qui était particulièrement méchant. Chaque jour, il faisait tomber mes livres ou trouvait quelque chose chez moi dont il pouvait se moquer. Mes chaussures, mes cheveux, mes vêtements, n'importe quoi. J'étais malheureuse, mais je l'ai toléré.

» Un jour, ce garçon m'a poussée tellement fort que je suis tombée contre le mur et me suis cogné la tête. Il s'est moqué de moi avant de me tourner le dos et de partir avec son groupe d'amis. Il y avait au moins une douzaine de personnes qui m'ont vue avoir mal. Personne n'a proposé de m'aider. Personne n'est allé voir le principal à propos de ce garçon. Personne n'a voulu s'impliquer et risquer de s'attirer ses foudres.

» Je ne veux pas être comme ces gens-là. Ce serait plus facile si j'ignorais ce que j'ai vu à Paris et poursuivais le cours de ma vie. Mais alors je serais comme ces gamins à mon collège. Je ne peux pas aider Émilie... ou les autres victimes. C'est trop tard pour elles. Mais je *peux* aider la fille suivante. J'ai peur, Gage. Je ne veux pas le faire... mais je dois le faire.

Lefty n'avait jamais été aussi fier de quelqu'un de toute sa vie.

— Ce n'est pas facile de faire la bonne chose, lui dit-il doucement en lui embrassant la tempe. C'est vraiment difficile. Mais je ne te demanderais jamais de garder le silence. Même si cela signifierait te protéger. Parce que je sais que ça te fera du mal... mentalement. Je déteste te savoir impliquée, mais je suis terriblement fier que tu refuses de céder. Je ferai tout ce qu'il est possible de faire pour t'aider à traverser cette histoire. Un jour à la fois, ma belle. C'est ce qu'on va faire. D'accord ?

— OK, dit-elle doucement.

— Je pense que Cruz sera là après-demain. Tu vas lui dire ce que tu as vu, et alors on verra ce qu'on va faire.

— Je ne veux pas que tu sois mon baby-sitter, dit-elle.

— Tu es une femme adulte, tu n'as pas besoin d'une baby-sitter, lui dit Lefty.

— Certes, et pourtant tu passes tout ton temps libre enfermé ici avec moi. Je sais que ce n'est pas vraiment ton idée du bon temps.

— Regarde-moi, dit Lefty d'un ton sévère.

Il attendit qu'elle lève la tête et lui offre son attention avant de continuer :

— J'*aime* être dans mon appartement avec toi. Je sais que tu ne te vois pas comme ça, mais tu es intéressante et drôle. Tu es apaisante. Je n'ai jamais eu hâte de rentrer chez moi après le travail, simplement parce que mon appart me paraissait toujours sombre et froid. Mais maintenant, j'ai hâte qu'on me laisse partir à la fin de la journée pour pouvoir revenir à *toi*. Je n'ai pas besoin que tu m'aies préparé un dîner à mon retour, que tu fasses ma lessive ou que tu nettoies. Te voir assise sur mon canapé, à me sourire quand je passe la porte, suffit à me rendre reconnaissant que tu sois venue au Texas.

Elle le dévisagea d'un air sceptique.

Lefty ricana.

— Je ne mens pas, Kins. J'*aime* bien t'avoir dans mon espace.

— Je ne veux pas craindre de quitter ton appartement, et pourtant c'est encore le cas.

L'estomac de Lefty se serra. Il détestait le fait qu'elle ressente cela. Il l'invita à reposer à nouveau la tête contre lui.

— Tu n'es pas prisonnière ici. J'ai juste besoin que tu sois très prudente. On a garé ta voiture à quelques pâtés de maisons d'ici, devant un autre complexe d'appartements, juste pour être sûrs. Mais si tu veux sortir, je ne vais pas te dire non. Comme je l'ai dit plus tôt, tu es adulte. Et tu as réussi à quitter Washington pour venir au Texas en toute sécurité.

— Mais c'est exactement ça ! Plus longtemps je resterai au même endroit, plus la personne qui a essayé de me tuer aura des chances de me retrouver.

Lefty hocha la tête.

— Je sais.

Et c'était vrai. Une partie de lui *voulait* l'enfermer dans son appartement et ne jamais la laisser partir. Mais il ne pouvait pas le faire.

— Je voudrais pouvoir rester avec toi vingt-quatre heures sur vingt-quatre. Même si je pense que tu finirais par me détester parce que tu te lasserais vraiment que je te regarde comme un chiot amoureux et te suive partout.

Il lui pressa les épaules, lui faisant savoir qu'il plaisantait... ou presque.

— Mais j'ai du boulot. Mon supérieur est relativement compréhensif, mais je ne suis pas sûr qu'il me laisserait larver à la maison jusqu'à ce que cette histoire avec l'ambassadeur soit réglée.

— Je ne te demanderais jamais une chose pareille, dit Kinley.

— Je sais que tu ne le ferais pas. Mais je finirai bien par être contraint de partir en mission. Tu seras seule et tu devras sortir pour acheter de la nourriture et d'autres choses.

— Je dois aussi déterminer ce que je vais faire en termes d'argent, dit-elle.

— Pour l'instant, tu n'as pas besoin de t'en inquiéter, déclara fermement Lefty.

— Comment peux-tu dire une chose pareille ? demanda-t-elle en s'écartant à nouveau de lui. Je dois manger. Et je ne peux pas dormir dans ton lit pour toujours.

— Pourquoi pas ?

Il avait laissé échapper ces deux mots sans réfléchir et poussa un soupir.

— Écoute, tu sais déjà à quel point j'aime t'avoir ici. Ce n'est pas exactement une souffrance. Et ce n'est pas comme si tu me mettais sur la paille. J'ai beaucoup d'argent, Kins. Assez pour que tu puisses te terrer ici jusqu'à ce qu'on trouve quoi faire. Entretemps, Gillian a dit que tu l'avais aidée à passer des appels téléphoniques et à négocier. Elle peut peut-être t'embaucher à temps partiel.

Kinley cligna des yeux puis fronça les sourcils.

— Je ne lui demanderais jamais d'argent pour l'aider.

— Et c'est pour ça qu'elle insistera probablement pour te payer, rétorqua-t-il. Écoute, tout ce que je dis est que tu n'as pas à tout résoudre tout de suite. Reste ici avec moi. Sans condition.

— À la seconde où tu te lasseras de moi, il faudra que tu me le dises, dit Kinley d'un ton sérieux.

Lefty ne put s'empêcher d'éclater de rire.

— Ne te moque pas de moi, dit Kinley.

— Je ne le fais pas, lui dit Lefty. Je ne le ferai *jamais*. Mais penser que *je* puisse me lasser de *toi* est hilarant. Tu es tellement discrète que ce n'est même pas drôle. Je dirais qu'il y a des moments où j'oublie que tu es ici, mais ce serait un mensonge. Même lorsque tu lis tes livres et qu'on ne s'échange pas un mot pendant des heures, j'ai tout de même particulièrement conscience que tu es ici avec moi.

Kinley s'humecta les lèvres.

— Je ressens la même chose à ton sujet. Pour quelqu'un qui a été seul toute sa vie, je pensais que ce serait difficile de vivre avec quelqu'un d'autre. Mais ce n'est pas le cas. J'aime lever les yeux de mon livre et te voir assis à côté de moi.

— C'est bien. Tu es fatiguée ?

Lefty savait que la question était abrupte, mais soudain il ne souhaitait rien de plus que d'aller s'allonger dans son lit et de la prendre dans ses bras.

— Un peu.

— Pourquoi est-ce que tu ne vas pas te préparer ? Je vais ranger un peu et fermer la porte. Tu es toujours d'accord pour que je sois dans la chambre avec toi ?

Elle hocha timidement la tête.

— Mais je ne suis toujours pas prête pour...

— Je sais. Moi non plus. Crois-le ou non, je ne couche pas avec les femmes simplement parce qu'elles sont disponibles.

— D'accord.

— D'accord, répéta-t-il.

Elle lui sourit puis se redressa et se dirigea vers sa chambre à coucher.

Alors que Lefty rangeait les assiettes dont ils s'étaient servis cette nuit-là, il s'était dit que ce serait à ça que sa vie pourrait ressembler à l'avenir. Confortable. Chaleureuse. Décontractée. Et il avait hâte de rejoindre Kinley dans leur lit.

Sa queue s'agita dans son pantalon et il s'ajusta fermement.

— Tout doux, murmura-t-il avant de se rendre à la porte pour vérifier qu'elle était bien verrouillée.

S'il avait dit à Kinley qu'il respectait sa décision d'avoir parlé de ce qu'elle avait vu à Paris, il n'appréciait pas pour autant. Elle se mettait en danger, et il détestait cela. Mais il ferait son possible pour s'assurer de pouvoir la protéger.

Après lui avoir accordé dix minutes pour être certain qu'elle avait eu suffisamment de temps pour se changer et se coucher, Lefty entrouvrit la porte de sa chambre. Kinley avait laissé la lumière dans la salle de bains pour qu'il ne trébuche sur rien en entrant.

Souriant de sa prévenance, il fit sa toilette dans la salle de bains et se mit en caleçon. Il songea à enfiler un jogging, mais il décida que même si c'était de la torture, il voulait la serrer contre lui. Peau contre peau.

Il écarta les couvertures et inhala profondément, appréciant le léger parfum de vanille qui pénétra ses narines. Kinley ne mettait pas de parfum, mais la lotion qu'elle aimait porter dégageait une fragrance subtile qui lui faisait deviner qu'il ne serait plus capable de sentir la vanille sans penser à elle.

Sans hésitation, il tendit le bras et serra Kinley contre lui. Il sourit quand elle se blottit immédiatement contre lui, mettant son bras en travers de son ventre.

— Tu es bien ? demanda-t-il.

— Ouais.

— C'est bon, dit-il avec satisfaction. Si c'est un peu trop, n'hésite pas à t'écarter.

— Ce n'est pas trop. Tu me rappelles un ours en peluche que j'ai eu autrefois. Je dormais avec tous les soirs, et ça me réconfortait.

— Qu'est-ce qui lui est arrivé ? demanda-t-il avant de pouvoir retenir sa langue.

Kinley haussa les épaules.

— Aucune idée. J'ai été transférée dans un autre foyer et il ne rentrait pas dans le sac poubelle qu'on m'avait donné pour emballer mes affaires.

— Un sac poubelle ? répéta-t-il d'un ton choqué.

— Oui. Je n'ai pas eu de véritable sac fourre-tout avant le collège.

Lefty inspira profondément et contint sa colère.

— Eh bien, si tu as envie de me considérer comme un grand ours en peluche, je suis d'accord.

Elle pouffa légèrement, et Lefty mémorisa ce son. Elle ne riait pas souvent, et pouffait encore moins.

— Qu'est-ce qu'il y a de si drôle ? demanda-t-il en faisant semblant de se vexer.

Elle rit à nouveau.

— Ne te vexe pas. Je veux dire, oui, tu es réconfortant, mais tu me donnes aussi des papillons dans le ventre, et quand tu passes les doigts dans les cheveux sur ma nuque, j'ai de la chair de poule sur les bras. Mon ours en peluche ne m'a jamais fait ressentir *autant de choses*.

Lefty poussa un soupir de soulagement en apprenant les réactions qu'elle avait face à lui. Il n'était pas le seul à être touché par leur proximité. Quelque part, c'était plus facile de simplement profiter du moment et de ne pas se laisser aspirer par le désir qu'il pouvait sentir juste sous la surface de sa peau.

— Endors-toi, ma belle. Un jour à la fois.

— Un jour à la fois, répéta-t-elle.

Étonnamment, cette fois-ci, Lefty s'endormit relativement rapidement. Il s'habituait peut-être à l'étreindre, ou alors il était simplement épuisé après une longue journée. Pour une raison quelconque, il avait su dès le matin qu'il se sentirait probablement plus reposé qu'il ne l'avait été depuis très longtemps. Peut-être pour toujours.

CHAPITRE DOUZE

Kinley s'assit nerveusement en face de Cruz Livingston, l'agent du FBI que Gage connaissait par un ami commun. Il était grand, encore plus que Gage et le reste des gars de son équipe. Il faisait au moins trente centimètres de plus qu'elle, ce qui suffisait à la rendre nerveuse.

Ses cheveux noirs étaient coupés court... et il la considérait en fronçant les sourcils.

— On se calme, Cruz, lui dit Gage d'un ton presque mortel.

— On ne se retrouve pas exactement pour prendre une tasse de thé, répondit Cruz.

Kinley ne put que sourire.

Quand Cruz lui rendit son sourire, elle se détendit un peu. Elle était très contente qu'il ait accepté qu'ils se rencontrent ici, dans l'appartement de Gage. La simple perspective de se rendre à San Antonio la stressait. Elle se sentait en sécurité ici. Parcourir le Texas en voiture, en particulier dans une grande ville, lui donnerait l'impression de se coller une immense cible sur le dos.

— J'ai cru comprendre que vous aviez une histoire qui décoiffe à me raconter, dit Cruz.

Kinley hocha la tête.

— D'accord. Prenez votre temps. N'oubliez aucun détail, même si vous pensez qu'il est insignifiant. Je ne vous dis pas que le FBI va s'en charger, mais si le peu dont je suis déjà au courant est vrai, alors je pense que c'est très grave.

C'était grave. Kinley le savait. Elle inspira profondément et commença à raconter à l'homme en face d'elle tout ce qu'elle avait vu.

Cela prit environ deux heures, surtout parce que Cruz l'interrompait constamment, lui demandant à plusieurs reprises des éclaircissements ou un complément d'informations. Une fois qu'elle eut fini, Kinley était épuisée. Un peu comme si elle venait de faire un marathon.

Pendant qu'elle racontait son histoire, Gage était resté assis à côté d'elle en posant une main lourde sur sa cuisse. Sa présence constante la réconfortait. Il ne l'interrompit pas, ne s'interposant pas pour ajouter des choses qu'il pensait qu'elle avait oubliées. Il était juste là. Jamais personne ne l'avait soutenue comme le faisait Gage. Sans jugement et sans réserve.

— Vous comprenez que puisque les meurtres de l'Étrangleur des Allées ont eu lieu à Paris, cela dépasse la juridiction du FBI, n'est-ce pas ? demanda Cruz.

Kinley hocha la tête.

— Je sais. Mais je me suis dit que vous pourriez peut-être travailler avec la police là-bas. Je suis prête à témoigner de ce que j'ai vu, mais je ne sais pas comment entrer en contact avec qui que ce soit en France.

— On peut vous aider sur ce point, dit Cruz, mais il était évident qu'il était encore profondément perdu dans ses pensées.

— Qu'est-ce que vous en pensez ? demanda Gage.

— Qu'on ne pourra pas coffrer Stryker pour avoir tué cette fille… mais si ce n'était pas son premier meurtre ?

— C'est ce que l'équipe et moi avions pensé, nous aussi, dit Gage en hochant le menton.

— Il s'est peut-être fait la main ici aux États-Unis, pour

ainsi dire, avant d'être nommé ambassadeur en France. Et la pornographie juvénile serait une autre manière de remonter jusqu'à lui. Pareil pour Brown.

Gage acquiesça.

La tête de Kinley allait d'un homme à l'autre pendant qu'ils parlaient.

— J'ai besoin de parler à mon superviseur, mais je pense que c'est très probable qu'on ait une affaire solide, dit Cruz.

Elle s'affaissa sur son siège, soulagée de voir que non seulement il la croyait, mais il allait également l'aider.

— Mais... Et ça ne va pas vous plaire, Kinley... Puisque vous m'avez dit que quelqu'un a essayé de vous faire du mal, je vous suggère fortement d'intégrer le programme de protection des témoins.

— Non, certainement pas ! s'exclama Gage.

Kinley fronça les sourcils.

— Qu'est-ce que c'est ?

— Le programme fédéral pour la protection des témoins, expliqua Gage entre ses dents alors qu'il continuait à fusiller Cruz du regard.

— Ce n'est pas idéal, j'entends bien, commença ce dernier avant de se faire interrompre par Gage.

— Pas idéal ? cracha-t-il. Quelle plaisanterie. Tout d'abord, Kinley n'a rien fait de mal. Vous savez aussi bien que moi que la plupart des témoins protégés par le programme sont eux-mêmes des criminels qui ont dénoncé quelqu'un afin de compenser leur propre implication dans une affaire.

— Je n'ai jamais dit qu'elle était en tort, dit volontiers Cruz.

— Deuxièmement, poursuivit Gage comme si l'agent n'avait rien dit, la cacher la séparerait de tous ses amis. Son réseau de soutien. La corruption est endémique à Washington et il suffirait de souffler un mot à la mauvaise personne pour qu'elle se retrouve dans la ligne de mire. *Non*, c'est une mauvaise idée.

— Pendant combien de temps ? demanda Kinley.

Elle sentit les yeux de Gage se poser sur elle, mais elle ne tourna pas la tête.

Cruz haussa les épaules.

— Ça dépend de la rapidité avec laquelle le dossier avance. Apparemment, nous avons beaucoup de travail à faire pour effectuer des recherches sur Brown et Stryker. Au moins plusieurs mois. Probablement plusieurs années.

Kinley frissonna. Elle ne voulait pas se cacher pendant des années. Elle n'avait peut-être pas été si réticente avant de venir au Texas, mais durant le court laps de temps qu'elle avait passé avec Gage, elle avait fini par comprendre ce que cela signifiait d'avoir des amis. Ce qu'elle n'avait jamais eu ne lui avait jamais manqué, mais elle savait sans aucun doute que si elle partait maintenant afin d'intégrer le programme de protection des témoins, Gillian, Trigger et tous les autres lui manqueraient terriblement.

Elle se tourna pour regarder Gage. Et il était impossible d'imaginer ne pas le voir ou lui parler pendant des années. Elle avait toujours pensé qu'elle était parfaitement heureuse toute seule. Elle appréciait sa propre compagnie et n'avait jamais eu l'impression de passer à côté de quoi que ce soit. Mais maintenant ? C'était à la fois une bénédiction et une malédiction que d'avoir rencontré Gage. Il lui manquait quand il était au travail. Elle avait du mal à s'imaginer reprendre son ancienne vie, à tout faire toute seule.

— Je peux y réfléchir ? demanda-t-elle.

Elle savait que Gage la regardait en plissant le front, mais elle braqua à nouveau son attention sur Cruz.

— Bien sûr. Mais plus les jours passent, plus celui qu'on a engagé pour te faire taire a une occasion de te retrouver.

Elle savait qu'il était très prudent, essayant peut-être même de lui faire peur... et cela fonctionnait.

— Personne ne l'atteindra, grogna Gage.

— Vraiment ? Et vous la surveillez vingt-quatre heures sur vingt-quatre ? demanda Cruz. Vous êtes à ses côtés à chaque minute de la journée ? Et quand vous serez déployé ? Qui va la surveiller alors ? Vous ne pouvez pas la tenir prisonnière dans votre appartement, Lefty. Au moins, dans le programme de protection des témoins, elle pourrait mener une vie relativement normale. Elle pourrait avoir un emploi. Elle pourrait sortir avec des amis... voir des hommes.

Kinley sentit Gage se tendre en entendant cela, mais Cruz continua de parler :

— Ici, elle est une cible idéale. C'est un ami du *président* dont on est en train de parler, dit Cruz à voix basse. Si je pensais que ce serait réglé en deux temps, trois mouvements, je n'aurais jamais suggéré l'option du programme de protection des témoins, mais je pense que vous savez aussi bien que moi que ça va traîner en longueur. Ils feront leur possible pour se couvrir, ce qui signifie qu'ils rendront le nom de Kinley public. Ils creuseront pour trouver le moindre point négatif sur elle, y compris l'accusation de trahison. Elle ne pourra aller nulle part sans être reconnue. Les journalistes vont camper dehors sur le parking. Et quand vous serez appelé en mission, elle sera ici toute seule.

— Elle ne sera pas seule, insista Gage.

La voix de Cruz s'adoucit légèrement.

— Vous savez ce que je veux dire. Quelqu'un a déjà essayé de la tuer une fois. Une fois l'enquête terminée et lorsque Stryker – et peut-être Brown – seront arrêtés, alors ça va *vraiment* être la merde. Celui qui a déjà essayé de la tuer sera encore plus désespéré de la liquider avant qu'elle ne puisse témoigner.

Kinley ne s'en était pas rendu compte, mais elle avait commencé à trembler. Entendre l'enfer que sa vie était sur le point de devenir n'était pas amusant. Elle était introvertie. Elle ne voulait pas faire l'objet des ragots de la presse.

Gage se rapprocha et passa son bras autour de ses épaules, l'attirant contre lui. C'était maladroit, car ils étaient tous les deux toujours assis sur une chaise derrière la table, mais sa présence suffisait à l'apaiser.

— Et si elle ne témoigne pas ? demanda Gage.

Cruz haussa les épaules.

— Je dirais que la probabilité qu'une personne s'en prenne à elle serait toujours cinquante-cinquante.

— Merde, marmonna Gage.

— Je vais témoigner, dit fermement Kinley. Tu sais pourquoi je dois le faire, ajouta-t-elle pour Gage. Tu *sais*.

— Vous n'avez pas à décider tout de suite, dit Cruz au bout d'un moment. J'ai besoin de retourner à San Antonio pour passer des coups de fil. Nous devons examiner les accusations de Kinley pour juger de leur mérite avant de décider quoi que ce soit. Il n'est pas très probable que Stryker soit condamné sur la base de son seul témoignage ; alors on aura besoin de trouver autre chose. L'agence devra contacter nos homologues à Paris et obtenir des détails sur l'Étrangleur des Allées. Rechercher des preuves, des vidéos, des empreintes numériques, des choses comme ça. Une fois que ce sera fait, si on détermine que Kinley pourrait être appelée à témoigner, on pourra reprendre contact.

— Combien de temps ça va prendre ? demanda Gage.

— Deux semaines. Peut-être plus, peut-être moins, répondit Cruz.

Kinley se détendit. Pour une raison quelconque, elle avait cru qu'elle devait partir immédiatement, qu'elle franchirait la porte avec Cruz et que ce serait fini. Tout ce qu'elle aurait pu avoir avec Gage se serait terminé en un clin d'œil.

Cruz se tourna vers elle.

— Vous avez bien agi, dit-il.

Kinley répondit d'un reniflement peu convaincu.

— Ouais. Mais ça ne me semble pas très bien pour le moment.

— Je comprends, répondit Cruz avec sympathie. Autrefois, je bossais en infiltré. C'était l'enfer. Tous les jours, j'avais l'impression de perdre une parcelle de mon âme. Je savais que c'était bien, mais ça a été le boulot le plus difficile que j'aie jamais eu. Je n'aimais pas être quelqu'un d'autre. Mais en fin de compte, on a attrapé les sales types, et ils ne feront plus jamais de mal à qui que ce soit.

Cruz tourna le regard vers Gage alors qu'il continuait :

— Et j'ai pensé que ce travail signifierait que je ne pourrais plus être avec la femme avec qui je savais que je voulais passer le reste de ma vie. Et bien que ça ait rendu les choses plus difficiles, en fin de compte, nous nous sommes rapprochés.

— Être en planque et devoir se terrer quelque part où nous ne pouvons pas nous parler ou nous voir n'est pas exactement la même chose, Cruz.

— Vous avez raison. Ce n'est pas pareil. Je tente simplement de dire que... je comprends le sacrifice. Ce n'est pas par plaisir que je demande à Kinley de songer au programme de protection des témoins.

Cruz mit alors la main dans sa poche et en tira une carte de visite. Il la plaça sur la table devant Kinley.

— S'il arrive quelque chose, aussi petit que ce soit, voici mes coordonnées. Vous avez un téléphone jetable ?

— Oui, répondit Gage pour elle.

— C'est bien. Il est probablement préférable pour l'instant de ne pas acheter un nouveau téléphone à votre nom. Vous vous êtes bien débrouillée pour rester sous le radar, mais avec tous les textos et les e-mails que Lefty vous a envoyés avant que vous veniez, si quelqu'un a piraté vos comptes, ils présumeront qu'il a un lien avec vous.

C'était ce qu'avait craint Kinley.

— Mais je ne lui ai pas répondu.

— C'est vrai. Mais ça ne veut pas dire que quelqu'un ne viendra pas à lui pour voir s'il a eu des contacts avec vous. C'est un autre danger si vous restez ici avec lui.

Kinley serra les dents. Elle savait que venir à Gage pouvait être dangereux pour lui, mais elle était sûre qu'il saurait les protéger tous les deux. Il était trop douloureux d'envisager autre chose.

Quand ni Kinley ni Gage n'émirent de commentaires, Cruz se redressa et ils l'imitèrent.

Ils se dirigèrent ensemble jusqu'à la porte d'entrée. Cruz prit une de ses mains et la pressa doucement.

— Honnêtement, je pense que ce que vous faites est incroyable. Ce n'est pas facile de résister aux tyrans. Et du peu que je sais de Stryker, il en est assurément un. Je reprendrai bientôt contact.

Elle hocha la tête et le remercia de nouveau d'être venu à Killeen. Puis il était parti, et Gage avait refermé la porte derrière lui.

Ayant un sursaut de surprise quand Gage lui attrapa brusquement la main et commença à la tirer pour la ramener dans son appartement, Kinley fut simplement capable de tituber derrière lui.

Il s'assit à l'extrémité du canapé et lui tira la main. Kinley atterrit sur ses genoux. Il passa une main derrière sa nuque pour la tenir en place, tandis que l'autre se refermait sur ses jambes.

— Je peux te protéger, grogna-t-il.

Au lieu d'avoir peur de lui ou d'être irritée par la façon dont il l'avait malmenée, Kinley sentit ses mamelons se durcir d'excitation et son entrejambe s'humidifier. Personne n'avait jamais osé la traiter de cette façon auparavant. Ils gardaient leurs distances parce qu'ils la trouvaient étrange, ou bien ils la touchaient à peine.

Gage la touchait comme si c'était son droit. Comme si la toucher était une partie normale de leur relation... ce qui l'était, réalisait-elle. Il l'avait touchée plus que qui que ce soit ne l'avait jamais fait.

D'aussi loin que remontaient ses souvenirs, elle avait toujours été en rade d'affection. Elle n'avait jamais vraiment reçu de baisers ou de câlins de la part de ses parents d'accueil.

Et plus elle grandissait, moins il y avait eu de gestes d'affection.

Certaines personnes s'irriteraient d'être traînées le long d'un couloir et forcées à s'asseoir sur les genoux de quelqu'un d'autre. Elles seraient *vraiment* contrariées d'être maintenues par une poigne si ferme qu'elles n'auraient pas d'autre choix que de contempler le visage extrêmement ému de la personne qui les tenait si fort.

Peut-être Kinley était-elle plus déjantée qu'elle ne le pensait, parce qu'elle aimait la façon dont Gage la tenait. Elle aimait vraiment cela. C'était énergique, mais absolument pas douloureux. Cela lui rappelait la façon dont il la tenait au lit, car, même endormi, il la serrait contre lui comme s'il ne permettrait jamais à personne qu'on la lui dérobe.

Elle s'accrocha sur son biceps d'une main tandis qu'elle serrait le côté de son T-shirt dans son autre poing.

— Tu m'as bien entendu, Kinley ? demanda-t-il. Je peux te protéger.

— Je sais, lui dit-elle.

— Vraiment ?

Elle hocha la tête comme elle le put avec la main de Gage refermée sur sa nuque.

— Mais Cruz a raison : tu ne peux pas rester avec moi toute la journée, tous les jours. Tu as un travail. Tôt ou tard, on va t'appeler en mission.

Elle voyait bien qu'il ne savait pas quoi répondre. Un muscle se serra dans sa mâchoire alors qu'il la contemplait.

Plus audacieuse et plus féminine qu'elle ne s'était jamais sentie de toute sa vie, Kinley posa une main sur sa joue.

— J'ai su quand j'ai vu ce reportage sur cette jeune fille assassinée que ma vie avait changé. Je ne savais simplement pas que cela me mènerait à toi.

Ses paroles eurent l'effet escompté, calmant la majeure partie de la torture qu'elle lisait dans ses yeux.

— Je ne peux pas te perdre alors que je viens de te trouver, dit-il doucement.

La gorge de Kinley se serra et elle n'aurait pas pu répondre même si sa vie en avait dépendu. Elle n'avait cessé de lui répéter encore et encore qu'elle n'avait rien de spécial. Elle ne savait absolument pas ce qu'il voyait en elle que tout le monde avait ignoré jusque-là. Mais elle ressentait la même chose pour lui.

— On ne va pas prendre de décisions tout de suite, dit-elle une fois qu'elle eut repris le contrôle d'elle-même. Le FBI décidera peut-être que ce que j'ai vu n'était rien, qu'il est impossible que Stryker soit un tueur. J'ai pu imaginer que quelqu'un m'a poussée. Je n'étais pas exactement dans un bon état d'esprit après mon licenciement.

— Tu as vu ce que tu as vu, dit fermement Gage. Ne le minimise pas. Et si tu dis qu'on t'a poussée, c'est qu'on t'a bel et bien poussée. Je ne crois pas vraiment aux coïncidences, lui dit-il. Le timing pour tout ce qui s'est passé est tout simplement trop parfait.

Kinley pensait exactement la même chose. C'était bon de l'entendre valider ses pensées.

— Je ne veux pas que tu intègres le programme de protection des témoins, dit-il au bout d'un moment. Tout en moi est contre cette idée. Tu serais seule et celui qui veut te faire du mal serait toujours capable de te trouver, ce qui ferait de toi une cible facile. Au moins, ici avec moi, tu as des amis et des gens qui te protègent. Ce n'est pas idéal, j'en ai conscience, mais je peux parler à Ghost, un de mes amis qui était dans une autre équipe Delta. Il est toujours dans l'armée, mais lui et son équipe ne sont plus des Deltas. Ils peuvent t'aider à rester en sécurité lorsque je serai en déploiement.

Kinley ne voulait pas qu'on la fourgue à quelqu'un d'autre, mais en même temps, Gage essayait de penser à tout ce qu'il pouvait faire pour maintenir sa sécurité en son absence. Comment aurait-elle pu ne pas l'apprécier ?

Sans réfléchir, Kinley se pencha et plaqua ses lèvres sur

celles de Gage.

Elle s'immobilisa quand elle l'entendit grogner.

Pendant une seconde, elle crut qu'elle était allée trop loin, avait dépassé les limites. Mais quand elle tenta de s'écarter, la main sur sa nuque se raidit et la tint en place. Les lèvres de Gage s'ouvrirent sous les siennes et il inclina la tête, leur offrant à tous les deux un meilleur angle.

Lui touchant toujours la joue et avec la main de Gage sur sa nuque, elle ne pouvait s'empêcher de se sentir entourée par lui.

Elle n'avait jamais rien connu qui ressemble à ce baiser. Elle avait embrassé d'autres hommes, principalement pour voir ce que cela faisait. Mais *rien* ne l'avait préparée à la vague de sentiments qui avaient traversé son corps lorsque la langue de Gage avait glissé entre ses lèvres et s'était jointe à la sienne.

Kinley serra son T-shirt encore plus fort et se colla à lui, en désirant davantage. Et Gage se fit un plaisir de lui donner exactement ce dont elle avait besoin.

Elle ne savait pas pendant combien de temps ils étaient restés assis sur ce canapé à se bécoter, mais quand il s'écarta enfin, Kinley gémit et essaya de suivre ses lèvres. Elle ne voulait pas s'arrêter. N'aurait *jamais* voulu s'arrêter.

— Kins, murmura-t-il. Même si j'adore ça, il faut qu'on arrête.

Elle ouvrit les paupières et vit qu'il était à quelques centimètres de son visage. Ses pupilles étaient dilatées et ses lèvres roses et légèrement gonflées. Elle se dit que c'était probablement le cas pour elle aussi.

Elle gémit.

Le sourire qui s'empara de son visage était presque suffisant pour lui faire accepter qu'il interrompe son baiser. Presque.

— Je sais, crois-moi, je ne veux pas arrêter non plus.

— Alors pourquoi doit-on le faire ? se plaignit-elle.

Il se pencha en avant et lui embrassa le front avant de dire :

— Parce que si je ne m'arrête pas tout de suite, je vais finir par te prendre ici sur ce canapé.

— En quoi est-ce mal ? demanda-t-elle.

— Parce que ta première fois ne se fera *pas* sur mon canapé, juste après une dure matinée passée à discuter avec le FBI pour mettre un tueur en série derrière les barreaux, déclara-t-il fermement.

Kinley ne put que le regarder. Elle avait su que Gage était un homme bien. Comment aurait-elle pu rater cela ? Mais plus elle passait de temps avec lui, plus elle se rendait compte à quel point il était vraiment incroyable.

— La plupart des hommes ne verraient pas le problème, laissa-t-elle échapper.

— Je ne suis pas la plupart des hommes, rétorqua-t-il du tac au tac.

— Je sais. Tu es le genre d'homme qui s'inquiète pour une femme qu'il n'a jamais rencontrée et qui s'est mise en danger, même si elle ne le savait pas à l'époque. Tu es le genre d'homme qui tient sa parole, même si la femme avec laquelle il essaie de communiquer ne le fait pas. Le genre qui recueille une femme malade dans son appartement et qui s'en occupe pendant deux jours, même quand elle délire à cause de la fièvre et vomit partout. Tu es le genre d'homme qui abandonnerait son lit à cette femme même quand elle n'est plus malade. Et tu es le genre d'homme qui voit quelque chose en moi que personne n'avait encore jamais vu auparavant.

— Non, dit-il en secouant la tête. Je suis le genre de mec qui ne sait pas ce qui ne tourne pas rond chez tous les autres mecs sur cette terre qui t'ont rencontrée... et qui revendique ce qu'il désire.

— C'est ce que tu fais ?

— Oui, dit-il fermement. J'ai envie d'être avec toi, Kinley. J'ai envie que ce soit exclusif.

Elle ne put s'empêcher de rire sous cape.

— Gage, ce n'est pas comme s'il y avait d'autres mecs qui auraient la moindre envie de sortir avec moi.

— C'est bien, dit-elle succinctement. Je sais que ça sort de l'ordinaire, poursuivit-il. Je veux dire... On vit ensemble, mais je ne veux pas profiter de toi. J'ai envie de continuer d'apprendre à te connaître. Regarder des films, cuisiner, lire... et c'est l'une des choses les plus étranges dans cette histoire, mais je veux continuer à dormir en te tenant dans mes bras, et me réveiller à tes côtés le matin.

Sa main restait sur son cou, mais il avait relâché sa prise et son pouce caressait la peau sensible de sa nuque, lui donnant la chair de poule partout.

— Je crains que plus tu passes de temps avec moi, plus tu finisses par te rendre compte que je ne mentais pas quand je te disais que j'étais spéciale, dit-elle.

— Et moi, *je* crains que plus tu passes de temps avec *moi*, plus tu comprennes que je ne suis pas l'homme que tu t'es imaginé dans ton esprit. Je ne suis pas un superhéros, Kins. Je suis juste un mec. J'ai des défauts comme tout le monde. Je suis autoritaire, hyperprotecteur, et j'aime un peu trop regarder le sport. Je ne vais pas pouvoir supporter de regarder un de ces programmes stupides de télé-réalité, même pour toi. J'ai un travail imprévisible et je vais devoir t'abandonner pour aller gérer des situations de merde plus souvent que j'en aurais envie. Je veux que tu comprennes que je vais te faire passer au premier plan dans ma vie, mais la réalité est que l'armée passe en premier... du moins jusqu'à ma retraite.

Il s'arrêta comme s'il attendait à une réaction négative. Kinley haussa les épaules.

— Et ?

— Et quoi ?

— C'est tout ? Ce sont là tous tes défauts ?

Il sourit et secoua la tête.

— Non. Ce n'est que la partie émergée de l'iceberg.

— Gage, je ne m'attends pas à ce que tu sois parfait.

— C'est une bonne chose, dit-il rapidement.

— Laisse-moi parler, souffla-t-elle.

— Désolé, ajoute à la liste que j'interromps les gens, dit-il avec un sourire.

Elle aurait voulu être agacée, mais c'était impossible. Il était trop attendrissant.

— Toute ma vie... j'ai essayé de comprendre ce qui n'allait pas chez moi. Pourquoi je n'étais pas aimable. Pourquoi personne ne voulait me garder. Je suis parvenue à la conclusion que mon lot dans l'existence était de rester seule. Et ça me convient parfaitement, Gage. Puis tu as débarqué et m'a fait me sentir ... normale. Tu n'as pas hésité à m'aider en Afrique, et tu m'as traitée comme si j'étais simplement une femme comme les autres. Non, ce n'est pas vrai. Avec toi, j'ai eu l'impression d'être spéciale.

» Je t'ai déjà dit que ça m'avait fait flipper, que tu devais t'être fait des idées ou quelque chose dans le genre, et c'est pour cela que je ne t'avais pas répondu. Mais tu as été tout aussi incroyable à Paris. Quand je n'avais personne d'autre vers qui me tourner, j'ai immédiatement pensé à toi. J'ai prié pendant tout le trajet jusqu'au Texas que lorsque tu me verrais débarquer, tu ne me demandes pas ce que je foutais ici. Je n'avais pas prévu de tomber malade, mais je suppose qu'avec tout le stress, manger mal et dormir dans ma voiture, ça a été trop. Et tu t'es occupé de moi. Je sais que tu ne comprends pas ce que ça signifie pour moi, mais laisse-moi te dire que personne n'avait jamais fait ça pour moi. Et tu ne me connaissais même pas.

— Je te connaissais, dit Gage.

Kinley secoua la tête.

— Tu sais ce que je veux dire.

— Je sais ce que *tu* veux dire, mais je n'envoie pas d'e-mails et de textos à chaque femme que je rencontre dans le cadre de mon travail, Kinley. Tu es la seule et unique personne avec laquelle j'ai ressenti cette connexion instantanée.

Elle déglutit bruyamment et acheva le cours de sa pensée.

— Je ne peux pas te promettre de ne pas t'embarrasser, parce que je dis tout le temps la mauvaise chose. Je ne peux pas te promettre d'être super sociable. Le plus souvent, je vais vouloir rester à la maison plutôt que de sortir et passer du temps avec d'autres personnes. Mais je *peux* te promettre de toujours te traiter avec respect. De ne jamais te tromper. D'être là quand tu auras besoin de parler de travail, et d'être là quand tu ne voudras *pas* parler de travail. Je sais que je ne suis pas le meilleur coup, mais je jure que je ferai tout ce qui est en mon pouvoir pour te rendre la vie plus facile.

— Ah, ma belle, dit doucement Gage, mais il n'élabora pas.

Il l'attira contre lui et elle se laissa volontiers faire, fondant contre sa poitrine, enroulant son bras autour de lui et le serrant aussi fort qu'il l'étreignait.

— Je ne suis pas devin, dit-il au bout d'un moment. Je n'ai aucune idée de ce qui va se passer avec Stryker ou le procès. Et je suis consterné que personne n'ait vu que tu es un véritable trésor, mais c'est autant de gagné pour moi. Et si nous continuions à prendre les choses au jour le jour ? On va sortir ensemble, tu vas rester terrée ici jusqu'à ce qu'on ait plus d'informations, et on va voir comment ça va se passer. D'accord ?

Kinley hocha la tête.

— D'accord.

Le silence s'étira pendant une minute ou deux avant que Kinley ne dise :

— Gage ?

— Oui ?

— Je suis peut-être vierge, mais j'ai aimé quand on s'est embrassés. Vraiment.

Elle sentit plus qu'elle n'entendit son petit ricanement.

— Moi aussi, ma belle.

— Sortir ensemble signifie qu'on va en faire davantage, n'est-ce pas ?

Cette fois-ci, il éclata de rire.

— Oh oui, on va en faire plus. Je sais que tu as dit que tu avais déjà utilisé des jouets pour te faire jouir, mais à quel point es-tu vierge, exactement ?

Kinley se rassit et le regarda d'un air confus.

— Je pense qu'il n'y a qu'un seul type de vierge, Gage.

Il souriait, mais la lueur dans ses yeux était tendre.

— C'est une conversation difficile pour moi parce que ne serait-ce que penser que quelqu'un d'autre a pu te toucher me donne envie de leur faire du mal, mais... tu as déjà vu une bite ? Je veux dire, en vrai ? Quelqu'un t'a-t-il déjà touché la chatte ? T'a fait jouir ? T'a sucé les seins ? Je sais que je suis grossier, mais j'essaie de découvrir exactement à quel point tu es innocente.

Kinley savait qu'elle était probablement écarlate, mais si Gage pouvait être un adulte en parlant de ces choses-là, elle aussi.

— J'ai déjà roulé une pelle à quelqu'un, même si ce qu'*on* vient de faire était, de loin, la meilleure chose que j'aie jamais connue. Un mec a mis sa main sous mon T-shirt, mais m'a serré le sein si fort que j'ai été forcée de lui donner un coup de genou dans l'entrejambe. Sans surprise, il m'a dit que j'étais coincée et c'est la dernière fois que je suis sortie avec lui.

Devant le regard sinistre de Gage, elle poursuivit rapidement :

— Il y a un gars qui s'est exposé devant moi. Ça compte comme avoir vu une vraie bite ?

— Non, dit Gage avant de fermer les paupières et de secouer la tête.

— Et les photos de bite sur les réseaux sociaux ? Ça compte ?

Il ouvrit les paupières.

— Là, tu te fiches de moi ?

Elle secoua la tête.

— Euh, non. J'essaie de répondre à ta question sans avoir trop l'air d'un boulet.

— Tu n'es pas un boulet si tu n'as jamais vu ou touché la bite d'un homme, Kinley.

— J'ai 29 ans et je suis toujours vierge. C'est pathétique, lui dit-elle.

— C'est beau, répliqua Gage.

— Je me suis masturbée, dit-elle, ayant hâte que cette conversation se termine. J'ai utilisé un gode, mais je n'ai pas trouvé ça génial. Ça fait mal et ça ne m'a pas fait grand-chose. Cela dit, je suis satisfaite de mon vibromasseur.

— Tu prends la pilule ? demanda Gage d'une voix pincée.

Kinley secoua la tête.

— Pas besoin. Mes règles sont régulières et ce n'était pas comme si j'allais être forcée de prendre la pilule pour la moindre raison dans un avenir proche.

— Tu es allergique au latex ? demanda-t-il.

Kinley haussa les épaules.

— Je ne sais pas.

Gage hocha le menton.

— D'accord, on vérifiera après notre première fois. Mais tout ça m'a donné un bon topo.

— Tu... tu veux quand même sortir avec moi ? demanda-t-elle timidement.

— Si tu penses que l'idée de mettre une capote quand on fera l'amour, et que je serai le premier homme à te toucher, à te goûter, à entrer en toi, va me faire débander, tu es folle, dit-il d'un ton absolument sérieux. Kinley, plus je te connais, plus je suis intéressé. On ira doucement côté sexe, mais tu dois savoir que j'ai envie de toi. Je pense à toi depuis des mois, depuis que je t'ai rencontrée en Afrique, et apprendre à te connaître à Paris et au cours des dernières semaines n'a fait qu'attiser mon désir d'en savoir plus.

— D'accord, murmura-t-elle.

— C'est vrai ? demanda-t-il.

Kinley hocha la tête.

— Et pour ton info personnelle...Tu peux me toucher à n'importe quel moment et de toutes les façons que tu veux. Rien n'est hors limites pour toi.

Surprise, elle cligna des paupières.

— Même ta…

Elle fut incapable de le dire et désigna ses genoux du regard.

Il éclata de rire.

— Ouais, même ma bite, confirma Gage. J'ai envie que tu sois complètement à l'aise avec moi avant qu'on le fasse pour de bon.

— Tu vas me toucher aussi ? demanda-t-elle.

Il mit quelques secondes à répondre.

— Tôt ou tard.

Kinley fit la moue. Une véritable moue. Et elle ne s'en soucia même pas.

— Ce n'est pas juste.

— J'essaie d'être gentleman, dit-il.

— On n'est pas au XVIIIe siècle.

— J'en ai conscience. Mais tu n'as pas eu de bons exemples ou de bons modèles en matière de relations. Pour une fois, je voulais te montrer ce que ça fait d'être le centre d'attention.

Kinley ne savait pas quoi dire.

— Même si je n'ai pas envie de changer de sujet, il faut que je le fasse, dit Gage au bout d'un moment. Cruz a raison de te dire que tu dois être très, très prudente. On ne sait pas combien de temps cette affaire prendra, et tu risques d'être en danger tous les jours, à chaque minute. Tu ne pourras jamais prendre ta sécurité pour acquise. C'est d'accord ?

Kinley hocha la tête.

— Tu n'es pas prisonnière de cet appartement. Tu es libre d'aller et de venir. Cela étant, je te demanderai de prendre ma grosse voiture plutôt que la tienne. Mets une casquette et ne parle à personne que tu ne connais pas. Idéalement, emmène Gillian ou quelqu'un d'autre avec toi. Sans toi, le procès risque quand même d'avoir lieu, mais il ne sera pas aussi dramatique, et plus le temps passera, plus Stryker sera désespéré.

Il lui frôla la tempe d'un baiser et continua à parler :

— J'étais sérieux. Je viens de te rencontrer, Kinley. Je ne peux pas te perdre.

— Je ferai attention, dit-elle.

— D'accord.

Kinley ne savait pas depuis combien de temps ils étaient restés assis ensemble sur son canapé. Tout ce qu'elle savait, c'était qu'elle aimait sentir ses mains sur elle et ses cuisses dures sous son corps. Elle était peut-être vierge, mais elle n'était pas une nonne. Elle voulait qu'il lui enseigne que le sexe pouvait être délicieux. Et elle voulait que Gage l'y initie.

Lorsqu'il se redressa enfin, Kinley avait repris le contrôle de sa libido. Elle tendit l'oreille alors qu'il appelait Trigger pour lui rapporter ce que Cruz avait dit. Puis il lui avait passé le téléphone et elle avait parlé à Gillian pendant un moment. Ensuite, il appela tous les autres membres de son équipe pour les informer du fait que le FBI était désormais impliqué. Il espérait qu'ils leur diraient bientôt s'ils pensaient qu'il y avait une affaire contre Stryker et Brown, et si les autorités françaises souhaitaient parler à Kinley et engager des poursuites.

Ils passèrent le reste de la journée terrés dans l'appartement de Gage. Il avait commandé plusieurs caméras de sécurité pour l'intérieur de son appartement, juste au cas où, et Kinley faisait de son mieux pour se perdre dans un autre livre que Gillian lui avait prêté.

Leurs journées étaient intenses, mais ce soir-là, quand Gage la rejoignit au lit, Kinley était étonnamment détendue. Elle aurait dû se tracasser, se faire du mouron concernant le programme de protection des témoins, s'inquiéter de savoir si le FBI la croirait... et se demander ce que Stryker ferait lorsqu'il découvrirait qu'il faisait l'objet d'une enquête. Mais au lieu de cela, elle songeait seulement au plaisir d'avoir le bras de Gage autour d'elle et de se blottir contre lui.

— Gage ? demanda-t-elle quand ils se retrouvèrent collés ensemble sous ses couvertures et qu'il eut éteint la lumière.

— Oui ?

— Si ça sort de l'ordinaire, ça m'est égal.

— À moi aussi, répondit-il en resserrant le bras autour d'elle pendant un moment.

Puis elle ferma les yeux et sombra rapidement dans un sommeil sans rêves, se contentant de savoir qu'elle était en sécurité dans les bras de Gage et que, par miracle, il voyait quelque chose en elle qu'il aimait et voulait protéger. C'était un sentiment enivrant, et Kinley savait que si jamais il décidait qu'il avait eu tort et qu'il la quittait, elle ne serait plus jamais la même.

⁎
⁎⁎

— Je l'ai trouvée, dit Simon King à Stryker.

— Où ?

— Au Texas. Elle reste avec ce type, Gage, comme on l'avait soupçonné. Mais ça ne sera pas facile de l'atteindre.

— Pourquoi ? demanda Stryker.

— Parce qu'elle ne quitte pas beaucoup son appartement. Elle s'est terrée. Et Gage n'est pas un citoyen ordinaire.

— Merde. Alors dans combien de temps donc ?

— Je ne sais pas, dit King. Je ne vais pas faire quoi que ce soit qui mette en péril ma propre liberté. Elle va bien finir par faire une connerie et je serai là pour l'enlever quand ça arrivera. Cela dit, vous avez un autre problème.

— Quoi encore ?

— Elle a parlé à un agent fédéral aujourd'hui.

— Merde ! s'exclama Stryker. Comment le savez-vous ?

— Eh bien, il ne portait pas de pancarte, mais si vous pensez que je ne sais pas reconnaître un putain d'agent du FBI quand j'en vois un, vous êtes un idiot, rétorqua Simon. Il est venu à l'appartement et y est resté pendant des heures. Si vous aviez espéré qu'elle ne dise rien, c'est vraiment raté.

— J'ai envie que cette salope souffre, grogna Stryker.

Simon n'était pas un homme qui se souciait beaucoup de qui que ce soit. Il avait vécu une vie difficile et avait appris que la seule personne sur laquelle il pouvait compter était lui-même. Il était un solitaire qui acceptait des missions bien rémunérées quand il arrivait à court d'argent. Il aurait normalement refusé ce boulot, car se mouiller dans tout ce qui était lié à la politique impliquait généralement de se faire trahir, mais il n'avait pas pu dire non au chèque d'un million de dollars. Deux millions, à présent. Et il était prêt à être patient, à attendre pour frapper que le moment parfait soit venu. Et il ne souciait pas non plus qu'elle souffre. Son boulot était de la tuer. Point barre. De la manière requise par le client, quelle qu'elle soit.

— Elle souffrira, assura Simon à son client à l'autre bout du fil.

— Je suis sérieux. Ne vous contentez pas de lui tirer une balle dans la tête. Je veux qu'elle sache pourquoi elle est en train de se faire tabasser, et pourquoi sa mort est longue et lente.

Simon ricana.

— Vous êtes un peu assoiffé de sang, n'est-ce pas ?

— Allez vous faire foutre, dit Stryker. C'est ma *vie* entière qui est en jeu, et si cette chienne pense qu'elle peut me faire tomber, elle se trompe. J'ai dû avaler pas mal de couleuvres pour arriver où j'en suis, et cette moins-que-rien ne va pas me le gâcher !

— Très bien. Mais tu vas devoir être patient. J'ai besoin de guetter et de découvrir les horaires de son petit copain. Trouver le meilleur moment pour l'enlever.

— Faites-moi savoir quand ça sera fait, ordonna Stryker.

— Comptez-y.

— Et ne me rappelez que lorsque vous aurez de bonnes nouvelles pour moi.

— Je vais avoir besoin de cinq mille dollars de plus pour tenir le coup.

L'ambassadeur resta silencieux pendant un moment à l'autre bout du fil.

— Vous êtes vraiment un connard, ragea-t-il enfin.

— Hé, je ne dors pas dans ma voiture, lui dit Simon. Hors de question. Et je dois bien manger. Et ce n'est pas facile de se fondre dans le décor ici. Je suis un mec imposant, et ce Delta et son ami vont bien finir par me remarquer. Maintenant que le FBI est impliqué, je dois garder profil bas. Et pour ce faire, j'ai besoin d'un peu de flouse. Puisque je suis ici parce que *vous* voulez que j'y sois, vous allez me fournir tout ce dont j'ai besoin pour rester discret. Je pourrais partir demain et il ne m'en coûterait rien.

— Très bien. Cinq mille dollars, mais pas plus, l'avertit Stryker. Vous devez accomplir votre mission.

— Comptez-y. Dans quelques semaines, quand elle aura baissé légèrement la garde et que je saurai qu'il y aura peu, voire aucune chance de me faire choper. Ravi de vous avoir parlé, dit Simon avant de raccrocher sans prévenir.

Il détestait Drake Stryker, mais il aimait trop l'argent pour refuser de bosser pour lui.

Il ne ressentait rien pour Kinley Taylor. Elle était juste une cible. Ce n'était pas personnel, c'était une mission.

Il allait l'observer pendant encore un moment et il découvrirait peut-être son point faible. Tout le monde en avait un. Puis il la ferait sortir de cet appartement et finirait le travail.

Honnêtement, il avait hâte de s'amuser un peu avec elle. Cela faisait un certain temps qu'il avait eu l'occasion de prendre son temps avec une cible. La plupart des clients voulaient qu'il liquide leurs ennemis rapidement. Fasse croire à un accident ou à un crime non prémédité.

Il sourit, se disant qu'il devait aller au magasin de bricolage pour acheter de l'adhésif. Ouais, enseigner à Mlle Taylor qu'elle aurait dû se mêler de ses oignons allait être amusant... pour lui.

CHAPITRE TREIZE

Kinley ne savait pas comment elle s'était retrouvée assise dans un restaurant à quelques kilomètres de l'appartement de Gage, à rire aux larmes avec Devyn, Gillian et les trois amies de cette dernière : Wendy, Ann et Clarissa.

Elle n'avait jamais accroché avec les autres femmes, n'avait jamais eu beaucoup de choses en commun avec elles. Mais au cours de la dernière semaine, elle s'était retrouvée à traîner avec Gillian presque tous les jours. Kinley l'avait aidée à rechercher des lieux pour organiser des événements et de nouvelles options intéressantes à proposer à ses clients.

Un jour, quand elle était arrivée à l'appartement de Gillian et de Trigger, Devyn était là. Au début, elle avait été maladroite, puisqu'elle ne connaissait pas vraiment l'autre femme. Et puis il y avait le fait gênant qu'elle avait mentionné son bleu à Lucky. Mais Devyn n'avait pas parlé de ce jour-là, ni des raisons pour lesquelles elle avait décidé de venir s'installer à Killeen. Au contraire, elle avait raconté des histoires amusantes sur Grover, disant que même durant son enfance, il était protecteur et dur à cuire.

Au fil des jours, alors qu'aucun croque-mitaine n'avait

bondi de derrière un buisson pour la prendre en embuscade, Kinley hésitait moins à vivre son quotidien. Mais elle n'était pas stupide. Elle sortait toujours de l'appartement avec quelqu'un d'autre, généralement Gage, mais parfois Gillian, et elle ne répondait jamais quand quelqu'un toquait à la porte de l'appartement de Gage lorsqu'il était au travail... du moins pas quand elle ne savait pas qui ce pouvait être.

Elle recevait également des appels du FBI presque tous les jours. Cruz avait appelé à plusieurs reprises, ainsi que d'autres agents qui travaillaient également sur l'affaire. Ils avaient toujours été polis et vigilants, lui donnant leurs noms et demandant qu'elle appelle le bureau de San Antonio pour vérifier leur identité avant de leur parler de l'affaire. Le fait qu'ils se préoccupent autant de sa sécurité la rassurait.

Un procureur de Washington, DC, l'avait également appelée et lui avait dit qu'il poursuivrait l'affaire contre Brown et Stryker dès qu'ils auraient suffisamment d'informations. Des mandats de perquisition avaient été obtenus pour leurs objets électroniques et il lui avait dit qu'il ne doutait pas qu'ils puissent – à tout le moins – être coffrés pour pornographie juvénile.

La police française avait *très* envie de discuter avec elle, enthousiasmée par l'idée d'avoir enfin une piste dans l'affaire de l'Étrangleur des Allées. Kinley n'était pas ravie à l'idée de devoir retourner à Paris pour être interrogée sur ce qu'elle avait vu, mais Gage l'avait rassurée en disant que si cela arrivait, il ferait son possible pour l'accompagner.

Cruz l'avait informée que les choses allaient très vite, du moins aussi vite que le gouvernement fédéral pouvait le faire. Il avait bon espoir que Stryker et Brown soient arrêtés avant la fin du mois. Et même s'ils faisaient de leur mieux pour garder l'enquête discrète, des infos risquaient de fuiter. Si cela se produisait, il faudrait qu'elle fasse encore plus attention à sa sécurité.

Même si elle était heureuse que l'enquête contre Stryker et

Brown avance clairement, elle était encore plus heureuse d'avoir réussi à se faire de véritables amies.

Gillian avait récemment mentionné qu'elle et ses autres amis n'étaient pas sorties depuis un certain temps, et elles avaient toutes décidé de se retrouver. Et c'était *Gage* qui l'avait pressée d'accepter de dîner, ce qui l'avait surprise. Il lui avait dit qu'elle devait sortir et montrer au monde qu'elle ne se cachait pas comme si elle avait fait quelque chose de mal.

Ce n'est qu'après avoir dit que lui, Trigger et Lucky seraient là pour veiller sur elles qu'elle se laissa convaincre d'y aller.

Et elle s'amusait vraiment. Elle se sentait normale. Comme une femme qui sortait avec ses copines sans avoir le moindre souci. Devyn leur parla de toutes ses aventures pour trouver un emploi, ce qui apparemment, ne se déroulait pas aussi bien qu'elle l'avait espéré. La plupart des cliniques vétérinaires de la région n'embauchaient pas, et puisqu'elle n'avait pas de références, celles qui avaient besoin de personnel rechignaient à l'engager sans que personne ne se porte garant pour elle.

Ann, Wendy et Clarissa étaient hilarantes d'une façon que seules des amies qui se connaissent depuis des années peuvent l'être. Kinley avait cru qu'elle se sentirait peut-être mise à l'écart, mais elles s'étaient pliées en quatre pour l'inclure. C'était une sensation géniale.

— Wendy, comment ça va avec Wyatt ? demanda Ann. Vous avez déjà discuté du mot qui fait peur ?

— Argent ? Plan à trois ? Belle-mère ? plaisanta Wendy.

Ann leva les yeux au ciel.

— Le mariage, grosse bécasse, dit-elle.

— Ça ne fait que six mois qu'on sort ensemble et c'est un peu tôt pour ça. On ne peut pas toutes être comme Gillian et Walker.

— Hé, ne me mêlez pas à ça ! dit Gillian avec un rire.

— Vous avez mis littéralement trois secondes à vivre ensemble et vous fiancer, dit Clarissa.

Il était clair que les amies de Gillian ne faisaient que la taquiner, mais la conversation mettait Kinley mal à l'aise.

— Quand l'homme auquel tu penses continuellement t'accueille chez lui pour te protéger, tu ne vas quand même pas dire non ? demanda Gillian avec un sourire.

Elle n'attendit pas la réponse et poursuivit son discours :

— Non. Tu vas dire oui et saisir l'opportunité d'apprendre à le connaître dans l'espoir qu'il soit aussi génial que ce que tu avais espéré. Et quand tu te rendras compte qu'il l'*est*, tu n'hésiteras pas à dire oui quand il te montrera la bague de fiançailles la plus parfaite du monde et te demandera de passer le reste de ta vie à ses côtés.

— Alors, c'est pour quand ? demanda Ann.

Gillian sourit.

— Je ne suis pas certaine. Je sais juste que cela va être super informel. Je ne veux pas d'une grande fête. J'ai déjà dit à Walker que je ne planifierais *pas* tout ça. Je le fais déjà suffisamment tous les jours. Un matin, on va probablement juste aller au palais de justice pour officialiser ça.

— Je n'emménagerai jamais avec un mec, dit soudain Devyn.

Elles braquèrent toutes des yeux curieux sur elle.

— Je veux dire, vu de loin, ils ont l'air d'être bien. Ils sont gentils avec les vieilles dames au magasin et disent tout ce qu'il faut. Mais quand on s'y attend le moins, *bam !* Ils se retournent contre toi. Ils disent des choses qui te font mal, mentent, volent et ne pensent qu'à eux. Je ne vais pas risquer de tomber amoureuse de quelqu'un, juste pour qu'il me fasse un Dr Jekyll et Mr. Hyde. Non, merci. À l'avenir, jusqu'à preuve du contraire, je vais rester célibataire. C'est juste plus facile.

Son petit discours fut suivi d'un silence, et même Kinley fut légèrement désarçonnée.

— Bon sang, Devyn. Qu'est-ce qu'il s'est passé ? demanda Gillian.

L'autre femme soupira.

— Peu importe. Je *suis* heureuse pour toi et Trigger. Ça a vraiment l'air d'être un mec bien. Mais non. Pas d'homme pour moi.

— Est-ce que Lucky est au courant ? demanda Ann en désignant de la tête les hommes assis au bar.

— Lucky ? demanda Devyn alors que le rouge lui montait aux joues.

— Tu sais, il s'est montré très attentif ces derniers temps, dit Gillian. L'autre jour, je l'ai entendu demander des nouvelles de toi à Grover.

— Qu'est-ce qu'il a dit ? demanda Devyn.

Elles sourirent toutes de son intérêt.

— Il voulait juste savoir si tu étais bien installée et si tu avais eu des pistes dans ta recherche d'emploi.

Devyn haussa les épaules.

— Oh. Peu importe. C'est l'ami de Grover. C'est tout.

— Je ne suis pas sûre que ce soit ça, insista Gillian. Walker dit qu'il n'avait encore jamais vu Lucky aussi focalisé sur une femme.

Devyn s'étrangla sur un éclat de rire.

— Oui, c'est ça. Avec un nom comme Lucky, je suis sûr qu'il a des femmes à la pelle.

— On ne lui a pas donné ce surnom parce qu'il a de la chance avec les dames, expliqua Gillian. Du moins, à ce que j'en ai compris. Je crois qu'il a beaucoup de chance pendant les missions. Il se retrouve toujours au bon endroit et au bon moment. On ne compte plus le nombre de fois où il est passé à deux doigts de se faire tirer dessus, et c'est apparemment toujours lui qui trouve ce qu'ils sont en train de chercher.

— Peu m'importe, dit à nouveau Devyn. Je ne suis pas intéressée.

— *Hum*, fit Clarissa.

— Vraiment pas, insista Devyn. En plus, je ne sais pas pourquoi vous faites toutes des potins sur *moi*. On devrait toutes interroger Kinley sur ce qu'il se passe entre elle et Lefty.

— Ah oui ? Tu viens de nous faire un long discours anti-hommes. Pourquoi est-ce qu'on n'essaierait *pas* de te faire changer d'avis ?

Gillian sourit.

Elles éclatèrent toutes de rire.

— Mais maintenant que tu en parles... qu'est-ce qu'il se passe entre toi et Lefty ? demanda Clarissa d'un ton pas si innocent que cela.

Kinley venait de prendre une gorgée de sa margarita quand cinq paires d'yeux se tournèrent dans sa direction, et elle faillit s'étrangler sur sa boisson.

— Moi ? demanda-t-elle en se creusant les méninges pour trouver une façon de changer de sujet, en vain.

— Oui, toi. Tu habites chez Lefty. C'est vrai, ce qu'on dit ? Que les gauchers sont plus doués au pieu que les droitiers ? demanda Wendy en souriant.

Cela les fit toutes pouffer, mais Kinley rougit soudain d'embarras. Elle n'était pas prête pour ce genre de discussion. Elle n'avait jamais eu de copine avec qui papoter. Et elle n'avait pas les connaissances nécessaires pour parler de sexe d'une manière qui ferait croire à ces femmes qu'elle était plus expérimentée qu'en réalité.

Gillian posa sa main sur celle de Kinley.

— On ne se moque pas de toi, dit-elle doucement.

— Je sais, répondit Kinley. C'est juste que... je ne sais pas.

Il y eut un instant de silence autour de la table.

— Tu ne sais pas quoi ? demanda Clarissa.

— Je ne sais pas si Gage est mieux au lit que les autres hommes parce que je n'ai jamais couché avec personne.

Kinley n'avait pas voulu leur balancer de but en blanc qu'elle était vierge, mais manifestement, c'était devenu une habitude.

Elle était *tellement* bizarre. Pourquoi avait-elle admis une telle chose ?

— Sérieusement ? demanda Ann.

Kinley avala une grande gorgée de sa boisson et hocha la tête.

— Je trouve ça cool, dit Wendy. Je veux dire, j'ai perdu ma virginité quand j'avais 15 ans et je l'ai regretté tout de suite. J'aurais préféré attendre plus.

— C'est vrai, en convint Clarissa. Plus tu attends pour la perdre, plus tu te connais et sais ce que tu aimes.

— Exactement, renchérit Ann. Ma première fois a été *horrible*. Ça m'a fait tellement mal que j'ai cru qu'on me fendait en deux. Et le mec s'en foutait. Il a continué à donner des coups de rein pour essayer de jouir. Ça ne lui a rien fait que je me torde de douleur sous lui.

— Les filles..., dit Gillian, mais Ann était sur sa lancée.

— Je n'ai même pas eu d'orgasme avant mes 20 ans, et même alors, j'ai dû m'en occuper toute seule parce que le mec n'avait aucune idée de ce qu'était un clitoris.

— Vous avez beaucoup saigné la première fois ? demanda Wendy. Pas moi, et je me suis dit que c'était bizarre, et mon petit ami de l'époque n'a pas cru que j'étais vierge.

— Les filles ! répéta Gillian, sans que ses amies lui prêtent la moindre attention.

— Oh mon Dieu, j'ai saigné de partout, dit Ann. Ce n'est que lorsque le mec a fini et s'est retiré qu'il a baissé les yeux. Je jure qu'il a cru qu'il avait déchiré quelque chose à l'intérieur de moi. Au lieu que ce soit lui qui *me* réconforte, c'est moi qui ai dû le rassurer. Il était prêt à m'emmener à l'hôpital.

— Ça suffit ! cria pratiquement Gillian. Vous faites flipper Kinley !

Les quatre autres femmes se tournèrent vers cette dernière et elle comprit que l'horreur se manifestait sur son visage.

— Merde, désolée, Kinley. Ce n'était vraiment pas si terrible, tenta de se rattraper Ann.

Kinley fut incapable de s'en empêcher. Elle éclata de rire. Et une fois qu'elle eut commencé à rire, elle fut incapable de s'arrêter. Entre l'alcool qu'elle avait consommé et son embarras, elle continua juste de pouffer. Puis les autres l'imitèrent jusqu'à ce que toutes les six se mettent à pleurer de rire.

— D-Désolée, dit Kinley lorsqu'elle fut capable de reprendre la parole. Ann vient de dire qu'elle a cru mourir, puis elle a sorti « ce n'était pas si mal que ça », parvint-elle à articuler.

Et cela provoqua une autre vague d'hilarité.

Une fois qu'elles se furent enfin reprises, Gillian se tourna vers Kinley.

— J'admire le fait que tu n'aies pas cédé et couché juste pour voir ce que ça faisait.

Kinley leva une main pour l'arrêter.

— Je l'aurais fait il y a longtemps si quelqu'un avait été intéressé.

Aucune des autres ne sut quoi répondre, et Kinley comprit qu'elle venait à nouveau de rendre les choses embarrassantes.

— Je ne suis pas comme vous autres, dit-elle doucement. Je ne suis pas jolie. Je ne porte pas de maquillage. Je ne peux pas porter de talons hauts parce qu'ils me font mal aux pieds, et je me casserais la figure si j'essayais de marcher avec. Je suis extrêmement introvertie. Peu d'hommes ont pris le temps de me connaître, et les rares ont réalisé assez rapidement que j'étais ennuyeuse et que je ne valais pas la peine.

— Écoute-moi bien, dit Devyn en se penchant en avant et en saisissant la main de Kinley de l'autre côté de la table. Que ces mecs aillent se faire foutre. Il vaut mieux attendre le seul homme qui te comprenne, qui te comprenne *vraiment*, que d'apprendre à tes dépens que ce sont tous des connards. Et crois-moi, la plupart des hommes *sont* des connards. Tu es originale, Kinley, et si les autres ne parviennent pas à voir que l'originalité est cool, alors c'est tant pis pour eux, pas pour toi.

Kinley ne voulait pas montrer l'émotion que lui provoquaient les paroles de l'autre femme, mais elle ne put s'en empêcher.

— Lefty est un des mecs bien qui existent, lui dit Gillian. Je crois que ça va bien se passer si tu le laisses t'initier au sexe.

— Je sais qu'il l'est, dit Kinley. Il est probablement *trop* bien pour moi.

— Ne dis pas ça, dit Wendy. C'est quelqu'un d'autre qui parle pour toi. Je ne connais pas ton histoire, mais tu dois accepter que tu es unique. Tu devrais te dire que tu es trop bien pour la plupart des hommes qui existent, pas l'inverse.

— Exactement, renchérit Ann. Pourquoi devrais-tu t'offrir au premier venu ? Non. Il faut qu'ils fassent des efforts. Qu'ils te démontrent qu'ils sont dignes de ton temps.

Kinley sourit. Cela lui plaisait. Elle n'était pas totalement à fond, mais l'idée lui plaisait.

— Maintenant, dis-nous comment va la vie avec Lefty, dit Gillian. Je sais que vous êtes ici à cause du danger dans lequel tu te trouves, mais parle-nous de *lui*.

— Attends... Tu es en dan er ? demanda Wendy en redressant le dos.

— Qu'est-ce qu'on peut faire pour t'ai er ? demanda Clarissa.

— Sérieusement ? Que se passe-t-il ? dit alors Ann.

Les yeux de Kinley se remplirent de larmes. Ces femmes ne la connaissaient pas vraiment et pourtant, elles s'inquiétaient toutes pour elle.

— Merci, les filles, mais Gage s'en occupe, leur dit Kinley.

— Si tu as besoin de quoi que ce soit, on est là, lui dit Wendy.

— D'accord, d'accord, dit Gillian avec un geste de la main. Dis-nous comment c'est de vivre avec Lefty.

— On dort ensemble.

Quand les sourcils des cinq femme' s'arquèrent, Kinley secoua la tête.

— On *dort*. C'est tout. Il est resté sur le canapé pendant un moment, mais un matin, je suis allée dans le salon et je me suis endormie avec lui, alors on a décidé d'essayer de partager le lit.

— Lefty et toi partagez un lit, mais vous ne faites que dor ir ? demanda Ann d'un ton incrédule.

Kinley hocha la tête.

— I' m'a dit que je peux le toucher où et comme je veux.

— C'est génial, souffla Clarissa.

— Et t' l'as f it ? demanda Wendy.

Kinley se retrouva à nouveau gênée, mais quelque part, c'était facile de parler à ces femmes... ou peut-être était-ce grâce à la tequila dans les boissons. Elle secoua la tête.

— Pourquoi pas ? demanda Ann.

— C'est juste que... je ne veux pas que ça soit bizarre, dit Kinley. Enfin, plus bizarre que ça ne l'est déjà. J'aime dormir dans ses bras, et la dernière chose que j'aimerais est de le convaincre de ne *plus* vouloir le faire.

— Comment le toucher ferait-il qu'il ne veuille *plus* coucher avec toi ? demanda Wendy, l'air visiblement confuse.

— Je ne sais pas. Je crois que j'ai juste peur.

— Kinley, dit sérieusement Gillian. Si Lefty dit que tu peux le toucher, *tu peux le toucher.*

Au cours des dix minutes suivantes, les autres femmes donnèrent à Kinley toutes sortes de conseils sur où et comment elles pouvaient toucher Gage. À la fin de la conversation, elle était rouge pivoine, mais leurs conseils étaient utiles.

Elle ne put s'empêcher de s'empourprer à nouveau quand Gage, Trigger et Lucky se dirigèrent vers leur table.

— Vous avez l'air de bien vous amuser, fit remarquer Trigger.

— Absolument, confirma Gillian. Mais on est prêtes à y aller, n'est-ce pas, mesdemoiselles ? demanda-t-elle en adressant un clin d'œil à Kinley.

— Oui, absolument, en convint Wendy.

— Tom m'attend probablement avec impatience, dit Ann.

— Et Johnathan ne sait pas qu'il a hâte que je rentre à la maison... pas encore, dit Clarissa avec un sourire.

Les gars eurent l'air confus, mais Kinley échangea avec Gillian un regard lourd de sens.

— C'est moi qui paie, cette fois, dit Ann, mais Gage secoua la tête.

— C'est déjà fait, déclara-t-il.

— Ducon, marmonna Trigger. C'est quand tu es allé aux toilettes, c'est ça ?

Gage lui rendit un sourire goguenard.

— Je ne vais certainement pas me plaindre que quelqu'un d'autre paie pour la nourriture et les boissons, dit Ann avec un sourire. Merci !

— De rien, lui répondit Gage.

Lucky n'avait rien dit, mais lorsque les femmes commencèrent à sortir de l'alcôve, il s'avança pour aider Devyn. Kinley se demanda s'il y avait plus entre eux que ce que Devyn voulait bien admettre, mais elle n'y réfléchit pas longtemps parce qu'à la seconde où elle se redressa, elle vacilla dangereusement.

Gage la rattrapa immédiatement. Il passa son bras autour de sa taille et se pencha vers elle.

— Combien de margaritas tu as bu ? demanda-t-il.

Kinley haussa les épaules.

— Deux. Attends... peut-être trois ?

Il ricana.

— Allez, viens, ma belle. Je te ramène à la maison.

À la maison. C'était bon à entendre.

Elle prit congé et laissa Gage la guider vers sa voiture. Il l'aida à grimper à l'intérieur avant de se déplacer vers le côté conducteur. Elle le vit tourner la tête comme sur un pivot, à la recherche du danger. Son attention lui donnait le sentiment d'être vraiment protégée.

Le trajet de retour à son appartement se déroula rapidement et très vite, elle se retrouva dans son salon.

— Tu vas pouvoir te préparer à aller dormir sans tomber à la renverse ?

Kinley lui sourit. Elle était ivre, mais toujours consciente de tout ce qui se passait autour d'elle.

— Oui.

— Bordel, tu es mignonne. Alors vas-y. Je te rejoins une fois que j'aurai tout fermé.

Kinley hocha la tête et se dirigea vers sa chambre. Peu lui importait où atterrissaient ses vêtements alors qu'elle se déshabillait, mais elle allait prendre le temps de se brosser les dents avant de grimper dans le lit, seulement vêtue d'un autre des T-shirts de Gage.

Elle le regarda quand il revint et disparut dans la salle de bains. Il réapparut un instant plus tard, vêtu d'un pantalon de survêtement.

Il se mit au lit comme il le faisait tous les soirs, mais pour une fois, Kinley n'avait pas simplement envie de se blottir contre lui et de s'endormir. C'était peut-être l'alcool qui lui coulait dans les veines. C'étaient peut-être tous les conseils que lui avaient donnés les autres filles sur la meilleure façon de le toucher. Mais cette nuit, elle voulait faire plus que dormir.

Quand il se coucha sur le dos et passa le bras autour d'elle, Kinley leva une de ses jambes et la plaça sur sa cuisse, sa main reposant sur le ventre nu de Gage. Elle le sentit se contracter sous sa paume et il se raidit quand ses doigts frôlèrent l'élastique de son pantalon.

— Kins ?

— *Hmmm ?*

— Tu n'es pas fatiguée ?

Elle le regarda et lui dit succinctement « non ».

— Bon sang, jura-t-il alors que sa tête retombait sur les oreillers, et il ferma les yeux.

Kinley hésita légèrement, mais comme il ne lui saisissait pas la main pour la retirer, elle sourit et laissa ses doigts se déplacer.

Elle traça les contours de ses abdominaux et des muscles le long de ses hanches qui cheminaient directement vers son aine. Ces muscles se tendirent à son contact, mais quand il gémit et changea de position, elle poursuivit sa manœuvre.

Glissant les doigts sous la ceinture de son pantalon, elle se rendit immédiatement compte qu'il ne portait pas de sous-vêtement. Les poils drus entre ses jambes lui taquinaient les doigts, mais elle s'immobilisa quand elle frôla son sexe en érection.

— Ne t'arrête pas, murmura-t-il.

Elle n'eut pas besoin qu'on le lui dise deux fois.

Se déplaçant lentement, Kinley referma la main autour de lui et l'explora.

Sa peau était douce, mais sa queue elle-même était vraiment dure. Elle pouvait le sentir pulser dans sa main puis elle fit courir sa paume jusqu'au gland avant de redescendre, son excitation se communiquant à la longueur de sa verge, lui facilitant le mouvement.

Poussant un grognement, Gage se cala sur une hanche et descendit son pantalon de survêtement jusqu'à ce qu'il se retrouve sous ses fesses, libérant son sexe des confins de ses vêtements. Voulant le voir, Kinley repoussa les couvertures.

Elle pouvait sentir ses mamelons se durcir sous son haut et l'humidité recouvrit ses cuisses. Elle n'avait pas mis de sous-vêtements, se sentant courageuse, et pour la première fois, elle commençait à comprendre à quel point le sexe pouvait être passionnant. Elle ne s'était jamais sentie aussi désireuse avec qui que ce soit. Même regarder du porno ne l'avait jamais autant excitée. Mais sentir la bite de Gage dans sa main et voir de ses propres yeux à quel point il aimait ce qu'elle faisait pour lui était profondément excitant.

Se calant sur un coude, Kinley s'efforça de mettre à profit tous les conseils qu'on lui avait donnés plus tôt.

Bien vite, Gage commença à arquer ses hanches vers le haut alors que sa main descendait. Ils adoptèrent un rythme et quand elle jeta un œil au visage de Gage, elle n'eut plus envie de regarder ce que sa main faisait.

Il avait les yeux fermés et il respirait fort par le nez. Ses mains étaient crispées sur le drap de part et d'autre de ses hanches, et elle voyait que ses mamelons s'étaient durcis. Tout en lui était terriblement beau.

Kinley ne s'était jamais sentie plus puissante. *Elle* lui provoquait cela. Elle. Cette gamine bizarre qui n'avait jamais eu d'amis. Elle avait conscience qu'il réagirait probablement de la même manière avec n'importe quelle femme qui lui toucherait la queue, mais elle repoussa cette pensée au fond de son esprit. *Elle* était ici en ce moment, et c'était elle qui lui donnait ce plaisir.

Juste alors, il ouvrit brusquement les paupières, comme s'il avait senti qu'elle le regardait. Ses pupilles étaient tellement dilatées qu'elle voyait à peine le brun de ses iris. Il s'humecta les lèvres et soudain, il avait levé la main pour la saisir derrière la nuque. Elle perdit légèrement le rythme quand il l'attira vers lui pour conquérir ses lèvres.

Quand il commença à faire aller et venir sa langue dans sa bouche de façon érotique, elle imita le rythme avec sa main.

Gage décolla sa bouche de la sienne pour haleter :

— Je vais jouir, ma belle.

C'était un avertissement dont Kinley n'avait pas besoin. Elle avait senti ses testicules remonter contre son corps. Elle arracha son regard du sien et baissa les yeux. Tous les muscles de son ventre étaient tendus et ses hanches tressautèrent spasmodiquement alors qu'il s'approchait de son plaisir.

— Kins ! gémit-il en donnant un dernier coup de reins.

Elle fut fascinée quand du sperme jaillit du bout de sa verge. Elle continua de le caresser et bientôt, sa main fut couverte de ses fluides. Elle fut incapable de retenir le sourire qui passa sur son visage, et quand il grogna et lui écarta la main et commença à se caresser comme il l'aimait, elle poussa un soupir de satisfaction.

L'acte, depuis le moment où elle avait glissé la main dans son survêtement jusqu'à ce qu'il jouisse, n'avait pas duré plus de six minutes, mais peu lui importait la vitesse à laquelle cela s'était produit. Elle était ravie qu'il l'ait laissée le toucher et qu'il n'ait pas été gêné de jouir devant elle.

Baissant les yeux vers sa main, couverte de son sperme, elle ressentit le besoin soudain de savoir quel goût il avait. Avant de réfléchir à ce qu'elle faisait, elle porta la main à sa bouche et lécha son index d'une langue hésitante.

Il était un peu salé et amer, et cela ne ressemblait pas à ce qu'elle avait pu s'imaginer.

Quand Gage gémit, elle baissa les yeux et vit qu'il la regardait.

Rougissant, elle détourna le regard, embarrassée pour la première fois. Avant qu'elle puisse s'éloigner de lui pour aller se laver la main, Gage roula sur lui-même, l'entraînant avec lui.

Kinley leva les yeux vers lui d'un air surpris. Son T-shirt s'était retroussé et elle sentait sa verge humide contre sa cuisse. Il n'était pas dur, mais elle ne put s'empêcher d'écarter les jambes pour lui faire de la place.

Il respirait toujours fort et elle ne parvenait pas à interpréter l'expression de son regard. Pendant une seconde, elle eut peur. Elle était aussi vulnérable qu'une femme pouvait l'être. Gage était plus grand qu'elle et cela aurait été très facile pour lui de prendre ce qu'il voulait.

Elle se maudit de ne pas avoir mis de culotte et elle leva vers lui des yeux hésitants.

— N'aie pas peur de moi, dit-il doucement.

Et sans avoir besoin d'autre chose, Kinley se détendit. C'était Gage. Il ne lui ferait jamais de mal.

Elle ne savait pas quoi faire de sa main collante, alors elle l'écarta d'elle. Mais Gage refusa. Il tendit le bras, maria ses doigts aux siens et posa leurs mains entre eux.

— Gage, il faut que je me lave la main.

— Le sexe laisse des traces, dit-il.

Elle inclina la tête.

— Quoi ?

— Le sexe laisse des traces, répéta-t-il. Pas besoin d'être embarrassée de quoi que ce soit.

— Euh... d'accord.

— Et rien n'est hors limites entre nous. *Rien.*

Kinley se détendit un peu plus.

— D'accord.

— Et je dois dire que c'était phénoménal. Je n'ai pas duré aussi longtemps que je l'aurais voulu. Je veux dire, à la seconde où tu as refermé la main autour de moi, j'étais prêt à exploser. Je ferai mieux la prochaine fois.

Kinley s'humecta les lèvres et hocha la tête.

— Merci, ma belle. Ça t'a plu ?

— Ouais.

— C'est bien. Et tu aimes mon goût ?

Elle ferma les yeux pendant une seconde puis essaya de se rappeler qu'il avait dit qu'elle n'avait pas à être gênée avec lui. Elle ouvrit les yeux et croisa son regard.

— Je me demandais juste quel goût ça avait. Ce n'est pas horrible, mais je ne dirais pas que ce soit délicieux non plus.

Il ricana.

— C'est noté. Mais à vrai dire, j'ai vraiment *hâte* de te goûter.

Maintenant, Kinley savait qu'elle rougissait.

Comme s'il avait conscience qu'il ne fallait pas aller plus loin, Gage roula sur le dos et l'attira contre lui. Il se déplaça pour remonter son survêtement et fit glisser la couverture dans le même mouvement.

— Tu n'as pas envie de te nettoyer ? demanda-t-elle.

— Pas particulièrement, marmonna-t-il. Je viens d'avoir l'orgasme le plus incroyable du monde et je suis fatigué. Je t'ai dans mes bras et j'apprécie de te sentir contre moi. J'aime cette Kinley pompette, mais je t'informe que je vais vouloir que tu le refasses quand tu seras en pleine possession de tes facultés. D'accord ?

Kinley hocha la tête contre lui. Elle ferma les yeux. Son

corps vibrait de désir, mais c'était bon de savoir que Gage ne lui mettait pas la pression pour le laisser la toucher ou faire quoi que ce soit d'autre. Elle aimait l'aider à se sentir bien. Aimait savoir qu'elle avait réussi à le faire jouir en quelques minutes seulement.

Alors qu'elle commençait à s'endormir, Gage se déplaça sous elle et se pencha vers la table de chevet.

— Que se passe-t-il ? demanda-t-elle.

— Rien, dit-il calmement. J'ai juste oublié de te donner ça tout à l'heure. Je l'ai commandé en ligne. C'est une société appelée FLATOUTbear. Ils sont basés en Australie. C'est fait en peau de mouton d'Australie et c'est le truc le plus doux que j'ai touché de toute ma vie. Le corps n'a pas de rembourrage. C'est juste du cuir couvert de laine de mouton. Je me suis dit que ça te plairait peut-être.

Kinley regarda l'ours en peluche qu'il lui tendait. Il était marron foncé et avait l'air un peu étrange. Le corps était complètement plat, comme son nom l'indiquait, et il avait une tête légèrement volumineuse. C'était remarquablement gentil... et elle ne savait pas quoi répondre. Elle le prit avec sa main propre.

À la seconde où elle toucha l'animal en peluche, elle en tomba amoureuse. C'était bien la chose la plus douce qu'elle ait jamais touchée.

— Quand tu m'as parlé de cet ours en peluche que tu as perdu quand tu étais petite, j'étais triste et j'ai voulu le remplacer. Je ne serai pas toujours là pour te faire des câlins, particulièrement lorsque je serai en déploiement ou que je devrai travailler tard, alors j'ai pensé qu'il te plairait peut-être.

Personne n'avait jamais fait une telle chose pour elle avant. Certes, on lui avait offert des cadeaux, mais aucun n'avait été aussi significatif que celui-ci. Ne voulant pas salir l'ours, elle le plaça sur la poitrine de Gage et frotta sa joue contre lui.

— J'adore, murmura-t-elle.

— Ça me fait plaisir, souffla-t-il.

Elle laissa une larme lui échapper, mais elle ne bougea pas. Les sentiments la submergèrent.

Elle avait des amis.

Elle avait touché Gage et cela n'avait pas été étrange.

Et maintenant, Gage lui avait offert le cadeau le plus attentionné qu'elle ait jamais reçu.

Sa vie pouvait certes paraître horrible, car elle était poursuivie par un tueur et avait la perspective de devoir témoigner contre des hommes politiques relativement puissants, mais Kinley n'avait sincèrement jamais été aussi heureuse.

CHAPITRE QUATORZE

Une autre semaine s'était écoulée et Lefty se sentait prudemment optimiste. Cruz avait gardé contact en permanence, leur faisant savoir que Brown serait probablement convoqué pour un interrogatoire dans la journée ou le lendemain. En France, Stryker était sous surveillance rapprochée, et Cruz espérait que les détectives parisiens lui parlent très vite.

Il n'avait pas non plus vu quelqu'un de bizarre rôder autour de son immeuble. Il n'avait pas eu l'impression que qui que ce soit les observait et il n'avait pas vu quelqu'un qui sortait de l'ordinaire. Tout cela ne signifiait pas que personne n'était là, mais plus le temps passait, plus il y avait de chance que celui qui la pourchassait n'ait pas découvert où elle était allée, ou bien n'avait simplement pas envie de la trouver.

Kinley avait commencé à sortir sans Gage un peu plus souvent. Elle n'était pas assez folle pour se balader toute seule – ce qui était une manière sûre d'inviter les ennuis –, mais elle était allée faire du shopping avec Gillian et avait accompagné Devyn à un entretien d'embauche.

Lefty aimait la voir s'épanouir alors que ses amitiés avec les autres femmes s'intensifiaient. Si jamais il y avait quelqu'un qui avait besoin d'amies et en méritait, c'était bien Kinley.

Mais c'est le temps qu'ils passaient ensemble qui le rendait le plus heureux. Kinley était curieuse et après la première nuit où elle l'avait fait jouir, elle n'avait montré aucune réticence à le toucher. Bien sûr, si cela rendait ses nuits agréables, elles étaient également frustrantes. Il voulait prendre Kinley comme il l'avait rêvé, mais il s'efforçait toujours de ne pas aller trop vite pour elle. Il ne voulait vraiment pas la mettre mal à l'aise de n'importe quelle façon que ce soit.

La veille, elle avait demandé si elle pouvait essayer de lui faire une fellation. Il n'allait pas dire non ! À la seconde où elle avait refermé la bouche autour de sa queue, il avait dû se reprendre et se réciter des statistiques de base-ball afin de ne pas exploser dans sa bouche. Il savait ce qu'elle pensait sur le fait d'avaler, et même s'il avait apprécié ressentir sa bouche sur lui, il ne voulait rien faire qui puisse la dégoûter du sexe oral à l'avenir.

Elle l'avait terminé à la main... puis lui avait demandé d'une voix hésitante s'il avait envie de *la* toucher.

Cela faisait une très longue semaine qu'il attendait qu'elle lui pose la question. Ne pas la caresser avait été une torture pour lui. Il n'aimait pas ne pas lui donner le même plaisir qu'elle lui avait donné. Mais il avait promis qu'il ne lui ferait rien qu'elle ne soit pas prête à recevoir.

Deux secondes précisément après que ces mots eurent quitté sa bouche, il posa les doigts entre ses jambes et la toucha pour la première fois. Elle était trempée et il ne mit guère de temps à *la* faire monter jusqu'à l'orgasme.

D'ordinaire, Gage n'était pas un homme patient. En tant que fils unique, on lui avait donné à peu près tout ce qu'il avait voulu, quand il l'avait voulu. Mais il savait sans l'ombre d'un doute qu'attendre que Kinley s'offre à lui serait l'un des meilleurs cadeaux qu'il aurait jamais de toute sa vie. Et il attendrait le temps qu'il lui faudrait pour qu'elle accepte pleinement qu'il lui prenne sa virginité.

Il n'avait jamais voulu avoir la pression de coucher avec une vierge. Même lorsqu'il était au lycée et à l'université, il s'était tenu à l'écart des filles sans expérience. Mais il ne parvenait pas à songer à autre chose qu'à la beauté de leur union.

C'était l'heure du déjeuner et il venait d'avoir Kinley au téléphone. Elle devait aller au supermarché avec Gillian dans une heure environ. Elle dit qu'elle lui avait prévu un dîner surprise, et il avait hâte. Elle n'était pas la meilleure cuisinière du monde et avait affirmé qu'elle n'avait jamais eu le désir d'apprendre ou bien n'avait jamais eu personne pour lui montrer. Mais à présent qu'elle vivait avec lui, elle voulait qu'il ait tous les soirs en rentrant des repas nutritifs.

Il venait de raccrocher après lui avoir dit de faire attention et quand il se retourna, il vit que toute son équipe le regardait.

— Quoi ? demanda-t-il.

— Apparemment, ça se passe bien entre toi et Kinley, dit Brain.

Lefty ne parvenait pas à lire son ton.

— Certes, mais je ne vois pas en quoi ça te regarde.

— Ça nous regarde parce que c'est notre amie et qu'on l'apprécie, s'interposa Oz.

— Cela fait maintenant quelques semaines qu'elle vit avec toi. On sait que son affaire avance rapidement, et que des gens sont interrogés ou placés sous surveillance, mais quand même... On ne t'a guère vu hors du travail ces derniers temps. On veut juste s'assurer qu'elle va bien, dit Grover.

Lefty n'était pas certain de savoir s'il devait s'irriter que ses amis pensent qu'elle n'allait *pas bien*, ou s'il était content qu'ils se soucient assez de Kinley pour lui poser la question.

— Kinley est... Elle est différente, dit Lefty en essayant de trouver les mots pour expliquer leur relation.

— On le sait déjà, dit Lucky. C'est pour ça qu'on te demande ce qu'il se passe entre vous. Nous aussi on s'inquiète pour elle, tu sais.

— Qu'est-ce que vous croyez ? Que je fais semblant de me

soucier qu'elle ait assisté aux derniers moments d'une gamine juste pour me la taper ?

Personne ne dit plus rien pendant un bon moment et les paroles de Lefty semblèrent résonner dans la petite salle de pause qu'ils utilisaient pour manger leurs repas.

Puis Trigger dit :

— Je crois qu'ils s'inquiètent plutôt pour vous *deux*. On a tous vu qu'elle te plaisait vraiment. Puis elle a débarqué et tu l'as installée chez toi et t'es impliqué dans ses problèmes sans te poser de questions. Et tu nous tiens au courant de l'enquête, mais pas de votre relation. On essaie juste de comprendre où en sont les choses entre vous.

Trigger avait raison. Il n'avait *pas* beaucoup parlé de Kinley simplement parce que cela lui semblait malpoli, et la dernière chose qu'il aurait voulu faire était de parler dans son dos. Particulièrement une fois qu'elle avait emménagé. Il n'avait jamais été *ce genre de mec*, et il n'allait certainement pas commencer.

Il décida de mettre les choses au clair de la façon la plus directe possible.

— Je ne couche pas avec elle.

Les expressions de ses amis allaient de la surprise à la confusion.

— Ah non ? demanda Brain.

— Non.

— Pourquoi pas ?

La question de Lucky était un peu offensante, mais Lefty savait qu'il n'essayait pas d'être impoli.

— Parce qu'elle n'est pas comme les autres femmes. Elle a été blessée par le passé. *Vraiment*. Imaginez que vous avez 6 ans et que vous vivez avec une famille. Vous les appréciez et ils sont gentils. Vous n'avez jamais vécu avec une famille plus gentille. Ils ne te battent pas, ne t'affament pas et ne t'ignorent pas. Puis un jour, tu rentres de l'école et ils te donnent un sac-poubelle rempli de tes vêtements et te disent qu'ils sont désolés, mais qu'ils déménagent et ne peuvent pas t'emmener avec eux. Que vous devrez vivre avec une autre famille. Qu'est-ce que vous ressentiriez ?

Quand Kinley lui avait raconté cette histoire, Lefty s'était énervé. Il ne comprenait pas comment quelqu'un pouvait se montrer aussi insensible avec un enfant.

Il poursuivit son récit :

— On lui a tellement fait faux bond qu'elle a appris à ne faire confiance à personne d'autre qu'à elle-même. Le temps qu'elle arrive au lycée, elle était connue comme la « pauvre enfant des services d'accueil » dont personne ne voulait. Elle restait à l'écart et ses camarades de classe s'efforçaient de l'éviter... s'ils ne la harcelaient pas. Malgré tout, elle a réussi à survivre à l'université et a décroché un travail génial. Mais ce travail était à Washington, DC, et vous savez toutes aussi bien que moi que dans la politique, les gens sont faux et horribles. Elle n'a jamais eu de véritables amis, dit Lefty.

» Avant qu'elle ne débarque ici au Texas, elle m'avait intrigué. En Afrique, elle était parvenue à garder la tête froide au milieu de cette foule. Puis on a parlé et je me suis rendu compte qu'elle était intelligente et que j'aimais vraiment passer du temps avec elle. Quand on était à Paris, on s'est liés davantage encore. Le résultat est que nous sommes d'abord devenus amis. La dernière chose que je veux est de la précipiter dans une relation, quelle qu'elle soit. Mais – et ça m'énerve de *vous* le dire avant que je puisse *lui* en parler –, j'ai envie qu'elle reste ici. Je veux continuer à apprendre à mieux la connaître. Et oui, je m'imagine rester avec elle pendant très longtemps, mais j'y vais lentement. Je ne veux pas lui faire peur, qu'elle se dise que je serai pas un bon compagnon potentiel.

Lefty savait qu'il parlait trop. Qu'il ne laissait pas ses amis en placer une, mais il ne pouvait pas s'arrêter. Il inspira profondément avant d'admettre autre chose :

— Elle n'a jamais eu de vrai petit ami. Elle n'a jamais *été* avec qui que ce soit... si vous voyez ce que je veux dire. Au début, ça m'a fait peur, mais plus je passe de temps avec elle, plus je suis choqué. Elle aurait déjà largement dû être prise. Elle est incroyable. Généreuse, gentille et avec une volonté de fer. Elle y a été forcée si elle voulait survivre à son enfance sans devenir une maniaque meurtrière.

» Oui, elle vit avec moi. Oui, on dort ensemble, mais on ne couche pas. Je ne l'ai pas beaucoup touchée. J'ai envie qu'elle me désire autant que je la désire. Tous les soirs, je m'endors en me disant que je suis l'homme le plus chanceux de la terre parce qu'elle est à mes côtés, et j'ai envie de tuer tous les gens dans sa vie qui lui ont donné l'impression d'être de la boue sous leurs chaussures. Je déteste voir qu'elle a peur. Je déteste ne pas savoir si quelqu'un la pourchasse toujours, et je *déteste* vraiment savoir qu'on finira bien par être appelés en mission et que je vais devoir la laisser toute seule. Mais je détesterais encore plus devoir me distancer de vous parce que vous ne pouvez pas ou ne voulez pas comprendre qu'elle est vraiment spéciale pour moi.

Le temps qu'il finisse, il était quasiment à bout de souffle, mais Lefty ne s'en préoccupait pas. Ses amis devaient comprendre à quel point Kinley comptait pour lui, et s'ils la mettaient mal à l'aise d'une quelconque façon, c'était à lui qu'ils devraient en répondre.

Mais au lieu d'être irrités, tous ses amis souriaient.

— Je n'arrive vraiment pas à croire que tu te sois trouvé une vraie vierge, le taquina Doc.

Lefty n'afficha même pas l'ombre d'un sourire.

Doc se rendit compte qu'il avait probablement dit la mauvaise chose et il fit rapidement marche arrière :

— Je veux dire, c'est super, mon vieux. Ça n'a aucune importance pour nous.

— Aucun mot de cette conversation ne doit sortir d'ici, dit Lefty en serrant les dents. Vous savez quoi ? J'ai mené une vie agréable. Mes parents sont encore ensemble et heureux dans leur mariage. J'ai eu une enfance incroyable. J'ai été gâté, je l'admets. J'ai passé un bon moment au lycée et j'ai eu beaucoup d'amis. Je me suis engagé dans l'armée et j'ai été assez bon pour intégrer une équipe et maintenant, je me suis fait des amis géniaux. Vous. La vie de Kinley a été *tout* sauf facile. Elle a été transbahutée de foyer en foyer sans qu'une seule famille veuille la garder pour toujours. Sa scolarité a été un enfer, et même quand elle a obtenu un emploi à DC, elle s'est encore retrouvée seule. Mais au fond, j'ai la conviction qu'elle est deux fois plus forte que moi. Que ce qu'elle a traversé aurait brisé la plupart des autres personnes. Mais au lieu de ça, elle est gentille, compatissante, amicale, et par miracle... elle paraît m'apprécier, *moi*.

» Être avec elle me fait comprendre tout ce à côté de quoi je suis passé. On a une connexion. Bien réelle. J'aime passer du temps avec vous, mais quelque chose dans le fait de savoir qu'elle m'attend à l'appartement me comble. Je ne peux pas l'expliquer.

— Je comprends, dit Trigger en hochant la tête. C'est difficile à expliquer avant d'avoir une femme que tu aimes et qui t'aime en retour.

— Je ne sais pas si on peut parler d'amour, dit Lefty.

Trigger ricana et leva les yeux au ciel.

— Tu l'aimes, dit-il avec conviction. Sans quoi, tu ne l'aurais pas défendue. Tu aurais accepté qu'on te charrie et tu aurais tourné la page.

Lefty y réfléchit pendant un long moment. Au lieu de trouver cette idée bizarre, elle semblait juste.

— On ne t'interrogeait pas pour fouiner, lui dit Brain. C'est parce qu'on apprécie Kinley. Et c'est évident qu'elle te regarde avec des étoiles plein les yeux.

C'était *bon* de le savoir.

— Quelles sont les dernières nouvelles sur son affaire ? demanda Oz.

Lefty était soulagé de pouvoir cesser de parler de sa relation avec Kinley pour aborder un sujet sur lequel ils étaient tous experts. Il leur parla de son dernier appel téléphonique avec Cruz.

— Alors ils vont coffrer Brown aujourd'hui ? demanda Grover.

— C'est le plan, dit Lefty avec un clin d'œil.

— Et Stryker est sous surveillance ? Ses appels téléphoniques sont surveillés ? demanda Lucky.

— Oui.

— Comment Kinley prend-elle tout ça ? demanda Doc.

— Bien, malgré les circonstances. Elle est restée très nerveuse pendant un certain temps, et elle ne voulait pas du tout quitter l'appartement. Mais je crois qu'elle se sent beaucoup mieux, maintenant que d'autres personnes savent ce qu'elle a vu et qu'ils la croient.

— Il faut quand même qu'elle fasse attention, le mit en garde Brain.

— Je le sais, et elle le fait. *Nous* le faisons. Mais elle est adulte. Je ne peux pas rester à ses côtés à chaque minute de la journée, et elle en a conscience. Je lui ai dit ce à quoi il fallait faire attention. Elle ne répond pas à la porte si je ne suis pas là et qu'elle n'attend personne. Et elle ne quitte jamais la maison toute seule. On fait aussi attention que possible tout en ne faisant pas d'elle une prisonnière. Cruz nous avait parlé du programme de protection des témoins, et on a décidé de ne pas l'intégrer.

Dès que les mots étaient sortis de sa bouche, il sut qu'il n'avait pas été entièrement honnête. Une fois Cruz parti, ils n'avaient pas débattu de la possibilité qu'elle intègre le programme de protection des témoins. Il lui avait dit qu'il ne voulait pas qu'elle le fasse, elle l'avait embrassé et ils n'en avaient plus reparlé. La pensée qu'elle soit terrée quelque part, encore une fois sans amis et sans savoir à qui elle pouvait faire confiance, était odieuse. Il ne voulait pas qu'elle connaisse cela, surtout à présent qu'elle avait ressenti l'importance d'avoir de véritables amis.

— Le programme de protection des témoins, n'est-ce pas ? demanda Brain. C'est vraiment sérieux.

Lefty hocha la tête.

— Stryker est un ami personnel du président. Je devine que beaucoup de gens ne seront pas heureux de voir son linge sale lavé en public, surtout s'il s'avère qu'il est un assassin.

— Alors elle va témoigner ? demanda Oz.

— Oui. Une partie égoïste de moi souhaiterait qu'elle ne le fasse pas, parce que cela la met directement dans le collimateur de je ne sais combien de personnes, mais elle insiste. C'est un autre de ses côtés qui me fascine tous les jours. Elle pourrait facilement oublier ce qu'elle a vu ou faire semblant de s'être trompée. Au lieu de cela, elle est déterminée à défendre ce qui est juste. Pour ces enfants assassinées en France, et pour toutes les autres auxquelles Stryker et Brown ont peut-être fait du mal.

Les hommes restèrent silencieux pendant une seconde, puis Brain dit :

— Si tu as besoin de quelque chose, quoi que ce soit, tu sais que tu as juste à demander, n'est-ce pas ?

Lefty hocha la tête. Il n'était peut-être pas toujours d'accord avec ses amis, mais il savait sans le moindre doute qu'il pouvait les appeler, de jour comme de nuit, et qu'ils se pointeraient. Pour lui *et* Kinley, surtout maintenant qu'ils savaient où en était leur relation.

— J'apprécie. Sérieusement.

Trigger soupira.

— Maintenant qu'on a fini, on est prêts à retourner et à essayer de voir ce que sont en train de nous mijoter les terroristes ?

Ils hochèrent tous la tête et commencèrent à sortir de la salle de pause. Grover ferma la marche et s'arrêta devant Lefty qui tenait la porte pour tout le monde.

— Je suis content pour toi et Kinley, dit-il.

— Ne sois pas trop content trop vite, répondit Lefty. On est encore en train de dépatouiller les choses. Je ne sais pas où j'en suis avec elle, et il faut encore qu'on traverse toute cette histoire de témoignage au procès.

— Vous allez vous en tirer, dit Grover sans hésitation. Elle te fait du bien et toi aussi, c'est évident.

— Merci, vieux.

Grover hocha la tête.

— Tu en as découvert plus sur ce qu'il s'est passé avec Devyn dans le Missouri ? demanda doucement Lefty.

Grover secoua la tête.

— Non, et ça me rend fou. Tout ce qu'elle me dit, c'est qu'elle est adulte et qu'elle sait se gérer. Mais je ne peux pas m'empêcher de m'inquiéter. Tu sais qu'elle a eu une leucémie quand elle était petite, et ça nous a tous rendus extrêmement protecteurs envers elle.

— Elle a eu *une leucémie* ?

Lefty se tourna et vit Lucky. Ni lui ni Grover ne l'avaient vu s'attarder, et il avait apparemment entendu leur conversation.

— Ouais. C'était délicat pendant un certain temps, mais elle s'en est sortie, et même si elle a presque 30 ans, moi et mes autres sœurs ressentons encore le besoin de veiller sur elle. Je ne suis pas sûr que Spencer, mon frère, se soucie de qui que ce soit à part sa pomme, mais c'est une autre histoire. Quoi qu'il en soit, *boum !* Un jour, j'ai reçu ce message vocal qui me disait qu'elle déménageait ici à Killeen. Ça n'a aucun sens. Je sais qu'elle aime l'aventure et qu'elle est impulsive, mais je ne pense pas qu'elle quitterait son emploi sans y réfléchir à deux fois. Il lui arrive quelque chose, et elle ne veut rien me dire. Ça me rend fou, dit Grover en se passant une main dans les cheveux.

Lefty fut incapable de détourner les yeux de Lucky. Il semblait extrêmement agité d'avoir appris cela sur Devyn. Trop, même. Ils avaient tous appris à connaître la sœur de Grover au cours des deux semaines précédentes, mais la réaction de Lucky semblait quelque peu étrange.

— Ça ne va pas m'empêcher de lui poser la question. Elle m'a appelé ce matin pour me dire qu'elle a décroché le dernier emploi pour lequel elle avait postulé, donc ça, c'est réglé. Ça signifie qu'elle va rester un moment, du moins je l'espère. J'ai le temps de la travailler au corps et de faire mon rapport au reste de la famille.

— Elle va bien finir par te parler, le rassura Lefty.

— Je l'espère.

Et sur ce, les deux hommes quittèrent la pièce, suivant Lucky pour retourner à la réunion qu'ils avaient interrompue le temps d'aller déjeuner.

Kinley sourit à Gillian alors qu'elles sortaient de la supérette et regagnaient sa voiture. Elle se sentait un peu bête d'avoir fait toute une histoire du dîner qu'elle avait prévu pour Gage, mais Gillian ne s'était pas moquée d'elle.

Kinley savait que Gage essayait de manger sain parce qu'il devait s'efforcer de conserver la meilleure forme possible. Il pouvait être appelé en mission à tout moment, et prendre ne serait-ce que cinq kilos de gras jouerait entre être capable de se battre efficacement ou représenter un poids pour son équipe.

Elle avait donc cherché sur Internet différentes recettes pour cuisiner du poulet. Cette viande était maigre et pleine de protéines, et même si elle ne comptait pas la badigeonner de gras, elle voulait en faire un peu plus que de la faire cuire sans rien.

Elle avait trouvé une recette pour un poulet pané au parmesan qui avait l'air incroyable. Et surtout, ce n'était pas trop compliqué. C'était bien, puisque Kinley avait découvert qu'elle était une cuisinière horrible. Gage pouvait jeter un œil, mixer des ingrédients ensemble et préparer un bon repas, mais quand elle avait essayé de le faire, cela avait eu le goût de ce qu'un gamin de 3 ans aurait préparé dans le jardin avec de la boue et des bâtons.

Elle avait parcouru les étagères de Gage et s'était rendu compte qu'elle aurait besoin d'ingrédients pour préparer le plat, alors Gillian avait proposé de l'accompagner. Kinley avait passé la matinée avec l'autre femme, l'aidant à trouver ce qu'un groupe de gamins de 9 ans pourrait faire lors d'une fête d'anniversaire sur le thème des pirates qui soit amusant et pas trop cliché, puis elles étaient parties au supermarché après le déjeuner.

— Tu es sûre que ça ne te dérange pas de venir m'aider ? demanda Kinley à Gillian.

— Pas du tout. Ça me fait plaisir. Attention, je ne suis pas cheffe professionnelle, mais à nous deux, on va bien arriver à réaliser cette recette sans créer d'incendie.

Cela les fit rire toutes les deux. Puis Gillian dit :

— Je n'allais pas poser la question... mais je dois le faire. Les choses vont toujours bien entre toi et Lefty ?

Kinley rougit et hocha la tête.

— On n'a pas... tu sais, mais on y vient. Je suis honnêtement surprise d'apprécier autant ce qu'on fait ensemble. Je pensais que ça serait gauche, mais non ! C'est tout à fait naturel et maintenant, je comprends l'intérêt.

— L'intérêt pour le sexe ? demanda Gillian avec un léger reniflement. Oh, oui, c'est vraiment intéressant, dit-elle avec un sourire.

Et pour la première fois, Kinley comprit l'expression satisfaite sur le visage de son amie. Par le passé, elle avait toujours fait semblant de savoir de quoi il en retournait, mais après les deux dernières nuits, quand elle avait invoqué le courage de laisser Gage la toucher... elle avait eu le sentiment d'être passée à côté de beaucoup de choses. Cela dit, elle comprenait qu'elle ne se sentirait pas pareille si c'était quelqu'un *d'autre* que Gage qui la touchait. Il lui faisait quelque chose, tout simplement. À la seconde où elle l'avait rencontré, elle s'était sentie... chez elle.

Ce qui était énorme, car elle n'avait jamais vraiment eu de « chez-elle ». Pas vraiment. Ses appartements successifs avaient tous été des endroits pour dormir. Mais celui de Gage était un lieu de refuge. De sécurité. Et quand il était là avec elle, même rester assise à côté de lui à lire était plus satisfaisant que toutes les relations qu'elle avait pu avoir jusqu'alors.

Oui, elle pouvait affirmer que Gage Haskins était la meilleure chose qui lui soit jamais arrivée. C'était terriblement effrayant, parce qu'elle avait toujours perdu tout ce qui avait compté pour elle. De cet ours en peluche égaré depuis long-temps aux parents adoptifs qu'elle avait cru pouvoir aimer.

Si elle perdait Gage, elle ne s'en remettrait jamais. Kinley le savait intuitivement. Elle l'aimait et avait en même temps terri-blement peur de lui. Il avait le pouvoir de la détruire s'il déci-dait qu'il ne parvenait pas à supporter ses problèmes ou son étrangeté. Son plan était donc de faire taire ses sentiments et de voir où le futur allait l'entraîner.

Si Gage avait envie d'elle, si – par miracle – il pouvait l'ai-mer, elle ne ferait jamais rien qui puisse lui donner envie de changer d'avis.

Elles regagnaient la petite voiture sportive de Gillian quand Kinley remarqua un homme qui se dirigeait vers elles. Il portait un pantalon noir et une chemise blanche à manches longues. Sa cravate sombre était assortie à son pantalon et elle avait pensé qu'il était probablement un des nombreux pèlerins reli-gieux qui fréquentaient la région.

Agacée de devoir lui parler, parce que Kinley essayait toujours d'être polie, même si elle n'avait aucun désir d'écouter un sermon sur le salut de son âme, elle fut surprise lorsque l'homme prononça son nom en s'approchant.

— Kinley Taylor, je suis vraiment content de vous avoir trouvée.

Gillian arrêta leur caddy et fit un pas devant Kinley.

— Qui êtes-vous ? Que voulez-vous ?

— Désolé ! s'exclama l'homme en faisant un pas en arrière. Mon nom est Robert Turner. FBI. Il y a eu des développements dans le dossier de mademoiselle Taylor, et on craint qu'elle soit en danger. On m'a demandé de l'emmener au bureau le plus proche, à Austin, jusqu'à ce que monsieur Haskins puisse être avisé et venir la rejoindre.

Le cœur de Kinley commença à battre la chamade.

— Que s'est-il passé ?

L'homme lui adressa un regard sympathique.

— Walter Brown a été arrêté et Drake Stryker est actuellement interrogé à Paris. On a vraiment besoin de vous mettre en sécurité quelque part, Mademoiselle Taylor.

Gillian tendit la main et dit :

— Si vous êtes vraiment un agent fédéral, montrez-moi vos identifiants.

L'homme n'hésita pas. Il mit la main dans sa poche arrière et en tira un portefeuille en cuir. Il l'ouvrit et le leur montra. D'un côté, il y avait un insigne en argent et de l'autre, le mot FBI, sa photographie et son nom.

— C'est bien d'avoir demandé des preuves. On ne doit pas plaisanter avec sa sécurité, surtout dans votre situation, Mademoiselle Taylor.

Le fait qu'il ait immédiatement présenté sa pièce d'identité et qu'il les ait félicitées pour leur prudence aida largement Kinley à se détendre.

Robert Turner était bien mis et relativement beau. Il avait l'air de frôler le mètre quatre-vingt. Son visage était rasé de près et ses yeux bleus la regardaient directement sans la moindre trace d'hésitation.

— Vous n'êtes pas en sécurité ici, en public, dit-il.

— C'est Cruz qui vous envoie ? demanda Kinley.

— Cruz ? Oh, oui. Bien sûr. Il serait venu lui-même, mais il s'efforce d'obtenir autant d'informations que possible de la part des autorités françaises, expliqua Robert.

Puis il se tourna et désigna sa berline noire à quatre portes.

— Ma voiture est juste là.

Gillian regarda successivement Kinley et l'agent du FBI. Elle plissait le front et elle avait l'air inquiète.

— Comment avez-vous su que Kinley était ici au supermarché ?

— Je suis d'abord passé à son appartement et votre voisine m'a dit où vous vous rendiez. Je suis venu ici en espérant pouvoir vous voir, dit Robert sans la moindre hésitation.

Cela sonnait juste. En sortant, Kinley avait bien croisé une des voisines de Lefty. Elle avait discuté avec la vieille dame et lui avait demandé si elle avait besoin de quoi que ce soit au supermarché, puisqu'elle était en route.

— Je crois qu'on devrait appeler Cruz pour vérifier, dit Gillian.

Kinley hocha la tête et sortit son téléphone. Elle cliqua sur le numéro de Cruz, qu'elle avait mémorisé. Le téléphone sonna, mais personne ne répondit.

— Il ne répond pas, déclara Kinley.

— Parce qu'il est noyé jusqu'au cou dans cette histoire, expliqua l'agent du FBI. Je suis sûr qu'il vous appellera dès qu'il aura une minute ou deux à lui.

Kinley se sentit immédiatement coupable.

— Vous avez raison, dit-elle.

Prenant sa décision et soulagée que Walter et Drake soient en garde à vue, elle se tourna vers Gillian.

— Je suis désolée, s'excusa-t-elle. Je n'avais aucune idée que tout arriverait aujourd'hui. Je ne t'aurais jamais emmenée dehors si j'avais su.

— C'est bon, la rassura Gillian.

— Ça m'embête de te demander ça, mais tu pourras garder mes courses chez toi jusqu'à ce que je sois rentrée ? Je ne sais pas quand je serai de retour.

— Bien sûr. Ne t'inquiète pas.

— C'est une bonne excuse pour ne pas m'aider à préparer le poulet ? demanda Kinley.

— Tout à fait.

— Merci.

Kinley regarda l'agent du FBI. Il ne montrait aucune impatience, ce qu'elle apprécia. Il ne cessait de tourner la tête, comme s'il était toujours attentif au danger. Gage aurait fait la même chose. Elle serra Gillian dans ses bras et la remercia à nouveau.

— Arrête de me remercier, la gronda Gillian. Tu n'aurais pas hésité à faire la même chose pour moi, et ce n'est vraiment rien. Je vais juste mettre tes trucs dans mon réfrigérateur jusqu'à ton retour.

— D'accord. Je t'appellerai dès que possible pour t'informer de ce qu'il se passe.

— Tu ferais mieux, oui, dit Gillian d'un ton faussement menaçant. Vas-y. On se voit bientôt.

Kinley se tourna vers Robert.

— D'accord, je suis prête.

L'agent du FBI acquiesça et lui fit le geste de passer devant alors qu'ils se dirigeaient vers sa voiture. Il ouvrit la portière passager et attendit qu'elle soit assise avant de la refermer et de regagner l'autre côté du véhicule au pas de course. Il ne la regarda pas lorsqu'il démarra le moteur et sortit de la place de stationnement.

Kinley tourna la tête vers Gillian et vit qu'elle était toujours au milieu du parking. Elle lui fit signe de la main, mais Gillian ne la vit apparemment pas, car elle ne lui rendit pas son geste.

Se retournant, Kinley inspira profondément. Elle avait craint que cela se produise, mais enfin, elle était contente d'apprendre que dans quelques jours, Stryker serait entendu par la police parisienne. Elle se demanda ce qu'il s'était passé pour qu'on vienne déjà l'arrêter. Franchement, c'était un soulagement.

Ils roulaient depuis un certain temps et se dirigeaient vers le sud en direction d'Austin sur une route nationale lorsque Kinley se pencha pour prendre son sac à main.

— Qu'est-ce que vous faites ? demanda Robert.

— J'appelle Gage. Je sais que vous avez dit qu'il nous rejoindrait, mais je suis sûre qu'il va s'inquiéter pour moi.

— Je suis désolé, mais ça ne va pas être possible, dit Robert.

— Quoi ? Pourquoi pas ?

— Parce que votre téléphone est peut-être sur écoute.

— C'est un jetable, lui dit Kinley. Comme Cruz me l'avait conseillé.

Elle vit la mâchoire de Robert se serrer.

— Quoi ? demanda Kinley, soudainement très nerveuse.

Robert la regarda et elle frissonna en voyant la lueur dans ses prunelles.

— Je suis presque désolé de devoir faire ça... mais pas vraiment, dit Robert.

Kinley fronça les sourcils.

— Faire quoi ?

— Ça, répondit Robert.

Avant qu'elle ne comprenne ce qu'il se passait, il tendit le bras et la frappa en plein visage.

La tête de Kinley recula violemment et vint frapper la vitre de son côté. Elle laissa tomber son sac à main et posa les deux mains contre sa joue palpitante.

Lui donnant seulement le temps de se demander ce qu'il se passait, il lui donna un autre coup. Et un autre.

— Arrêtez ! s'écria-t-elle en essayant de lever les mains pour se protéger le visage, mais Robert – ou quel que soit son nom – se contenta de rire.

— Stryker m'a dit que je pouvais prendre mon temps et m'amuser avec toi... Et je n'avais pas décidé si je devais te tuer pour en finir rapidement ou pas. Je crois que je viens de décider de jouer un peu.

Elle eut à peine le temps d'enregistrer ses paroles avant que son poing ne se dirige à nouveau vers son visage.

Elle essaya de s'écarter, de lui saisir le bras, mais il était trop rapide. Son poing entra en collision avec sa joue déjà palpitante et cette fois, elle ne put supporter la douleur. Elle perdit connaissance alors qu'un rire diabolique résonnait à ses oreilles.

CHAPITRE QUINZE

Quand Kinley revint à elle, elle mit un moment à comprendre où elle était et pourquoi son visage lui faisait tellement mal. Elle ouvrit les yeux – ou du moins un, vu que l'autre était déjà trop enflé – et elle se rendit compte qu'elle se trouvait dans une sorte d'entrepôt.

— Tu es enfin réveillée, hein ? lui demanda quelqu'un.

Kinley se tourna et vit le faux agent du FBI taper une batte de base-ball en bois contre sa paume alors qu'il s'avançait vers elle. Il avait enfilé un jean et un T-shirt noir. La cravate et la chemise blanche avaient disparu, et il avait l'air vraiment méchant.

— Tu ne veux pas me parler ? C'est bon, dit-il. Pour être honnête, je préfère les femmes silencieuses.

— Qui êtes-vous ? grinça Kinley qui espérait gagner du temps.

Si elle pouvait juste faire fonctionner son cerveau, peut-être pourrait-elle trouver un moyen de sortir de là.

Cela dit, elle ne trompait personne. Elle était vraiment dans la merde et elle le savait.

Il s'arrêta à environ un mètre et demi d'elle et s'inclina, comme s'il était un gentleman des temps jadis.

— Simon King, à ton service, dit-il avec un sourire. Et pour être clair, au cas où tu pensais pouvoir survivre... Stryker m'a embauché pour te tuer.

Kinley inhala brusquement. Merde.

— Je dois admettre que tu m'as bien fait bosser pour les deux millions de dollars que je reçois pour ce travail. J'ai cru que j'allais te liquider les doigts dans le nez, mais tu as eu de la chance à Washington. Ça aurait été plus rapide si tu étais passée sous ce train.

Il secoua la tête et claqua de la langue.

— Mais tu t'es enfuie et tu m'as forcé à te prendre en chasse. Tu es aussi plus intelligente que je l'aurais cru, surtout pour une femme. Je te surveille depuis *des semaines*. J'ai essayé de déterminer tes horaires et de créer un plan pour te surprendre. Je commençais à penser que j'allais être obligé de flinguer ton petit copain ou bien la jolie fille avec qui tu étais aujourd'hui. J'essaie généralement de ne pas créer de dommages collatéraux, mais dans ton cas, j'aurais fait une exception.

Kinley se glaça et elle leva les yeux vers l'homme qui avait été envoyé pour la tuer. C'était la raison pour laquelle elle avait hésité à venir au Texas, parce qu'elle ne voulait pas impliquer d'autre personne dans ses problèmes. Elle ne voulait pas qu'il arrive du mal à quelqu'un d'autre à cause d'elle.

Simon s'accroupit et la regarda dans l'œil qu'il n'avait pas poché.

— Ce n'est pas personnel. C'est une mission, dit-il quasiment sur le ton de la conversation. J'ai été embauché pour te tuer et c'est ce que je vais faire. Comme je l'ai dit, je vais me faire deux millions de dollars quand tu seras morte.

— Me tuer fait de vous une aussi mauvaise personne que lui, dit Kinley en faisant de son mieux pour ne pas pleurer.

Simon ravala un rire méprisant.

— Je m'en fiche, articula-t-il en détachant chaque mot. Je suis dans cette profession depuis aussi longtemps que je m'en souvienne. Et personne ne m'a encore attrapé. Je suis bon. Le meilleur. La seule chose dont je me préoccupe est l'argent. Tu n'es rien pour moi. Personne. Te tuer ne me fera absolument rien.

Il se redressa et Kinley le vit serrer les doigts sur le côté de la batte de base-ball.

— Tu es prête ?

— Allez vous faire foutre, murmura-t-elle.

Il sourit.

— Non, ce n'est pas mon truc. C'est la douleur qui m'excite, ma belle. Et tu vas vite découvrir que je suis doué pour en donner.

Avant qu'elle ne puisse bondir et essayer de s'échapper, Simon lui fila un gros coup de batte.

Kinley poussa un cri quand l'arme l'atteignit au flanc. Elle sentit quelque chose se briser et sut que c'était une de ses côtes. Puis il le refit... et encore.

Malgré la douleur, elle voyait bien qu'il ne mettait pas toute sa force dans ses coups. Il jouait avec elle, comme il le lui avait dit.

Quand il se lassa d'utiliser la batte, il commença à se servir de ses pieds. Il lui fila une série de coups de pied, sans cesser de rire.

Alors que Kinley pensait qu'elle serait incapable d'en tolérer davantage, il tomba à genoux et la fit rouler sous lui presque sans résistance. Puis il se positionna à califourchon sur sa poitrine et resserra les mains autour de son cou.

Kinley se redressa et tenta de lui griffer le visage. Il se tenait juste hors de sa portée ! Elle réussit à lui griffer le cou, mais il resserra sa prise sur elle et très vite, elle fut accaparée par l'effort de faire entrer de l'air dans ses poumons.

Elle n'avait pas d'autre choix que de regarder son visage souriant.

— Ne t'inquiète pas, ma belle. Je ne vais pas de tuer tout de suite. Je viens à peine de commencer.

***

Lefty était fatigué. Dernièrement, ses journées de travail avaient été longues, puisqu'ils se préparaient à une autre mission. Ils avaient effectué des recherches sur des groupes terroristes au Moyen-Orient et le gouvernement avait apparemment une autre cible dans le collimateur qu'ils devraient aller éliminer.

Il avait peur de quitter Kinley, d'autant que le FBI et les autorités parisiennes allaient bientôt appréhender Brown et Stryker. Il avait l'impression que plus les choses s'amélioraient entre lui et Kinley, plus tout le reste devenait incertain.

Il avait assisté à des réunions toute la journée. Cela concernait des conneries de trucs politiques et d'autres choses plus intéressantes qui impliquaient d'éventuelles situations futures dans lesquelles lui et son équipe de Deltas pourraient être impliqués. À présent, il était impatient de rentrer chez lui pour glander avec Kinley.

Baissant les yeux vers son téléphone, Lefty vit qu'il avait manqué un appel de Gillian, ce qui était un peu bizarre. Il ne savait pas pourquoi la petite amie de Trigger l'aurait appelé.

Il cliqua sur le message et se figea en entendant ce que Gillian avait à dire.

Hé, Lefty, c'est Gillian. Kinley et moi sommes allées à la supérette et un agent du FBI nous a abordées en sortant. Il a dit qu'il avait été envoyé pour venir chercher Kinley et l'emmener à Austin. Il a dit que Walter Brown avait été arrêté et que Drake était interrogé à Paris. Son nom est Robert Turner, et il nous a montré son badge du FBI et tout. Kinley a essayé d'appeler Cruz, mais il n'a pas répondu. Tout avait l'air d'être en ordre, mais après avoir merdé en oubliant de vous dire, à Walker ou à toi, que Kinley avait débarqué, je ne voulais pas réitérer en ne t'en informant pas immédiatement. Je suis certaine que ce n'est rien et que tout va bien, mais je tenais à te le dire. On se parle plus tard. Oh, et j'ai les courses que Kinley a faites ici, dans notre appartement, alors tu peux venir les récupérer quand tu veux. À plus.

Lefty se sentit immédiatement malade. Il poussa un juron et se mit à courir aussi vite qu'il le put vers sa voiture. Il avait besoin de plus d'informations, sur-le-champ. Et la meilleure façon d'en obtenir était de parler à Gillian.

Conduisant aussi vite qu'il l'osait, Lefty composa le numéro de Cruz.

Dès que l'autre homme décrocha, il dit :

— Cruz, c'est Lefty. Je vous en prie, dites-moi que le FBI est venu chercher Kinley dans la journée pour l'emmener à Austin pour des raisons de sécurité.

Il voyait bien qu'il avait pris l'agent du FBI de court, mais Cruz lui répondit quasiment du tac au tac :

— Merde. Non, pas que je sache. Expliquez-moi.

Lefty lui répéta tout ce qu'il savait, ce qui n'était pas grand-chose.

— Je viens d'arriver à mon immeuble. Attendez, je vais monter voir Gillian.

Il gravit en courant les escaliers qui menaient à l'appartement de Trigger et de Gillian. Lefty toqua et la porte s'ouvrit presque immédiatement.

Lefty passa devant son ami sans mot dire, à la recherche de Gillian. Elle était debout au milieu du salon, ouvrant de grands yeux inquiets.

— Parle-moi de cet homme qui a affirmé être agent du FBI.

— Il n'en était pas un, n'est-ce pas ? demanda-t-elle.

— J'en doute, lui dit Lefty.

— J'étais sur le point de t'appeler, dit Trigger. Gillian m'a raconté ce qui s'est passé dès que je suis rentré chez moi.

— J'ai Cruz sur haut-parleur, dit Lefty. Gillian, raconte-nous tout ce dont tu te souviens.

Elle s'exécuta. Elle leur dit à quoi ressemblait la voiture, à quoi ressemblait l'homme qui s'était fait passer pour un agent, le nom qu'il leur avait fourni et tout ce qu'il leur avait dit.

— À ce que j'en sais, Brown a été arrêté à DC aujourd'hui, en toute discrétion, leur dit Cruz. Il est accusé de plusieurs délits, le plus grave étant la pornographie juvénile. Son ordinateur de travail était vide, mais il a utilisé son téléphone portable fourni par le gouvernement pour télécharger des vidéos. En plus, son ordinateur personnel de chez lui était rempli de ce genre de merdes. Pour autant que je sache, Stryker est sous surveillance. Les autorités parisiennes continuent d'enquêter et d'essayer de recueillir des preuves contre lui. Ils ne veulent pas lui donner des soupçons et le faire fuir avant de pouvoir l'arrêter.

— Et sans Kinley, leur dossier sera beaucoup plus faible, dit Lefty. Ce n'était pas une question et Cruz ne tenta même pas de lui faire avaler des mensonges.

— Il l'a enlevée, murmura Lefty. Si on ne la retrouve pas… elle est morte.

— Ne pensez pas cela, ordonna Cruz. Je vais appeler des renforts. Gillian a dit qu'ils se rendaient à Austin, donc on va lancer un avis de recherche sur sa voiture et on va s'assurer que tous les policiers de la région restent en alerte.

Lefty apprécia la réaction immédiate de Cruz, mais il savait au fond de lui que ce ne serait pas suffisant. Il ne voulait pas y penser, mais il avait le sentiment que sa Kinley était déjà morte. Si le tueur de Stryker était efficace, il lui aurait collé une balle dans la tête dès qu'il l'aurait éloignée du supermarché.

— Oh ! Lefty ! s'exclama Gillian. J'ai failli oublier, mais j'ai relevé la plaque d'immatriculation de ce mec. Juste avant qu'il ne s'éloigne trop, j'ai pensé que ce serait une bonne idée.

— Donnez-la-moi, ordonna Cruz, qui l'avait manifestement entendue.

Lefty lut les chiffres et les lettres sur le téléphone de Gillian, où elle les avait notés.

— C'est super, dit Cruz. C'est bien.

Lefty voulait être content, mais il savait que ce serait un miracle si quelqu'un était en mesure de retrouver la voiture avant qu'il ne soit trop tard. Il baissa la tête et remercia Cruz.

— Tenez-moi informé, supplia-t-il.

— Bien sûr. J'ai besoin de raccrocher et de passer quelques appels, dit Cruz d'un ton d'excuse.

— D'accord. Merci de votre aide. Ça signifie beaucoup.

— Je sais que la situation sent le roussi, mais j'ai eu des amis très proches qui ont été à votre place. Ils ont tous cru que tout espoir était perdu, mais ils ont obtenu un miracle. Ne cessez pas de croire aux miracles, Gage.

Entendre son prénom fit grimacer Lefty. La seule personne qui l'appelait Gage était sa mère... et aussi Kinley.

— À plus, dit-il en raccrochant.

Il appréciait que son ami tente de lui redonner espoir, mais pour l'instant, c'était difficile de croire qu'un tueur professionnel commette ce genre d'erreurs. Il était probable que Kinley soit déjà morte depuis des heures.

— J'ai envoyé un SMS à Doc et il appelle les autres, l'informa Trigger.

— On va aller la chercher.

— Où ? demanda Lefty avec agitation. Elle pourrait déjà être n'importe où. Cela fait des heures qu'elle a été enlevée. Tu sais aussi bien que moi que Hill Country autour d'Austin est une région incroyablement vaste. Il a probablement déjà abandonné son corps quelque part. Sans parler du fait qu'il n'était probablement même pas allé vers le sud, puisque c'est ce qu'il avait *dit* qu'il allait faire. Il se trouve probablement déjà dans un avion en partance pour Washington.

— *Merde !*

Sans réfléchir, Lefty se tourna et jeta son téléphone aussi fort qu'il le pouvait. Il traversa la pièce et alla se briser contre le mur en une centaine de morceaux. Il entendit Gillian crier, mais il ne parvenait pas à se sortir de la tête l'image d'une Kinley brisée et ensanglantée, abandonnée quelque part dans la nature. En train de mourir ou déjà morte. Et il ne pouvait rien y faire.

Pour une fois, Trigger ne savait pas quoi dire. C'était toujours lui qui requinquait l'équipe par ses discours et leur disait de s'accrocher, que tout allait bien se passer. Mais cette fois, Lefty ne pensait pas que les choses se passeraient *bien*.

— Bon, on ne va pas rester là assis sur notre cul à attendre, décida enfin Trigger.

Lefty inspira profondément et hocha la tête. Il essaya de se reprendre. Kinley avait besoin de lui et il n'allait certainement pas la laisser tomber maintenant.

*

Kinley ne savait absolument pas quelle heure il était. Elle avait seulement l'impression que cela faisait une éternité qu'elle était dans le coffre de Simon. Elle était quasiment certaine qu'il s'était perdu, ce qui aurait été drôle si elle n'avait pas eu tellement peur et aussi mal.

Il s'était avéré que Simon aimait l'étrangler jusqu'à ce qu'elle s'évanouisse, mais il la lâchait et la laissait reprendre connaissance. Il l'avait fait au moins à trois reprises et à chaque fois, elle avait cru que c'était la fin, qu'elle était morte. Mais la dernière fois qu'il l'avait étranglée, elle s'était rendu compte qu'il la lâchait dès qu'elle cessait de lutter contre lui et que son corps ramollissait. Elle s'était dit qu'elle pourrait peut-être l'utiliser contre lui plus tard. C'est-à-dire, s'il y avait un plus tard.

Elle n'avait littéralement aucun moyen de lutter contre lui. La dernière fois qu'elle avait repris connaissance, elle s'était rendu compte que Simon lui avait scotché les mains devant elle avant d'enrouler du ruban adhésif autour de son torse et de ses jambes. Il l'avait quasiment momifiée. Elle ne pouvait pas déplacer ses bras pour se protéger le visage et la gorge, et était à présent également incapable de lui donner des coups de pied.

Il l'avait soulevée sans trop de difficulté et l'avait jetée dans le coffre de sa voiture, éclatant de rire quand elle avait tourné la tête pour vomir quand le mouvement lui avait fait trop mal aux côtes. Ses deux yeux étaient tellement enflés qu'elle ne pouvait voir qu'à travers des fentes, mais elle savait que par miracle, elle était toujours vivante.

Alors qu'elle roulait sur elle-même dans le coffre, entendant Simon pousser des jurons et faire un tas de demi-tours, elle repensa à une chose que Gillian lui avait dite une fois. Elle avait dit que les gens n'avaient généralement aucune idée de leur force tant qu'être fort était leur dernier recours. Kinley ne s'était jamais sentie forte. Elle avait connu une vie infernale et était parvenue à s'en tirer, mais elle ne s'était jamais considérée comme étant particulièrement forte.

Étendue là, elle comprit que si elle voulait survivre à cette épreuve, elle allait *devoir* être forte. Simon ne s'était pas contenté de la descendre, comme l'auraient fait la plupart des bourreaux. Non, il avait décidé de lui faire le plus de mal possible et il avait été particulièrement efficace. Elle avait mal. Vraiment mal. Mais penser à ce que Gage ressentirait quand il se rendrait compte que Gillian et elle avaient été dupées lui faisait encore plus mal.

Kinley décida de faire tout ce qu'elle pourrait pour survivre. Elle avait regardé des programmes criminels et lu des livres. Certaines victimes feignaient d'être mortes et d'autres se défendaient. Eh bien, se débattre était hors de question. Elle avait essayé et avait échoué. Sa seule autre option était de faire croire à Simon qu'il avait réussi à la tuer.

Bien sûr, cela risquait de ne pas fonctionner et il y avait de fortes probabilités pour qu'elle ne revoie jamais la lumière du jour, surtout s'il se contentait de lui tirer une balle dans la tête.

Kinley savait également qu'elle était seule. Elle savait que Lefty et ses amis feraient tout leur possible pour la retrouver... mais ils échoueraient. Car enfin, si Simon n'avait de toute évidence aucune idée de l'endroit où ils étaient, comment Lefty allait-il la trouver ? Et à en juger par les virages de la route sur laquelle ils se trouvaient, Kinley se doutait bien qu'ils n'étaient plus dans la région de Killeen. Sa meilleure estimation était probablement quelque part dans les collines qui entouraient Austin. Son estomac se retournait à chaque fois que le véhicule faisait une embardée et elle avait vraiment le mal des transports, chose qui n'arrivait que lorsqu'elle était dans les montagnes.

Kinley voulait tout à la fois que Simon arrête et continue. Elle respirait par halètements courts parce qu'inspirer trop fort lui faisait mal et que chaque mouvement de son corps qui bringuebalait dans le coffre était particulièrement douloureux. Mais elle savait que lorsqu'il s'arrêterait, son cauchemar continuerait. Simon lui avait probablement cassé plusieurs os et elle n'oublierait jamais l'excitation qui était passée sur son visage alors qu'il était penché au-dessus d'elle, les mains autour de son cou.

Il s'était écoulé dix minutes ou bien une heure quand elle entendit Simon pousser un nouveau juron. La voiture commença enfin à ralentir.

Faisant de son mieux pour se préparer, Kinley eut tout de même un mouvement de recul lorsque le coffre s'ouvrit.

Simon était dressé au-dessus d'elle. À l'extérieur, il faisait nuit noire.

— Il est temps de mourir, dit-il calmement comme s'il énonçait la chose la plus banale du monde.

Il se pencha et lui saisit les épaules, la tirant hors du coffre et la laissant tomber à terre. Le mouvement suffit à faire danser des taches noires devant les yeux de Kinley. Il aurait tout aussi bien pu lui enfoncer un couteau dans les côtes.

Elle essaya de lever la tête, mais elle avait trop mal, alors elle décida de la tourner. Elle vit qu'ils étaient au milieu d'une étroite route de campagne et elle entendait ce qui ressemblait à de l'eau à proximité. Mais il n'y avait pas d'autre bruit. Pas d'autres voitures, pas d'oiseaux, pas de bruits de civilisation. Il y avait même des mauvaises herbes qui poussaient à travers l'asphalte, comme si la route n'était pas souvent fréquentée, ce qui serra l'estomac de Kinley.

Simon était manifestement pressé parce qu'il ne prit pas le temps de la tarauder et de lui faire le détail de ce qu'il avait prévu de faire, ce qu'il avait toujours fait jusque-là. Il lui plia simplement les jambes et commença à enrouler quelque chose autour.

Kinley essaya de lui donner un coup de pied, mais sa tentative était faible et Simon se contenta de lui rire au nez. Après avoir terminé, il poussa un grognement de satisfaction puis se remit à califourchon sur sa poitrine.

— C'était amusant de jouer avec toi, dit-il en resserrant à nouveau les mains autour de son cou. Mais j'ai deux millions de dollars qui m'attendent et j'ai besoin de comprendre où je suis et comment sortir d'ici. Ce n'était pas exactement ce que j'avais prévu de faire, mais j'ai besoin d'agir de nuit. Un dernier mot ?

— Le karma va vous revenir dans la figure, croassa Kinley.

Elle aurait voulu en dire davantage, mais elle eut à peine le temps d'inspirer profondément avant que les mains de Simon ne se mettent à serrer.

Elle lutta instinctivement contre lui parce qu'elle ne voulait vraiment, *vraiment* pas mourir, mais cela ne servait à rien. Simon était plus lourd qu'elle, ses mains et ses bras étaient complètement immobilisés, et il n'y avait absolument rien qu'elle puisse faire pour se protéger.

Se souvenant de ce à quoi elle avait réfléchi dans le coffre, elle se força à détendre son corps et à s'avachir.

Elle paniqua intérieurement quand, cette fois, il ne retira pas immédiatement ses mains.

Il allait *vraiment* la tuer maintenant. Il ne jouait plus.

La dernière pensée de Kinley avant de perdre connaissance fut de penser que Gage allait être vraiment dévasté quand quelqu'un, un jour, retrouverait son squelette.

⁂

Simon King roulait vers l'est, loin de ce pont lambda sur lequel il était tombé par hasard, et il composa le numéro que lui avait donné Drake Stryker. Il laissa sonner et finit par basculer sur boîte vocale.

Poussant un juron devant sa malchance devenue habituelle et ayant hâte de mettre cette mission derrière lui, il laissa un message :

— C'est King. C'est fait. Je vous ai envoyé une preuve photographique. Si je n'ai pas l'argent dont nous avons convenu sur mon compte dans les vingt-quatre heures, je viens vous chercher. Ne me roulez pas dans la farine, Stryker. Vous ne voulez pas rouler un homme comme moi.

Il cliqua sur le téléphone et le jeta sur le siège à côté de lui.

Depuis le début, ce travail n'avait été qu'une épine dans son pied. Il avait dû traîner à Killeen, dans le trou du cul du Texas, pendant bien plus longtemps qu'il ne l'avait voulu. Il y avait trop de soldats et tout le monde était vraiment amical. Il avait eu beaucoup plus de mal à rester invisible, à ne pas révéler son identité. Il n'avait pas voulu s'approcher de sa cible en milieu de journée et en public, mais elle ne lui avait pas donné d'alternative.

Elle avait été trop rusée, trop prudente. Et bien sûr, vivre avec ce putain de soldat de la Delta Force n'avait pas aidé.

Simon sourit. Il l'avait quand même bien eue. Il avait pris son pied à la frapper. Il avait aimé l'entendre crier et pleurer. Il n'avait pas toujours eu l'occasion de jouer quand il liquidait une cible. L'excitation l'avait envahi à chaque fois que le corps de Kinley s'était ramolli sous lui, ses mains resserrées sur sa gorge. Il aurait pu jouer avec elle pendant des journées entières... mais il voulait son argent plus qu'il ne voulait voir ses pleurs et ses supplications.

Il avait dégotté un endroit parfait où la jeter dans le fleuve Colorado, mais voilà qu'il s'était débrouillé pour se perdre.

Toutes les routes semblaient complètement différentes dans l'obscurité. Au final, il avait dû se contenter de ce putain de pont sur lequel il était tombé par hasard. Il avait pris une photo avec son téléphone après l'avoir étranglée, afin de prouver qu'elle était morte. Il ne savait pas à quelle distance se trouvait l'eau en contrebas, mais *à l'oreille*, cela avait semblé plutôt lointain quand il avait jeté une pierre depuis le pont. Puis il avait attaché le parpaing aux chevilles de cette connasse pour la lester, et il l'avait jetée par-dessus la rambarde.

Le son qu'avait fait son corps en plongeant avait satisfait Simon d'une manière qu'il n'aurait jamais pu expliquer.

Il était content d'avoir bien terminé un autre boulot et rêvait de ce à quoi il allait dépenser tout son fric quand il vit des lumières bleues dans son rétroviseur.

— Merde. *Merde.* Bon sang ! jura-t-il avant de prendre une profonde inspiration et de poursuivre : Joue-la fine, King. Ils n'ont pas le moindre soupçon.

Il enclencha immédiatement son clignotant et se gara sur le côté de la route. Il eut l'impression que le paramilitaire mettait une éternité avant de sortir de sa voiture.

Mais au lieu de rejoindre sa portière, Simon le vit dégainer son arme.

— Faites-moi voir vos mains ! cria l'agent.

L'estomac de Simon se retourna.

— Merde ! jura-t-il à nouveau.

Ce travail lui avait suffisamment cassé les couilles dès le premier jour, mais voilà qu'il jouait toujours de malchance à présent qu'il avait honoré son mandat.

Il n'y avait qu'une seule raison pour laquelle ce flic avait tiré une arme avant même de s'avancer vers son véhicule pour lui parler. Si les flics voulaient le coffrer, ils allaient se rendre compte que Simon King ne se laisserait pas arrêter facilement.

Il ouvrit la portière et se précipita sans regarder en arrière dans la forêt qui bordait la route.

***

Lefty roulait à fond la caisse dans la Dodge Challenger 2008 de Brain, essayant de rester positif. C'était la chose la plus difficile qu'il ait jamais eu à faire de toute sa vie. Tout en lui hurlait d'arranger la situation. Mais il ne le pouvait pas le faire. Personne ne pouvait.

Ils se dirigeaient vers le sud en direction d'Austin pour y rouler sans but précis, Lefty n'ayant pas le cœur de dire à son équipe que cela ne serait probablement d'aucune utilité. Il avait conscience qu'ils le savaient déjà aussi bien que lui.

Le téléphone de Brain sonna et Lefty répondit. Son propre téléphone étant présentement brisé en une centaine de morceaux sans aucun espoir d'être réparé, il devait donc compter sur ses amis pour obtenir des informations. Lefty regrettait son emportement, surtout parce que Kinley ne pourrait plus l'appeler si elle parvenait miraculeusement à s'échapper, mais il ne pouvait pas revenir sur ce qu'il avait fait.

— Allô ?

— Lefty, c'est Oz. Les paramilitaires ont arrêté une voiture correspondant à la description donnée par Gillian. Les mêmes plaques et tout le reste.

Lefty sentit une poussée d'adrénaline.

— Sérieusement ?

— Ouais.

— Où ?

— Sur la route 1431, en direction de l'est vers Round Rock.

— Et ? demanda Lefty avec impatience.

— On n'en sait pas plus pour le moment.

— Kinley est dans la voiture ?

— Négatif, du moins à première vue, mais ils n'ont pas encore vérifié le coffre.

Cette pensée donna la nausée à Lefty, mais il se contrôla.

— Brain, on doit aller sur la route 1431. C'est à l'ouest, dit Lefty.

— Euh, tu pourrais être plus vague ? se plaignit Brain en ralentissant immédiatement et en enclenchant son clignotant pour prendre la prochaine sortie.

— Je ne suis pas certain que ce soit une bonne idée que tu y ailles, dit Oz. S'il a réussi à tuer Kinley...

La voix de son ami mourut.

— Arrête. Si c'est là que se trouve ce connard, alors soit il a jeté Kinley quelque part à proximité, soit elle est avec lui. Dans les deux cas, je dois être là. Coûte que coûte.

— Très bien. Faites attention. Que Brain et toi ayez un accident n'aidera pas Kinley. On se dirige tous aussi vers cette direction.

— Merci.

— De rien. Tu le sais, répondit Oz. À plus.

Lefty raccrocha et cliqua immédiatement sur une carte.

— Alors, sors ici et tourne à droite. Je vais te guider jusqu'à la route 1431.

Brain n'émit aucun commentaire, se contentant de pousser la voiture un peu trop vite alors qu'il descendait à toute vitesse la rampe de sortie.

Vingt-cinq minutes plus tard, ils virent devant eux des feux rouge et bleu clignotants. Ils étaient vraiment au milieu de nulle part et cela ne rassurait pas vraiment Lefty quant à savoir ce que le tueur à gages faisait là. Il retint son souffle alors qu'ils s'approchaient des voitures. Brain se gara sur le bord de la route et Lefty bondit hors de la voiture pour aller parler au paramilitaire le plus proche avant qu'il ait eu le temps de couper le moteur.

— Attendez, dit un soldat en levant la main. Arrêtez-vous immédiatement.

— Quelle est la situation ? Cet homme a enlevé ma compagne, dit Lefty d'un ton urgent.

Ses paroles ne parurent pas avoir le moindre effet sur l'agent.

— Je vais devoir vous demander de circuler, ordonna-t-il d'un ton sévère.

Lefty fit de son mieux pour regarder par-dessus l'épaule de cet homme, et son cœur se serra quand il vit le coffre ouvert et aucun signe de Kinley à proximité.

Entretemps, Brain était arrivé derrière lui et il fit de son mieux pour expliquer au soldat qui ils étaient et pourquoi ils étaient là. Brain se lança dans une négociation rapide (car Lefty aurait été absolument incapable de faire une phrase cohérente), mais le soldat finit par appeler un superviseur pour venir leur parler.

— Je suis désolé, mais personne n'était dans la voiture à part le conducteur, leur dit-il.

— Que s'est-il passé ? Où est-il ? Qu'est-ce qu'il a dit sur Kinley ?

Lefty harcela son pauvre ami de questions sans lui donner l'occasion de répondre.

— Il s'est échappé. À la seconde où il a arrêté le moteur, il a pris la fuite. L'agent lui a couru après, mais il n'a pas été en mesure de le rattraper avant qu'il ne disparaisse.

— Vous avez amené un chien ?

— On est sur le coup, répondit le paramilitaire.

Lefty baissa la tête et se passa une main sur le visage. Il n'arrivait pas à y croire. Ils n'étaient pas arrivés aussi près pour finir par échouer. Non seulement Kinley n'était pas là, mais l'homme qui l'avait kidnappée – probablement un tueur à gages – s'était échappé.

— Et la voiture ? Des indices ? demanda Brain.

À présent, le soldat eut l'air mal à l'aise.

— Il y avait un téléphone jetable sur le siège passager et il y a des indices qui démontrent que quelqu'un s'est trouvé dans le coffre récemment.

— Quels indices ? demanda Lefty qui redoutait la réponse.

— Du sang. Et un rouleau de ruban adhésif.

— C'est tout ? demanda Brain.

L'agent haussa les épaules.

— Il y en a peut-être plus, mais nous ne voulions pas contaminer les indices, alors on a fait marche arrière et on attend présentement un camion-remorque. On va ramener la voiture à la station et demander au laboratoire de la passer au peigne fin. Pareil pour le téléphone.

Tout cela était très bien, mais n'aiderait pas à retrouver Kinley.

Entendant du bruit derrière lui, Lefty se tourna et vit que le reste de l'équipe arrivait. Il se dirigea vers eux sans dire un autre mot à l'agent. Il entendit Brain remercier l'homme d'avoir pris le temps de leur parler.

— Que se passe-t-il ? demanda Trigger.

— C'est bien la voiture, elle était dans le coffre, mais elle n'y est plus. Le conducteur s'est enfui et il s'est évaporé, résuma Lefty.

— On a une idée sur l'endroit où il a planqué Kinley ? demanda Grover.

— Non. Mais elle est là quelque part. Il n'aurait pas été sur cette route si elle ne l'était pas aussi, dit Lefty avec conviction.

— Alors on va la retrouver, dit Lucky d'un ton assuré.

Brain fit un pas en avant.

— Il faut qu'on coordonne tout ça. On ne peut pas juste conduire au petit bonheur la chance.

Lefty hocha la tête, mais il s'éloigna de ses amis et plongea le regard dans l'obscurité qui l'enveloppait. Il ferma les paupières. Il pouvait entendre son équipe s'assigner des zones de recherche, ainsi que les paramilitaires qui parlaient un peu plus loin.

Il espérait juste qu'en cherchant Kinley, ils allaient retrouver l'homme qui l'avait kidnappée. Il le tuerait sans y réfléchir à deux fois.

Les cigales étaient bruyantes la nuit et ce son l'apaisait. C'était le même son que Kinley et lui avaient entendu depuis son lit lorsqu'ils avaient ouvert la fenêtre après une rare tempête quelques nuits auparavant. Il venait de la faire jouir avec sa langue et elle lui avait rendu la pareille avant de le finir à la main. Ils étaient détendus et heureux, et elle avait fait remarquer que les insectes leur chantaient la sérénade.

Il avait l'impression qu'une éternité s'était écoulée depuis, alors que ce n'était que quelques jours. La pensée de ne plus jamais entendre son petit rire ou de la tenir dans ses bras le rendait quasiment malade.

— Accroche-toi, Kins. Où que tu sois, accroche-toi. Je vais venir te chercher.

Ses paroles parurent lui revenir en écho, raillant leur futilité.

— Tu es prêt, Lefty ? l'appela Brain.

Lefty ne savait pas combien de temps il avait passé sur le côté de la route, à contempler les ténèbres, mais il se força à se secouer un peu.

— Prêt, répondit-il avant de se tourner pour rejoindre ses amis.

Si quelqu'un pouvait trouver Kinley, c'était bien son équipe.

CHAPITRE SEIZE

Kinley, allongée dans la boue humide, restait aussi immobile qu'elle le pouvait. Elle avait tourné la tête pour pouvoir respirer, mais elle craignait de bouger au cas où Simon était en train de l'observer d'en haut depuis la route.

Elle ne se souvenait pas de ce qui s'était passé après qu'il l'eut étranglée pour la dernière fois, mais vu les douleurs qu'elle ressentait, elle savait qu'il devait l'avoir poussée depuis le pont.

Elle était étendue dans la boue froide et spongieuse d'un ruisseau. Par miracle, elle n'avait pas atterri sur la multitude de rochers et de débris, à moins de deux mètres de l'endroit où elle était allongée. Elle n'avait pas non plus été jetée dans la partie profonde de la rivière.

Il faisait sombre, Kinley pouvait à peine voir l'eau qu'elle entendait couler à proximité. Elle se dit que Simon avait été tellement pressé qu'il avait cru que le cours d'eau était plus vaste qu'il ne l'était réellement, qu'il était aussi large que le pont. Mais, heureusement pour elle, ce n'était pas le cas. Encore plus incroyable : Simon n'avait pas pris la peine de s'assurer qu'elle soit morte avant de se débarrasser de son corps.

En tant que tueur à gages, il était nul, mais elle n'allait pas s'en plaindre.

Bon sang, peut-être qu'elle était *vraiment* morte – ou du moins qu'elle avait arrêté de respirer –, mais quand elle avait heurté le sol, son corps avait reçu un tel choc qu'elle avait repris son souffle. Elle ne savait absolument pas ce qu'il s'était passé. Sa seule certitude était que, par miracle, elle était vivante.

Mais Kinley savait qu'elle n'était pas hors de danger, loin de là. Simon pouvait revenir d'un moment à l'autre. Une crue soudaine pouvait se produire. Elle risquait de mourir d'une hémorragie interne, parce que quelque chose n'allait résolument pas à l'intérieur d'elle. Elle ne parvenait pas à inspirer profondément, et à chaque fois qu'elle inhalait, elle avait l'impression qu'on la poignardait.

Sa tête lui faisait mal et elle avait la nausée, ce qui signifiait qu'elle avait probablement une commotion. Sans parler du fait que sa cheville droite palpitait et était certainement cassée. La boue lui avait sauvé la vie, mais cela ne voulait pas dire que sa chute depuis le pont n'avait pas causé de graves dommages.

Après ce qui lui parut être des heures, Kinley savait qu'elle devait faire *quelque chose*. Elle ne pouvait pas simplement rester étendue là, espérant que quelqu'un regarde par-dessus le pont, alors que les voitures filaient à quatre-vingts kilomètres-heure... En plus, elle n'avait pas entendu plus de deux véhicules depuis le temps qu'elle s'était réveillée allongée dans la gadoue.

Et chaque fois qu'elle avait entendu une voiture, elle avait pensé qu'elle était perdue, que Simon revenait pour finir ce qu'il avait commencé. Mais quand les bagnoles passèrent sans ralentir, Kinley réalisa qu'elle était vraiment dans la mouise. Elle avait besoin d'aide.

Et la seule façon d'en obtenir était de sortir de ce ruisseau et de grimper jusqu'à la route.

Mais elle avait l'impression que c'était à une centaine de

kilomètres. Kinley essaya de bouger et se rendit rapidement compte qu'elle avait une sorte de leste attaché autour des chevilles.

Simon avait vraiment pensé qu'elle atterrirait dans l'eau, et même si elle avait réussi à survivre à tout ce qu'il lui avait fait jusque-là, elle se serait noyée.

Elle laissa échapper quelques larmes et ressentit un tel désespoir qu'elle n'était pas certaine de pouvoir s'en sortir.

Invoquant ce qui lui parut être toute son énergie, elle roula sur le dos. Elle aurait voulu crier parce que bouger ne faisait qu'augmenter ses douleurs, mais elle entendit quelque chose par-dessus le tumulte de l'eau qui coulait à proximité.

Des cigales. Elles étaient bruyantes, comme si elles l'appelaient, lui criaient d'aller de l'avant, de ne pas simplement rester étendue là comme une masse inutile de chair.

Elle se rappela qu'elle les avait écoutées avec Gage alors qu'ils étaient allongés sur son lit après une des expériences les plus époustouflantes de son existence.

Il lui suffit de songer à Gage pour ressentir le coup de pouce dont elle avait besoin.

Elle n'était pas morte. Simon avait échoué. Elle refusait de penser au fait qu'il retenterait à nouveau certainement sa chance. Non seulement puisqu'elle pouvait encore témoigner contre Stryker si elle était en vie, mais parce qu'il aurait été énervé d'avoir foiré la première fois. Et Kinley savait que s'il avait une seconde occasion, il veillerait à ne pas rater. Elle se prendrait une balle – ou peut-être deux ou vingt – dans la tête avant de comprendre ce qu'il se passait.

Mais d'abord... elle devait retirer le ruban adhésif de son corps. Elle ne pouvait pas ramper hors du ruisseau et du ravin comme un ver.

Bouger était lancinant. Vraiment. Elle n'avait jamais ressenti de douleur pareille de toute sa vie, mais si elle voulait retrouver Gage, elle devait l'endurer.

Elle se perdit dans ses pensées, se demandant si Gage et ses amis avaient déjà été blessés pendant qu'ils étaient en mission.

Bien sûr, ils étaient des agents de la Delta Force. Ils ne se baladaient pas simplement dans le désert pour dire aux gens « d'être sages ».

Elle utilisa cette image humoristique pour s'encourager. Elle frotta le scotch qui entourait son torse contre les quelques rochers qui se trouvaient sous elle, ondulant et se contorsionnant comme elle le pouvait. La douleur était atroce, mais elle ne s'arrêta pas.

Cela prit un moment. Un *long* moment. La boue humide sur laquelle elle était allongée l'aidait apparemment à desserrer le ruban, ou du moins rendait son corps assez glissant pour qu'elle parvienne à se déplacer plus facilement. Quand elle avait poussé l'adhésif jusqu'à sa taille, il avait été plus aisé de bouger les bras, et se libérer des kilomètres de scotch qui entouraient ses mains lui demanda beaucoup moins de temps.

Elle était sur le point de jeter la bande de scotch qu'elle venait d'ôter aussi loin d'elle que possible, quand elle eut une idée. Il y avait probablement de l'ADN dessus. Elle avait vu Simon la déchirer entre ses dents. Elle devait la garder, l'empêcher d'être contaminée davantage.

Son corps protestant, elle roula le plus de scotch qu'elle le put, s'assurant que le bout où Simon avait utilisé ses dents se trouvait à l'intérieur de la boule, protégé des éléments.

Elle devait désormais se concentrer sur le ruban qui entourait ses cuisses et ses jambes. Elle ne parvenait pas à s'asseoir. La douleur dans ses côtes était juste trop importante et sa respiration était presque impossible, alors elle allait à nouveau y aller lentement. Mais enfin, elle arriva à le retirer aussi.

À présent, la boule de ruban adhésif était d'assez bonne taille et rechignait à l'emporter avec elle. Mais cela lui donnerait quelque chose à faire. Elle pourrait la jeter devant elle et l'utiliser comme encouragement pour aller de l'avant.

La seule chose qu'il lui restait à enlever avant de pouvoir commencer à monter jusqu'à la route était le parpaing toujours attaché à ses chevilles. Elle ne pouvait pas atteindre la corde sans s'asseoir et elle ne parvint à supporter la douleur perçante que pendant dix secondes avant de devoir se rallonger pour reprendre sa respiration.

— Je ne peux pas, dit-elle à haute voix après ce qui lui parut être la centième fois qu'elle se relevait pour détacher la corde.

Elle se rallongea dans la boue et pleura, pleura pour la douleur qu'elle ressentait et le besoin immense qu'elle avait de Gage.

Elle sanglota pendant un bon moment...

Mais alors, elle jura qu'elle entendit sa voix l'appeler.

— Gage ? s'écria-t-elle, sans réponse.

Après plusieurs autres tentatives pour attirer son attention, elle se rendit compte qu'elle était en train d'halluciner. Gage n'était pas là. Il n'y avait personne. Elle était seule. Et la seule personne qui allait la sauver était elle-même.

Tu ne connais pas ta force jusqu'à ce que la force soit ton dernier recours.

Ces paroles se mirent à lui courir dans l'esprit. Elle n'avait pas d'autre choix que d'agir. Malgré la douleur. Peu importait le temps que cela prendrait. Personne n'allait la voir ici dans la boue, alors elle devait se sauver elle-même.

N'avait-elle pas survécu à une enfance de merde ?

N'avait-elle pas survécu à la solitude ?

N'avait-elle pas survécu à un job à Washington, DC, pendant toutes ces années ?

Ceci était facile comparé à tout cela.

Bon, pas vraiment, mais elle ravala ses doutes et recommença à s'escrimer sur le nœud qui retenait le parpaing à son corps.

Elle tira dessus encore une vingtaine de fois, mais *enfin*, la corde tomba dans la boue de part et d'autre de ses pieds.

Tout sourire, puis gémissant parce que même *cela* lui avait fait mal, Kinley se rallongea, mais cette fois, c'était plus de triomphe que de désespoir. Elle avait réussi ! Elle s'était libérée de l'adhésif et avait retiré cette putain de pierre attachée à ses chevilles.

La nuit était encore profonde, mais quelque part, Kinley se sentait dix fois plus légère que quelques secondes auparavant. Se déplaçant toujours très lentement, elle roula sur le ventre et se rendit immédiatement compte que c'était immensément douloureux. Elle se releva sur les mains et les genoux puis haleta quand une vague de douleur traversa son corps. *Seigneur !*

Elle passa à nouveau d'un sentiment de triomphe au désespoir. Comment allait-elle se sortir de ce ruisseau si ne serait-ce que *penser* à remuer était lancinant ? Elle avait même l'impression que ses cheveux pesaient une tonne et qu'ils étaient trop lourds à porter.

Du sang gouttait d'une plaie à sa tête, coulant sur son visage, mais ses yeux étaient tellement enflés qu'elle le remarquait à peine. Serrant les dents, Kinley saisit la boule de ruban adhésif qu'elle avait retirée plus tôt et la lança faiblement vers la berge. Elle avait probablement atterri à seulement deux mètres et demi de distance, ce qui lui semblait tout de même bien trop loin. Cela fait, elle bougea prudemment une main, puis un genou, et rampa en avant.

La boue éclaboussa sous ses doigts et son corps s'enfonça dans le sol glaiseux, mais elle ne s'écroula pas.

Elle déplaça son autre main puis son genou vers l'avant et faillit défaillir à cause de la douleur qui traversa alors son pelvis. À présent, ses larmes coulaient librement, mais puisqu'elle y voyait très mal de toute façon, elle ne s'en rendit même pas compte.

Il lui fallut probablement quinze minutes pour parcourir les deux mètres et demi qui la séparaient de la boule de scotch... mais elle avait réussi.

Kinley se retourna et s'allongea sur le dos pour se reposer.

Elle pouvait discerner des étoiles dans le ciel au-dessus d'elle. Elle devait être au milieu de nulle part, parce qu'il n'y avait pas de pollution lumineuse qui aurait affecté le spectacle de la Voie lactée.

Elle regarda le ciel pendant un long moment avant que le son des cigales ne pénètre à nouveau son esprit. C'était comme si elles la raillaient, la défiaient de continuer. Alors Kinley se remit prudemment à quatre pattes et ramassa la boule de scotch. Elle la jeta une fois de plus devant elle et rampa douloureusement dans sa direction.

Elle le refit, encore et encore. Et quand le ravin devint trop raide pour lancer la boule d'adhésif vers le haut, elle se remit à la pousser avec sa tête. C'était comme si elle escaladait le mont Everest. Il y eut plusieurs moments où elle fut certaine qu'elle n'y arriverait pas. Elle ne parvenait plus très bien à respirer et à chaque fois qu'elle inspirait, elle avait l'impression qu'un éléphant était assis sur sa poitrine.

À un moment donné, elle se coucha sur le dos et fit une sieste... ou bien s'évanouit, elle ne le savait pas. Quand elle reprit connaissance, elle ne sut pas combien de temps il s'était écoulé depuis, puisqu'il faisait toujours sombre, mais cette petite pause ne l'avait pas requinquée. Pour l'instant, ses larmes s'étaient taries et elle aurait tué pour pouvoir boire une gorgée dans le ruisseau qu'elle avait laissé derrière elle depuis longtemps.

La seule chose qui lui permettait de continuer était Gage. Elle garda ses yeux bruns à l'esprit et chaque centimètre qu'elle parcourait était pour lui. Elle voulait le revoir, voulait sentir ses mains sur son corps, voulait le sentir *à l'intérieur* de son corps. Elle n'avait pas traversé tout ce qu'elle avait connu dans sa vie pour le perdre maintenant.

Mais plus encore, elle ne voulait pas qu'il s'en veuille parce qu'elle avait eu la bêtise de monter dans la voiture d'un inconnu. Surtout quand elle savait que quelqu'un essayait de la tuer. Même s'il n'avait rien dit de choquant et avait une pièce d'identité, elle aurait dû se méfier. Elle aurait dû continuer à essayer de joindre Cruz pour vérifier l'identité de ce mec.

Gage se sentirait responsable de son kidnapping. Même s'il n'avait pas été là, il se sentirait quand même coupable. Elle devait survivre, ne serait-ce que pour lui dire que ce n'était pas sa faute.

Alors, elle continua. Centimètre après centimètre, dans la douleur. Les rochers sous elle faisaient saigner ses mains et ses genoux, mais elle les sentait à peine par-dessus toutes les autres blessures.

Quand elle émergea enfin du sommet du ravin, elle put à peine le croire.

Elle avait réussi.

Maintenant, il ne lui restait plus qu'à ramper sur la route. *Plus qu'à...* Ce n'était pas rien ! Mais comparé à ce qu'elle venait de faire, ce serait du gâteau. Elle devait simplement s'assurer de ne pas retomber dans les griffes de Simon. Il faudrait qu'elle fasse attention, qu'elle ne se montre que lorsqu'elle serait certaine que la voiture n'était pas une berline sombre. Mais à la vitesse à laquelle elle se déplaçait, ce ne serait pas facile d'essayer de déterminer la marque et la couleur d'une voiture, puis de se dissimuler si cela ressemblait au tueur à gages.

Mais d'abord... elle devait retourner sur la route.

Prenant la boule de scotch, elle la jeta une fois de plus devant elle, puis elle recommença à ramper très lentement vers elle.

Gage, Gage, Gage, chanta-t-elle mentalement, encore et encore. Il serait sa récompense pour toute la douleur et la souffrance qu'elle ressentait en ce moment.

Le temps n'avait aucune signification. Tout ce sur quoi Kinley pouvait se concentrer était la boule de ruban adhésif. Elle ignorait tout le reste. Sa force s'estompait et elle commençait à croire qu'elle n'allait pas arriver à regagner la route. Après tout ce qu'elle avait traversé, ce serait la déception ultime. Elle ne pouvait pas s'arrêter en aussi bon chemin.

Elle mit un moment à se rendre compte que le sol sous ses mains et les genoux avait changé.

Il n'était plus meuble.

Elle leva les yeux et se rendit compte qu'elle avait réussi ! Elle était à genoux sur l'asphalte du rebord d'une route !

Pendant une seconde, elle paniqua. Si elle était visible, Simon pouvait la repérer. Il terminerait ce qu'il pensait avoir accompli... à savoir la tuer.

Kinley secoua la tête. Elle devait tenter le coup. Elle espérait qu'il soit parti depuis longtemps, convaincu qu'elle était morte dans le ruisseau du fond du ravin. Si on ne la retrouvait pas, elle mourrait dans quelques heures de toute façon. Elle le savait au plus profond d'elle.

La tâche de s'escrimer à sortir du ravin avait accaparé ses pensées, bloquant tout le reste. Mais à présent qu'elle était parvenue jusqu'à la route, elle était soudainement épuisée. Elle descendit avec précaution vers le sol et se retourna sur le dos.

Bouger était douloureux. Respirer était douloureux. Même sa peau lui faisait mal. Il faisait encore sombre, mais elle voyait que le ciel était légèrement plus clair. Elle avait mis toute la nuit à sortir du ruisseau et à monter sur la route.

Ses inspirations étaient peu profondes et chacune était plus douloureuse que la précédente. Ses doigts picotaient, peut-être à cause du manque d'oxygène, elle ne savait pas. Mais plus elle restait étendue là sur le bord de la route, plus elle se détendait.

Elle ferma les yeux et eut l'impression qu'elle flottait. Soudain, elle ne ressentit plus de douleur. Elle avait envie de faire une sieste. Si elle pouvait simplement se reposer pendant une seconde, elle se sentirait mieux.

NE T'ENDORS PAS !

La voix était forte dans sa tête et elle eut un sursaut de surprise, puis elle gémit quand le mouvement heurta son corps meurtri.

Pendant un moment, elle ne sut pas où elle était et pourquoi elle avait tellement mal, puis tout lui revint. Elle tourna la tête et vit la boule de ruban à côté d'elle. Si quelqu'un ne passait pas par là rapidement, cela deviendrait son lit de mort.

Au loin, elle entendit un son.

Comme si ses pensées avaient invoqué le véhicule, des phares apparurent au loin. Le son n'évoquait pas une berline, et les lumières semblaient plus élevées au-dessus du sol que la voiture que Simon conduisait. Du moins l'espérait-elle.

Sachant que si elle se traînait jusqu'au milieu de la route, elle se ferait probablement renverser et réalisant également qu'elle était absolument incapable de se redresser pour attirer l'attention du conducteur, Kinley fit de son mieux pour lever le bras en l'air.

Les lumières se rapprochèrent, mais elles ne ralentirent pas. La voiture allait passer devant elle sans s'arrêter !

L'estomac de Kinley se serra. Son bras palpitait, mais elle ne cessa pas de l'agiter.

Une seconde, la voiture s'approchait, et la suivante, elle passait devant elle à toute vitesse.

— Non ! grogna Kinley de désespoir.

Mais au moment où elle la dépassa, elle vit ses feux stop s'allumer et entendit les pneus crisser alors que le conducteur essayait de s'arrêter.

Dieu merci.

— Je vous en prie, ne soyez pas tueur en série, murmura-t-elle. C'est tout ce dont j'ai besoin en ce moment.

Étendue sur le dos, elle avait trop mal pour se déplacer, alors elle tourna la tête pour regarder la voiture reculer très lentement. Elle s'arrêta et vit un homme émerger du siège du conducteur et s'avancer vers elle.

Elle cligna des paupières en le regardant alors qu'il se dressait au-dessus d'elle.

— Oh, mon Dieu ! Vous allez bien ?

C'était une question stupide, mais Kinley le lui pardonna volontiers. Après tout, il n'avait sans doute jamais vu allongée sur le bord de la route une femme en sang et meurtrie qu'on avait quasiment tuée.

— Non, murmura-t-elle.

Comme si l'apparition de cet homme était tout ce qu'elle avait attendu, son corps finit par céder. C'était sa simple volonté qui lui avait permis de bouger. Penser à Gage l'avait fait avancer. Mais à présent que les secours arrivaient, c'était comme si son esprit et son corps se mettaient en veille.

Son dernier souvenir fut celui de l'homme en train de sortir un téléphone pour le plaquer contre son oreille.

*
**

Cela faisait des heures que Brain et Lefty conduisaient. Ils ne savaient pas ce qu'ils cherchaient, mais aucun ne voulait s'avouer vaincu et retourner à Killeen.

Lefty regardait par la fenêtre et avait du mal à penser clairement. Il était épuisé et avait le cœur serré. Il voulait juste tenir Kinley dans ses bras et lui dire combien il l'aimait avant de promettre qu'il ne laisserait plus jamais personne la toucher. Il ne savait pas comment il y réussirait, mais il faudrait qu'il y parvienne.

Quand le téléphone de Brain sonna, Lefty fit si surpris qu'il fit un bond sur son siège, mais il se reprit rapidement et sortit le portable.

— Allô ?

— C'est Trigger. On l'a retrouvée.

Pendant une seconde, les mots ne pénétrèrent pas, puis son corps entier se verrouilla.

— Est-ce qu'elle...

Il ne parvint pas à se forcer à prononcer ces paroles.

— Elle est en route pour l'hôpital du centre médical de Westlake. De là, ils vont probablement l'emmener en hélicoptère jusqu'à Fort Worth.

Pris d'un soulagement muet, Lefty ferma les paupières. Kinley était vivante. *Seigneur Dieu, elle était vivante !*

— Fais demi-tour, aboya-t-il à Brain. Kinley est vivante et en route pour Westlake Medical.

— Vraiment ? souffla Brain, s'arrêtant déjà sur le côté de la route.

— Vraiment, lui dit Lefty.

— Elle est mal en point, le prévint Trigger.

Et en une seconde, le soulagement de Lefty disparut.

— Comment ça, mal en point ? demanda-t-il.

— Je ne sais pas. Le soldat qui m'a appelé n'avait pas de détails. Mais, Lefty... elle est vivante. On doit se concentrer là-dessus.

Lefty hocha la tête, mais il ne parvenait pas à faire fonctionner son cerveau.

— Où a-t-elle été trouvée ?

Trigger lui donna des détails. Un homme qui roulait sur une petite route, à des kilomètres d'où ils étaient actuellement, était tombé sur une femme étendue sur le côté de la route, qui agitait le bras pour essayer de l'arrêter.

— Tu vas à l'hôpital ? demanda Lefty.

— Bien sûr. Je ne sais pas combien de temps Kinley sera là, mais je pense que les médecins voudront la stabiliser avant de la mettre dans un hélico pour Fort Worth.

— On arrive dès que possible, dit Lefty à son ami avant de raccrocher. Fais cinq kilomètres de plus puis tourne à droite, ordonna-t-il à Brain.

— On ne va pas directement à l'hôpital ? demanda Brain.

— Non. Il y a quelque chose que je dois voir en premier.

Brain ne posa plus de questions, suivant simplement les instructions de Lefty qui lui disait où aller.

En moins de vingt minutes, ils arrivèrent à l'endroit où Kinley avait été retrouvée. Quand ils furent près, ils n'eurent aucun mal à trouver, car il y avait trois véhicules paramilitaires stationnés le long de la route, ainsi qu'une camionnette de scène de crime. Brain se gara un peu plus loin et Lefty descendit sans dire un mot.

Il faisait à présent assez jour pour y voir clairement et Lefty ne se donna pas la peine de parler aux paramilitaires ou aux détectives qui travaillaient sur la scène de crime. Il se tint tout simplement au bout du pont qui donnait sur le ravin et baissa les yeux.

Il ne savait pas ce qui s'est passé, mais il pouvait se l'imaginer.

Le tueur avait probablement jeté sa compagne par-dessus ce pont.

Vu de là, il semblait quasiment impossible qu'elle ait survécu. Le ruisseau était rapide, mais encore un peu ténu à cause du manque de pluie de l'été précédent. Le côté droit du ruisseau était principalement composé de boue, et à en juger par le bloc de parpaing attaché à une corde et la marque profonde dans la gadoue, c'était là où Kinley avait atterri.

Cela rendait Lefty malade, mais il se força à demeurer là pendant quelques instants.

Il vit l'endroit où elle avait rampé hors de la boue et jusqu'en haut de la rive abrupte. Il vit l'endroit où ses traces disparaissaient entre des arbres. Ses yeux parcoururent le chemin le plus probable qu'elle avait probablement pris avant d'arriver sur le bitume sur le côté de la route. Il y avait une boule de ruban adhésif posée là, entourée de cônes orange.

Mais c'était le sang qui brillait sur l'asphalte noir à la lumière du matin qui glaça son corps tout entier.

C'était le sang de *Kinley*. Elle était restée allongée sur le côté de la route, se vidant de son sang, quand un passant l'avait remarquée et avait appelé les secours.

Lefty avait connu de nombreuses situations potentiellement mortelles. Il avait vu suffisamment de sang pour être immunisé contre les horreurs de la guerre. Mais ceci n'était pas une guerre et ne concernait pas une inconnue. C'était la femme qu'il aimait. La femme qu'il avait tenue dans ses bras il n'y avait pas vingt-quatre heures.

La pensée qu'elle était passée tellement près de mourir et risquait *encore* de le faire était trop.

Il se tourna et rendit tripes et boyaux sur le côté de la route. Puis il ne bougea plus, plié en deux, les mains sur les genoux, essayant de retrouver son équilibre.

Brain vint à côté de lui et posa une main sur son épaule.

— Elle est vivante. Garde ça à l'esprit.

Lefty hocha la tête, mais il avait du mal à bouger.

— Viens. Elle a besoin de toi.

Ces cinq mots étaient ce que Lefty avait besoin d'entendre. Il se redressa et s'essuya la bouche du revers de la main. Il acquiesça et ils revinrent tous les deux vers la voiture.

Sans une parole de plus, Brain se dirigea vers Austin.

Lefty ne saurait jamais pourquoi le tueur à gages avait choisi cette route. Ce pont. Mais il était reconnaissant. Sans la boue, Kinley se serait peut-être ouvert la tête sur les rochers. Ou elle se serait noyée. Il savait qu'il y avait une chance pour qu'elle puisse encore mourir de complications après ce qu'elle avait traversé, mais au fond, il avait le sentiment qu'elle s'en sortirait. Il avait toujours pensé qu'elle avait un noyau d'acier, et voir l'endroit où elle avait mené une bataille brutale pour survivre l'avait confirmé.

Accroche-toi un peu plus longtemps, Kins. Tu es forte.

CHAPITRE DIX-SEPT

Kinley reprit brusquement connaissance, mais elle n'en laissa rien paraître. Si Simon était toujours là, il fallait qu'elle fasse semblant d'être morte. Elle le savait aussi clairement qu'elle savait que son nom était Kinley Taylor.

Mais à la seconde où elle entendit la voix profonde et familière de Gage, elle gémit.

Simon l'avait-il enlevé, lui aussi ? Était-il en danger ?

— Kins ? demanda Gage, laissant échapper une inspiration choquée.

Elle essaya de lui parler, mais ne parvint à émettre qu'un croassement.

— Du calme, ma chérie. Tu vas bien. Tu es en sécurité. Tu comprends ?

C'était comme s'il savait exactement ce qu'elle avait besoin d'entendre. Elle hocha la tête et même ce petit mouvement était douloureux.

— Tu as plusieurs côtes brisées, une cheville cassée, un de tes poumons a été perforé et tu as une commotion sévère. Les médecins t'ont placée pendant un moment dans un coma artificiel pour essayer de laisser ton corps guérir. Mais tu vas bien. Tu es en vie et je suis ici.

Ses paroles paraissaient flotter autour de sa tête et elle aurait désespérément voulu ouvrir les yeux et lui dire qu'elle l'aimait, que c'était penser à lui qui l'avait aidée à rester en vie, mais elle était tellement fatiguée.

— Détends-toi, Kins. Je suis ici.

Elle lui pressa la main et se laissa à nouveau sombrer dans le sommeil, où elle n'avait pas mal.

⁂

Lefty ne s'était jamais senti aussi soulagé de toute sa vie.

Les trois derniers jours avaient été longs. Quand il avait vu Kinley pour la première fois après avoir enfin été admis dans sa chambre à l'hôpital de Fort Worth, il lui avait fallu invoquer toute sa volonté pour ne pas se remettre à vomir.

Elle avait toujours l'air horrible.

Son visage était gonflé et meurtri. Ses lèvres étaient fissurées et éclatées, montrant qu'on l'avait battue. Les contusions sur sa gorge étaient horrifiantes et racontaient leur propre histoire. On l'avait étranglée. Plus d'une fois, à en juger par les ecchymoses en forme de doigts qui se chevauchaient. Ses paumes et ses genoux présentaient des coupures profondes, subies quand elle avait essayé de se sauver en rampant.

Une nuit, lorsque l'infirmière était venue la laver, il avait vu les horribles contusions sur son torse. La police pensait qu'elles provenaient de la batte de base-ball qu'on avait retrouvée sur le siège arrière de la voiture du tueur.

La pensée que Kinley avait été battue quasiment à mort était insupportable.

Et pourtant, par miracle, elle était encore là. Vivante.

Il devait bien y avoir une raison. Le tueur avait essayé de la tuer *deux fois* et avait échoué à deux reprises.

Cela n'arrivait jamais.

S'asseyant à ses côtés, Lefty savait qu'il ne voulait pas passer sa vie sans elle. Elle était la femme de sa vie. Tout à propos d'elle l'impressionnait et l'intriguait, et il ne voulait pas passer ne serait-ce qu'une seule journée sans lui parler. Riant avec elle. Il avait besoin d'elle dans sa vie.

Alors qu'il restait à tenir la main de Kinley, on toqua à la porte. Il se tourna et vit sa mère passer la tête dans la pièce.

Ses coéquipiers leur rendaient visite à tour de rôle, faisant le trajet depuis Killeen pour rester avec eux pendant quelques heures et s'assurer qu'il allait bien. Avoir des amis à ses côtés signifiait tout pour lui, ainsi que de les voir tout aussi inquiets que lui pour Kinley.

Gillian et Devyn étaient également venues. Gillian se sentait coupable de ne pas avoir empêché Kinley de partir avec le faux agent du FBI, mais Lefty lui avait assuré que ce n'était pas sa faute. Et il le croyait vraiment. Le tueur à gages était un professionnel. Lefty n'avait même pas remarqué qu'il observait l'appartement, et il était formé pour le remarquer.

— Je peux entrer ? demanda doucement sa mère.

Lefty lui fit signe de venir. Il n'y avait que lui et Kinley dans la chambre pour le moment. Ses amis étaient tous rentrés chez eux.

Quand sa mère avait appris ce qui s'était passé, elle avait sauté dans un avion et était venue le lendemain. Lefty avait été surpris, mais sa mère avait simplement dit :

— Mon garçon a besoin de moi et cette fille a besoin d'une maman. Et comme elle n'en a pas, je suis là.

Lefty avait su que sa mère avait apprécié Kinley lorsqu'elles avaient discuté à Paris, mais pas exactement à quel point Kinley l'avait impressionnée.

Molly Haskins se rendit jusqu'au lit sur la pointe des pieds et embrassa la tête de Lefty. Elle posa une main sur son épaule et dit :

— Elle a l'air mieux.

Lefty fit de son mieux pour réprimer un reniflement moqueur. Il ne savait pas comment elle pouvait dire une chose pareille. Kinley avait toujours l'air horrible.

— Je suis sérieuse, dit sa mère comme si elle pouvait lire dans ses pensées. Elle n'est plus aussi pâle et elle respire aussi plus profondément.

Lefty essaya de considérer la femme qu'il aimait avec objectivité, mais c'était impossible.

— Tu devrais aller prendre une douche, manger quelque chose, dit Molly.

Lefty secoua la tête.

— Je ne pars pas.

— Ce n'était pas une suggestion, dit fermement sa mère. Je sais que tu es adulte, mais tu empestes. Ça ne lui servira à rien que tu t'écroules sur ta chaise. Je promets de ne pas la quitter jusqu'à ton retour. En outre, tu sais que Cruz ne va pas partir non plus.

Inspirant profondément, Lefty regarda de nouveau vers la porte. Il savait que l'agent du FBI se sentait responsable de ce qui était arrivé à Kinley, tout comme lui. Il avait personnellement monté la garde devant la chambre d'hôpital depuis l'arrivée de Kinley. Il ne l'avait quittée qu'une seule fois, pour aller présenter un rapport à ses supérieurs et faire une sieste rapide de trois heures. Il s'inquiétait parce que le tueur n'avait pas encore été retrouvé, et Cruz s'inquiétait manifestement autant que Lefty et son équipe à propos de la sécurité de Kinley. Lefty ne savait pas ce qu'on avait prévu concernant Stryker, Brown et le témoignage de Kinley. Et il s'en fichait. Tout ce qu'il voulait était de voir les magnifiques yeux noisette de Kinley s'ouvrir et qu'elle le reconnaisse.

— Très bien. Je ne mettrai que quinze minutes environ, dit-il à sa mère.

Elle secoua la tête.

— Une heure. Si tu es de retour avant, je vais dire à Cruz de ne pas te laisser entrer.

Lefty pinça les lèvres. Il voulait être là au cas où Kinley reprendrait à nouveau connaissance. Il ne voulait pas rater cela. Il ne *pouvait* pas le manquer.

— Je t'appellerai si je pense qu'elle est en train de se réveiller, promit sa mère, lisant ses pensées. Vas-y, mon fils. Fais une pause.

Soupirant, Lefty hocha la tête. Il porta la main de Kinley jusqu'à sa bouche et l'embrassa.

— Je vais revenir, murmura-t-il. Je t'aime.

Puis il se leva, déposa un baiser sur la joue de sa mère et sortit de la pièce.

⁎⁎

Le temps n'avait aucune signification à l'hôpital. Kinley savait qu'elle était là, savait que Gage était à ses côtés. Mais à chaque fois qu'elle se réveillait, il était vraiment difficile de rester éveillée. Mais cette fois-ci, quand elle reprit connaissance, elle eut l'impression d'avoir plus d'énergie.

Elle ouvrit les yeux et les referma immédiatement.

— Ferme les rideaux, ordonna Gage à quelqu'un. Désolé, Kins. Réessaye. Ouvre tes beaux yeux et regarde-moi.

Incapable de résister à cet ordre, Kinley plissa les yeux... et plongea dans le regard de Gage.

— Hé, dit-il avec un sourire.

S'humectant les lèvres, Kinley croassa :

— Bonjour.

Gage ferma les paupières pendant un moment, puis elle plongea à nouveau dans ses intenses yeux bruns.

— Comment tu te sens ?

— Terrible, dit-elle immédiatement. Mais je suis vivante, alors c'est super.

— Oui, tu l'es, lui dit Gage.

Il leva une main et la posa sur sa joue. C'était douloureux, mais Kinley s'assura de ne rien laisser paraître, puisqu'elle aimait qu'il la touche. Surtout parce qu'il y a peu, elle avait cru que cela ne se reproduirait jamais.

— De l'eau ? demanda-t-il.

— S'il te plaît.

Il déplaça sa main gauche, ne retirant pas la droite de son visage. Il porta à sa bouche un verre avec une paille et elle avala quelques gorgées avec gratitude. Avaler était douloureux, mais c'était génial de sentir l'eau fraîche dans sa gorge à vif.

— C'est mieux ? demanda Gage.

— Oui, merci, lui dit Kinley. Depuis combien de temps suis-je ici ?

— Six jours, dit Gage.

Étonnée, Kinley cligna des paupières.

— Vraiment ?

— Oui. Tu es à Fort Worth. On t'a transportée en avion depuis Austin. On t'a soignée pour un pneumothorax et tu as plusieurs côtes cassées. Les médecins t'ont placée dans un coma artificiel pour aider ton corps à guérir. Mais ils t'ont sevrée des médicaments.

Kinley hocha la tête.

— Quoi d'autre ?

— Une fracture de la cheville, des coupures, des éraflures, des ecchymoses, une commotion cérébrale, lui dit Gage sans hésitation.

Elle appréciait qu'il n'y aille pas par quatre chemins.

— Simon ?

— Quoi ?

— Simon King. Il a dit qu'il s'appelait comme ça, lui dit Kinley.

Elle vit le visage de Gage s'endurcir puis il se tourna et claqua des doigts.

— Maman, fais entrer Cruz.

Kinley sursauta, un mouvement que Gage sentit.

— Quoi ? demanda-t-elleavec inquiétude.

Elle essaya de se pencher pour voir qui était dans la pièce avec eux, mais ce simple mouvement déclencha une douleur si aiguë dans tout le corps qu'elle eut une inspiration sifflante.

— Tu es en sécurité ici, la rassura Gage en se méprenant sur son inspiration.

Quelques secondes plus tard, Kinley vit l'agent du FBI venir se placer à côté de Gage.

— Elle a repris connaissance ? demanda-t-il.

— Oui. Simon King. C'est le nom de ce connard.

Cruz hocha la tête et sortit un petit bloc de papier.

— De quoi d'autre est-ce qu'elle se souvient ?

— Je suis juste ici, se plaignit Kinley. Vous pouvez me parler.

Cruz grimaça.

— Désolé. Puisque vous avez dormi jusqu'à maintenant, je me suis habitué à parler à Lefty.

Il lui adressa un clin d'œil, lui faisant savoir qu'il la taquinait.

— Que pouvez-vous nous dire d'autre ?

Malgré son mal de gorge et le sommeil qui l'envahissait déjà, Kinley se força à se concentrer.

— C'est le même mec qui a essayé de me tuer à Washington, dit-elle. Il a dit que Stryker lui avait versé deux millions de dollars pour me tuer.

— Il vous a dit que Stryker l'avait engagé ? demanda Cruz.

— Oui.

— Rien d'autre ?

— Il est ici depuis des semaines. Mais il n'avait pas pu m'approcher, poursuivit-elle.

Kinley se souvint alors de quelque chose que Simon avait dit...

Il lui avait dit qu'il s'en serait pris à Gage ou à Gillian s'il ne l'avait pas retrouvée rapidement.

Elle déglutit bruyamment et les larmes lui montèrent aux yeux, à la fois parce que déglutir était douloureux, mais aussi parce qu'elle avait pensé que ses amis avaient été en danger à cause d'elle, comme elle avait envisagé que cela puisse se produire.

C'était *sa* faute.

Mais elle ne dit rien ; elle savait qu'ils lui diraient que ce n'était pas le moment de s'en inquiéter.

— Merde, jura Gage.

— La politesse ! le réprimanda une femme derrière lui.

— Pourquoi ta mère est-elle là ? lâcha Kinley. Ça va bien ?

Pour une raison quelconque, Gage ne put s'empêcher de sourire.

— Elle est là parce que tu as été blessée, dit-il.

Kinley était choquée.

— Vraiment ?

— Vraiment, dit Gage.

Puis Molly Haskins fit son apparition de l'autre côté du lit.

— Pourquoi êtes-vous aussi surprise ? demanda-t-elle. Vous êtes importante pour mon fils, vous avez été blessée, je vous apprécie beaucoup, alors je suis ici.

Kinley était émue aux larmes.

— Mais vous me connaissez à peine, murmura-t-elle.

— Je me soucie de vous, Kinley. Vous êtes une personne incroyable et je suis vraiment heureuse que vous soyez dans la vie de Gage. Je sais que vous aimez Notre-Dame autant que moi. Je sais que vous êtes intelligente et drôle et que vous avez besoin d'une maman. Je veux dire... Gage est adulte, mais il ne peut pas remplacer le contact aimant d'une mère. Alors je me suis dit que je pouvais venir lui prêter main-forte.

Kinley la regarda pendant une seconde, puis ferma fort les paupières et commença alors réellement à pleurer.

La main de Molly reposait sur son front et elle lissa ses cheveux en arrière.

— *Chut.* Ne pleurez pas, chantonna-t-elle.

Jusqu'à ce que Gage s'occupe d'elle lorsqu'elle avait été malade, personne n'avait jamais fait son possible pour être là quand elle ne se sentait pas bien. Pas d'aussi loin que remontaient ses souvenirs. Mais voici que la mère de Gage la traitait comme si elle était importante, aimée. C'était accablant, et

Kinley aurait tellement voulu devenir la fille de cette femme que c'était encore plus douloureux que ce que Simon lui avait fait.

— Donnez-nous une seconde, Maman, Cruz, fit Gage.

Kinley n'ouvrit pas les yeux, mais elle les entendit quitter la pièce.

— Regarde-moi, Kinley, lui demanda Gage.

Trop fatiguée pour résister, elle lui obéit.

— Je t'aime, dit Gage dès qu'elle croisa son regard.

Son cœur s'emballa et les moniteurs à côté d'elle se mirent littéralement à biper.

Gage sourit, mais ne sembla pas inquiet.

— Ce n'est probablement pas juste de ma part de te balancer ça comme ça, mais peu m'importe. Quand j'ai appris que tu avais été enlevée, je jure devant Dieu que ma vie s'est arrêtée. Je ne pouvais pas respirer et je savais que si je ne te retrouvais pas, je ne m'en remettrais jamais. Je ne te le dis pas pour te mettre la moindre pression. On continuera comme avant. Lentement, mais sûrement. Mais je ne peux pas *ne pas* te le dire.

» Ma mère est ici à cause de *toi*, Kins. Tu es incroyable, et elle le sait. Quoi qu'il se passe entre nous, elle sera toujours de ton côté. C'est compris ?

Kinley hocha la tête.

— Tu es fatiguée, fit observer Gage.

Elle acquiesça de nouveau.

— Tu as mal ?

— Un peu.

Gage tendit le bras et appuya sur le bouton attaché à son IV.

— Un peu de morphine devrait te soulager. Ferme les yeux et repose-toi, ma chérie.

— Et Simon ? On l'a rattrapé ?

Le visage de Gage lui fit deviner la réponse.

— Malheureusement, non. Il a été arrêté par des paramilitaires la nuit où on t'a retrouvée, mais il s'est échappé et les chiens ont été incapables de retrouver sa piste. Mais ne t'inquiète pas, tu es en sécurité, dit-il rapidement. Il a commis une erreur et a oublié son téléphone. À ce que j'en sais, le dernier numéro qu'il a appelé était un téléphone jetable à Paris. L'identité de son interlocuteur ne fait aucun doute. Je vais faire tout mon possible pour m'assurer qu'il ne t'approche plus.

Une boule se forma dans la gorge de Kinley. Simon était toujours là. Et il n'était pas parvenu à la tuer. Il serait probablement en colère de ne pas avoir gagné ces deux millions de dollars, et il reviendrait la finir. La prochaine fois, il s'assurerait qu'elle soit morte. Il ne « jouerait » plus avec elle. Il lui tirerait une balle dans la tête et en aurait terminé avec elle. Elle n'en doutait absolument pas.

Elle ne survivrait pas à une troisième tentative. Mais, plus important encore... À qui s'en prendrait-il pour parvenir jusqu'à elle ?

— Dors, Kinley. Cruz est là pour veiller sur toi, et mon commandant m'a donné la permission de rester ici jusqu'à ce qu'on te laisse partir. Tu es en sécurité.

Elle ferma les yeux et essaya de se détendre, mais le contentement qu'elle avait ressenti un moment auparavant en entendant que Gage l'aimait s'était dissipé. Elle *n'était* pas en sécurité, pas plus que tous les gens qui étaient en contact avec elle. Comment sa vie était-elle devenue aussi compliquée ?

CHAPITRE DIX-HUIT

Deux autres jours avaient passé, et lorsque Gage et sa mère étaient partis prendre le petit-déjeuner – elle avait insisté –, Kinley sut qu'elle n'aurait pas d'autre occasion de parler à Cruz en privé.

Les amis de Gage étaient tous passés, et elle était surprise qu'il ait accepté de la laisser seule, mais elle n'allait pas trop se poser de questions. Elle avait l'occasion de parler à l'agent du FBI, et elle devait la saisir.

Elle avait toujours très mal, mais les médecins lui avaient assuré que la douleur était normale parce qu'avoir des côtes cassées mettrait beaucoup de temps à guérir. Le gonflement de son visage s'était enfin assez atténué pour qu'elle puisse voir à nouveau clairement. Elle avait regardé dans le miroir la première fois qu'elle avait boitillé jusqu'à la douche, et elle avait pleuré. La mère de Gage l'avait aidée et au début, elle s'était inquiétée, puis elle s'était contentée de la prendre dans ses bras jusqu'à ce qu'elle reprenne le contrôle de ses émotions.

Elle était couverte de contusions. Son torse était horrible à voir, et elle se rappelait parfaitement toutes les fois où Simon l'avait frappée avec cette satanée batte. Mais c'est son cou qui l'horrifia le plus. Elle se souvenait parfaitement de l'excitation dans les prunelles de Simon alors qu'il était agenouillé au-dessus de son corps sans défense et resserrait les mains autour de sa gorge. Il avait *aimé* l'étrangler.

Mais chaque bleu la rendait plus déterminée à vivre. Elle ne donnerait pas à Simon King ou à Drake Stryker la satisfaction de savoir qu'ils l'avaient tuée.

À cet instant, une idée germa dans son esprit, et elle avait passé les deux derniers jours à essayer de s'en dissuader... en vain.

C'était la seule façon. C'était nul, et elle ne voulait pas le faire, mais Simon n'allait pas disparaître. Il allait la hanter pour toujours si elle ne le faisait *pas*.

Alors, quand Molly et Gage quittèrent la pièce, elle appela Cruz. Il apparut quelques secondes plus tard, l'air impeccable, comme s'il ne venait pas de passer une semaine à veiller sur elle.

— J'ai envie d'intégrer le programme de protection des témoins, lui dit-elle sans préambule.

Ses yeux se radoucirent et il tira une chaise jusqu'au lit.

— Pourquoi maintenant ? demanda-t-il. Brown est en prison et la police parisienne a appréhendé Stryker. Il a un bon avocat, mais d'après ce qu'on en sait, il va tomber.

— Pour meurtre ? demanda Kinley.

Elle vit la réponse dans les yeux de Cruz avant même qu'il ne secoue la tête.

— Pas sans votre témoignage. Ils ont une vidéo de surveillance de lui en train de dîner au restaurant de l'hôtel avec Émilie, mais il n'y pas assez de preuves pour l'accuser de son meurtre. Son ADN était à l'intérieur d'elle, mais il affirme qu'ils ont eu des relations consenties. Il va tomber pour détournement de mineur, puisqu'il a eu des relations sexuelles avec une adolescente, mais il affirme qu'elle a quitté l'hôtel toute seule et que c'est la dernière fois qu'il l'a vue.

— Ils ont besoin de mon témoignage pour le lier à son meurtre, déclara catégoriquement Kinley.

Cruz soupira et hocha la tête.

— Simon ne s'arrêtera pas tant que je ne serai pas morte, lui dit-elle.

— L'argent a déjà été versé, l'informa Cruz.

Cela surprit Kinley, mais ne la fit pas changer d'avis.

— Aucune importance. S'il ne sait pas encore que j'ai survécu, il sera vénère lorsqu'il le découvrira. Il va revenir pour me tuer. Pour terminer le boulot.

Cruz la regarda, mais ne lui fit pas de commentaire.

— Si, murmura-t-elle. Et il n'aura aucune pitié pour ceux qui essaieront de l'empêcher de me tuer. Il a menacé Gage. Et Gillian. Et je sais qu'il n'aura aucun scrupule à faire du mal aux autres. Il m'a observée pendant des *semaines*, Cruz. Il sait qui compte pour moi. Il s'en prendra à eux juste pour me faire du mal. Il a *joué* avec moi... Je ne fais que répéter ce qu'il m'a dit. Il va blesser ou tuer tous ceux que j'aime avant de me coller enfin une balle dans la tête. Je veux que Stryker paie pour ce qu'il a fait. Je veux que justice soit faite pour Émilie et toutes les autres filles. Mais plus encore, je dois protéger la seule personne qui m'ait jamais aimée.

— Lefty, dit Cruz.

— Gage, confirma Kinley.

Au bout d'un moment, il dit :

— Si vous faites ça, vous ne pourrez pas le contacter du tout. Pas de lettres. Pas d'e-mails. Rien.

— Je sais.

— Impossible de prévoir combien de temps il va s'écouler avant que Stryker passe en jugement.

Kinley hocha la tête.

— Et même alors, si ce que vous dites est vrai, vous ne serez toujours pas en sécurité. Vous ne pourrez peut-être plus jamais revoir Lefty. *Jamais*. Vous êtes prête à sacrifier votre bonheur et probablement le sien aussi ?

— Oui.

— Il ne sera pas d'accord. Il va essayer de vous en dissuader, lui dit-il.

— C'est pour ça que je ne veux pas qu'il le sache jusqu'à ce que je sois partie.

Cruz inhala brusquement.

— Ce n'est pas juste envers lui.

Les yeux de Kinley se remplirent de larmes.

— Je *dois* le faire comme ça. Sinon, je le laisserai me convaincre de rester. Il a un travail, Cruz. Il ne peut pas me surveiller vingt-quatre heures sur vingt-quatre. Simon va bien finir par me retrouver un jour ou l'autre, et je ne veux pas que Gage ait ça sur la conscience.

La mâchoire de Cruz se serra de mécontentement. Puis il dit enfin :

— Vous ne pouvez pas partir sans expliquer votre raisonnement.

Il leva une main pour arrêter ses protestations.

— Vous lui devez bien ça. Laissez-lui *au moins* un mot. Il vous aime, dit Cruz en se penchant en avant. Les hommes comme Lefty et ses coéquipiers ne tombent pas facilement amoureux. Ils savent qu'ils vivent dangereusement. La dernière chose qu'ils veulent est de laisser une femme ou une famille le bec dans l'eau s'ils meurent pendant une mission. Si vous disparaissez sans la moindre trace, il va perdre la tête. Il ne comprendra pas. Il ne sera pas capable de se concentrer sur son travail. Ce n'est pas ce que vous voulez, n'est-ce pas ?

Elle secoua la tête et les larmes qu'elle avait fait de son mieux pour retenir coulèrent enfin.

— Réfléchissez-y bien avant d'accepter, lui dit Cruz. Lorsque vous intégrerez ce programme, vous serez seule et vous ne pourrez contacter aucune des personnes que vous avez rencontrées ici.

— J'ai toujours été seule, dit tristement Kinley. Je ne m'étais jamais attendue à trouver un homme comme Gage. Je ne sais ni comment ni pourquoi il m'aime, mais c'est pour *lui* que je fais ça.

Cruz eut l'air triste.

— Je le sais bien. Et je trouve que c'est l'acte le plus courageux et le plus honorable que j'aie jamais vu de toute ma vie.

— J'ai envie de partir bientôt. Le plus tôt sera le mieux, dit Kinley entre deux reniflements.

— Je ne suis pas sûr que vous soyez déjà assez remise pour être déplacée. Ce sera très stressant et vous ne voulez pas avoir une rechute.

— Je *dois* le faire dès que possible, soutint Kinley. Ça me tuerait de mentir à Gage. Et vous savez aussi bien que moi que Simon a probablement déjà appris que j'ai survécu. La nouvelle qu'une femme battue et quasi morte ait été retrouvée sur le côté de la route a été imprimée partout dans les journaux, même s'ils n'ont pas relayé mon nom. Il n'est pas stupide. Il comprendra. Il va avoir du mal à se retenir de venir me chercher.

— Très bien. Vous avez un peu de temps devant vous pour écrire votre lettre. Quand vous aurez terminé, donnez-la-moi et je m'assurerai que Lefty la reçoive après votre départ. Vous comprenez que même *moi*, je ne saurai pas où vous êtes, n'est-ce pas ?

Elle hocha la tête. C'était terriblement effrayant de savoir qu'on l'emmènerait dans une ville inconnue pour la laisser quasiment toute seule, mais si cela signifiait que Gage serait en sécurité, elle le ferait.

Cruz se redressa et se pencha pour l'embrasser sur le front.

— Pensez donc, dit Kinley en essayant de sourire. Après mon départ, vous pourrez rentrer chez vous voir votre famille et vous n'aurez plus à me baby-sitter.

— Mickie en sait assez sur ce que je fais pour accepter à cent pour cent que je reste ici aussi longtemps qu'il sera nécessaire.

— Ça a l'air d'être une femme bien.

— Elle l'est, confirma Cruz.

Et pendant une seconde, Kinley fut terriblement jalouse. Elle voulait être cette femme pour Gage. Mais ce n'était pas sa destinée.

— Je serai juste dehors. Je toquerai à la porte si je vois Lefty et Molly revenir, pour que vous puissiez cacher la lettre. Si vous avez fini avant leur retour, appelez-moi et je viendrai la chercher.

— Merci.

— Ne me remerciez pas, répondit Cruz d'un ton bourru. Ça ne me plaît pas du tout, mais ça ne veut pas dire que je ne suis pas d'accord. Je vais faire tout mon possible pour retrouver ce Simon King pour vous, Kinley. Pour que vous puissiez revenir à Lefty sans craindre pour votre sécurité.

Prise d'un nouveau sanglot, elle ne put que hocher la tête. *Revenir auprès de Lefty.* Ces quatre mots ne lui avaient jamais semblé aussi beaux. À part peut-être quand il lui avait dit qu'il l'aimait.

Après avoir pris un bloc de papier et un stylo sur la table de l'autre côté de la pièce et les lui avoir remis, Cruz acquiesça et se dirigea vers la porte, laissant Kinley seule avec ses pensées.

Elle avait cru que la lettre serait difficile à écrire, mais les mots lui coulaient librement des doigts. Elle ne savait pas si elle s'expliquait d'une façon que Gage pourrait comprendre, mais elle savait au fond d'elle que c'était le bon choix. Si Simon revenait terminer le travail, il découvrirait qu'elle était partie, et il n'aurait plus aucune raison de faire du mal à qui que ce soit d'autre. Du moins espérait-elle que ce soit le cas.

Elle appela Cruz et il fourra sa lettre dans sa poche juste à temps avant que Gage, sa mère et Brain ne reviennent.

— Tu as bien déjeuné ? demanda-t-elle. Je ne savais pas que Brain viendrait.

— Moi non plus, lui dit Gage. Et oui, le déjeuner était bon. Je t'ai apporté un cadeau, dit Gage en brandissant une tasse. Un milk-shake à la vanille, dit-il avec un sourire.

Kinley le prit et s'efforça de ne pas pleurer. Il s'était souvenu de l'histoire qu'elle lui avait racontée : une de ses mères d'accueil préférées, de laquelle elle avait même pensé se faire adopter, l'avait emmenée dîner pour son anniversaire et lui avait acheté un milk-shake à la vanille. Depuis, elle les adorait, même si cela n'avait pas fonctionné avec cette famille.

Elle savoura la boisson, riant et bavardant tout en essayant d'oublier tout ce qui allait arriver.

La mère de Gage partit plus tard dans l'après-midi et Kinley mémorisa tout de Gage alors que la nuit tombait. Elle savait que ce serait peut-être la dernière fois qu'elle le verrait, et elle aurait voulu que le temps s'arrête. Mais bien sûr, c'était impossible.

Avec quelques efforts, Molly et elle avaient réussi à convaincre Gage de quitter l'hôpital la veille pour aller dormir à l'hôtel. Cela lui avait fait beaucoup de bien, car il avait eu l'air moins stressé lorsqu'il était revenu ce matin-là.

Il suffisait à Kinley de le convaincre de la laisser une fois de plus pour la nuit et de retourner à l'hôtel. Cela prit un certain temps, mais il accepta finalement de partir aux alentours de 8 heures. Le fait que Brain se soit porté volontaire pour rester veiller sur elle jouait en sa faveur.

— Attention, je pourrais croire que tu essaies de te débarrasser de moi, plaisanta-t-il.

Kinley espérait que la culpabilité qu'elle ressentait ne se manifestait pas sur son visage.

— Jamais, dit-elle. Dans un monde parfait, je ne te laisserais jamais seul. Je resterais collée à toi comme une moule à son rocher. Tu devrais te balader en me transportant comme un parasite ou un truc comme ça.

Il ricana, ce qui était son intention. Mais malgré son trait d'humour, elle était sincère.

— Un peu comme cette peluche qui est accrochée à toi, hein ?

Kinley hocha la tête. Gage avait apporté la peluche qu'il lui avait achetée, et elle réussissait à rendre le monde aseptisé de l'hôpital un peu plus tolérable.

— J'adore cette créature. Si ce n'était pas déplacé qu'une femme adulte se balade avec un ours en peluche, je l'emporterais partout.

— Tu fais ce que tu veux, ma chérie, lui dit Gage avec un sourire. Et si quelqu'un se moque de ton nounours, envoie-le chier.

Elle lui sourit.

— Je te revois tôt demain matin, dit doucement Gage. Tu veux que je t'apporte quelque chose ?

Elle secoua la tête, sachant que si elle parlait, elle éclaterait en sanglots. Elle aurait tellement voulu dire à Gage qu'elle l'aimait, mais elle ne pouvait pas. Pour sa propre santé mentale, elle avait besoin de garder cette dernière petite distance entre eux.

Gage se pencha et la serra doucement contre lui, et Kinley inhala profondément, inspirant son essence dans ses narines une dernière fois.

— Je t'aime, Kins. Dors bien. Tu seras en sécurité avec Brain qui veille sur toi.

— Je sais, mentit-elle.

Elle n'était pas en sécurité et aucun de ses proches ne l'était non plus.

Il l'embrassa sur les lèvres. Ce n'était pas passionné sans être chaste non plus. Il sortit la langue pour léchouiller doucement les lèvres encore craquelées de Kinley.

— À demain, murmura-t-il en se redressant.

— Au revoir, dit Kinley.

Avec un dernier geste de la main, Gage sortit de la pièce.

Kinley ferma les yeux et se força à ne pas éclater en sanglots. Brain était intelligent. Il se rendrait compte que quelque chose n'allait pas et appellerait Gage pour lui dire de revenir immédiatement.

— Ça va ? demanda Brain.

— Juste fatiguée, répondit Kinley avec un soupir.

Ce n'était pas un mensonge. Son corps tout entier lui faisait mal et elle savait que la soirée qui s'annonçait allait être dure, mentalement et physiquement. Cruz avait trouvé un moment pour lui dire plus tôt que tout était arrangé et que les agents qui avaient été sélectionnés pour venir la chercher à l'hôpital seraient là vers minuit.

Elle discuta de tout et de rien avec Brain pendant un moment et en apprit plus sur lui. D'abord, il connaissait plusieurs langues. Il avait juste dit en haussant les épaules qu'il était « doué » dans ce domaine, ce qui était un euphémisme. Il admit qu'il ne fréquentait personne simplement parce que cela faisait longtemps qu'il n'avait pas trouvé de femme avec qui il avait accroché.

— Et que faut-il pour que tu aies un coup de cœur pour quelqu'un ? demanda Kinley, sincèrement intéressée par sa réponse.

Brain haussa les épaules.

— Quelqu'un qui s'intéresse à autre chose qu'à la couleur du vernis à ongles qu'elle va porter, dit-il vaguement. Je veux quelqu'un avec qui je peux parler, qui me comprenne.

— Alors, tu punis les femmes en général pour les anciennes petites amies qui ne te comprenaient pas ? lui demanda-t-elle, un peu plus maussade qu'elle l'aurait été si elle n'avait pas été stressée par la nuit qui s'annonçait.

— Je n'ai pas dit ça, insista Brain.

— Vraiment ? Parce que c'est un peu ce qui me semble, dit-elle. Peu de gens sont aussi intelligents que toi, Brain. Tu sais, je ne me souviens pas d'un seul truc de mes cours de math au lycée et la seule chose que je sais dire en espagnol est « *¿Dónde está el baño?* ». Selon tes critères d'excellence, tu ne devrais même pas être mon ami.

— Ça ne me fait rien que tu saches seulement demander où est la salle de bains en espagnol, dit Brain avec un reniflement méprisant. Tu es la compagne de Lefty, donc tu es mon amie aussi.

— Ah oui, eh bien, merci de m'apprécier pour celle que je suis, dit Kinley en grimaçant quand elle fit un faux mouvement et que ses côtes protestèrent.

— Ça va ?

— Oui. J'ai encore mal quand je fais un faux mouvement, soupira-t-elle. Je suis désolée d'être grincheuse. Je suis stressée et je m'inquiète pour tout. Mais, Brain... Je pense que tu risques de passer à côté d'une femme super parce que tu cherches quelqu'un qui est au même niveau académique que toi et qui peut te comprendre intellectuellement.

— Je n'ai pas précisément dit que je voulais qu'elle soit intelligente, dit Brain.

— Un peu, quand même, rétorqua Kinley. Je ne porte pas souvent de vernis à ongles, mais si je le faisais, je voudrais probablement qu'il soit assorti à mes tenues. Ou au moins qu'il soit d'une couleur neutre de sorte qu'il ne détonne pas. Ça signifie que tu ne veux pas être mon ami ?

— Non, dit Brain.

— Alors qu'est-ce que tu voulais dire ?

— Je ne sais pas, dit-il d'un ton légèrement grincheux, lui aussi.

— Alors ne sois pas aussi dur avec nous, les femmes, dit doucement Kinley. La plupart d'entre nous possédons des raisons très valides de dissimuler au monde qui nous sommes vraiment. On a peur de la façon dont on va être traitées. On craint d'être méprisées à cause de notre passé, de ce que nous sommes au plus profond de nous. Essaie peut-être d'avoir l'esprit un peu plus ouvert envers les femmes. Tu serais peut-être surpris de voir avec qui tu vas matcher si tu le fais.

Ayant terminé son petit sermon, Kinley était épuisée. Elle ne savait pas à quelle réaction elle s'était attendue de la part de Brain, mais certainement pas qu'il inspire profondément et soupire avant de baisser la tête.

— Tu as raison.

— Je sais, dit Kinley avec un petit sourire.

— C'est juste que… toute ma vie, j'ai seulement été utile pour ce que je sais. J'adore les garçons, mais même eux me perçoivent seulement comme un cerveau sur pattes. C'est ce qui m'a valu mon surnom, d'ailleurs.

— Ce sont des conneries, le défia Kinley. Je sais que Gage se fiche de ton intelligence. Enfin, oui… je suis certaine que c'est pratique pendant les missions, mais tu ne peux pas laisser les gens compter sur toi pour tes compétences, puis te mettre en rogne quand ils n'arrivent pas à voir au-delà. Ils ne pourront pas voir au-delà si tu ne les y autorises pas, Brain. Ce n'est pas grave de ne pas avoir toutes les réponses. Personne ne s'attend à ce que tu sois parfait.

— Ah non ? contra-t-il.

— Non. Parce que la perfection, c'est barbant. Sois toi-même, et si tu te prends à impressionner les femmes avec ton grand cerveau, arrête-toi. Contente-toi d'être toi-même et laisse-la être qui elle est. Elle n'aura peut-être pas un diplôme avancé et ne parlera peut-être pas vingt langues, mais ça ne veut pas dire qu'elle ne peut pas t'aimer de tout son cœur. Tu veux savoir ce que la plupart des femmes veulent vraiment ?

— Oh que oui. Je t'en prie, railla-t-il.

Kinley ne put s'empêcher de sourire.

— On a envie d'être désirées. C'est tout.

Brain sembla sceptique.

— Au bout du compte, on veut un homme qui nous désire nous et *seulement* nous… et qui n'a pas peur de nous le faire savoir. On n'a pas besoin de présents coûteux ou d'immenses maisons. On a besoin de temps avec notre homme. De ses sourires. De petites choses comme des ours en peluche et des milk-shakes pour nous faire savoir qu'il pense à nous. C'est tout, Brain. Quand tu trouveras une femme à qui tu voudras offrir le monde entier et qu'*elle* ne voudra que toi, tu sauras que tu auras trouvé la bonne.

Brain l'étudia, et Kinley ne détourna pas le regard.

— Ça a l'air si facile dit comme ça.

Elle réprima un rire.

— Absolument pas. Il existe beaucoup de femmes mal intentionnées. Tu le sais aussi bien que moi. Des femmes qui n'ont pas intégré que la pire chose dans la vie est de ne pas être aimées. Trouve une femme qui a besoin que tu sois exactement comme tu es, accroche-toi et ne la laisse plus jamais partir, peu importe ce qui se passe.

— Un peu comme Lefty l'a fait avec toi, n'est-ce pas ? demanda Brain.

Et d'un seul coup, la douleur de savoir qu'elle allait faire du mal à l'homme qu'elle aimait revint en force. Même le fait de savoir que son choix était juste ne suffisait pas à tempérer la douleur dans son cœur.

— Oui, murmura-t-elle.

Ils parlèrent un peu plus longtemps puis Brain alluma la télévision. Ils étaient en train de regarder un film – Kinley ne savait pas lequel, car elle n'avait prêté attention qu'à l'aiguille des secondes sur l'horloge murale, lui assenant que l'heure de son départ approchait à grands pas –, quand une infirmière que Kinley n'avait encore jamais vue toqua à la porte.

— C'est l'heure d'aller prendre une douche, dit-elle d'un ton guilleret.

— Ça, ça veut dire que je dois y aller, dit Brain avec un sourire. Ça te convient ?

— Bien sûr, lui dit Kinley, son cœur martelant dans sa poitrine.

Elle y était. Elle ne prenait jamais sa douche le soir, donc elle savait que l'infirmière devait faire partie du plan pour la faire sortir de l'hôpital. Elle risquait de ne plus jamais revoir Brain. Cela ne lui faisait pas autant mal que lorsqu'elle avait dit au revoir à Gage, mais c'était quand même douloureux. Mais elle ne pouvait rien dire qui risquerait d'éveiller ses soupçons.

— Je serai de retour dans une heure. C'est suffisant ? demanda-t-il.

— Largement, dit l'infirmière.

Brain lui adressa un signe de la main depuis la porte.

— N'aie pas peur de prendre tes analgésiques, Kins, dit-il.

— Promis, murmura-t-elle avant qu'il ne disparaisse.

Vingt secondes plus tard, Cruz apparut à la porte.

— Vous êtes prête ? demanda-t-il.

Elle ne l'était pas. Elle avait des millions de scrupules, mais elle ne pourrait pas y couper. Se souvenir de l'air mauvais de Simon et de la joie qu'elle avait lue dans ses yeux lorsqu'il l'avait torturée rendait la décision beaucoup plus facile.

— Aidez-la à monter dans le fauteuil roulant, dit-il à l'infirmière.

— Oui, monsieur, dit la femme.

Kinley comprit alors qu'elle n'était pas du tout infirmière. Elle devait être une agente. Son agente personnelle. La personne qui allait l'emmener loin du Texas et de Gage.

— Prenez d'abord ceci, dit la femme en lui tendant une pilule et un verre d'eau. L'expérience ne va pas être agréable, alors ça va vous aider à soulager la douleur pendant qu'on vous sortira d'ici.

Kinley ne demanda même pas ce que c'était. Elle avala le médicament et fit de son mieux pour s'asseoir. La douleur lui traversa le torse, mais elle ne grimaça pas. Elle avait pris la décision de le faire, alors elle devait se forcer et disparaître avant le retour de Brain.

Elle ne savait pas ce que Cruz allait lui dire et comment il l'empêcherait d'appeler Gage sur-le-champ, mais ce n'était pas son problème. Tout ce sur quoi elle était capable de se concentrer pour le moment était de passer de son lit au fauteuil roulant, puis du fauteuil à la voiture dans laquelle l'agente la transporterait. Une minute à la fois. Elle allait survivre de la même manière qu'elle avait pu sortir de ce ravin et gravir la pente. En pensant à Gage à chaque étape.

Juste au moment où elle était sur le point de quitter la chambre, elle s'écria :

— Attendez !

Ils s'arrêtèrent tous.

— Attendez, j'ai failli oublier mon ours, murmura Kinley.

Cruz se dirigea vers le lit et prit la peluche déjà quelque peu usée. Il la lui mit entre les bras, se pencha et lui déposa un baiser sur le sommet du crâne.

— Bonne chance, Kinley. Comme je vous l'ai dit, je ferai mon possible pour trouver Simon King et m'assurer qu'il ne représente plus une menace pour vous ou pour ceux que vous aimez, afin que vous puissiez rentrer chez vous.

— Merci, dit-elle avant que « l'infirmière » ne la pousse hors de la chambre.

Elle jeta un dernier regard en arrière avant qu'elles entrent dans l'ascenseur et vit que Cruz les observait. Elle leva une main et le salua, se sentant bête, mais recevant en retour un signe du menton.

Kinley savait qu'elle mettrait un long moment avant de revoir quelqu'un de son ancienne vie, ce qui n'arriverait peut-être jamais. Elle pleura jusqu'à la voiture, puis à intervalles réguliers pendant encore plusieurs heures.

CHAPITRE DIX-NEUF

Le lendemain matin, Gage descendit en souriant le couloir qui menait à la chambre de Kinley. Elle se rétablissait rapidement et bientôt les médecins la laisseraient rentrer à la maison.

Il avait commencé à planifier le retour de Kinley chez lui. Un système d'alarme avait déjà été installé, ce qui était un peu exagéré pour un appartement, mais il n'allait pas prendre de risques avec sa sécurité. Il lui avait commandé une puce électronique à porter, de sorte que lui et son unité sauraient toujours où elle se trouve.

Il ne serait pas en mesure de faire quoi que ce soit pour son travail... mais lorsqu'il reviendrait à la base, il discuterait avec son commandant de l'idée de quitter l'équipe.

Cela ne lui plaisait pas, parce qu'il aimait être agent de la Delta Force, mais il aimait Kinley davantage. Et il ne pouvait pas la protéger s'il était à des milliers de kilomètres de là, dans un autre pays. Il parlerait à Ghost pour voir ce qu'il penserait de l'idée que Lefty rejoigne son équipe pour s'entraîner à la base et il verrait après.

Il s'était immédiatement inquiété quand il avait remarqué que Cruz ne se tenait pas devant la chambre de Kinley. Ses pensées calmes cédèrent place à la terreur et il parcourut le reste du couloir quasiment au pas de course.

Lefty ouvrit la porte et son cœur s'arrêta dans sa poitrine quand il vit que la chambre était vide. Le lit venait d'être fait, la porte de la salle de bains était ouverte et il ne voyait Kinley nulle part.

Il fit volte-face et faillit emboutir Brain et Cruz. Ils étaient apparemment entrés dans la chambre à sa suite... Il ne les avait même pas entendus.

— Où est Kinley ? aboya Lefty.

— Elle est partie, dit Cruz.

Lefty devint très pâle.

— Mais... mais elle était bien hier soir.

Poussant un juron, Cruz secoua la tête.

— Désolé. Je ne voulais pas dire *partie*. Je veux dire qu'elle est partie. Elle a rejoint le programme de protection des témoins.

Il fallut un moment pour que les paroles de l'agent du FBI pénètrent. Et quand cela se produisit, Lefty était plus en colère qu'il ne l'avait jamais été de toute sa vie. Il se jeta vers Cruz, mais Brain lui attrapa le bras et le lui retourna dans son dos.

— C'était la décision de Kinley ! lui dit son coéquipier.

La colère de Lefty passa de Cruz à son coéquipier. Il se libéra de sa prise.

— Qu'est-ce que tu en savais ? cracha-t-il.

— Je n'en savais absolument rien jusqu'à ce que je revienne d'un petit tour aux alentours de minuit et que je trouve sa chambre comme ça. Moi aussi, j'ai eu super peur, et j'étais prêt à appeler les renforts quand Cruz m'a pris entre quatre yeux pour m'expliquer la situation. J'allais t'appeler juste après, mais ses supérieurs m'ont fait taire. Il a pris mon téléphone et a refusé de me laisser quitter l'hôpital.

— Ce sont des conneries ! ragea Lefty.

Il n'arrivait pas à croire ce qui était en train de se passer. Puis il se tourna vers Cruz.

— Qu'est-ce qui se passe, *putain* ? On avait dit non pour le programme de protection des témoins. Elle n'est pas assez guérie pour partir de toute façon ! Dites-moi quelque chose. *Tout de suite* ! cria Lefty d'un ton désespéré.

Il ne parvenait pas à comprendre ce qu'il se passait. Kinley était *partie* ? Avait-elle été forcée à intégrer le programme de protection des témoins ? Si c'est le cas, il ne s'arrêterait pas avant de l'avoir retrouvée, avant qu'elle ne soit de retour dans ses bras.

Cruz lui tendit une feuille de papier et Lefty faillit avoir la réaction puérile de la lui arracher des mains.

— C'est une lettre. Kinley te l'a écrite, dit Cruz.

Lefty la regarda et ne voulut pas y toucher. Il ne voulait pas savoir pourquoi elle était partie. Avait-il fait quelque chose de mal ? L'avait-elle cru incapable de la protéger ? Il se sentait malade.

— Lis-la, Lefty, ordonna Cruz.

Lentement, sachant que les paroles de Kinley le détruiraient, Lefty prit le bout de papier.

Il l'ouvrit et eut envie de pleurer en voyant son écriture. C'était désordonné, un mélange de cursives et de lettres capitales, et il l'aurait reconnue entre mille.

Gage,

Ne sois pas en colère contre Cruz, c'est moi seule qui ai pris la décision.

On a parlé de ce que Simon m'a fait, mais ce que je ne t'ai pas dit, c'est qu'il m'avait dit que s'il ne pouvait pas mettre les mains sur moi, il s'en serait pris à toi. Ou à Gillian. Ou aux autres membres de l'équipe.

Quand j'ai pris la décision de ne pas ignorer ce que j'avais vu, je ne pouvais pas m'imaginer toutes les ramifications, mais même si je l'avais fait... j'aurais quand même parlé.

Mais c'était ma décision. Et je refuse catégoriquement de faire courir un risque aux seules personnes de toute ma vie qui m'aient fait me sentir aimée. Quand tu n'as jamais connu ça, tu fais le nécessaire pour le garder. Et cela signifie s'assurer qu'aucun d'entre vous n'est en danger à cause de moi.

Simon est toujours dans la nature. Il ne s'arrêtera pas avant que je sois morte. Donc, afin de protéger Gillian... et toi... je dois partir.

Ne t'inquiète pas pour moi. Je vais bien. J'ai passé toute ma vie seule ; ce n'est pas grave. Mais sache que je penserai à toi tous les jours. À chaque fois que j'entendrai une cigale, je penserai à toi. À chaque fois que je serrerai l'ours en peluche que tu m'as donné, je penserai à toi. Et à chaque fois que je regarderai les informations, je me demanderai si tu vas bien.

Je t'en prie, sois prudent. J'ai la force de faire ça parce que je sais que tu existes, que tu es vivant et en bonne santé. Si tu ne l'étais pas, je ne sais pas ce que je ferais.

Je t'aime. Je ne l'ai pas dit avant parce que je craignais que ça m'empêche de partir. Mais tu es en droit de savoir.

J'aimerais te dire de m'attendre, de continuer à espérer que je revienne. Mais il pourrait s'écouler des années avant que ce ne soit sûr... si c'est possible. Donc, ne m'attends pas, Gage. Vis ta vie. Sois heureux.

Je ne t'oublierai jamais.

Avec amour,

Kins

Lefty voyait que l'encre était barbouillée à la fin, comme si elle avait pleuré. Il aurait voulu rouler le papier en boule et le jeter contre le mur. Il regrettait amèrement sa décision de partir pour la nuit.

Repliant soigneusement le mot, Lefty le mit dans sa poche et inspira profondément. Au bout de quelques minutes, il se tourna vers Cruz et Brain.

— Alors voilà, dit-il d'une voix dénuée d'émotion.

— Je lui avais promis de faire mon possible pour retrouver Simon King et m'assurer qu'il ne présente plus de danger pour elle, lui dit Cruz.

Lefty hocha la tête.

— Merci.

Les hommes se regardèrent mutuellement pendant un long moment.

— Je suis désolé, Lefty, dit Cruz.

Lefty ne savait pas quoi répondre. Il se contenta de lui adresser un autre hochement de tête.

— Si tu as besoin de quelques jours de plus, je peux parler au commandant, lui dit Brain.

— Ça va. Je crois que retourner au travail est la meilleure chose que je puisse faire, dit Lefty.

Brian le regarda sans rien dire.

— Si vous voulez bien m'excuser, je dois appeler ma mère pour l'informer de ce qu'il se passe, et voir si je ne peux pas lui acheter un billet d'avion pour qu'elle rentre chez elle. Cruz, j'apprécie que vous soyez ici, et même si je suis vraiment énervé que vous ne m'ayez pas informé des intentions de Kinley, je suis certain que je finirai par l'accepter.

Puis il salua les deux hommes du menton et quitta la pièce.

Il ne se rappelait pas avoir marché à travers l'hôpital et être retourné à son véhicule, mais il se retrouva assis derrière le volant avant d'avoir pu s'en rendre compte.

Sortant la lettre, Lefty la relut.

Kinley l'aimait.

Il aurait voulu crier sa colère face à l'injustice de cette situation. Elle avait passé toute sa vie à chercher l'amour, et on le lui avait brutalement arraché.

Alors il pleura, de gros sanglots puissants qui secouèrent son corps.

Il pleura pour ce qu'elle avait traversé, et parce qu'il était vraiment très fier d'elle. Il détestait savoir qu'elle avait pris cette décision sans lui, mais il ne pouvait pas lui en vouloir.

Quand il se reprit enfin, Lefty inspira profondément. Il se passa le bras sur le visage et sortit son nouveau téléphone. Il ne pouvait pas être à ses côtés présentement, mais cela ne voulait pas dire qu'il ne ferait pas tout ce qui était en son pouvoir pour veiller sur elle.

Il composa un numéro qu'il avait mémorisé il y avait long-temps. Il n'avait jamais pensé avoir une raison de s'en servir, mais Kinley était la meilleure raison possible.

— Allô ? répondit l'homme à l'autre bout du fil.

— Je m'appelle Gage Haskins ; vous me connaissez peut-être en tant que Lefty. J'ai besoin de votre aide.

— Bien sûr, je sais qui vous êtes, Lefty. Que puis-je faire pour vous ?

C'était presque surréaliste de parler au célèbre Tex. L'ancien soldat des forces spéciales qui avait été mis en retraite pour raisons médicales après avoir perdu une partie de sa jambe, et était devenu un génie de l'informatique qui faisait tout son possible pour aider le personnel militaire dans tout le pays.

— Ma compagne vient d'entrer dans le programme de protection des témoins. J'ai besoin que vous gardiez un œil sur elle. Je ne vous demande pas de me dire où elle est ou quoi que ce soit sur ce qu'elle fait. En fait, je préférerais que vous ne le fassiez pas. J'ai le sentiment que si je savais quoi que ce soit de ce qu'elle traverse, je ne pourrais pas faire mon travail et survivre au jour le jour.

Lefty expliqua ensuite à Tex pourquoi elle avait intégré le programme de protection des témoins, et lui en dit un peu sur son passé.

— Je l'aime, conclut-il. J'ai toujours pensé que l'amour serait un sentiment facile et doux qui me contenterait. Mais ce n'est pas le cas. Ça m'a rendu féroce et anxieux, et je sais que si c'est nécessaire, je serais capable d'utiliser tout ce que j'ai appris au fil des années afin de tuer pour elle. J'ai juste besoin de savoir que quelqu'un d'autre que le gouvernement garde un œil sur elle et s'assure qu'elle a ce dont elle a besoin pour être en sécurité. Vous pouvez faire ça ?

— Oui, confirma rapidement Tex. Je peux tout à fait faire ça pour vous. Je vous promets de faire mon possible pour m'assurer qu'elle soit en sécurité jusqu'à ce que vous puissiez vous revoir.

— Je ne sais pas si cela sera possible, dit honnêtement Lefty. Mais le fait de savoir qu'elle n'est pas entièrement seule me permettra de me sentir mieux.

— Elle ne sera pas seule, jura Tex.

— Merci.

— Ne me remerciez pas, dit l'autre homme d'un ton bourru. Je sais que si c'était ma femme ou mes enfants, vous feriez pareil.

— Je vous dois une fière chandelle.

— Si vous n'arrêtez pas, je vais me mettre en colère, dit Tex.

Lefty aurait ri s'il n'avait pas été aussi triste. La haine de Tex pour tout type de remerciement était légendaire.

— Vous avez dit que le nom du tueur à gages est Simon King ? demanda Tex.

— Ouais.

Rien qu'entendre le nom de cet homme le mettait en colère.

— Du moins, c'est ce qu'il a dit. C'est probablement un pseudonyme.

— Hum. J'ai du pain sur la planche et des contacts à appeler. Je connais certaines personnes qui seront ravies de s'occuper de débarrasser cette planète d'un type aussi horrible. Vous avez ma parole qu'on va s'occuper de votre femme. On se reparle plus tard.

Puis Tex raccrocha.

Lefty éteignit son propre téléphone et le jeta sur le siège à côté de lui. Il serra fermement le volant et resta assis dans le parking pendant un certain temps. Les pensées tourbillonnaient dans son esprit. Cela ne lui faisait rien que Tex retrouve Simon King et envoie des gens pour le liquider. Le plus tôt était le mieux, en ce qui le concernait.

Puis ses pensées revinrent à Kinley. Il était surpris que, pour une femme qui n'avait jamais connu l'amour et qui n'avait subi qu'une série de pertes, il n'ait jamais rencontré quelqu'un qui possède autant d'amour en elle. Elle avait sacrifié son propre bonheur pour lui. Et Gillian. Et son équipe.

En secouant la tête, Lefty démarra finalement sa voiture. Il irait à l'hôtel de sa mère et lui parlerait en personne. Puis il retournerait à Killeen et prendrait les choses au jour le jour. Kinley avait fait un sacrifice extraordinaire pour lui. Il n'allait pas lui cracher au visage en se complaisant dans sa tristesse.

Deux mois plus tard

Le premier mois après le départ de Kinley avait été dur. Lefty survivait à chaque jour comme un zombie. Il restait refermé sur lui-même, parlait rarement, riait rarement. Il savait que ses amis s'inquiétaient pour lui, mais il ne parvenait simplement pas à se soucier de quoi que ce soit.

Il mangeait horriblement et dormait à peine suffisamment chaque nuit pour fonctionner.

La situation se corsa alors qu'il était en mission au Moyen-Orient. Ils étaient censés trouver et éliminer une cible de haute importance. Lefty avait été imprudent, se précipitant dans des situations sans vérifier que la voie était libre. Heureusement, personne n'avait été blessé ou tué, mais son équipe lui avait passé un savon pendant le trajet de retour aux États-Unis.

— Tu dois te reprendre ! ragea Trigger. Tu vas te faire tuer.

— Quelle importance ? hurla Lefty.

— C'est important ! lui répondit Trigger en criant. Je sais que tu as mal. Mais bon sang, Lefty ! Comment penses-tu que Kinley se sentira quand elle reviendra après que tout ça soit terminé, et qu'elle découvrira que tu n'as pas réussi à te sortir la tête du cul et que tu t'es fait tuer ?

— Elle ne va pas revenir ! s'exclama Lefty, serrant les poings, prêt à se battre.

— Tu ne le sais pas ! lui cria Trigger en retour avant d'inspirer profondément. C'est peut-être fou, mais avec un amour comme le vôtre, je crois que c'est impossible qu'elle ne revienne *pas*. Je ne sais pas comment et je ne sais pas quand, mais quand elle *reviendra* dans ta vie, tu veux que je lui dise que tu t'es comporté comme un con pendant qu'elle n'était pas là, ou bien que tu as honoré son sacrifice et sa force en avançant et en étant fort pour elle pendant qu'elle était ailleurs ?

Cette conversation avait été un tournant pour Lefty. Trigger avait raison. Il voulait être le genre d'homme qui valait le sacrifice énorme que Kinley avait fait. Elle l'avait quitté pour le protéger, et s'il se faisait tuer parce qu'il ne parvenait pas à gérer sa décision, cela porterait atteinte à son choix de la pire des façons.

Alors même s'il n'était pas particulièrement ravi, il avait réussi à ravaler suffisamment sa tristesse pour continuer.

Retourner à son appartement à la fin de chaque journée était la partie la plus difficile de sa vie sans Kinley. Son parfum s'était estompé, et le plus souvent, il dormait sur le canapé plutôt que de devoir affronter son lit vide.

Sa seule consolation était d'ouvrir ses fenêtres et d'entendre les cigales. Il espérait que, où qu'elle soit, Kinley écoutait aussi les insectes et pensait à lui.

Lefty était debout dans sa cuisine, à manger un plat tout prêt, quand son téléphone sonna. Pensant que c'était Gillian ou un de ses coéquipiers qui appelait pour voir comment il allait, comme ils avaient l'habitude de le faire, il décrocha et colla le téléphone à son oreille.

— Allô ?

— Lefty, c'est Cruz. J'ai des nouvelles qui vont vous intéresser.

L'estomac de Lefty se serra et les quelques petites bouchées du repas peu goûteux qu'il venait d'engloutir se retournèrent dans son ventre.

— Oui ?

— Simon King est mort.

Ce n'était pas ce que Lefty voulait entendre.

— Vous en êtes sûr ?

— Absolument. Il y a eu un incident au Montana. Un soldat s'est arrêté pour jeter un œil à une voiture abandonnée sur le côté de la route. Un homme a été trouvé sur le siège conducteur, mort. Ce n'est qu'à l'autopsie qu'ils se sont rendu compte que quelqu'un l'avait tué. On lui a planté une aiguille afin de lui injecter suffisamment de morphine pour arrêter son cœur en quelques instants. Il n'avait aucune pièce d'identité sur lui, donc son ADN a été placé dans la base de données nationale pour voir s'ils pouvaient déterminer qui il était. Vous vous souvenez de la boule d'adhésif que Kinley avait pris la peine de pousser jusqu'au sommet de ce ravin ? Il y avait de l'ADN dessus, comme elle l'avait envisagé. C'était de la salive, là où Simon l'avait déchirée avec ses dents. Il correspond à ce cadavre du Montana.

Lefty sentit tout son corps se détendre de soulagement.

— Kinley est au Montana ? demanda-t-il.

— Pas à ce que l'on m'a dit, dit Cruz.

Lefty remercia mentalement Tex pour le type de relations qu'il entretenait. Personne d'autre n'aurait pu trouver King.

Puis il eut une idée.

— Alors elle peut rentrer. Maintenant que le tueur à gages est mort, elle sera en sécurité.

— Vous savez aussi bien que moi que ce n'est pas le cas, répliqua Cruz. Même si Stryker est en détention en France, cela ne veut pas dire qu'il ne peut pas embaucher quelqu'un d'autre pour s'occuper de Kinley. Jusqu'à ce qu'elle témoigne, et qu'il se retrouve sous les verrous pour de bon, elle sera plus en sécurité dans le programme de protection des témoins.

Lefty le *savait*, mais il gardait l'espoir que peut-être, juste peut-être, il pourrait la récupérer. La douleur que son absence laissait dans son cœur était constante. Il l'avait accepté, mais cela ne signifiait pas qu'il ne ferait pas tout son possible pour la récupérer.

— Des nouvelles sur la date à laquelle son procès aura lieu ? demanda-t-il.

— Malheureusement, non. Mais le FBI travaille en étroite collaboration avec les inspecteurs français pour rassembler autant de preuves que possible contre Stryker.

— Le suicide de Brown va-t-il faire une différence ? Cela risque-t-il d'affecter le procès négativement ?

L'ancien patron de Kinley avait été retrouvé mort dans sa cellule une semaine et demie précédemment. Cela avait été considéré comme un suicide, mais Lefty avait des doutes. Il ne connaissait pas les détails, mais cela semblait terriblement fortuit qu'il se soit tué quelques heures seulement avant de devoir parler aux détectives. La rumeur disait qu'il allait se mettre à table et rejeter la faute sur Stryker pour tenter de réduire sa propre peine.

— Ça ne devrait pas. Le FBI possède des échanges entre lui et Stryker qui impliquent des vidéos de jeunes filles. Ils se sont également envoyé des textos le soir où Émilie Arseneault a été tuée, prévoyant de se retrouver pour dîner et boire un verre dans la chambre de Brown. Cela les lie à cette fille. On a aussi retrouvé leurs deux ADN sur son corps.

— Mais ça ne va pas à l'encontre de l'affirmation de Stryker selon laquelle la dernière fois qu'il a vu Émilie était lorsqu'elle a quitté la chambre vers minuit.

— Non. Seul le témoignage de Kinley le corrobore, répondit Cruz.

Lefty soupira.

— Je vous remercie de m'avoir informé pour King, dit-il à l'agent.

— Ce n'est rien. Je vous recontacte si j'ai du nouveau sur l'affaire.

— J'apprécie.

— Ça va bien finir par se terminer tôt ou tard, déclara solennellement Cruz.

— Je sais.

Et c'était vrai. Il espérait juste que le moment venu, Kinley reviendrait au Texas et ils pourraient reprendre les choses où ils les avaient laissées.

Il raccrocha après avoir dit au revoir et jeta les restes de son dîner. Puis il alla jusqu'à son canapé et se passa une main sur le visage.

Lefty était épuisé. Mentalement et physiquement. Mais il allait continuer. Jour après jour. C'était le moins qu'il puisse faire pour sa Kinley. Elle avait été capable de sortir de ce ravin avec des blessures qui auraient dû la tuer. Par comparaison, ce qu'il traversait était un jeu d'enfant.

J'attendrai aussi longtemps qu'il faudra, promit-il silencieusement.

Trois mois plus tard, Lefty venait d'entrer dans son appartement quand on toqua fort à sa porte. Il avait espéré pouvoir avoir trois jours de solitude pour se morfondre sur Kinley en paix, ainsi que pour se remettre de l'intense mission dont il venait de revenir avec son équipe. Cette fois-ci, ils étaient allés en Amérique du Sud et Lefty n'aurait jamais pensé l'admettre, mais il préférait largement le désert à la jungle.

Il ouvrit sa porte et vit Trigger qui se tenait là. Il avait littéralement vu son coéquipier pour la dernière fois il y avait moins d'une minute quand ils s'étaient séparés pour se rendre dans leurs appartements respectifs.

— Chez moi, tout de suite ! aboya Trigger.

Craignant qu'il ne soit arrivé quelque chose à Gillian, Lefty fila hors de son appartement sans y réfléchir à deux fois, à la suite de Trigger. Ils allèrent dans son appartement et Lefty fut soulagé de voir Gillian assise sur le canapé, apparemment en bonne santé.

Mais il n'eut même pas le temps de la saluer avant que Trigger ne désigne la télévision en lui disant de regarder.

Confus, Lefty braqua son attention vers les nouvelles. Gillian tenait une télécommande et quand il prêta attention à l'écran, elle appuya sur le bouton lecture afin de reprendre le programme.

Le procès de l'ambassadeur des États-Unis en France, Drake Stryker, a débuté aujourd'hui à Paris. Il est accusé d'être l'Étrangleur des Allées et d'avoir tué non seulement Émilie Arseneault, mais aussi au moins cinq autres adolescentes.

La mystérieuse témoin de l'accusation, Mlle Kinley Taylor, a été vue pénétrant dans le palais de justice. Aucun organe de presse n'ayant été autorisé dans la salle d'audience, personne ne sait exactement ce qu'elle a vu et quel genre de témoin elle est, mais son témoignage est apparemment crucial pour l'accusation.

Le président n'a aucun commentaire à émettre sur l'affaire, sauf pour dire que M. Stryker a été remplacé au poste d'ambassadeur après son arrestation. Nous suivrons cette affaire de près et vous apporterons plus d'informations dès qu'elles seront disponibles.

Gillian appuya de nouveau sur le bouton pause.

Lefty était confus. Il était content que le procès ait finalement commencé, et il était reconnaissant d'avoir pu voir Kinley, mais était-ce vraiment ce pour quoi Trigger lui avait quasiment provoqué une crise cardiaque.

— Et ? demanda-t-il à ses amis.

— Regarde encore une fois, ordonna Trigger.

Et même si c'était une torture de voir Kinley sans pouvoir la toucher ou lui parler, il regarda à nouveau le clip. Elle semblait relativement en bonne santé, quoiqu'ayant perdu quelques kilos. Il avait terriblement envie de la prendre dans ses bras et il ressentait l'envie d'acheter un billet d'avion pour Paris juste pour essayer de l'apercevoir.

Ignorant toujours ce que Trigger voulait qu'il voie, il se tourna avec une expression confuse.

— Bordel. Allez. Regarde bien et fais attention à la personne qui marche *à côté* d'elle, lui dit Trigger.

Cette fois, quand l'extrait repassa, au lieu de regarder Kinley, Lefty concentra son attention sur l'homme à ses côtés. Brusquement, il inspira et se tourna vers Trigger.

— C'est... ?

Trigger hocha la tête.

Pile à ce moment-là, le téléphone de Lefty sonna. Le numéro était masqué et il cliqua dessus.

— Allô ?

— C'est Merlin, répondit l'homme à l'autre bout du fil.

— Je viens de te voir à la télé, dit Lefty.

— Bon sang. J'espérais pouvoir te contacter avant que tu ne voies ça, expliqua l'autre soldat Delta. Il s'avère qu'on a été envoyés à Paris pour une mission spéciale de protection pour un témoin très précieux dans le cadre d'un procès vraiment horrible. On est ici tous les cinq, et on surveille le témoin de très près. On a compris qu'on a tiré des ficelles pour qu'on obtienne ce boulot.

Lefty ferma les paupières et se balança de droite à gauche. Il sentit Trigger lui saisir le coude et le diriger vers le canapé. Il s'y laissa tomber.

— Est-ce qu'elle est...

Bon sang ! Il ne savait pas quoi demander.

— Elle est incroyable, dit Merlin. En ce moment, elle est assise dans la chambre d'hôtel et joue à *Go Fish* avec Woof, Zip et Jangles... Et elle leur botte le cul, si tu veux tout savoir. Et tout à l'heure, elle a même fait sourire Duff, tu y crois ? On ne pensait pas que c'était possible. Et tu veux savoir le mieux ? Après cette mission, on sera tous transférés au Texas. Je pourrais même croire que quelqu'un a tiré des ficelles pour nous faire quitter DC. Et comprends-moi bien, on est très contents. Après tout ce qu'on a vu et entendu, protéger des politiciens n'est pas vraiment ce qu'on préfère.

— Vous venez au Texas pour un changement de station permanent ? demanda Lefty.

— Ouais.

Tex. C'était forcément lui. Il avait non seulement retrouvé Simon, avait fait buter ce fils de pute et s'était arrangé pour qu'une autre équipe de Deltas protège Kinley, mais il avait *aussi* fait qu'ils soient assignés en permanence au Texas.

Merde ! Il était vraiment redevable envers Tex. Énormément.

Même si celui-ci n'admettrait jamais avoir fait quoi que ce soit.

— Elle ne sait pas que j'appelle, dit Merlin. Mais si tu veux lui parler...

Il laissa sa phrase en suspens.

Est-ce qu'il voulait parler à la femme qu'il aimait plus que tout ? Ce n'était même pas une question !

Mais il ne le ferait pas.

Les épaules de Lefty se détendirent. Apparemment, elle se portait bien. Merlin et son équipe veilleraient sur sa sécurité et la protégeraient. La dernière chose dont elle avait besoin était le bouleversement émotionnel de lui parler en plein milieu de ce putain de procès. Lefty était terriblement peu sûr de lui en ce qui concernait Kinley, mais il ne voulait pas créer plus de drames dans sa vie. Il était préférable de laisser les choses se dérouler naturellement.

— J'en ai envie, mais je ne peux pas, grinça Lefty. Si j'entends sa voix, ça va me détruire. Mais, je vous en prie... veillez sur elle pour moi.

— Tu n'as pas besoin de nous le demander. Nous connaissons son histoire, c'était dans le dossier d'information qu'on a reçu. Elle est la raison pour laquelle on fait ce qu'on fait.

Protéger les innocents et tout le tintouin. Ma parole de Delta :
elle rentrera à la maison saine et sauve.

Lefty voulut demander ce que cela signifiait. De retour chez
lui, ou de retour chez elle, avec l'aide du programme de protection des témoins ? Mais il était trop poltron pour le lui
demander.

— Elle va bien ? demanda-t-il à voix basse.

— Elle est un peu trop maigre à mon goût et elle est bien
sûr stressée, mais elle s'accroche. On a plaisanté l'autre jour sur
ce que le juge penserait si elle apportait cet ours en peluche
bizarre et tout plat avec elle dans la salle d'audience, comme
soutien émotionnel.

Lefty sourit. Elle avait toujours l'ours en peluche qu'il lui
avait offert. Ce détail signifiait tout pour lui. Pour la première
fois depuis des mois, il se sentait plus léger.

Peut-être, juste peut-être, il y avait de l'espoir pour leur
relation.

— J'ai hâte que vous bougiez vos culs au Texas. Ça va être
marrant de vous les botter en entraînement.

— Tu peux toujours rêver, dit Merlin avec un reniflement
moqueur.

Puis Lefty redevint sérieux.

— Si vous avez besoin de quoi que ce soit, vous n'avez qu'à
demander. Veillez sur Kinley pour moi et je vous serai redevable pour toujours.

— On *va* la protéger, et je suis vexé que tu penses que tu as
besoin de lever le petit doigt pour qu'on puisse faire notre
travail.

— Elle est plus qu'un travail, répliqua Lefty. Elle est toute
ma vie.

— D'autant plus qu'on doit s'assurer qu'elle reste en sécurité, dit Merlin.

Lefty entendit quelqu'un dire quelque chose à l'arrière-
plan, mais il ne parvint pas à comprendre.

— Il faut que j'y aille. La témoin a faim et c'est à mon tour de sortir pour aller nous dégotter des macarons et des espressos.

— Elle préfère ceux à la vanille, murmura Lefty.

— C'est compris. Lefty ?

— Oui ?

— Accroche-toi. Ça sera bientôt terminé.

— Je l'espère, dit Lefty. Au revoir.

— À plus, répondit Merlin.

Il resta assis sur le canapé, en état de choc, ayant du mal à digérer ce qu'il venait d'entendre.

— Alors Jangles et son équipe viennent au Texas ? demanda Trigger.

Lefty hocha la tête.

— Génial. Ce sera bon d'avoir une autre équipe de confiance qu'on connaît ici, à la base.

— Lefty ? demanda Gillian, sentant sa main sur son bras. Ça va ?

Il inspira profondément et acquiesça.

— Oui. Je pense que oui.

Et dès que les paroles sortirent de sa bouche, Lefty se rendit compte qu'il avait bien raison. Kinley lui manquait toujours terriblement et il s'inquiétait pour elle tous les jours et à chaque seconde. Mais sachant que le procès était enfin en cours et qu'elle avait cinq hommes pour veiller sur sa sécurité lui permettait vraiment d'alléger ses soucis. Savoir où elle était et qu'elle n'était pas seule le faisait se sentir tellement mieux.

— Merci de m'avoir montré cette vidéo, dit Lefty en se redressant.

— Tu veux rester ? demanda Gillian.

Lefty émit un petit rire. C'était rare, mais bon.

— Je ne vais pas m'imposer chez vous le premier soir après notre retour d'une mission.

Gillian rougit et Trigger afficha un large sourire.

Lefty se rendit vers la porte, son coéquipier sur ses talons.

— Merci encore d'être venu me chercher, lui dit-il.

— Pas de problème. Ça va vraiment bien ?

— Étonnamment, oui. J'ai fait le même cauchemar tous les jours depuis le départ de Kinley. Elle est dans une pièce et pleure parce qu'elle est toute seule. Maintenant, avec Merlin et son équipe à ses côtés, je sais qu'elle ne l'est pas. Ça a l'air stupide, mais...

— Ce n'est pas stupide, lui assura Trigger. Espérons qu'elle pourra revenir bientôt. Maintenant que Simon est mort et qu'elle a témoigné, il n'y a plus aucune raison pour qu'on souhaite la tuer.

— À moins que Stryker ne lui en veuille encore, dit Lefty en haussant les épaules.

— Honnêtement ? Je pense qu'il a autre chose à penser en ce moment. Il devra débourser des sommes plutôt considérables pour la tuer, et je ne suis pas sûr qu'après avoir versé deux millions de dollars à Simon pour rien, il est prêt à recommencer. En plus, entre son divorce et le paiement des honoraires d'avocat, je parie qu'il n'a même plus l'argent dont il aurait besoin pour commanditer un autre assassinat. Je ne suis pas devin, mais je crois qu'après ça, ce sera fini.

— Je l'espère.

— Elle reviendra, affirma Trigger.

— Une fois encore, je l'espère, répéta Lefty. Je vais aller pioncer.

— Dis-moi si tu en sais plus, demanda Trigger.

— Comptes-y. À plus.

— À plus.

Lefty retourna à son appartement, se sentant un peu plus léger que lorsqu'il était parti. Avec un peu de chance, Kinley serait vite de retour dans sa vie et dans ses bras. Il n'avait qu'à attendre et espérer qu'elle retrouve son chemin jusqu'à lui.

CHAPITRE VINGT

Kinley se disait qu'elle allait vomir.

Cela faisait plus de sept mois qu'elle n'avait ni vu ni parlé à Gage. Deux cent quinze jours, pour être exacte. Et elle avait pensé à lui absolument tous les jours. Elle s'endormait en songeant à lui et il lui manquait au réveil.

Elle ne s'était pas fait d'amis pendant son séjour à New York. Pire encore, elle n'avait pas pu dormir les fenêtres ouvertes pour écouter le chant des cigales. Elle n'avait entendu que des klaxons, des sirènes de police et des gens. Le Texas lui manquait et elle avait hâte de quitter la ville.

Dans le cadre de sa réinstallation, elle avait obtenu un emploi à la bibliothèque publique de New York sur la cinquante-troisième rue, et elle passait la majeure partie de ses journées à remettre les livres sur les étagères. Un des avantages de ce boulot était qu'elle pouvait lire autant qu'elle voulait, mais cela ne faisait que la rendre nostalgique de Gillian et de tous les autres.

Son studio était spartiate et sans décoration... et parfaitement adapté à son humeur quasi constante. Lorsqu'elle avait appris que Simon avait été assassiné, elle avait entretenu l'espoir éphémère de retourner au Texas, mais ses agents l'avaient tué dans l'œuf en lui disant qu'elle était encore en danger.

Témoigner au procès de Stryker avait été terrifiant, mais avoir Merlin, Woof, Jangles, Zip et même l'austère Duff à ses côtés à chaque minute l'avait vraiment aidée à se sentir mieux. Elle les avait rencontrés durant son ancienne vie, et même cette petite connexion suffisait à la calmer.

Stryker avait été reconnu coupable de détention de pornographie juvénile, mais, plus important encore, il avait également été reconnu coupable du meurtre d'Émilie Arseneault. Il n'avait pas été accusé des meurtres des autres adolescentes que les détectives soupçonnaient être les victimes de l'Étrangleur des Allées par manque de preuves suffisantes, mais sa peine de soixante ans sans libération conditionnelle équivalait à une peine de mort. Il ne sortirait jamais du système carcéral français, et Kinley n'aurait pas pu être plus soulagée.

Pendant son séjour à Paris, elle avait rencontré les parents d'Émilie, et bien qu'elle ne puisse pas les comprendre, et vice versa, ils avaient quand même accroché. C'était agréable d'avoir pu faire une différence durant ce procès. Son témoignage ne ramènerait pas leur fille, mais cela avait empêché une autre famille de souffrir comme eux l'avaient fait.

Kinley avait cru qu'elle allait peut-être quitter Paris pour se rendre directement au Texas, mais ce n'était pas le cas. Apparemment, le gouvernement agissait très lentement, même lorsqu'il s'agissait de laisser quelqu'un reprendre son ancienne vie.

Ses agents avaient suggéré que pour sa propre sécurité, elle ferait peut-être mieux de rester à New York et ne pas tenter de réintégrer la vie qu'elle avait abandonnée, mais Kinley savait qu'elle devait essayer. Gage ne serait peut-être pas capable de lui pardonner d'être partie comme elle l'avait fait. Elle avait été lâche de ne pas lui avoir parlé de sa décision, mais à l'époque, cela lui avait paru être son seul choix.

Il lui avait fallu un certain temps pour guérir de ses blessures, mais comme elle l'avait fait dans ce ravin, elle avait pris les choses pas à pas. Un jour après l'autre. Une semaine à la fois.

Et à présent, elle était là, à Killeen.

Merlin lui avait dit que lui et son équipe seraient transférés au Texas, et il lui avait donné son numéro. Kinley savait qu'elle aurait pu appeler Trigger ou n'importe quel membre de l'équipe de Gage, mais elle avait trop peur.

Merlin était le choix parfait. Il était resté avec elle une nuit et avait écouté sa triste histoire. Celle d'une orpheline indésirable qui n'avait jamais été adoptée et qui avait fini par accepter d'intégrer le programme de protection des témoins. Il ne l'avait pas interrompue et ne lui avait pas dit qu'elle était folle. Il s'était contenté d'écouter. Puis il l'avait prise dans ses bras et avait dit que Gage avait bien de la chance. Il lui avait donné son numéro et lui avait demandé de l'appeler lorsqu'elle serait prête à retourner à Killeen.

Alors elle l'avait fait.

Et il avait réussi à organiser les retrouvailles ce soir-là.

Une fois devant le bar, Kinley fut désarmée par une vague de scrupules. C'était une idée stupide. Que se passerait-il si en entrant, elle voyait Gage qui flirtait avec quelqu'un d'autre ? Et si entretemps, il avait trouvé une nouvelle compagne ? Son retour rendrait les choses embarrassantes pour tout le monde.

Puis elle inspira profondément. Elle n'était pas la même personne qu'elle avait été sept mois auparavant. Ou même neuf. Les épreuves qu'elle avait traversées et son amour pour Gage l'avaient changée. Elle se sentait plus forte. Être bizarre ne lui faisait plus rien. Elle était qui elle était, et si quelqu'un ne l'aimait pas, cela n'avait aucune importance.

Gage lui avait montré que rien ne clochait chez elle. Lui et sa mère avaient fait ce que personne n'avait pu faire en vingt-neuf ans : lui montrer qu'elle était adorable exactement comme elle l'était. Grâce à eux, elle *s'appréciait*.

Elle carra les épaules et inspira profondément. Au pire, qu'est-ce qui pourrait se produire ? Gage s'était peut-être tellement mis en colère qu'il ne l'aimait plus et s'était trouvé quelqu'un d'autre. N'est-ce pas ?

Bien sûr, elle serait dévastée, mais elle s'en sortirait. Elle avait survécu à tout ce que la vie lui avait balancé, alors elle survivrait à cela aussi.

Elle marcha jusqu'à la porte du bar et l'ouvrit avant de pouvoir se dégonfler.

À l'intérieur, le niveau sonore était incroyablement fort et la tête de Kinley commença immédiatement à palpiter. Depuis sa commotion, elle avait découvert qu'elle était beaucoup plus sensible aux bruits forts, mais elle refusait de reculer à présent.

La pièce était sombre et les lumières clignotantes sur la piste de danse l'empêchaient de distinguer les visages, mais elle s'avança vers le bar. Merlin lui avait envoyé un texto pour lui dire où tout le monde se retrouvait. Cela faisait sept longs mois que Kinley attendait cette journée, et elle avait vraiment hâte de la mettre derrière elle. Quoi qu'il arrive, elle l'accepterait.

Mais à la seconde où elle vit Gage, son courage disparut comme si elle n'en avait jamais eu. Elle avait l'impression qu'elle avait 7 ans et qu'elle attendait que son assistante sociale lui dise si la famille avec laquelle elle vivait actuellement voulait bien l'adopter (cela ne s'était jamais produit).

Un par un, les hommes qui se tenaient autour de Gage l'aperçurent et s'immobilisèrent. Cela aurait été comique si ça n'avait pas été aussi important. Trigger donna un coup de coude à Brain, qui toucha Oz. Lentement mais sûrement, toute l'équipe de Gage se tourna vers elle.

Puis Zip la vit et attira l'attention de Merlin. Puis Jangles et Woof affichèrent un immense sourire quand ils la remarquèrent. Mais c'est Duff qui fit le premier pas. Il se dirigea vers elle, se pencha et l'embrassa sur la joue.

— Il était temps que tu arrives, dit Duff d'un ton bourru en lui prenant le bras et en se tournant avec elle pour faire face au groupe.

— Kinley ! souffla Gillian, les larmes lui coulant déjà sur les joues.

Kinley remarqua à peine que Devyn, Ann, Wendy et Clarissa étaient présentes.

Ses yeux étaient braqués sur ceux de Gage.

Mais alors, il lui tourna le dos, posa sa boisson sur le bar, posa les mains sur le chêne et laissa tomber la tête.

Le ventre de Kinley se serra.

Elle ne savait pas à *quelle* réaction elle s'était attendue de la part de Gage, mais ce n'était pas celle-ci.

Elle retira son bras de celui de Duff et se tourna pour tituber à l'aveuglette vers la sortie.

Elle avait eu tort. Elle ne pouvait *pas* supporter le rejet de Gage. Pas après tout ce qu'elle avait sacrifié. Toutes ces affirmations positives qui disaient d'accepter le passé étaient des conneries. Elle avait du mal à respirer et elle savait que si elle ne partait pas, elle allait sérieusement s'embarrasser en éclatant en sanglots.

Elle avait à peine fait quelques pas quand quelqu'un lui prit le bras. Elle sentit qu'on la faisait tourner et soudain, son visage se retrouva collé contre la poitrine de Gage.

Pendant une seconde, elle demeura figée, mais lorsqu'elle inhala ce parfum boisé familier, elle fondit.

Elle sentit ses bras se serrer, et elle fit la même chose. Elle se pressa plus fort contre lui, voulant fusionner son corps au sien. Ils restèrent là, au milieu d'un bar bondé, alors que la musique rugissait et que les gens les bousculaient, sans dire un mot, s'accrochant simplement l'un à l'autre. Kinley ne parvenait pas à se forcer à lâcher prise.

Au bout de plusieurs secondes profondément émouvantes, Kinley réalisa enfin que les frôlements qu'elle sentait contre elle n'étaient pas d'autres personnes... mais le corps de Gage parcouru de sanglots.

Sentir qu'il se laissait aller la fit perdre sa propre bataille contre les larmes.

Quelques instants plus tard, Gage lui chuchota à l'oreille :

— Tu es revenue.

Kinley hocha la tête.

— C'était ce que j'avais toujours prévu de faire. J'allais revenir dès que tu serais en sécurité.

— Ne m'abandonne plus jamais ! plaida-t-il. Je ne peux pas revivre ça.

Elle se recula suffisamment pour qu'ils puissent se regarder dans les yeux.

— Je ne le ferai plus, lui dit-elle.

— Promets-moi, ordonna-t-il.

— Je promets, répéta-t-il.

— Épouse-moi, laissa échapper Gage.

— *Quoi ?*

— Épouse-moi, répéta-t-il. Si on est mariés, personne ne pourra plus jamais nous séparer. Pas sans qu'on se batte.

L'estomac de Kinley se retourna.

— C'est la seule raison ?

— Absolument pas ! dit Gage sans hésitation. Je t'aime. Je pense que je t'aime plus aujourd'hui que la dernière fois que je t'ai vue. J'ai eu beaucoup de temps pour réfléchir à ce que tu avais fait et chaque jour, ta force m'impressionne davantage, Kinley. Je n'en ai pas autant que toi, mais j'aimerais que tu puisses m'en communiquer ne serait-ce qu'un peu.

Kinley renifla et secoua la tête.

Il prit le visage de Kinley entre ses mains et le tint en place alors qu'il se penchait pour lui déposer un léger baiser sur le front. Puis le nez. Puis les joues. Enfin, ses lèvres effleurèrent celles de Kinley.

— Je t'aime, Kins. Je n'aurais jamais pensé pouvoir ressentir une telle chose pour quelqu'un. Ton départ m'a fait comprendre que je tenais ta présence dans ma vie pour acquise, même si nous n'avions eu que quelques courtes semaines ensemble. Alors, acceptes-tu que je devienne ton époux ?

Ce n'était pas exactement la plus romantique des demandes en mariage. Ils étaient debout au milieu d'un bar bondé alors qu'un boys band des années 90 passait en fond sonore. Mais pour Kinley, c'est la chose la plus romantique qui lui était jamais arrivée.

— Je ne pense pas pouvoir te répondre tant que je n'aurai pas découvert quel genre d'amant tu es, le taquina-t-elle, se sentant courageuse et plus heureuse qu'elle ne l'avait été de toute sa vie. Je veux dire, et si on n'était pas compatibles au lit ? Je t'aime, bien sûr, mais ça rendra le mariage bien difficile et extrêmement décevant sur le long terme.

Sans un mot, Gage essuya les larmes qui coulaient sur ses joues et Kinley n'avait encore jamais vu une expression aussi charnelle sur le visage d'un homme... ou du moins, pas braquée sur *elle*. Il ne se tourna pas pour dire au revoir à ses amis. Il prit simplement sa main dans la sienne et commença à l'entraîner vers la porte.

Kinley réussit à saluer tout le monde de la main et elle vit Gillian lever son pouce et son annulaire comme si elle parlait au téléphone alors qu'elle soufflait : « appelle-moi ».

Les onze hommes qui se trouvaient au bar étaient tous souriants et se tapaient tous dans la main en faisant trinquer leurs chopes de bière.

Elle était ravie qu'ils soient heureux pour elle et Gage, mais pour le moment, elle pensait seulement à ce qu'il allait lui faire quand ils retourneraient à son appartement.

Elle avait rêvé de ce moment et s'était demandé ce qui se passerait et quand, mais elle n'aurait pas pu imaginer mieux que Gage perdant le contrôle et la prenant comme s'il était incapable de se retenir une seconde de plus.

*
**

Lefty ne garda aucun souvenir du trajet jusqu'à son appartement. Il ne pouvait que penser à la femme assise à côté de lui.

Elle maintenait sa main posée sur sa cuisse et il avait l'impression qu'elle brûlait à en faire un trou dans son jean. Il avait besoin d'elle. *Maintenant.*

Kinley l'aimait. Il avait lu ses paroles, mais ne les avait entendues que quelques minutes auparavant. Et si elle voulait s'assurer qu'ils étaient compatibles avant d'accepter sa proposition de mariage, il était plus qu'heureux de s'exécuter.

Sa conscience essayait de lui dire de ralentir. Qu'il avait besoin de lui parler, de savoir où elle était depuis six mois. De réapprendre à la connaître avant de la précipiter dans quelque chose à laquelle elle n'était peut-être pas prête. Mais quand ses doigts ne se déplacèrent pas si innocemment à l'intérieur de sa cuisse et frôlèrent sa queue déjà toute dure, il ne songea plus à attendre.

Elle semblait quelque peu différente. Plus sûre d'elle. Il aimait qui elle était avant, mais il avait le sentiment que cette nouvelle Kinley le désarmerait complètement.

Après s'être garé, il la prit dans ses bras, toujours assise, sans même lui donner le temps de sortir de son véhicule. Il la souleva et referma la porte avec la hanche. Puis il monta les marches en direction de son appartement comme si elle ne pesait pas plus qu'un enfant.

À eux deux, ils parvinrent à déverrouiller sa porte et à entrer avant qu'il ait complètement perdu le contrôle et l'ait prise contre le mur à l'extérieur de son appartement.

Mais à la seconde où la porte se referma derrière eux et qu'il eut éteint le système de sécurité sophistiqué qu'il avait acheté pour la protéger, quelque chose à l'intérieur de Lefty se détendit. Elle était là. À la maison. À l'intérieur de leur appartement. Une partie de l'urgence qu'il avait ressentie en la voyant s'évapora.

Il la laissa reposer les pieds à terre et elle resta là à le regarder avec un air d'amour absolu dans les yeux.

— Sois sûre, lui dit-il.

— Je le suis, répondit-elle sans hésitation. Ça fait des mois que je ne pense qu'à toi. Bon, d'accord, c'est un petit mensonge. Je n'ai pas pensé au sexe tant que mes côtes cassées n'ont pas été guéries, parce que c'était super douloureux. Mais après, une fois que j'ai recommencé à pouvoir jouir sans avoir mal, je n'ai pas pu m'empêcher de penser à toi.

Lefty inclina la tête et étudia la femme devant lui.

— Tu es différente, dit-il.

Son front se plissa.

— C'est mal ?

— Pas du tout. C'est juste une observation.

— J'ai eu largement le temps de réfléchir, lui dit-elle. Toute ma vie, j'ai laissé ce que les autres pensaient de moi définir la façon dont je me percevais. Je ne pensais pas que j'étais forte, pas du tout. Mais les choses se sont envenimées et je me suis prouvé que j'*étais* forte. Et bien que je ne regrette pas d'avoir intégré le programme de protection des témoins, je veux que tu saches que ça a été la chose la plus difficile que j'aie jamais faite de toute ma vie. T'avoir laissé – surtout sans savoir si tu avais envie de me revoir – m'a hantée tous les jours. Quand tu m'as vue, j'ai cru que tu étais déçu, que tu étais désolé de me revoir.

— Jamais, souffla Lefty. Je n'arrivais simplement pas à en croire mes yeux, à croire que tu étais vraiment là. J'avais besoin d'une seconde pour me reprendre et quand je me suis retourné, tu étais en train de partir ! Impossible ! Pas question ! Tu es revenue à moi et je ne te laisserai plus jamais repartir. Tu as promis. À l'avenir, nous ferons face à toutes les menaces ensemble. C'est compris ?

Kinley sourit.

— Compris.

— Maintenant... je pense qu'on devrait parler de ces orgasmes que tu t'es donnés... plus en détail, dit-il avec un sourire, faisant lentement marche arrière et l'attirant avec lui en direction du couloir qui menait à leur chambre.

— Moins de bla-bla, plus d'action, plaisanta Kinley.

Lefty rit, se sentant plus heureux qu'il ne l'avait été depuis des mois.

— Tout ce que tu voudras, jura-t-il avant de prendre sa main et de se tourner, marchant à présent plus vite.

Il ouvrit la porte de la chambre à coucher et la jeta sur le côté du lit.

Sans mot dire, il saisit l'ourlet du haut noir moulant de Kinley et se mit à le soulever au-dessus de sa tête. Elle ne protesta pas et leva docilement les bras afin de lui faciliter la tâche. Il ne s'arrêta pas pour la contempler, mais s'attaqua immédiatement au bouton de son jean.

Elle lui rendit la pareille et ils descendirent tous les deux leurs pantalons pour les retirer. Lefty fit rapidement passer son T-shirt sur sa tête avant de ralentir, contemplant la plus belle femme qu'il ait jamais vue de toute sa vie. Elle portait un soutien-gorge et une culotte en coton noir simple, mais il n'avait jamais été aussi excité.

— Tu vas devoir prendre l'initiative cette première fois, lui dit Kinley avec nervosité. Enfin... je sais comment ça fonctionne, mais comme je ne l'ai jamais fait, je suis un peu dépassée.

— Je vais prendre soin de toi, Kins, lui dit Lefty qui ne se sentait absolument pas nerveux.

Il n'avait jamais couché avec une vierge, mais il s'agissait de Kinley. Il ne lui ferait jamais le moindre mal. Jamais. Tendant le bras, il l'attira contre lui, savourant la sensation de sa peau contre la sienne. Il la serra fort et ferma les paupières, terriblement reconnaissant qu'elle soit rentrée.

Kinley était nerveuse, mais c'était une nervosité excitée. Elle aimait sentir Gage contre elle, même si elle en voulait plus, avait besoin de plus.

Alors qu'elle ouvrait la bouche pour lui dire de continuer, il se recula et passa la main dans son dos pour détacher le fermoir de son soutien-gorge. Timidement, elle baissa les bras, laissant le vêtement tomber au sol à leurs pieds. Il ne la reluqua pas, mais posa les mains sur ses hanches, retirant également sa culotte. Puis il abaissa les draps et lui fit signe de monter sur le lit. Pendant qu'elle s'exécutait, Gage retira son propre boxer.

Elle entrevit son sexe long et rigide avant qu'il ne grimpe sur le matelas avec elle. Avant qu'elle ne puisse s'inquiéter de savoir où mettre ses mains ou se demander ce qui allait arriver, la bouche de Gage avait conquis la sienne. Il l'embrassa avec impatience. Il y déversa sept mois d'inquiétude et de manque, et elle fit de même.

D'une main, elle s'agrippa à son dos et de l'autre à son biceps et elle s'accrocha à lui alors qu'ils s'embrassaient comme si leurs vies en dépendaient. Sa langue était exigeante et elle lui obéit immédiatement, la laissant entrer comme si elle l'avait fait toute sa vie. Il fit descendre une de ses mains le long de son corps jusqu'à ce qu'il lui caresse le sein. Ses doigts jouèrent avec son mamelon, pinçant et tirant jusqu'à ce qu'elle halète et arque le dos.

Sa bouche se déplaça le long de sa gorge, suçant et léchant jusqu'à ce qu'il atteigne sa poitrine. Ses lèvres prirent la relève de ses doigts, embrassant et torturant son mamelon turgescent jusqu'à ce que Kinley soit certaine de pouvoir sentir son cœur battre dans cette petite pointe.

Quand il lui eut sucé les deux mamelons et laissé quelques suçons sur les seins, Gage se déplaça vers le bas de son corps. Il lui fit écarter les cuisses et s'installa entre ses jambes. Ce n'était pas la première fois qu'il le faisait, mais elle était à présent complètement nue, et cela lui semblait en quelque sorte bien plus intime, peut-être parce qu'elle savait ce qui allait arriver. Il lui faisait enfin l'amour comme elle en avait rêvé pendant si longtemps.

Au lieu des léchouilles paresseuses qu'il lui avait faites la dernière fois qu'il lui avait fait un cunni, Gage se jeta sur son sexe comme un homme affamé. Elle poussa un cri et s'accrocha à sa tête alors qu'il se délectait entre ses jambes. Il la titilla de la langue, puis il s'abattit sur son clitoris à de telles reprises que ce fut presque douloureux. Mais Kinley n'allait pas s'en plaindre. Absolument pas.

Elle aimait Gage et elle n'avait jamais rêvé qu'un homme puisse autant aimer lécher le sexe d'une femme.

Quand il leva une main et pénétra son corps vierge avec un de ses doigts, elle ne put que pousser un gémissement. Alors il lui suça le clitoris et ajouta un autre doigt. Ce double assaut fit basculer Kinley.

Elle jouit avec un petit cri et sentit Gage aussi pousser un gémissement d'excitation. Quand il leva enfin la tête, sa barbe de cinq jours était couverte de ses sécrétions. Il leva la main et fourra son doigt dans sa bouche, léchant la moindre goutte de son excitation.

Puis il se mit à genoux et s'avança, écartant les jambes de Kinley dans le processus.

Elle se disait qu'elle aurait été gênée d'ouvrir les jambes pour un homme pour la première fois, mais c'était Gage. En outre, elle ne parvenait pas à détourner les yeux de l'immense érection qu'il tenait à la main, car il se caressait en grognant.

— J'ai envie de te prendre sans protection, grogna-t-il. Je n'ai pas de maladie. Je le jure. Ça fait presque deux ans que je n'ai pas été avec quelqu'un. Bien avant de t'avoir rencontrée.

— Oui, siffla Kinley en souhaitant l'avoir en elle plus qu'elle avait envie de respirer.

— Mais je ne veux pas te mettre enceinte, poursuivit-il. Même si j'ai hâte de voir notre enfant arrondir ton ventre, j'ai envie de te garder pour moi tout seul pendant un moment.

Kinley soupira profondément. Cette pensée lui plaisait... Davantage, même.

— Je prends la pilule, avoua-t-elle.

Le regard de Gage se concentra sur elle, et il inclina la tête d'un air interrogateur.

— Je savais que j'allais revenir. Et que je voudrais que tu me fasses l'amour. Et au cas où tout se serait arrangé, je voulais être prête.

Elle vit ses yeux s'assombrir à nouveau de désir.

— Dieu merci, dit-il doucement.

Puis il se pencha et prit un oreiller, le lui passant sous les hanches. Il frôla sa vulve tout humide du bout du gland, mais ne la pénétra pas. Il le fit pendant si longtemps que Kinley s'impatienta. Elle glissa la main entre eux et referma la main autour de son érection, le tirant doucement vers elle.

— Arrête de taquiner et fais-moi tienne, Gage, lui dit-elle.

— Tu *es* à moi, lui dit-il.

Puis, sans retirer les yeux d'entre ses jambes, il se cala contre son intimité et commença lentement à s'enfoncer.

— Dis-moi si je te fais mal, dit-il en serrant les dents.

Ce n'était pas le cas. Ces derniers mois, Kinley avait largement fait usage du nouveau vibromasseur qu'elle s'était acheté. Elle l'avait utilisé toute seule, prétendant que c'était Gage. Elle était certaine qu'il ne lui ferait pas mal et il était vraiment plus agréable que le bout de silicone dont elle s'était servie.

— Encore, gémit-elle alors qu'il était à moitié en elle.

— Tu en es sûre ? demanda-t-il.

— Absolument, le rassura Kinley.

Elle lui saisit les fesses alors qu'il se penchait vers elle et essaya de l'attirer en elle.

— D'accord, me voilà, chuchota-t-il en la pénétrant lentement de toute sa longueur.

Cela pinça un peu, car il était plus long que son vibro, mais sa pénétration ne lui fit pas mal. Elle était bien placée pour connaître la différence entre un peu d'inconfort et une véritable douleur.

Il restait toujours immobile à l'intérieur d'elle et ils respiraient tous les deux forts, absorbant cette sensation mutuelle.

— Bon sang, dit-il au bout d'un moment. Sérieusement, je n'ai jamais rien ressenti d'aussi bon de toute ma vie. Et je ne suis pas en train de te mentir quand je te dis ça. Tu es chaude et humide et tu me serres tellement la queue que j'ai du mal à me retenir d'exploser.

Kinley aurait cru que parler cru pendant le sexe serait malaisant, mais c'était terriblement sexy. Elle serra ses muscles internes encore plus fort et sourit quand il grogna.

— Tu aimes me torturer ? lui demanda-t-il sans lui donner l'occasion de répondre.

Il se retira puis glissa à nouveau en elle, lentement.

Ce fut au tour de Kinley de gémir.

— Ça te plaît ?

— Ah, souffla-t-elle.

Gage ricana.

— Je vais accélérer, mais dis-moi si ça te fait mal.

Kinley hocha la tête et s'accrocha aux biceps de Gage alors qu'il se mettait à onduler des hanches plus rapidement. Il l'empala encore et encore, et Kinley ne put que gémir et haleter. Elle enfonça ses ongles dans sa peau et fit de son mieux pour ouvrir davantage les jambes. Elle n'arrivait pas à croire que cette sensation soit aussi agréable. Ses moments en solitaire n'étaient absolument pas comparables. *Absolument pas.*

— Plus fort ! supplia-t-elle.

— Touche-toi, lui ordonna Gage.

Elle le regarda d'un air confus.

— Je sais que tu sais comment. Mets la main entre nous et excite-toi. J'ai envie de te sentir jouir pendant que je suis en toi.

Il sourit quand cette pensée lui fit contracter tous les muscles.

— Tu aimes ça, n'est-ce pas ? Et tu aimes savoir que ça me fera basculer...

Elle aimait cela. Vraiment beaucoup. Elle ne lui répondit pas verbalement, mais elle baissa immédiatement une main entre eux et se caressa. Le ventre de Gage frappait sa main à chaque coup de reins et l'angle n'était pas parfait, mais rien de tout cela importait. Tout ce qui comptait était Gage et le fait qu'ils faisaient enfin l'amour. C'était sa plus grande récompense après tout ce qu'ils avaient traversé.

— Plus vite, ma belle, haleta-t-il. Je suis prêt à basculer et sentir ta chatte vierge, chaude et humide me comprimer, et savoir que je suis le seul – et le dernier – homme à connaître ça, n'aide vraiment pas.

Kinley aurait voulu lever les yeux au ciel devant son attitude de Néandertal, mais elle ne pouvait pas. Elle-même était sur le point de basculer et elle avait terriblement envie de jouir alors qu'il était en elle. Les doigts de Kinley se déplacèrent plus rapidement, tout comme ses hanches. Gage la prenait vigoureusement et après quelques coups de reins de plus, elle sut qu'elle s'apprêtait à basculer.

— Je vais jouir ! le prévint-elle avant de jeter la tête en arrière, courbant le dos et arquant les hanches contre lui.

— Ah, oui ! gémit-il.

Il se décala vers le haut, calant les fesses de Kinley sur ses cuisses et la serrant contre lui alors qu'il se laissait basculer.

Kinley ressentit une poussée d'humidité entre ses jambes, mais elle ne put que rester dans son étreinte et essayer de respirer.

Sans se déloger de son fourreau, Gage s'écroula et la fit rouler sur lui. Elle était étendue sur sa poitrine en sueur, essayant toujours de reprendre sa respiration. C'était délicieusement douloureux et elle se sentait complètement vidée.

— Alors ? dit Gage au bout d'un moment.

Kinley réussit à ouvrir les yeux et à se caler sur ses coudes pour le regarder.

— Alors, quoi ?

— Tu viens de tester la marchandise, pour ainsi dire. Tu vas m'épouser, maintenant ?

Kinley ne put s'empêcher de pouffer. Puis elle rit si fort qu'elle fut incapable de se retenir. Elle sentit Gage se glisser hors de son corps et aurait voulu s'en plaindre, mais une crise d'hilarité l'en empêcha.

Précipitamment, elle se retrouva à nouveau sur le dos, au-dessous de Gage. Il souriait.

— Quoi ? demanda-t-elle quand elle reprit enfin sa respiration.

— Je n'ai jamais rien vu de plus beau que toi, nue et éclatant de rire, sur mon lit, déclara-t-il sérieusement.

Kinley fondit.

— Oui, Gage.

— Oui, tu veux bien m'épouser ?

Elle hocha la tête.

— Mon père va vouloir t'accompagner jusqu'à l'autel. Et ma mère va vouloir t'aider à trouver une robe. Mais ça ne veut pas dire que je vais attendre des mois pour rendre les choses officielles entre nous. Il faudra que tu te décides rapidement.

Les yeux de Kinley se remplirent de larmes.

— Vraiment ?

Il savait ce qui la touchait tant.

— Vraiment. Ma mère t'adopterait si elle le pouvait, mais ce serait vraiment trop zarbi. Ma famille est ta famille, ma chérie. Tu vas découvrir que ma mère va probablement exiger des petits-enfants trop vite, mais ignore-la. Je ne plaisantais pas en te disant que j'ai envie de t'avoir pour moi tout seul pendant un petit moment. Peut-être cinq ans environ. Ce ne sera pas sûr pour toi d'avoir des enfants si on attend plus longtemps, mais j'ai envie de repousser *ça* pendant encore un petit moment. Ça te convient ?

Kinley hocha la tête. Elle n'avait jamais pensé à avoir des enfants un jour. Bon sang, pour cela, il aurait fallu qu'elle ait des relations sexuelles, et cela n'était pas entré dans sa ligne de mire.

— Je n'ai pas de bague, mais je t'en achèterai une bientôt. Tout ce que tu veux.

— Pas trop grosse, dit-elle immédiatement.

Il hocha la tête.

— Je suis sérieuse, le prévint Kinley. Les grosses bagues attirent particulièrement les voleurs.

Le visage de Gage se défit, mais il hocha la tête.

— C'est vrai. OK, ma chérie. Je vais te trouver quelque chose qui soit classe et unique, tout comme toi.

— Je t'aime, dit Kinley.

— Je t'aime aussi, répondit-il.

Elle ferma les paupières pour digérer ses paroles. Quand elle les rouvrit, il était là, les yeux baissés vers elle.

— Je n'aurais jamais cru entendre ces mots de toute ma vie. Je ne pensais pas que j'*étais* aimable. Puis je t'ai rencontré.

— Puis tu m'as rencontré, en convint Gage.

Il décala ses hanches et Kinley sentit sa verge frotter contre ses plis encore humides.

— Tu as mal ? demanda-t-il.

Elle avait mal, mais pas assez pour leur renier ce dont ils avaient besoin, l'un comme l'autre. Elle secoua la tête.

Comme si elle savait qu'elle mentait, Gage la pénétra lentement et doucement. Puis il continua de lui faire l'amour comme si elle était un morceau de verre fragile. Leur union n'avait pas le même tour désespéré qu'avant, mais elle n'en était pas moins belle.

Elle ne jouit pas cette fois-ci, mais c'était presque aussi excitant de voir Gage se laisser emporter alors qu'il s'attardait au plus profond de son corps. Il roula sur le dos, l'attirant à nouveau sur lui. Ils n'avaient encore jamais dormi comme cela. Généralement, elle ne se reposait sur lui que partiellement. Elle voulut se déplacer, mais il la maintint en place.

— Reste, murmura-t-il.

Kinley se conforma et se blottit davantage contre l'homme qu'elle aimait. Elle savait que leur vie ne serait pas toujours rose, mais ils avaient déjà survécu à l'enfer absolu. Par comparaison, gérer son travail et les autres choses que la vie mettrait en travers de leur route serait un jeu d'enfant.

ÉPILOGUE

Brain était heureux pour ses coéquipiers, mais Trigger et Lefty l'ennuyaient terriblement quand ils n'arrêtaient pas de raconter que leurs copines étaient géniales. Et à présent, ils torturaient le reste de l'équipe avec leurs projets de mariage.

Gillian et Trigger avaient prévu de se rendre bientôt au palais de justice puis de faire une petite fête informelle. Et Lefty et Kinley allaient bel et bien se passer la corde au cou à San Francisco. Sa mère leur organisait une immense fête, et ils s'étaient dit qu'ils pourraient tout aussi bien se marier là-bas.

Brain aimait ses amis, mais dernièrement, la pensée qu'il n'aurait jamais ce qu'ils avaient pesait lourdement sur lui.

Il était le mec intelligent. Branché technologie. Celui vers lequel on se tournait quand on avait besoin d'effectuer des recherches.

Il était également le dernier que les femmes venaient voir quand ils sortaient.

Autrefois, cela ne le dérangeait pas, mais voir tous les jours le bonheur de Trigger et de Lefty lui avait fait comprendre qu'il avait envie d'avoir sa propre compagne.

Mais vouloir quelqu'un à aimer et savoir où la trouver étaient deux choses complètement différentes.

Au début de leur stationnement au Texas, Brain avait acheté une maison. Cela lui avait paru être un bon investissement. À l'époque, le marché du logement favorisait les acheteurs, et si l'armée de terre changeait un jour son lieu d'affectation, il aurait pu la louer. Mais vivre dans cette maison de trois chambres dans un beau quartier ne faisait que *renforcer* son sentiment de solitude.

Brain soupira. Il avait repoussé le plus longtemps possible l'heure d'aller rejoindre les mecs au bar. Pas vraiment sociable, mais sachant que s'il n'y allait pas, il resterait assis dans sa baraque à se morfondre sur des choses qui échappaient à son contrôle, Brain prit son portefeuille et le glissa dans sa poche arrière avant de se rendre dans son garage.

Il grimpa dans sa Dodge et sortit à reculons de son allée.

En arrivant au bar, il inspira profondément avant de se forcer à sortir de sa voiture. Alors qu'il ouvrait la porte, il était déjà en train de déterminer ce qu'il allait trouver comme excuse pour partir plus tôt.

Une seconde, il se tenait juste à l'intérieur du bar, cherchant les garçons du regard, et la suivante, une femme marchait directement vers lui d'un air déterminé... et nerveux ?

Il eut le temps d'apprécier le fait qu'elle était presque aussi grande que lui – un peu plus d'un mètre soixante-dix – et qu'elle avait probablement également le même âge. Elle portait un jean noir qui collait à son corps de manière intrigante. Une paire de baskets Converse et un T-shirt qui affichait « Docteur Taco » complétaient sa tenue. Elle continuait à s'avancer vers lui en le transperçant de ses yeux bruns.

Brain lui sourit... et fut choqué quand elle entra dans son espace personnel et lui passa les bras autour du cou.

— Je vous donnerai vingt dollars si vous m'embrassez avec enthousiasme.

Sa voix était rauque et Brain aurait pu jurer qu'il entendait du désespoir. Il n'eut pas le temps de lui répondre qu'il serait heureux de l'embrasser gratuitement, mais elle posa alors la main sur sa nuque et se pencha en avant.

Au début, leur baiser était maladroit, leurs lèvres se contentant de se frôler. Puis Brain passa un bras autour de la taille de la femme et fit un pas en avant, la renversant en arrière.

Elle eut un hoquet de surprise et retira sa main de son cou pour s'accrocher à son biceps.

Brain profita qu'elle ouvre la bouche et changea très légèrement leur angle... Puis il l'embrassa comme il n'avait pas embrassé une femme depuis *très* longtemps. Lentement et profondément.

Les petits gémissements qu'elle poussait ne l'encourageaient vraiment pas à s'arrêter. Il voyait bien qu'elle était musclée et forte, mais pour le moment, inclinée en arrière, elle était complètement impuissante dans ses bras.

Et cela lui plaisait beaucoup.

Entendant quelques sifflets fuser autour d'eux, Brain comprit qu'il aurait dû s'arrêter, mais il fallut un moment pour que son cerveau communique avec sa bouche et ses membres. Enfin, il détacha sa bouche de la sienne et les fit à nouveau se redresser. Ils se fixèrent mutuellement pendant une seconde longue et intense.

Brain vit qu'ils étaient tous les deux haletants, et il aimait vraiment voir ses lèvres gonflées et roses. Il ne pouvait pas s'empêcher de remarquer que ses mamelons avaient durci sous son T-shirt et son soutien-gorge.

— Tu aurais pu te contenter de me dire que tu avais tourné la page, Aspen, dit une voix irritée derrière elle.

La femme s'humecta les lèvres et poussa un soupir de frustration. Brain la vit lui souffler « désolée » avant qu'elle n'efface toute émotion de son visage et se tourne vers l'homme derrière elle. Elle passa un bras autour de la taille de Brain, qui ne vit aucun inconvénient à la serrer contre lui.

— Je te l'*ai* dit, Derek. Je te l'ai dit il y a un mois et demi quand j'ai rompu avec toi. Je te l'ai dit au moins trois fois par texto. Et je te l'ai *encore* redit ce soir, quand tu t'es pointé ici en me suppliant qu'on se remette ensemble. J'ai tourné la page. Il est temps que tu fasses la même chose.

Il paraissait avoir environ 35 ans, et la moue qu'il affichait ne lui faisait absolument pas de faveurs. Mais c'était la lueur de colère à l'état pur et non édulcorée dans ses prunelles qui inquiétait Brain.

— Quand est-ce que tu as rencontré *ce type* ? Quoique... tu t'entraînes avec des Rangers tous les jours.

— On se connaît depuis un certain temps, dit Aspen.

Sachant que les choses risquaient de tourner très vite au vinaigre, Brain tendit la main vers l'autre homme.

— Je m'appelle Kane Temple. Mais les gens m'appellent Brain.

Derek regarda avec dégoût la main que Brain lui tendait, puis il adressa un regard noir à Aspen.

— Brain ? Sérieusement ?

Elle haussa simplement les épaules.

— D'accord. Ne reviens pas à moi en rampant quand il t'aura brisé le cœur, cracha Derek.

— Je ne le ferai pas, lui répondit Aspen avec enthousiasme.

— Je crois qu'il est temps que vous partiez, dit Brain, agacé que l'autre homme ne comprenne pas.

Quand Derek ouvrit la bouche pour dire quelque chose qu'il allait probablement regretter, Brain en eut assez.

— Viens, bébé. Je vois mes amis. Je suis sûr qu'ils nous ont gardé des sièges.

Il les éloigna de l'homme en colère et affligé, et dirigea Aspen vers ses coéquipiers.

Elle jeta un regard en arrière et Brain en déduisit que Derek était parti quand elle pila net, ne lui donnant pas d'autre choix que de faire pareil.

— Merci beaucoup, et je suis désolée de vous avoir

impliqué dans cette histoire. Il ne voulait pas me laisser tranquille et la seule solution que j'ai trouvée était de lui faire concrètement comprendre que j'avais tourné la page.

Elle tendit la main vers le petit sac qu'elle portait en crossbody.

— Si vous ne faites qu'*essayer* de me payer pour ce baiser, je vais être en colère, lui dit Brain.

Elle s'immobilisa et le regarda avec de grands yeux.

— Et si on reprenait tout depuis le début ? suggéra Brain en faisant un pas en arrière et en lui tendant la main. Je m'appelle Brain.

— Aspen Mesmer, répondit-elle en plaçant sa main dans la sienne.

Brain la serra puis la porta à ses lèvres pour déposer un baiser sur le dos.

— Vous n'avez vraiment pas à rester avec moi, je suis sûre qu'il est parti, dit Aspen. Mes amies viennent de partir et je devrais y aller aussi.

— N'ayez pas peur de moi, lui ordonna Brain, n'aimant pas la lueur nerveuse dans son regard.

Elle carra les épaules et redressa le dos.

— Je n'ai *pas* peur de vous.

— Bien. Je ne mentais pas. Mes amis sont ici et ils m'attendent. Et les fiancées de Trigger et de Lefty sont là aussi. Vous ne serez pas la seule femme de notre groupe et tout le monde s'amusera bien en apprenant ce qu'il vient de se passer.

Elle hésita.

— Au risque de passer pour le *nerd* que je suis, ça faisait *très* longtemps que je n'avais pas eu les orteils qui se contractent en embrassant une femme. Et te laisser partir sans avoir appris à te connaître me donnerait l'impression qu'on vient de m'utiliser.

Elle ne put se retenir de sourire.

— Certes, je me suis *légèrement* servie de vous, non ?

demanda-t-elle. Je suppose que le moins que je puisse faire est de vous acheter une bière.

— Bon, c'est décidé, dit Brain, qui ne s'était pas senti aussi excité depuis longtemps. Et puisqu'on sort ensemble maintenant, je crois que c'est bien que tu rencontres mes amis.

— On ne sort pas ensemble, rétorqua-t-elle sans pourtant se reculer quand il lui prit la main.

— Mais tu viens de dire le contraire à ce pauvre Derek. Ça foutrait tout en l'air s'il t'attendait pour te parler dans le parking et qu'on ne partait pas ensemble, n'est-ce pas ?

— Vous vous croyez super intelligent, n'est-ce pas ? demanda-t-elle.

Brain haussa les épaules.

— On ne me surnomme pas Brain parce que je suis stupide.

— Seigneur, délivrez-moi de tous ces soldats imbus de leur personne ! dit Aspen en levant les yeux au ciel.

— Comment savez-vous qu'on est des soldats ? demanda Brain.

— Je croise suffisamment de gens comme vous pendant mon travail.

— C'est-à-dire ? s'enquit Brain.

— Je suis aide-soignante militaire, lui dit Aspen.

Brain inclina la tête tout en étudiant la femme à ses côtés. Il ne s'était vraiment pas attendu à cela et il ne pouvait pas dénier que cela l'intriguait. Mais avant qu'il ne puisse lui poser davantage de questions, il entendit quelqu'un l'appeler :

— Yo, Brain. Il était temps que tu débarques ! l'appela Oz.

— Qui est ton amie ? demanda Doc alors qu'ils s'approchaient.

— Les gars, voici Aspen. Ma copine.

— Absolument pas, répliqua-t-elle.

Brain ne put s'empêcher de rire devant l'expression confuse de ses amis. On allait bien rigoler !

* * *

Ne ratez pas le prochain tome de la série Delta Force Deux: *Un refuge pour Aspen*

DU MÊME AUTEUR

<u>Autres livres de Susan Stoker</u>

Delta Force Deux
Un refuge pour Gillian

Un refuge pour Kinley

Un refuge pour Aspen (1 Juin)

Un refuge pour Jayme

Un refuge pour Riley

Un refuge pour Devyn

Un refuge pour Ember

Un refuge pour Sierra

Sauvetage à Eagle Point
Un sauveteur pour Lilly

Un sauveteur pour Elsie (28 Juin)

Un sauveteur pour Bristol

Un sauveteur pour Caryn

Un sauveteur pour Finley

Un sauveteur pour Heather

Un sauveteur pour Khloe

Hawaï : Soldats d'élite
Un paradis pour Élodie

Un paradis pour Lexie

Un paradis pour Kenna

Un paradis pour Monica (10 May)

Un paradis pour Carly

Un paradis pour Ashlyn

Un paradis pour Jodelle

Mercenaires Rebelles

Un Défenseur pour Allye

Un Défenseur pour Chloé

Un Défenseur pour Morgan

Un Défenseur pour Harlow

Un Défenseur pour Everly

Un Défenseur pour Zara

Un Défenseur pour Raven

Ace Sécurité

Au Secours de Grace

Au Secours d'Alexis

Au Secours de Bailey

Au Secours de Felicity

Au Secours de Sarah

Forces Très Spéciales Series

Un Protecteur Pour Caroline

Un Protecteur Pour Alabama

Un Protecteur Pour Fiona

Un Mari Pour Caroline

Un Protecteur Pour Summer

Un Protecteur Pour Cheyenne

Un Protecteur Pour Jessyka

Un Protecteur Pour Julie

Un Protecteur Pour Melody

Un Protecteur pour l'avenir

Un Protecteur Pour Les Enfants de Alabama

Un Protecteur Pour Kiera

Un Protecteur Pour Dakota

Forces Très Spéciales : L'Héritage

Un Sanctuaire pour Caite

Un Sanctuaire pour Brenae

Un Sanctuaire pour Sidney

Un Sanctuaire pour Piper

Un Sanctuaire pour Zoey

Un Sanctuaire pour Avery

Un Sanctuaire pour Kalee

Un Sanctuaire pour Jane

Delta Force Heroes Series

Un héros pour Rayne

Un héros pour Emily

Un héros pour Harley

Un mari pour Emily

Un héros pour Kassie

Un héros pour Bryn

Un héros pour Casey

Un héros pour Wendy

Un héros pour Mary

Un héros pour Macie

Un héros pour Sadie

Un héros pour Annie

Autre

Un moment suspendu : Recueil de nouvelles

<u>AUDIO</u>

Un paradis pour Élodie

À PROPOS DE L'AUTEUR

Susan Stoker est une auteure de best-sellers aux classements du New York Times, de USA Today et du Wall Street Journal. Elle a notamment écrit les séries Badge of Honor: Texas Heroes, SEAL of Protection et Delta Force Heroes. Mariée à un sous-officier de l'armée américaine à la retraite, Susan a vécu dans tous les États-Unis, du Missouri jusqu'en Californie en passant par le Colorado, et elle habite actuellement sous le vaste ciel du Tennessee. Fervente adepte des fins heureuses, Susan aime écrire des romans où les sentiments laissent place au grand amour.

http://www.StokerAces.com

 facebook.com/authorsusanstoker

 twitter.com/Susan_Stoker

 instagram.com/authorsusanstoker

 goodreads.com/SusanStoker

www.ingramcontent.com/pod-product-compliance
Lightning Source LLC
Chambersburg PA
CBHW060315100726
47907CB00002B/412